AF203830

DUMONT

Sommer 1984 – vier Monate ist es her, dass Nick Marzek und Graziella Altieri der Gruppe LUDWIG das Handwerk gelegt haben. Seit sie wieder zurück in München sind, fragen sie sich, wer die Hintermänner sein könnten, die noch immer frei herumlaufen.

Doch dann tut sich ein neuer Fall auf: Zwei Frauen wurden tot im Perlacher Forst aufgefunden. Bei den Opfern handelt es sich um Maria Ursa und ihre Tochter Dinka. Vom Ehemann und Vater Stjepan fehlt jede Spur. Hat er Frau und Tochter erschossen? Näher kommen die Ermittler der Sache, als sie sich in der Gemeinde der Exilkroaten umschauen, zu denen die Ermordeten gehörten. Stjepan Ursa war Mitglied der »Kroatischen Revolutionären Bruderschaft«, einer terroristischen Vereinigung, die sich als Freiheitskämpfer gegen Tito und das kommunistische System versteht. War es der jugoslawische Geheimdienst, der die Familie Ursa regelrecht hingerichtet hat? Je weiter Nick und Graziella in beiden Fällen graben, desto tiefer tauchen sie in ein Geflecht aus Lügen und Intrigen ein. Und bald wissen sie nicht mehr, wem sie überhaupt noch trauen können …

Martin Maurer wurde 1968 in Konstanz am Bodensee geboren. Er studierte Dramaturgie und Drehbuch an der Hochschule für Film und Fernsehen in Potsdam-Babelsberg und arbeitet als Drehbuchautor. Bei DuMont erschien bislang sein Thriller ›Terror‹ (2011) und ›Die Krieger‹ (2020), Nick Marzeks erster Fall. Martin Maurer lebt in Berlin und Italien.

MARTIN MAURER

DER KREIS

Ein Fall
für Nick Marzek

DUMONT

Von Martin Maurer sind bei DuMont außerdem erschienen:
Terror
Die Krieger

Dieses Buch wurde klimaneutral produziert.

März 2023
DuMont Buchverlag, Köln
Alle Rechte vorbehalten
© 2022 DuMont Buchverlag, Köln
Umschlaggestaltung: Lübbeke Naumann Thoben, Köln
Umschlagabbildung: © Georg Aczel / Süddeutsche Zeitung Photo
Satz: Fagott, Ffm
Gesetzt aus der Haarlemmer und der Acre
Druck und Verarbeitung: Druckerei C. H. Beck, Nördlingen
Gedruckt auf säurefreiem und chlorfrei gebleichtem Papier
Printed in Germany
ISBN 978-3-8321-6684-7

www.dumont-buchverlag.de

Für Johanna

Nach wahren Begebenheiten

Just watching the trees and the leaves as they fall

Joy Division
The Eternal

Real power begins where secrecy begins.

Hannah Arendt
The burden of our time

PROLOG

Sommer 1983.

Es war ein Fehler. Sie wusste es. Jetzt, da sie nur noch fünfzig Meter von ihrem Haus entfernt waren, wäre sie am liebsten stehen geblieben und hätte gesagt: Lass uns umkehren. Wenn wir weitergehen, wird es kompliziert, das überfordert uns beide.

Seit sie aus der Tram gestiegen waren, zerschmolz er vor ihren Augen. Der schöne, große Mann mit den dunklen Locken verlor mit jedem Schritt an Form und Format. Sie ging schneller in der Hoffnung, das Haus zu erreichen, bevor ihr jede Wertschätzung abhandengekommen und seine Verwandlung in einen hässlichen Zwerg abgeschlossen wäre.

Sie hatten das Tor erreicht. Max hatte die Hände in den Hosentaschen vergraben und ein süffisantes Lächeln auf den Lippen. Er schaute an dem Gebäude hinauf und hinunter. »Nicht schlecht. Fast noch ein bisschen imposanter, als ich es mir vorgestellt hatte.«

Sie sah sich um. Von den Nachbarn war niemand zu sehen. Weder in den Gärten noch an den Fenstern. Im Haus gegenüber spielte Leo Klavier. Er würde es nie lernen. »Komm, lass uns reingehen.«

»Wie muss ich mir das vorstellen?« Er drehte sich um und wies zum Straßenrand. »Hier fahren dann die Limousinen vor, oder was?«

»Lass uns reingehen, ja?« Es war wie beim ersten Geschlechtsverkehr. Augen zu und durch.

»Aber ich möchte …«

»Ich erklär dir alles. Komm jetzt.« Sie packte ihn am Arm und zog ihn hinter sich her, den Kiesweg entlang, bis zur Tür. Ein kurzer Blick auf die Armbanduhr. Ihre Eltern waren schon in der Stadt, das war das Wichtigste, und die Angestellten hatten entweder bereits Feierabend oder machten Besorgungen. Sie lauschte, aber drinnen waren keine Geräusche zu hören. Also schloss sie auf. »Bitte sehr.«

Nachdem er eingetreten war, machte sie die Tür schnell hinter ihm zu. Sie ging voran, um seinen schlendernden Gang nicht sehen zu müssen und den lässigen Habitus dessen, der nichts zu verlieren hat. Eingangshalle. Salon. Seine Schritte auf dem Parkett: kein festes Auftreten, ein Schlurfen. Auch ohne ihn anzusehen, wusste sie ganz genau, mit welchem Gesichtsausdruck er die Bücherregale und die Gemälde betrachtete.

»Wer ist denn das?«

Sie blieb stehen. Instinktiv hatte er aus all den Bildern, die hier an den Wänden hingen, dasjenige herausgepickt, das ihr auch jetzt noch unheimlich war. Als kleines Mädchen hatte sie den Blick gesenkt, wenn sie daran vorbeigehen musste, so sehr hatte ihr davor gegraut. Bis in ihre Träume hatte es sie verfolgt.

»Das ist ein Kinderporträt Philipps des Zweiten.«

»Sieht irgendwie merkwürdig aus.« Er warf die dunklen Locken zurück. Wie sehr sie diese Geste geliebt hatte. Jetzt kam sie ihr einfach nur lächerlich vor. »Man sieht das Gesicht eines Jungen und gleichzeitig das eines alten Mannes …«

Schlauer Kerl, du hast es erfasst. Nur dass das Bild nicht merkwürdig ist, sondern grauenerregend. Sie betrachtete das greisenhafte Kindergesicht. Wie oft sie ihren Vater in stummer Andacht vor diesem Bild hatte stehen sehen. Mit fünfzehn oder sechzehn hatte sie herauszufinden versucht, was an diesem Herrscher ihn so sehr faszinierte, und hatte sich mit dessen Leben befasst. Sie hatte alles gelesen, was sie über Philipp II. in die Hände bekommen konnte – und mit jeder Zeile war ihre Verstörung gewachsen. Denn sie hatte nichts Heldenhaftes an diesem Mann entdecken können. Im Gegenteil, sein Leben war ihr von Anfang bis Ende trostlos erschienen. Als kahlköpfiger, gichtgeplagter Griesgram verwaltete Philipp II. sein überschuldetes, morsches Reich vom Escorial-Palast aus. Er starb qualvoll, sieben Wochen lang, von Geschwülsten übersät, zwischen Eiter und Kot. Um seinen Kindern die Hinfälligkeit aller irdischen Macht zu demonstrieren, entblößte er vor ihnen »seinen übel riechenden, mit Geschwüren durchlöcherten, mit Läusen bestiegenen Leib«. Diese Zeilen stammten aus einem der Bücher und hatten sich ihr eingebrannt. Erst einige Jahre später verstand sie, dass ihr Vater ihn für seine Ernsthaftigkeit und Unerbittlichkeit im Glauben verehrte. Für die Verteidigung des Katholizismus. Dafür, dass er der Welt den Escorial-Palast geschenkt hatte. Ihr Vater musste sich Philipp II. sehr nahe fühlen.

Sie riss sich von dem Bild los und ging weiter. Sie wollte es hinter sich bringen. »Komm, ich zeig dir, wo das Treffen stattgefunden hat.« Sie öffnete die unscheinbare Tür neben dem Bücherregal und ließ ihn das Arbeitszimmer betreten. In diesem Moment konnte sie den Verrat an ihrem Vater körperlich spüren. Sie ließ einen Fremden in das Herz ihrer Familie blicken, sie zog einen Vorhang auf, der geschlossen hätte bleiben müssen. Sie musste an den Garten von El Escorial denken. An die akkurat geschnittenen Hecken, die Labyrinthe bildeten. Etwa zehn Jahre alt musste sie gewesen sein, als sie und ihr Vater in diesem Garten Verstecken gespielt hatten. Sie hatten so laut gelacht, dass sich die Leute nach ihnen umgedreht hatten. Aber ihren sonst so strengen Vater hatte das nicht gestört. Sie konnte sich nicht erinnern, ihn danach jemals wieder so ausgelassen erlebt zu haben …

»Erzähl mir von dem Treffen.«

Erst dringst du hier ein, und dann zerstörst du auch noch meine Erinnerungen.

»Hier haben sie gesessen.« Sie zeigte auf die gepolsterten Stühle, die in der hinteren Ecke des Raumes um einen runden Tisch gruppiert waren. »Hier, mit dem Rücken zu mir, Franz Josef Strauß, daneben Giulio Andreotti. Rechts von ihm Jean Violet und da drüben mein Vater.«

Sie wandte sich ab und überlegte, wie sie ihn schnellstmöglich loswerden konnte. Ihr Blick fiel nach draußen in den unheimlichen Teil des Parks. Als Kind hatte sie das Gefühl gehabt, dass das Licht dort ein wenig anders und die Temperatur ein wenig kühler war, und hatte diese Stelle gemieden. Sie trat einen Schritt näher ans Fenster. Die Bäume standen dicht beieinander, alles war in Halbschatten getaucht. Sie schaute an einem der Stämme hinauf – und entdeckte ein Paar schwarze, blank polierte Schuhe in der Luft. Das Gesicht des Mannes, der dort draußen hing, kam ihr fremd vor, und sie brauchte einen Moment, um zu begreifen, dass es sich um ihren Vater handelte.

EIN JAHR SPÄTER ...

I. DIE SKULPTUR

Mit dem Himmel stimmte etwas nicht, und München lag da wie tot. Kein Kindergeschrei, keine Vogelstimmen, kein Luftzug; als hätte Gott eine Welt geschaffen und Menschen, Tiere und den Wind vergessen.

Nick streckte den Kopf aus dem Autofenster. »Schau dir mal den Himmel an!«

Gruber blinzelte nach oben. »Gelb ist er. Und?«

»Hast du so was schon mal gesehen?«

»Sieht komisch aus, das stimmt, aber es ist immer noch der Himmel.«

»Wie meinst du das?«

»Wenn meine Frau vom Friseur kommt, erkenn ich sie auch nicht wieder, aber ich weiß trotzdem, dass es sich um meine Frau handelt.«

Das war das Problem mit Gruber: Sagte er wirklich solche Sachen, oder lag es daran, dass Nick sein Niederbayrisch nicht verstand?

Die Ampel schaltete auf Grün. Gruber gab Gas und jagte in hohem Tempo durch die menschenleere Wohnstraße. Er redete ohne Punkt und Komma und steigerte sich in eine große Wut hinein. Er schimpfte und fluchte. Irgendetwas schien ihm furchtbar gegen den Strich zu gehen, aber wenn Nick ihn richtig verstand, hatte das nichts mit dem gelben Himmel zu tun, sondern mit der Anschnallpflicht, die vom 1. August an in der gesamten

BRD gelten sollte. Für den Freistaat Bayern war bis Anfang Oktober eine Schonfrist beschlossen worden, um besonders starrköpfigen Mitbürgern die Gewöhnung zu erleichtern. Statt eines Strafzettels sollten die Kollegen von der Verkehrspolizei bis dahin nur einen Aufkleber mit dem Slogan *Maul ned – schnall di o!* an die überführten Verkehrssünder verteilen, und Gruber wusste gar nicht, worüber er sich mehr aufregen sollte, über die Anschnallpflicht als solche oder über diesen dämlichen Slogan, den Polizeipräsident Häring auf einer Pressekonferenz vorgestellt hatte. »Öffentlich! Der traut sich was!« Gruber spielte ernsthaft mit dem Gedanken, den Dienst zu quittieren, er wollte keinem totalitären Staat dienen. »Wehret den Anfängen!« Grubers Wangen waren rot vor Aufregung, die Knöchel seiner Hände weiß, so fest umklammerte er das Lenkrad. »Bis hierher und keinen Schritt weiter!« Man habe schließlich Rechte, als Mensch und als Bürger dieses Landes, die seien nicht verhandelbar. Darunter falle auch das Recht, den eigenen Körper zugrunde zu richten, wenn man das wolle. »Mein Bauch gehört mir! Da kommt kein Gurt drüber.« Sein Blick war fiebrig. »Wenn wir jetzt keinen Widerstand leisten, verbieten sie uns irgendwann noch das Rauchen!« Er schnippte die Kippe aus dem Fenster, bog scharf ab und steuerte den Wagen über die Straßenbahngleise in den Perlacher Forst.

Plötzlich wurde es dunkel, und Gruber schaltete die Scheinwerfer an. Nick warf einen Blick auf die Uhr. Fast 20 Uhr, aber im Hochsommer viel zu früh für eine solche Dunkelheit. Oder lag es an den hohen Fichten, die den Weg säumten? Der Himmel war entweder verschwunden oder hatte sich der allgemeinen Finsternis angepasst, immerhin war er nicht mehr gelb. Langsam fuhren sie über den Forstweg. Gruber sagte kein Wort mehr, er hatte sein Pulver verschossen. Im Scheinwerferlicht tauchte ein uniformierter Kollege auf. Am Wegesrand standen ein Streifenwagen und ein VW-Bus. Wahrscheinlich die Spurensicherung. Der Uniformierte trat heran und spähte in den Wagen

»Servus. Stellts euch hinter den Bulli.« Dann deutete er auf einen schmalen Weg, der in den Wald hineinführte. »Die Kollegen sind schon da. Immer geradeaus. Etwa hundert Meter.«

»Aber da ist doch ein Weg«, sagte Gruber.

»Genau. Immer geradeaus, etwa hundert …«

»Wenn da ein Weg ist, dann benutz ich den doch. Oder ist er nicht befahrbar?«

»Schon. Aber besser wär's, ihr parkts hier und geht den Rest zu Fuß.«

»Wär das besser, ja? Mach ich irgendwelche Spuren kaputt, wenn ich da entlangfahr?«

»Nein … ich … ich glaube nicht …«

»Warum wär das dann besser?«

Irgendetwas in Grubers Stimme ließ den Uniformierten zurückweichen.

»Es gibt hier einen Weg, der mich da hinführt, wo ich hinwill, warum ist es dann besser, diesen Weg nicht entlangzufahren? Das muss mir mal einer erklären.«

Der Uniformierte war sichtlich aus dem Konzept. Er wollte gerade zu einer Erwiderung ansetzen, als Gruber losbrüllte: »Oder gehörst du auch zu denen, die mir sagen, es wär besser, ich würd mich künftig anschnallen? Und wenn ich's nicht mach, weil, ich mach's nicht – krieg ich dann von dir die *Maul-ned-schnall-di-o*-Medaille, oder erschießt du mich gleich?!«

Es ging noch eine Weile hin und her, aber Gruber war in Rage und für Nick nicht mehr zu verstehen.

»Weißt, was besser wär?«, brüllte Gruber schließlich. »Besser wär, du machst jetzt einfach Platz!« Er ließ den Motor aufheulen und gab Gas. Der Uniformierte sprang zur Seite, und Gruber steuerte den Wagen auf den Waldweg. »Wo kommen die plötzlich alle her, diese Besserwisser?«

Wurzeln, Steine, Löcher im Boden. Gruber fuhr Schritttempo, mehr war nicht möglich. Tausende Insekten schwirrten im

Scheinwerferlicht umher. Die einzigen Lebewesen, denen die Hitze nichts auszumachen schien. Ausgerechnet. Nick schloss den Mund und biss die Zähne zusammen. Seit seiner Kindheit begleitete ihn die Angst, er könnte Mücken, Fliegen oder Wespen verschlucken. Es ging dabei nicht um die Größe der Tiere, es war allein die Vorstellung, ein Insekt könnte in seinen Rachen fliegen und sich dort einnisten, die ihn in Panik versetzte. Er nahm sich vor, gelegentlich mal beim Polizeipsychologen nachzufragen, und hielt den Arm aus dem Fenster. Irgendwie war Bewegung in die Luft gekommen, vielleicht war's aber auch nur der Fahrtwind. Zweige schlugen gegen den Kotflügel, und Nick zog schnell den Arm zurück. Dann war der Wald plötzlich zu Ende. Vor ihnen tat sich eine Lichtung auf. Im Scheinwerferlicht erkannten sie eine prächtige alte Linde. Auf einer Bank davor saßen aneinandergelehnt zwei Frauen, als würden sie sich gegenseitig abstützen. Gruber schaltete in den Leerlauf und beugte sich nach vorn. Auch Nick spähte angestrengt aus dem Fenster. Die beiden Frauen schienen zu schlafen und dabei zu versuchen, die Balance zu halten. Vielleicht lag es an der Linde, dass das Bild fast idyllisch wirkte. Aber es täuschte. Die Kleidung der Frauen war blutgetränkt.

Nick wollte gerade die Tür öffnen, als Gruber sagte: »Hier stimmt doch was nicht.«

»Was meinst du?«

»Wo sind denn die Kollegen?«

Gruber hatte recht. Außer den beiden toten Frauen war weit und breit niemand zu sehen, und der Uniformierte auf dem Forstweg hatte doch gesagt ... Gruber zog die Handbremse und ließ den Motor laufen. Die Scheinwerfer waren die einzige Lichtquelle hier draußen. Sie stiegen aus. Noch immer war es heiß und noch immer beängstigend still. Sie waren mitten im Perlacher Forst, aber nicht eine Vogelstimme war zu hören und kein Rascheln im Unterholz. Was, dachte Nick, wenn nicht nur die beiden Frauen tot sind, sondern alle Lebewesen? Wenn alle tot waren und nur noch Gruber und er … und die Insekten …

Während sie langsam in Richtung Linde gingen, geriet die Welt, die eben noch von der Hitze lahmgelegt war, plötzlich in Unruhe. Wind kam auf und wurde rasend schnell zum Sturm. Orkanböen peitschten die Bäume, Wipfel bogen sich, Blätter rauschten. Nick musste sich den Böen mit ganzer Kraft entgegenstemmen. Es wurde schlagartig kalt, und er fröstelte. Eine Wolkenwand rollte heran und hüllte sie ein. Von Gruber war nur noch ein Schemen zu sehen. Sand wirbelte auf, sodass Nick die Augen schließen musste. Es knallte. Er hörte Gruber vor Schmerz aufschreien und versuchte zu begreifen, was hier vor sich ging.

Ein ohrenbetäubender Lärm brach los, als würde in der Nähe ein Maschinengewehr abgefeuert. Aus vereinzelten Schlägen wurden erst ein Trommelfeuer und dann das anhaltende Brüllen eines Ungeheuers. Nick wurde am Kopf getroffen. Es war, als würde er mit Steinen beworfen. »Zurück zum Auto! Schnell!«

Er versuchte, sich mit den Händen zu schützen, während er zum Wagen spurtete, riss die Tür auf und ließ sich schwer atmend auf den Sitz fallen. Hier drin war es allerdings noch lauter als draußen. Der Hagel donnerte auf das Wagendach. Nick presste sich die Hände auf die Ohren. Von der Umgebung war nichts mehr zu sehen, der Wald, die Lichtung, alles war hinter einer weißen Wand verschwunden. Die Fahrertür wurde aufgerissen. Gruber sank auf den Sitz. »Wie im Krieg!«, stöhnte er und hielt sich die blutende Stirn. Es knallte und krachte. Erst zerbarst die Heck- und kurz darauf die Frontscheibe. Faustgroße Hagelkörner hüpften, kullerten und schossen wie Granaten herein. Um sich vor Lärm und Hagelschlag zu schützen, hielten sich Nick und Gruber wie in einer grotesken Pantomime abwechselnd die Hände auf die Ohren und vors Gesicht. In den Höllenlärm mischte sich ein weiteres Geräusch, das Nick zunächst nicht einordnen konnte. Es kam von links, vom Nebensitz. Gruber starrte vor sich hin, seine zusammengepressten Lippen bildeten einen schmalen Schlitz, aus dem das Wimmern drang. Nick beugte sich vor, um Grubers Gesicht besser sehen zu können, und erschrak, denn er erkannte ihn nicht wieder. Sein Körper krümmte sich zusammen, und sein Kopf sank aufs Lenkrad. Seine kräftigen Hände hatten sich in seine Haare gekrallt. Gruber war ein paar Jahre älter als Nick, gut möglich, dass er als Kind noch Bombenhagel erlebt hatte. Nick legte ihm die Hand auf die Schulter, und bald hatte er das Gefühl, dass sich der Körper seines Kollegen ein wenig entspannte. Das Wimmern erstarb. Ganz im Gegensatz zum Hagelsturm, der mit voller Kraft weiter tobte.

Wie lange der Spuk dauerte, war unmöglich zu sagen, fünf Minuten? Eine halbe Stunde? Irgendwann, als hätte jemand einen Schalter umgelegt, hörte der Hagel auf. Es wurde heller, und Meter für Meter wich der Dunst zurück. Eine weiße Landschaft tat sich vor ihnen auf, die ganze Lichtung war von einer Eisschicht überzogen.

Auf der Bank vor der Linde saß ein Wesen, das an eine fremde Gottheit erinnerte, gleichermaßen schaurig und schön. Eine große Ruhe ging von ihm aus. Ein schüchterner Sonnenstrahl durchbrach die Wolkendecke und ließ den Eispanzer funkeln, unter dem es schützend die Toten verbarg.

Nick war kein religiöser Mensch, aber der Anblick berührte ihn. Gruber schien es ähnlich zu gehen. Stumm saßen sie in ihrem zerstörten Wagen wie in einer Kirchenbank.

Da Grubers Kopfwunde nicht aufhörte zu bluten, holte Nick das Verbandszeug unter dem Sitz hervor und verarztete ihn notdürftig. Sie sprachen kein Wort. Als sie ausstiegen, versanken ihre Schuhe in einer Eisschicht. Der gesamte Wagen – Motorhaube, Dach, Kofferraum – war von Dellen übersät und erinnerte an die Oberfläche eines Golfballs. Erst als sie auf die Linde zustapften, bemerkte Nick, dass der Boden nicht nur von einer hohen Eisschicht bedeckt war, sondern auch von Zweigen, Blättern und toten Vögeln. Der Perlacher Forst hatte sich in eine apokalyptische Landschaft verwandelt.

Sie gingen schweigend und setzten langsam Schritt vor Schritt. Das Eis knirschte unter ihren Füßen. Aus der Ferne drang das Jaulen der Martinshörner zu ihnen, und die Vögel, die überlebt hatten, erhoben zaghaft ihre Stimmen.

Vor der Linde blieben sie stehen und betrachteten das wunderliche Wesen, das sich die toten Frauen einverleibt hatte. Wie so oft verlor das Erhabene aus der Nähe besehen seinen Zauber. Was blieb, war eine bizarre Eisskulptur, die bereits zu schmelzen begann; bald würde sie die Frauen freigeben.

Plötzlich schlug ihm Gruber aufgeregt in die Seite und zischte: »Da!«

Nick trat einen Schritt nach rechts und spähte am Baumstamm vorbei. Auf der Lichtung stand ein Mann mit langen Haaren und Bart und starrte zu ihnen herüber. Er hatte die Arme leicht ausgebreitet und war blutüberströmt.

»Hallo?«, rief Gruber, aber der Mann reagierte nicht. Erst als sie sich auf ihn zubewegten, löste er sich aus seiner Erstarrung und rannte in Richtung Waldrand davon.

»Polizei! Bleiben Sie stehen!«

Aber der Mann rannte weiter und verschwand im Unterholz. Nick und Gruber verständigten sich wortlos, Gruber nahm die Verfolgung auf, und Nick blieb bei den Toten. Er sah Gruber nach, der über den rutschigen Boden eierte. Als er im Wald verschwunden war, hörte er ihn noch ein paarmal rufen, dann kehrte wieder Ruhe ein.

Obwohl der Abend dämmerte, wurde es wieder wärmer. Unter dem tauenden Eispanzer kamen langsam die beiden Frauen zum Vorschein. Eine Verwandlung fand statt, und Nick hatte die Aufgabe, darüber zu wachen und die Frauen zu beschützen. Es war ein seltsam intimer Moment, fast wie eine Geburt. Unter der dünner werdenden Eisdecke nahmen sie langsam Gestalt an, bekamen eine Haarfarbe, Gesichtszüge, eine Persönlichkeit. Die eine war deutlich älter, an die vierzig vielleicht. Sie trug das aschblonde Haar halblang und um den Hals eine goldene Kette, an der ein Kreuz hing. Bekleidet war sie mit einem weißen Sommerkleid mit blauen Punkten, das sonntäglich wirkte, und dazu passenden blauen Halbschuhen. Die Frau neben ihr war fast noch ein Mädchen, höchstens achtzehn Jahre alt, mit langem, kastanienbraunem Haar, das links und rechts an den Schläfen mit je einer Spange gehalten wurde. Um die Nase herum Sommersprossen. Sie trug ein Marillion-T-Shirt, Jeans und Espadrilles. Beide hatten klaffende Wunden in der Brust. Man musste kein Experte sein, um zu sehen, dass sie erschossen worden waren. Mitten im Perlacher Forst hatte jemand zwei Frauen hingerichtet, und eine davon war noch fast ein Kind.

Ein Geräusch in seinem Rücken ließ Nick herumfahren. Es waren die Kollegen, die durch das Eis auf ihn zukamen.

»O Gott«, sagte einer. Ein anderer bekreuzigte sich. Stumm standen sie eine Weile vor den Toten.

Die Kollegen waren zum richtigen Zeitpunkt gekommen. Die Wandlung war vollzogen, der mystische Moment dahin. Nick konnte ihnen die beiden Frauen guten Gewissens anvertrauen. Also nickte er den Beamten von der Spurensicherung zu und trat ein paar Schritte zurück. Er beobachtete, wie sie mit all ihrer Routine ans Werk gingen, und wusste die Frauen in guten Händen. Allerdings bezweifelte er stark, dass die Kollegen irgendetwas Verwertbares finden würden, eine bessere Methode zur Beseitigung von Spuren als ein Hagelsturm ließ sich kaum denken. Die Eisschicht war inzwischen sulzig geworden. Seen bildeten sich, bald würde die Lichtung im Schlamm versinken. Nick wandte sich an die beiden Uniformierten, die ein wenig unschlüssig abseits standen: »Wo habt ihr euch denn versteckt?«

Einer von ihnen, berichteten sie, war Hobbymeteorologe,

wusste Bescheid übers Wetter und hatte sie gewarnt, sodass sie sich rechtzeitig in der Hütte bei der Jausenstation in Sicherheit bringen konnten. Nick, der sich, wie in ganz München, auch im Perlacher Forst nicht auskannte, hatte keine Ahnung, wovon sie sprachen. »Wer hat die Toten eigentlich entdeckt?«

Ein Spaziergänger sei das gewesen, berichteten sie, der an und für sich … Sie blickten einander erschrocken an. »Also … eigentlich war der eben noch da … Aber dann ist er in dem ganzen Chaos wohl … Vielleicht wartet er vorne am Weg beim Kollegen …«

»Habt ihr die Personalien?«

»Ja.«

»Dann ist alles gut.« Nick zündete sich eine Zigarette an. Neben dem ununterbrochenen Jaulen der Martinshörner war aus der Ferne ein weiteres Geräusch zu vernehmen, ein dumpfes Grollen, als bräche die Erde auf, aber es war wohl das Eis, das weggeräumt wurde und von den Dächern fiel. Die Stadt stöhnte und wimmerte wie ein geschundener Organismus.

Nach einer halben Stunde kam Gruber zurück. Er wirkte nachdenklich, nickte den Kollegen zu und erzählte, er sei dem Flüchtenden bis zur Menterschwaige gefolgt, einer psychiatrischen Privatklinik, die mitten im Perlacher Forst lag. »Etwa zweihundert Meter.« Gruber zeigte die Richtung an. »Der Mann heißt Jürgen Berger und lebt dort in einer therapeutischen Wohngemeinschaft. Lauter Langhaarige und Selbstgestrickte, ziemlich chaotisch.« Er wollte eine Zigarette. Nick gab ihm eine HB und Feuer. Ein uniformierter Kollege meinte, sich zu erinnern, dass gegen die Klinikbetreiber Anzeigen wegen Steuerhinterziehung und Verstoßes gegen das Heilpraktikergesetz vorlägen, und irgendwo habe er mal gelesen, dass es sich bei der Einrichtung eher um eine Psycho-Sekte als um eine richtige Klinik handle.

»Meinst du, dieser Jürgen Berger hat etwas mit dem Mord zu tun?«, fragte Nick.

»Eher nicht.« Gruber blies Rauch aus. »Das Blut stammt wohl von ihm selbst, von mehreren Verletzungen am Kopf. Er hat ausgesagt, dass er regelmäßig zum Meditieren in den Wald geht, nur dass er heute leider vom Hagel überrascht worden ist. Er hat nichts Verdächtiges bemerkt, nix gesehen, nix gehört … Allerdings …« Gruber brach ab und betastete das Pflaster auf seiner Stirn. »Es ist klar, dass wir die in der Menterschwaige alle vernehmen müssen, Patienten, Personal, Ärzte, alle. Allein wegen der Nähe zum Fundort der Leichen. Irgendwer muss die Schüsse ja gehört haben.« Er berichtete weiter, dass er deshalb Aki angerufen und um Unterstützung durch uniformierte Kollegen gebeten habe. »Aber der hat mich nur ausgelacht. München schaut aus wie nach dem Krieg, hat er gesagt. Die Kollegen sind im Dauereinsatz, da ist momentan kein einziger abkömmlich.« Gruber hielt inne. Sie lauschten dem Jaulen der Martinshörner in der Ferne, das nicht abreißen wollte.

»Das Dach von der Klinik hat's auch erwischt.« Gruber schnippte die Zigarettenkippe in die Eisbrühe. »Immerhin sind jetzt Mercks und Löscher auf dem Weg zur Menterschwaige und fangen schon mal an mit den Vernehmungen.«

Da trat einer der Spurensicherungskollegen heran und reichte ihnen eine Plastiktüte. »Bei der Älteren haben wir keine Papiere gefunden, aber die Jüngere hatte das hier in ihrer Hosentasche.« In der Plastiktüte befand sich ein durchsichtiges Dokumentenmäppchen mit einem Schülerausweis, ausgestellt auf den Namen Dinka Ursa, wohnhaft in der Quiddestraße 41. Dinka hatte die elfte Klasse des Heinrich-Heine-Gymnasiums besucht.

Den zerstörten Wagen ließen sie stehen. Sollte sich jemand vom Fuhrpark darum kümmern. Der uniformierte Kollege, mit dem Gruber aneinandergeraten war, brachte sie in einem beschädigten, aber immerhin fahrtüchtigen Streifenwagen zum Bahnhofsviertel. Umgestürzte Bäume und Äste lagen auf der Fahrbahn.

Überall waren Feuerwehr und THW mit Bergungs- und Aufräumarbeiten beschäftigt. Vor der Brachfläche an der Senefelderstraße stiegen sie aus und gingen zu Nicks Dienstwagen. Bis auf ein paar Dellen hatte der BMW nichts abbekommen. Sie stiegen ein und fuhren langsam durchs Bahnhofsviertel das halbwegs glimpflich davongekommen zu sein schien. Je weiter sie allerdings Richtung Osten kamen, desto schlimmer hatte der Sturm gewütet. Inzwischen war es dunkel geworden. Im Licht der Straßenlaternen bot sich ihnen ein Bild der Verwüstung: Die meisten Straßen standen unter Wasser oder waren noch immer von einer dicken Hagelschicht bedeckt, einige Tunnel waren gesperrt. Einzeln oder in kleinen Gruppen standen Menschen vor ihren zerstörten Häusern und Autos. Viele hatten Schneeschippen in der Hand und räumten mit leeren Gesichtern die Gehsteige von Eis, Glasscherben und heruntergefallenen Dachziegeln frei. Überall zerschlagene Scheiben, Löcher in Dächern und Fassaden. Ambulanzen standen mit rotierendem Blaulicht am Straßenrand oder fuhren so schnell, dass Wasserfontänen aufspritzten. Martinshörner aus allen Richtungen. Gruber schaltete das Radio ein: »... im Großraum München und im Landkreis Ebersberg wegen des Unwetters und nach starkem Hagelschlag erhebliche Behinderungen, zusätzliche Gefahr durch umgestürzte Bäume und abgebrochene Äste, im Bereich Pasing kann die Straßenbahn wegen eines Kurzschlusses in der Oberleitung nicht mehr verkehren ...« Andächtig lauschten Nick und Gruber den nicht enden wollenden Katastrophenmeldungen. Obwohl sie das Wüten des Hagelsturms selbst hautnah miterlebt hatten, wurde ihnen die tatsächliche Dimension der Zerstörung erst jetzt richtig bewusst. »Im Laufe des Nachmittags«, erklärte ein Meteorologe, »etwa gegen 16 Uhr konnte man südlich des Raumes Stuttgart auf unserem Radarschirm die Entstehung einer einzelnen Gewitterwolke beobachten. Als die Gewitterwolke dann auf das Stadtgebiet München zuzog, hat die zusätzliche Hitze der Stadt einen weiteren Wärmenachschub geliefert und so dafür gesorgt, dass die Wolke noch weiter in die Höhe schoss, wodurch diese außerordentlich großen Hagelkörner entstehen konnten …«

»Jetzt schlau daherreden, aber vorhergsagt habts ihr nix!«, schimpfte Gruber.

Vor ihnen tauchten die Hochhaustürme einer Trabantenstadt auf. Sie ragten wie ein Gebirge in den Nachthimmel. Nick versuchte, anhand der erleuchteten Fenster ihre Höhe einzuschätzen. Acht Stockwerke, manche zwölf.

»Neuperlach.« Gruber erklärte, dass sie vor zehn Jahren das ganze Viertel aus dem Boden gestampft und hier auf die grüne Wiese gesetzt hatten. »Der Architekt war auch Berliner.« Er sah Nick vorwurfsvoll an, und angesichts der Betonwüste überkamen Nick prompt Schuldgefühle. »Ich bin nicht für alles verantwortlich, was aus Berlin kommt. Nur damit du Bescheid weißt.«

Gruber sagte nichts, aber er schien das zu bezweifeln.

Als sie an einer Ampel stoppten, überquerte vor ihnen ein altes Ehepaar die Straße. Sie hielten sich an den Händen. Er zog einen Einkaufsroller hinter sich her und blutete aus einer Wunde am Kopf. Vielleicht lag es am Ampellicht, dass ihre Gesichter so fahl wirkten. Die Ampel schaltete um. Gruber gab Gas. Im Radio spielten sie »Eisbär« von Grauzone. »Die haben Nerven«, sagte Gruber.

Die breite Straße war wie ausgestorben. Sie parkten hinter einem Opel Commodore mit zerschlagener Heckscheibe und stapften durch die Hagelkörner auf den Eingang zu. Es dauerte einen Moment, bis sie den Namen Ursa auf dem Klingelbrett gefunden hatten. Nick drückte auf den Knopf und als nicht geöffnet wurde, klingelte er so lange bei den Nachbarn, bis einer sich erbarmte. Der Türöffner summte. Nick stieß die Eingangstür auf. Da sie nicht wussten, in welchem Stock Dinka Ursa gewohnt hatte, mussten sie die Treppe nehmen. Nick war froh, er hasste

Fahrstühle. Es war dann der fünfte. Gruber fluchte und atmete schwer. Wieder drückten sie den Klingelknopf. Klopften. »Polizei, bitte öffnen Sie.« Als nichts passierte, holte Nick den Dietrich aus seiner Tasche. Gleichzeitig wurde die Tür zur Nachbarwohnung geöffnet.

»Was ist denn los?« Die Frau war um die dreißig. Plastiklöffel in der Hand. Drinnen schrie ein Kleinkind.

Gruber kümmerte sich um sie, und Nick betrat die Wohnung, in der das Mädchen mit den Sommersprossen gelebt hatte. »Hallo?«, rief er. »Ist jemand da?« Keine Antwort. Einen Moment lang stand er bewegungslos im dunklen Eingangsbereich und sog den besonderen Geruch ein, der jeder fremden Wohnung anhaftete. Die Stimmen von Gruber und der Nachbarin drangen gedämpft zu ihm. Sonst war es still. Nicht einmal Martinshörner waren zu hören. Entweder war in diesem Viertel nichts passiert, oder man hatte es vergessen.

Er machte Licht. Im Flur eine Tapete mit Pflanzenmuster. An der Garderobe hinter der Tür hingen ein Sommerblouson und ein Regenmantel. Nick ging von Zimmer zu Zimmer und versuchte, sich einen Eindruck von den Menschen zu verschaffen, die hier lebten … oder gelebt hatten.

Die Wohnung war sauber und aufgeräumt, viel dunkles Holz, Stiche mit alten Stadtansichten und in fast jedem Zimmer ein Kruzifix an der Wand. Vom Wohnzimmer aus hatte man einen beeindruckenden Blick über das ganze Viertel. Ein Wohnblock reihte sich an den nächsten. Auffallend wenige Fenster waren erleuchtet. Waren nicht alle Wohnungen vermietet, oder wollten die Nachbarn nicht gesehen werden und scheuten das Licht? Um sie herum mochte die Welt feindlich sein, aber hier oben, im fünften Stock des Wohnblocks Quiddestraße 41, hatten sich die Ursas einen sicheren Ort geschaffen. So kam es Nick jedenfalls vor.

Dinkas Zimmer war hell und freundlich eingerichtet. Marillion-Poster an den Wänden, sie schien ein echter Fan gewesen zu sein. Auf dem Nachttisch lagen zwei Bücher. *Die Möwe Jonathan* und *Johannes* von Heinz Körner. Alles in diesem Raum zeugte von Leben und Aufbruch. Der Anblick war kaum zu ertragen.

Plötzlich stand Gruber neben ihm. »Jugos. Der Vater heißt Stjepan. Automechaniker. Angenehme Leute, sagt die Nachbarin, ruhig und zurückgezogen.«

Im Bücherregal im Wohnzimmer fanden sie ein Familienfoto, das, nach Dinkas Aussehen zu schließen, vor etwa zwei Jahren aufgenommen worden war. Das zweite Opfer, die ältere Frau, war zweifellos Dinkas Mutter. Stjepan, um die vierzig, dichtes, braunes Haar, Seitenscheitel, eingerahmt von Ehefrau und Tochter, lächelte stolz in die Kamera.

Was ist euch zugestoßen?, dachte Nick. Was hat dazu geführt, dass zwei von euch tot sind?

»Passt.« Gruber schnappte sich das Foto, ging zum Telefon und ließ Stjepan Ursa zur Fahndung ausschreiben. Während er telefonierte, meinte Nick, ein Geräusch zu hören. Er lauschte. Da war es wieder. Ein Rascheln. Es kam aus dem Badezimmer. Merkwürdig, er hatte doch jeden Raum überprüft. Er drückte die Klinke hinunter, öffnete langsam die Tür. »Hallo? Ist hier jemand?«

Keine Antwort, aber die Geräusche waren nun viel deutlicher zu hören. Irgendjemand war in diesem Raum, auch wenn Nick niemanden sehen konnte. Er zog seine Waffe und ging langsam an der Badewanne entlang – bis er dahinter einen Käfig erblickte. Auf dem mit Sägespänen bedeckten Boden rannte ein Meerschwein hin und her. Immer wieder stieß es gegen die Käfigwand.

»Fahndung ist raus.« Gruber spähte neugierig herein und trat zu Nick. »Oje. Was machen wir denn mit dem?«

»Müssen wir mit dem irgendwas machen? Ist eigentlich nicht unsere Baustelle, oder?«

Das Meerschwein sah sie mit seinen Knopfaugen an, es blickte von einem zum anderen.

»Die Spurensicherung kommt bald, sollen die sich doch kümmern.«

»Ja«, sagte Nick, »völlig richtig.«

»Wen habt ihr denn da?«, fragte Aki, als Nick den Käfig über den Flur des Kommissariats balancierte.

»Du auch Döner?«, fragte Gruber und ging, ohne auf Nicks Antwort zu warten, direkt zum Loch im Boden neben dem Getränkeautomat und rief Hakan seine Bestellung zu.

Nick stellte den Käfig im Besprechungsraum ab und erklärte Aki, wo und unter welchen Umständen sie das Meerschwein entdeckt hatten. »Irgendwo muss es ja hin.«

Nick und Gruber berichteten vom Fund der beiden Frauenleichen im Perlacher Forst und dass sie Stjepan Ursa bereits zur Fahndung ausgeschrieben hatten. Als Nick seine Eindrücke von Dinkas Zimmer schilderte, schüttelte Aki den Kopf. »Mein Gott, sie war ja noch ein Kind.«

Hakan brachte die Döner persönlich und wünschte guten Appetit. Aber nicht einmal Gruber brachte mehr als zwei Bissen herunter. Keinem fiel mehr etwas ein, also schwiegen sie, und Nick hatte wieder das Bild der Eisskulptur vor Augen.

»Wie heißt es denn?«, fragte Aki unvermittelt.

»Wer?«

Aki deutete zum Käfig.

»Woher soll ich das wissen?« Nick betrachtete das Meerschweinchen. Sein Fell war schwarz-weiß-braun und ganz struppig. Lustige Frisur, an den Seiten lang. Bestimmt hatte es Dinka gehört. Welchen Namen hätte sie wohl für ihr Meerschweinchen gewählt? Auf einmal verspürte Nick eine große Verantwortung. Dieses Tier war Dinkas Vermächtnis. Er wollte es im Sinne der Verstorbenen benennen. Aber was wusste er über Dinka? Sie hatte Marillion geliebt, aber Marillion fand er nicht passend als Namen für ein Meerschweinchen. Die Bücher auf ihrem Nachttisch, vielleicht? *Johannes* oder *Jonathan?* Er betrachtete das Tier noch einmal ganz genau. Diese Frisur! Das Meerschwein erinnerte auf frappierende Weise an *Fish,* den Marillion-Sänger, und plötzlich wusste Nick, wie Dinka ihr Haustier genannt hatte.

»Es heißt *Fisch.*«

Aki warf ihm einen befremdeten Blick zu, aber bevor er etwas sagen konnte, fragte Gruber: »Hat unser Raumschiff eigentlich auch was abbekommen?«

»Nein«, sagte Aki, »wahrscheinlich hat der Hagel gewusst, dass die Bude zusammenstürzt, wenn er hier einschlägt.« Im ganzen Kommissariat war nicht eine einzige Fensterscheibe zu Bruch gegangen. Aki bestätigte, was sie bereits vermutet hatten: Das Bahnhofsviertel war vergleichsweise glimpflich davongekommen. »Aber ansonsten ist das eine einzige Katastrophe. In den Krankenhäusern ist die Hölle los.«

Irgendwann kamen Mercks und Löscher dazu. Sie wirkten erschöpft. Die Vernehmungen in der Menterschwaige waren kompliziert gewesen, die Patienten hatten aus ihrem Leben und von ihren Gefühlen erzählt, viele hatten geheult, aber klare, brauchbare Aussagen zu bekommen, war furchtbar schwierig gewesen. Weder die Patienten noch das Personal hatten Schüsse vernommen. »Wobei sie sich nicht mal ganz einig waren, wer zu welcher Gruppe gehört«, warf Löscher ein, »die Übergänge scheinen fließend zu sein.«

»Allerdings machen die dort auch Schreitherapien und Sufi-Tanz«, führte Mercks seinen Gedanken weiter, »wo's dann auch mal lauter wird. Kann schon sein, dass man dann keine Schüsse hört.«

»Oder der oder die Täter haben einen Schalldämpfer benutzt«, sagte Gruber.

»Im Moment sieht es jedenfalls so aus«, fasste Aki zusammen, »als hätten wir's mit einem Familiendrama zu tun. Stjepan Ursa ist, Stand jetzt, unser Hauptverdächtiger. Die Fahndung nach ihm läuft. Die Kollegen von der Spurensicherung sind auf dem Weg zur Wohnung der Familie. Danke, so viel fürs Erste.«

In dem Moment fiel draußen die Eisentür ins Schloss.

»Wer kommt denn jetzt noch?« Aki spähte in Richtung Flur.

Kurz darauf führte Löscher Graziella und ihren Sohn Matteo in den Besprechungsraum. »Ciao.« Graziella versuchte ein Lächeln, aber Nick sah ihr an, dass ihr eigentlich zum Heulen zumute war. Erst jetzt bemerkte er den großen Koffer, den sie bei sich hatte. Matteo hatte eine Sporttasche umgeschnallt. »Der Hagel hat«, begann sie, »der hat unsere Wohnung … Das Dach ist … Das ganze Haus …« Sie brach in Tränen aus. Schluchzend stand sie bei der Tür. Auch Matteo rannen die Tränen über die Wangen.

Aki rückte schnell zwei Stühle zurecht. »Setzt euch erst mal.«

Gruber kam mit zwei Bier herein. Eines für Graziella und eines für Matteo.

»Gibt's auch Cola?«, fragte der Junge schüchtern.

»Im Automat gibt's nur Bier. Aber Hakan hat bestimmt …« Gruber verschwand wieder nach draußen, und kurz darauf hörte man ihn lautstark mit Hakan unten im Bosporus verhandeln. Das Loch war ein Segen. Als sich Graziella wieder etwas gefangen hatte, erzählte sie, wie der Hagelsturm ihr Zuhause vernichtet hatte. »Der hat das ganze Dach abgedeckt …«

Sie hatten die Wohnung fluchtartig verlassen und in der WG im Erdgeschoss Zuflucht gefunden. »Als alles vorbei war, sind wir wieder hoch …« Graziella brach ab und begann wieder zu schluchzen.

»Überall war Eis«, sagte Matteo leise. »In der ganzen Wohnung …«

Schweigen. Jeder nippte an seinem Getränk. Gruber kam zurück. »Cola kommt gleich.«

»Das heißt«, sagte Aki, »ihr braucht jetzt also erst mal eine Unterkunft, ja?«

Die Blicke aller Kollegen richteten sich auf Nick.

»Das ist aber süß.« Matteo hatte das Meerschweinchen entdeckt. »Wie heißt es denn?«

»Fisch«, sagte Aki.

Dunst lag über den Straßen. Die Neonlichter der Stripclubs spiegelten sich im Tauwasser. Discobeats aus den Bars mischten sich mit dem Grölen Betrunkener. Horden von Männern in T-Shirts und kurzen Hosen waren unterwegs, ein paar Punks rutschten auf schmutzigen Eisbergen herum, die am Straßenrand vor sich hin schmolzen. Wenn einer stürzte, applaudierten die Animierdamen, die rauchend vor den Türen der Clubs standen. Die Katastrophe war vorüber, das Bahnhofsviertel tanzte.

Sie hatten den Weg bisher schweigend zurückgelegt. Matteo, der sich eben noch kindlich über das Meerschweinchen gefreut hatte, gab sich demonstrativ unbeeindruckt vom dampfenden Rotlichtviertel. Er hatte seine Ihr-könnt-mich-mal-Rüstung angelegt. Visier runter, breiter Gang, nichts geht raus, nichts kommt rein. Nie war man derart verletzlich wie mit fünfzehn, und nie durfte man es so wenig zeigen, dachte Nick. Der Koffer war schwer, aber er ließ sich nichts anmerken.

Je näher sie seiner Wohnung kamen, desto unsicherer wurde er. Alle waren wie selbstverständlich davon ausgegangen, dass Nick die beiden bei sich unterbringen würde, und natürlich wollte er ihnen helfen, keine Frage. Aber jetzt, da sie bald vor seiner Haustür stehen würden, kamen ihm Zweifel. Er warf Graziella einen Blick zu. Sie wirkte in sich gekehrt, mit sich und ihren Gedanken beschäftigt. Nur einmal, vorhin, als er sie zu sich eingeladen hatte, war ein Lächeln über ihr Gesicht gehuscht. Da war ihm aufgefallen, wie lange er sie schon nicht mehr hatte lächeln sehen. In Italien war etwas mit ihnen passiert, das Nick bis heute nicht recht zu benennen vermochte. Die Jagd nach der Gruppe LUDWIG hatte sie zusammengeschweißt. Sie waren *ein Team* geworden? *Ein Paar? Liebende?* Sie hatten *eine Affäre* gehabt? Keiner dieser Begriffe war passend. Sie hatten einfach zusammengehört. Mit Graziella in Italien hatte Nick sich *zu Hause* gefühlt, besser konnte er es nicht ausdrücken. Sie hatten miteinander gelacht, gegessen, geschlafen und Angst gehabt, und es war ihnen gelungen, Wolfgang Abel und Marco Furlan das Handwerk zu legen und den Behörden zu übergeben. Die italienische Staatsanwaltschaft verdächtigte die beiden jungen Männer aus der Oberschicht Veronas jener rechtsextremen Gruppe LUDWIG anzugehören, die seit 1977 vornehmlich in Oberitalien zehn Morde und Anschläge begangen und dabei fünfzehn Menschen getötet hatte. Teil dieser Mordserie schien auch der Brandanschlag auf die Sex-Diskothek Liverpool in der Schillerstraße am 7. Januar 1984 zu sein. Zumindest legte dies das Bekennerschreiben nahe, das zehn Tage später im Münchner Polizeipräsidium eingetroffen war:

»IM LIVERPOOL WIRD NICHT MEHR GEFICKT.
EISEN UND FEUER SIND DIE STRAFEN DER NAZIS.
GOTT MIT UNS«

Um die Tat aufzuklären, war die Soko Liverpool gegründet worden, die hauptsächlich aus Nick und seinen Kollegen von der Mordkommission 3 bestanden hatte und von Aki geleitet worden war. Um herauszufinden, ob es tatsächlich eine Verbindung zu den anderen Fällen gab, zu denen sich die Gruppe LUDWIG in ihren mit Reichsadler und Hakenkreuz versehenen Schreiben bekannt hatte, war Nick nach Italien geschickt worden. Da der Zeitdruck groß gewesen war und so schnell kein professioneller Dolmetscher verpflichtet werden konnte, hatte Aki kurzerhand Graziella überredet, Nick zu begleiten und für ihn zu übersetzen.

Dabei hatten sie sich ineinander verliebt. Aber auf der Rückreise nach München, im Schneetreiben auf dem Brenner, hatte Graziella ihm prophezeit, dass sich nun bald eine Verwandlung vollziehen würde. Sie würden, kaum zu Hause angekommen, nicht mehr eine Einheit bilden wie in Italien, sondern auseinanderfallen. »Ich werde wieder Graziella sein, die Putzfrau, und du wieder Hauptkommissar Nick Marzek.« Sie würden wieder in zwei unterschiedlichen Welten leben. »Es wird sein wie in einem bösen Märchen«, hatte sie gesagt, »wir werden uns nicht dagegen wehren können.« Genau so war es gekommen.

Und nun führte der Hagelsturm sie wieder zusammen. Manchmal, dachte Nick, bekommt man es aus eigener Kraft nicht hin. Manchmal braucht es ein Naturereignis.

Er schloss die Haustür auf und drückte auf den Lichtschalter. Die Treppenstufen knarzten bei jedem Schritt. Jetzt erst bemerkte Nick, dass der Koffer derselbe war wie der, den Graziella in Italien dabeigehabt hatte. Mailand, Vicenza, Verona. Wie oft er das schwere Ding bereits durch irgendwelche Treppenhäuser geschleppt hatte. Ein Knirschen unter seinen Schuhsolen. Auf dem Treppenabsatz lagen Glassplitter. Der Hagel hatte das Fenster zertrümmert. Musste er dem Hausmeister melden. Dann hatten sie seine Wohnung erreicht. Schlüssel ins Schloss. »Kommt rein!«

»Danke, Nick. Ich hätte sonst wirklich nicht weitergewusst.« Sie saßen am Küchentisch, Nick ein Bier, Graziella ein Glas Wein vor sich. Matteo war schlafen gegangen. »Schule, muss früh raus«, hatte er gemurmelt. Sie hatten sich darauf geeinigt, dass Graziella und Matteo das Bett im Schlafzimmer nehmen würden und Nick das Sofa im Wohnzimmer.

»Meint ihr, ihr kommt zurecht?«

»Klar kommen wir zurecht.«

»Es ist ein bisschen eng, und so ganz eingerichtet ist es immer noch nicht.« Nick erzählte, wie Vlado vom Im- und Export nebenan letztes Jahr kurz vor Weihnachten sein gesamtes Möbellager angeschleppt hatte, weil Jo zu Besuch kommen wollte. »Ich habe schnell Möbel gebraucht, deshalb sieht es jetzt ein bisschen … ein bisschen kunterbunt aus.«

»Mir gefallen die Geweihe. Und die Perserteppiche.«

»Die sind nicht echt.«

»Die Geweihe oder die Teppiche?«

»Die Teppiche. Was die Geweihe angeht, bin ich mir nicht sicher.«

»Sie gefallen mir«, wiederholte Graziella. Außerdem, fand sie, gehöre es bei Perserteppichen im Grunde dazu, dass sie nicht echt seien. »Eigentlich sind doch die falschen die richtigen. Ich mein, wer hat schon echte Perserteppiche?« Sie beispielsweise sei froh, dass sie keine hatte, denn die wären jetzt alle hinüber. *»Grandine di merda!«*

Sie wollte wissen, wo Nick gewesen war, als der Hagelsturm tobte, und er sagte es ihr. Dann berichtete sie noch einmal haarklein, wie sie und Matteo die Katastrophe erlebt hatten. Sie spielte es ihm vor. Sie machte den Wind nach, das Donnern des Hagels und das Splittern des Glases, und Nick wurde bewusst, wie sehr er sie vermisst hatte.

Als es bereits spät war und Graziella immer öfter gähnte, wurde Nick unruhig. Er konnte sie nicht ins Bett gehen lassen, ohne ihr die Frage gestellt zu haben, die ihn seit Wochen beschäftigte. »Liegt es an mir oder an der Gruppe LUDWIG, dass du mir aus dem Weg gehst?«

»Ich gehe dir nicht aus dem Weg …« Sie machte eine Handbewegung, als wollte sie eine lästige Fliege verscheuchen. »Oder vielleicht doch … Ich … Ich konnte nicht mehr schlafen, Nick. Ich bin jede Nacht schweißgebadet aufgewacht und habe alles wieder vor mir gesehen, was wir in Italien erlebt haben.«

Sie erzählte, und Nick hörte aufmerksam zu. Schon nach wenigen Sätzen wusste er, dass es ihr genauso ergangen war wie ihm selbst. Auch ihn hatte die LUDWIG-Geschichte nicht mehr losgelassen. Genau wie Graziella hatte er nachts wach gelegen, weil er die Bilder nicht aus dem Kopf bekam. Das Industriegebiet. Die Kuppel. Solaris Körper am Seil. Der Friedhof von Vicenza im strömenden Regen. Ihr Freund Solari, der ehemalige Commissario aus Vicenza, und der Journalist Franco Marin waren umgebracht worden, und beide Todesfälle hatten irgendetwas mit dem unheimlichen Foto von der Erschießung der beiden katholischen Aufständischen aus dem mexikanischen Bürgerkrieg zu tun, mit den beiden *Cristeros*, die mit verrenkten Körpern und geschlossenen Augen vor der Mauer aus Ziegelsteinen standen. Als sich dann herausstellte, dass es auch in München einen angeblichen Selbstmord im Zusammenhang mit diesem Foto gegeben hatte, war das Grauen plötzlich wieder ganz nah gewesen. Bis nach München war es gekommen, bis vor die eigene Haustür.

»Vielleicht habe ich einfach nur gehofft, dass ich, wenn ich zu dir Abstand halte, auch Abstand zu alldem bekommen würde.« Graziella zuckte mit den Schultern. »Es hat nicht funktioniert. Ich liege nachts immer noch wach … Aber was mir am meisten Angst macht, ist, dass keiner versucht, den dritten Mann der Gruppe LUDWIG zu finden, den Mann mit dem weißen Mercedes.«

Das war auch für Nick der entscheidende Punkt. Ein Phantombild dieses Mannes existierte, die italienischen Kollegen hatten es nach Graziellas Angaben angefertigt, denn sie hatte ihn beobachtet, als er aus dem Mercedes gestiegen war. Er hatte ihr direkt in die Augen geschaut. Aber bis jetzt hatte offenbar niemand ernsthaft nach diesem Mann gesucht.

»Ich hätte einfach sagen sollen, dass er mir entwischt ist und dass ich ihn nicht gesehen habe.« Sie blickte ihn ernst an. »Ich will mit alldem nichts mehr zu tun haben, Nick. Ich möchte wieder ein normales Leben führen …«

»Das mit dem dritten Mann«, sagte Nick, »dass dem keiner nachgegangen ist, das finde ich auch merkwürdig, aber ... es muss nicht unbedingt etwas heißen.«

»Wie meinst du das?«

»Manchmal ... Bei Ermittlungen kommt es häufig vor, dass Erkenntnisse, die anfangs bedeutsam erscheinen, später keine Rolle mehr spielen, weil andere Beweise oder Indizien inzwischen wichtiger sind. Allerdings kenne ich den aktuellen Stand der Dinge auch nicht. Seit das BKA den Fall übernommen hat, sind wir raus aus der Sache. Und seit klar ist, dass der Prozess gegen Abel und Furlan in Verona geführt wird, umso mehr. Das ist jetzt Aufgabe der italienischen Staatsanwaltschaft. Vielleicht haben sie ja inzwischen nach dem Mann gefahndet. Ich weiß es nicht. Niemand konnte mir dazu Auskunft geben.«

»Das heißt, ihr bekommt überhaupt keine Informationen mehr? Auch Aki nicht?« Graziella strich sich eine Haarsträhne aus der Stirn. Nick wurde bewusst, wie sehr ihm der Austausch mit ihr gefehlt hatte. Zusammen mit der Nähe zu Graziella war ihm auch die Kraft abhandengekommen, sich weiter mit der LUDWIG-Geschichte zu befassen. Eine seltsame Lähmung hatte ihn befallen. Aber jetzt ... Jetzt war Graziella wieder da.

»Doch«, sagte er. »Aki hat ein paar Informationen bekommen ...« Er erhob sich. Graziella sah ihn fragend an. »Was machst du?«

»Bin gleich wieder bei dir.« Während er über den Flur ins Wohnzimmer ging, erfasste ihn eine merkwürdige Unruhe. Der Karton stand auf dem Couchtisch, genau dort, wo er ihn vor einer Woche abgestellt und seither nicht mehr angerührt hatte. Er hob ihn hoch und wunderte sich erneut darüber, wie schwer er war.

Graziella hatte sich eine weitere Zigarette angezündet. Den linken Arm hatte sie über den Bauch gelegt, er bildete eine Balustrade, auf der lässig der rechte Arm ruhte. Sie hielt die Kippe zwischen den Fingern, blies Rauch aus und beobachtete, wie Nick den Karton auf den Tisch stellte. »*Allora?*«

»Vor einer Woche«, begann er, »hat mich Aki in sein Büro bestellt und mir dieses Paket über den Schreibtisch geschoben. Er hatte natürlich mitbekommen, wie sehr mich das alles beschäftigt … Und er hat Kontakt mit Mario Sannite aufgenommen, dem Untersuchungsrichter in Verona. Er hat ihm gesagt, er sei der Leiter der Sonderkommission Liverpool, was ja auch stimmt, nur dass es die Soko Liverpool seit vier Monaten nicht mehr gibt …«

»Was ist in diesem Karton, Nick?«

»Die Akten der italienischen Staatsanwaltschaft. Vernehmungsprotokolle von Abel und Furlan, Ermittlungsergebnisse, Sachverständigenberichte, einfach der aktuelle Stand zur Gruppe LUDWIG.«

Graziellas Gesicht war zu einer Maske erstarrt. Schließlich sagte sie mit belegter Stimme: »Hast du mich zu dir geholt, damit ich diese Akten übersetze?«

»Nein, natürlich nicht … Du hast mich gefragt, ob Aki Informationen hat, und ich habe deine Frage beantwortet. Mehr nicht.«

»Mehr nicht.« Graziella sah ihn eine Weile schweigend an, dann drückte sie ihre Zigarette aus. »Ich gehe schlafen. Gute Nacht.«

Nick blieb sitzen. Er lauschte den ungewohnten Geräuschen in seiner Wohnung. Dem Klappen der Türen, dem Rauschen des Wassers im Bad, Graziellas Schritten auf dem Flur. Als die Schlafzimmertür geschlossen wurde, stand er auf und trat ans Fenster. Die Birke und die Wäschespinne, die zwei Gefährten, waren durch den Hagelschlag verwundet worden, ganz schief standen sie im Hinterhof.

II. DIE HEXE

Die Couch. Das Wohnzimmer. Kaffeeduft. Nick brauchte einen Moment, um sich zu orientieren. Er stand auf und schlurfte in die Küche. Matteo saß am Tisch, eine Tasse Kaffee vor sich und eine Scheibe Brot mit Honig auf dem Teller. »Morgen.«

»Findest du, was du brauchst?«

»Gibt's Nutella?«

»Weißt du was?« Nick schnappte sich Stift und Zettel und legte beides neben Matteo auf den Tisch. »Schreib auf, was fehlt, dann machen wir einen Einkauf.«

»Alles klar.«

»Hast du gut geschlafen?«

»Ja.«

»Du meldest dich, wenn was ist, ja?«

»Na klar.«

Als Jo in dem Alter gewesen war, waren die Gespräche ähnlich abgelaufen. Ja. Nein. Egal. Nick schenkte sich Kaffee ein. Eigentlich hatte sich daran bis heute nichts geändert. Vor drei Wochen hatte er eine Postkarte aus Lissabon bekommen. *Es geht mir gut. Viele Grüße, Jo.* Die zweite, nachdem er vor einem halben Jahr auf Interrail-Tour gegangen war. Die erste war von der Algarve gekommen. Portugal schien ihm zu gefallen. Wo er inzwischen wohl steckte? Nick öffnete den Kühlschrank. Milch war auch alle. »Schläft deine Mutter noch?«

»Die ist schon lange weg.«

»Wieso?«

»Na arbeiten.«

»War sie nicht gestern ...?«

»Sie putzt doch nicht nur bei euch. Bank, Schule, Anwaltskanzlei. Jetzt ist sie, glaub ich, in der Bank.«

Nick nippte stumm an seinem Kaffee. Er hatte immer geglaubt, Graziella würde nur für die Mordkommission arbeiten. In Italien hatte er sich ihr so nahe gefühlt, aber er wusste rein gar nichts über sie. Gerade als Nick sich überlegt hatte, wie er ein Gespräch mit Matteo in Gang bringen konnte, stand der Junge auf und stellte sein Geschirr in die Spüle. »Ich muss los.«

Aber so einfach würde er ihn nicht davonkommen lassen. »Eine Frage noch ...«

»Ja?«

»Bist du eigentlich für Deutschland oder für Italien?«

»Wie?«

»Na, im Fußball. Im WM-Finale vor zwei Jahren zum Beispiel«, sagte Nick, »warst du da für Deutschland oder für Italien?«

»Für Italien natürlich.« Matteo sah ihn an, als könne er nicht fassen, was ihm da für eine bescheuerte Frage gestellt wurde. Er nickte ihm zu und verließ die Küche. Nick hörte ihn im Flur hantieren und wunderte sich, dass die Sache so klar war. Soweit er wusste, war Matteo noch nie in seinem Leben in Italien gewesen.

Als er die Brachfläche an der Senefelderstraße betrat, stand der Krumme an der Balustrade wie ein Kapitän auf der Brücke und winkte ihn heran. »Komm mal hoch!«

»Ich muss zum Dienst!«

»Komm hoch!«

Also ging Nick zu dem bunkerartigen Betonwürfel mit den vergitterten Fenstern und stieg am rostigen Geländer die Außentreppe hinauf. Der Krumme wartete vor der Metalltür, über der mit weißer Farbe *Parkwächter* geschrieben stand. Von hier oben war die gesamte Fläche gut zu überblicken, der Sperrmüll, der sich an den Seiten türmte, und die vielen vom Hagel beschädigten Autos, die auf den kostenpflichtigen Parkplätzen standen. Ein Meer kaputter Autos, deren Karosserien aussahen wie eine Wasseroberfläche bei starkem Regen.

»Schau dir das an.« Der Krumme machte eine Geste, als segnete er die Zerstörung zu seinen Füßen. »So was sieht man nur einmal im Leben.« Hoffentlich hatte er recht.

Als Nick mit dem BMW vorfuhr, wartete Gruber schon vor dem Bosporus, eine Serviette mit süßem türkischem Gebäck in der Hand. »Gruß von Hakan.«

Von Stjepan Ursa gab es noch immer keine Spur, die Grenzposten waren informiert, für den Fall, dass er sich in seine Heimat absetzen wollte. »Nächste rechts.« Gruber lotste Nick durch die Stadt in Richtung der Autowerkstatt, in der Stjepan Ursa arbeitete. Oder gearbeitet hatte. Noch immer herrschte Ausnahmezustand. Feuerwehrleute versuchten, die Dächer zu sichern, und dichteten die größten Löcher mit Plastikplanen ab. Viele Straßen waren noch gesperrt. Im Radio erzählte die Besitzerin einer Gärtnerei unter Tränen, dass nicht eines ihrer Gewächshäuser heil geblieben sei und dass sie genauso ausschauten wie nach dem Krieg.

»In jedem zweiten Satz reden sie vom Krieg«, maulte Gruber. »Fällt denen nix Besseres ein?«

Nick musste an Grubers Reaktion während des Hagelsturms denken, an das Wimmern, das aus seiner Kehle gekommen war. Das Wimmern eines verängstigten Kindes. »Ist doch naheliegend hier in Deutschland, findest du nicht?«

Aber Gruber blickte nur stumm nach draußen. Auf der rechten Fahrspur hatte sich ein Stau gebildet. Verbeulte Karosserien, zerborstene Fenster, nicht ein einziges der wartenden Fahrzeuge war heil geblieben.

»Wo wollen die denn alle hin?«

»Ich glaub«, sagte Gruber, »die haben dasselbe Ziel wie wir.«

Tatsächlich stauten sich die Autos vor einer Hofzufahrt, über der geschrieben stand: *Fa. Heilig. Kfz-Reparaturservice.* Eine Menschentraube hatte sich gebildet, einige hielten Schilder in die Höhe: *Kaufe jeden Pkw.*

»Fahr weiter«, sagte Gruber. »Wir parken dahinter.«

Sie stellten den BMW ab und gingen zu Fuß zurück. Die Geier warteten am Wegesrand. Männer in Halbarmhemden gingen von Wagen zu Wagen und verhandelten mit den Besitzern. »Ist ja wie auf dem Strich«, sagte Gruber.

Sie kämpften sich durch. Der Hinterhof war erstaunlich groß. Gegenüber türmte sich ein Monster auf, sechs Stockwerke hoch, keine Fensteröffnungen, nichts. »Die Rückseite vom Parkhaus«, sagte Gruber. Davor ein zweistöckiger Flachbau, sauber verputzt, wilder Wein und ein runder Kamin in den bayrischen Landesfarben auf dem Dach. Seitlich die Werkstatt, eine Baracke, Michelin-Männchen, Castrol, es roch nach Benzin und Abgasen. Zwei Monteure im Blaumann standen mit einem Schreibblock vor den Autos. Sie wirkten wie Kellner, die Bestellungen aufnahmen, begutachteten die Schäden, machten Notizen und reichten dann den Fahrern einen Zettel durchs Fenster. Die Autos fuhren in die andere Richtung davon und verschwanden hinter dem Flachbau. Offenbar gab es dort eine zweite Ausfahrt. Ein Mann im ölverschmierten Kittel trat aus der Baracke. Knollennase, buschige Augenbrauen, Mundwinkel bis an die Knie. »Bestimmt der Chef.« Gruber eilte auf ihn zu. »Servus. Polizei.« Er hielt dem Mann seinen Dienstausweis vor die Nase.

»Anweisung vom Freistaat Bayern: Bitte ab sofort bei allen Pkw die Gurte abmontieren.«

Der Mann starrte Gruber an. »Ist das ein blöder Witz?«

»Ja«, sagte Nick schnell. »Können wir irgendwo in Ruhe sprechen?«

»In Ruhe? Sie sehen doch, was hier los ist!«

Nick erklärte ihm, weshalb sie hier waren. Der Mann hörte zu und nickte schließlich betroffen. »Heilig mein Name. Mir gehört der Laden. Kommts mit.« Sie folgten ihm in ein schäbiges Kabuff, das als Büro diente. »Stjepan arbeitet seit fast vier Jahren bei mir. Guter Mechaniker, sehr zuverlässig. Ich kann mich nicht erinnern, dass es mal irgendwelche Probleme gegeben hätte …«

»Wie gut kannten Sie ihn?«

»Er war mein Angestellter. Ab und zu ein gemeinsames Bier, aber seine Familie habe ich zum Beispiel nie kennengelernt. Wenn Sie mehr über ihn wissen wollen, müssen Sie mit dem Sepp sprechen.« Er sprang auf, öffnete die Tür und brüllte: »Ist der Sepp inzwischen da?«

Einer der Mechaniker im Blaumann schüttelte den Kopf. Draußen fertigten sie die Autos noch immer im Akkord ab.

»Wie bewältigt ihr das denn alles?«, fragte Gruber, als Heilig wieder Platz nahm. Der winkte ab. »Gar nicht. Wir verteilen nur noch Termine. Ihr habt die Schlange ja gesehen.«

»Der Sepp ist also …«, begann Nick.

»Komisch.« Heilig sah auf die Uhr. »Der kommt eigentlich nie zu spät.«

»Wie viele Angestellte haben Sie denn insgesamt?«

»Fünf. Stjepan, Sepp, die beiden da draußen und Holger. Der ist jetzt allein in der Werkstatt. Ausgerechnet heute fehlen mir zwei Mann!«

Sie baten ihn, einen nach dem anderen zu ihnen ins Kabuff zu schicken. »Vielleicht ist der Sepp ja da, wenn wir mit ihnen fertig sind.«

»Bitte machts schnell, ich brauch heute jeden Mann.«

»Wir geben uns Mühe.«

Die beiden Blaumänner hatten nicht viel beizutragen. Sie strahlten eine derartige Dumpfheit aus, dass Gruber irgendwann sagte: »Aber dass gestern ein Wetter war, habts ihr schon mitbekommen, ja?«

Dann kam Holger Riehs. Um die dreißig, braune Locken, Brille mit verschmierten Gläsern. »Morgen. Der Stjepan ist zwar ein Jugo, aber ein angenehmer Kollege, guter Mechaniker.« Riehs leierte seinen Text runter, aber je länger er sprach, desto mehr hatte Nick das Gefühl, dass er durch das viele Reden nicht etwas auf-, sondern etwas zuzudecken versuchte. Als Riehs irgendwann Luft holen musste, grätschte Nick dazwischen: »Jetzt wäre ein guter Zeitpunkt, uns das zu erzählen, was sie uns eigentlich nicht erzählen wollten.«

»Hä?« Riehs Augen weiteten sich hinter der verschmierten Brille.

»Wir finden es sowieso raus, aber Sie könnten uns Arbeit ersparen und sich selbst Ärger.«

»Wie kommt ihr denn darauf, dass ich irgendwas weiß, was ich noch nicht …«

»Da kommen wir drauf«, schaltete sich Gruber ein, »weil wir den Job schon ein paar Jahre machen, und wenn wir irgendwo Blut wittern, stürzen wir los wie die Haie.«

Holger Riehs blickte stumm von einem zum anderen. Dann nickte er. »Ich wollte ihn nur nicht anschwärzen … Vielleicht war das völlig harmlos … Ich will wirklich nicht schlecht über ihn reden, aber ich hab da zufällig was mitbekommen.«

Fasching sei es gewesen, irgendwo in der Innenstadt, in der Nähe von der Hundskugel, wenn er das recht im Kopf habe. Er war mit ein paar Kollegen unterwegs gewesen, sie hatten auch schon ein bisschen geladen. »Es war schon dunkel. Ich erinnere mich, dass Schnee lag, so ein schmutziger Schnee. Der Stjepan stand vor einem Hauseingang mit dem Rücken zu mir und vor ihm eine Hexe. Mit so einer Plastikmaske, wie man sie in der Faschingsabteilung bei Hertie kriegt. Kopftuch. Kittelschürze. Weiße Tennissocken. Diese Socken hab ich noch genau in Erinnerung … Und sie hatte so einen Besen, an dem hat sie sich irgendwie festgeklammert. Der Stjepan hat die Hexe angeschrien, so was hab ich noch nie … Der ist sonst so ein ganz Ruhiger, irgendwie immer freundlich … Deswegen konnte ich das gar nicht … Ich dachte, der schlägt die jetzt gleich tot …«

Nick und Gruber wechselten einen Blick. »Und dann?«

»Weiß nicht. Meine Kumpels wollten weiter. Es war ja auch nicht so, dass man hätte einschreiten müssen … Er hat ja nicht zugeschlagen … Es war … bedrohlich, aber vielleicht auch nur, weil ich ihn so noch nie erlebt habe …« Unsicher sah er von Nick zu Gruber. »Vielleicht ist es auch völlig unwichtig.«

»Hat er Sie gesehen?«, fragte Nick.

»Nein, ich glaube nicht.«

»Und diese Hexe, die hatte ihre Maske vor dem Gesicht?«

»Ja.«

»Sie haben also ihr Gesicht nicht gesehen?«

»Nein, sie hat die ganze Zeit die Maske getragen … Aber trotzdem war für mich irgendwann klar, wer die Hexe war …« Er brach ab. »Komisch eigentlich, jetzt, wo ich drüber nachdenke. Ich hatte keinen Zweifel daran, dass die Hexe seine Tochter war.«

Eine Pause entstand. Nur das monotone Dröhnen der Motoren draußen war zu hören.

»Kannten Sie Dinka?«

»Nein. Hab ich vorher nie gesehen.«

»Woraus haben Sie dann geschlossen, dass es Dinka war?«

»Stjepan hat sie auf Jugoslawisch angebrüllt.«

»Also Serbokroatisch wahrscheinlich«, unterbrach Gruber.

»Keine Ahnung. Was die halt sprechen. Deswegen dachte ich wahrscheinlich sofort, es muss irgendwie Familie …«

»Hätte auch seine Frau sein können.«

»Ja, aber von der Statur, die Tennissocken … Das war für mich ein Mädchen, ganz klar.« Nach einer kurzen Pause sagte er: »Ich glaube, ich sollte mal wieder, sonst dreht der Chef durch.«

»Schicken Sie ihn uns doch bitte noch mal rein. Und vielen Dank, Herr Riehs.«

Er nickte ihnen zu. »Viel Erfolg.«

Als er hinausging, bemerkte Nick, dass Holger Riehs leicht hinkte. Bevor er sich mit Gruber austauschen konnte, stürmte Heilig schon herein. »Was für ein Tag! Und der Sepp ist auch noch nicht aufgetaucht. Ausgerechnet heute.«

»Stjepan Ursa und der Sepp«, sagte Nick, »wie gut kennen die sich?«

»Das sind richtig enge Freunde. Sind ja beide Jugos ... Ich glaub, die kennen sich noch von früher.«

»Sepp klingt jetzt nicht besonders jugoslawisch«, fand Gruber.

»Der heißt eigentlich Josip.«

Nick und Gruber tauschten einen Blick.

»Würden Sie ihn bitte mal anrufen?«

»Wollte ich sowieso machen.« Heilig schlug sein Adressbuch auf. »Ausgerechnet heute, verdammt noch mal«. Er hatte die Nummer gefunden und griff zum Telefon. Nick und Gruber sahen gespannt zu, wie er wählte. Sie hörten das Tuten am anderen Ende der Leitung. Heilig ließ es lange klingeln, dann legte er auf. »Keiner da.«

Nick notierte sich die Adresse von Josip Šušak. »Danke, Herr Heilig.«

Gruber hatte ihm den Namen des Stadtviertels genannt, aber Nick hatte ihn sofort wieder vergessen. Nichts in dieser Stadt blieb haften. Obwohl er nun bereits ein Dreivierteljahr in München lebte, kannte er sich nur im Bahnhofsviertel einigermaßen aus. Er blickte aus dem Fenster. Die Häuser sahen alle gleich aus, aber die Dächer hatte der Hagelsturm unterschiedlich hart getroffen. Je weiter sie die Wohnstraße entlangfuhren, desto heftiger die Zerstörungen. Die Doppelhaushälfte der Familie Šušak lag am Ende der Straße. Das Dach war zu einem Drittel abgedeckt, durch das Loch waren die Balken zu sehen. Die Häuser in unmittelbarer Nachbarschaft waren genauso stark beschädigt. Eine gespenstische Ruhe herrschte.

»Hier kannst du nicht mehr wohnen«, sagte Gruber während sie ausstiegen. »Wahrscheinlich sind die alle zu Verwandten oder Freunden geflüchtet.«

Trotzdem klingelten sie an der Haustür. Aber wie sie erwartet hatten, öffnete niemand. Sie versuchten es auch bei den umliegenden Häusern, aber alle waren verlassen. Die meisten Fensterscheiben waren kaputt. In den Gärten lagen heruntergefallene Dachziegel und zersplittertes Glas. Unter einem Schutthaufen lugte ein Fahrrad hervor. Einen Moment lang standen sie unschlüssig inmitten der Zerstörung.

»Der Sepp hat gerade andere Sorgen, als bei seiner Arbeit anzurufen«, sagte Gruber, aber so ganz sicher schien er sich seiner Sache nicht zu sein. Sie gingen um das Haus herum. Im Garten stand eine Schaukel, das Seil mehrfach geflickt, das Sitzbrett ausgebleicht. Darauf saß eine Hornisse. Mit lautem Brummen flog sie auf Nick zu. Schnell schloss er Mund und Augen und blieb stocksteif stehen. Er hörte das Brummen lauter werden, Schweiß brach ihm aus, die Hornisse schien über seinem Kopf zu kreisen. Es kam ihm vor wie eine Ewigkeit. Endlich drehte sie ab, das Brummen wurde leiser. Als es nicht mehr zu hören war, öffnete er vorsichtig die Augen. Gruber stand gebückt im Garten. Er pflückte Löwenzahn. »Für Fisch.«

Im Briefkasten der Familie Šušak hinterließen sie eine Nachricht mit der Bitte, dass Josip sich so schnell wie möglich bei der Mordkommission 3 meldete.

Als sie ins Raumschiff zurückkamen, herrschte in den Büros reges Treiben, die Schreibmaschinen klapperten, und die Telefone standen kaum still. Die Fahndung nach Stjepan Ursa lief auf Hochtouren, immer neue Hinweise gingen ein, die überprüft werden mussten, bis jetzt aber allesamt ergebnislos waren. Uniformierte Kollegen unterstützten die Männer von der Mordkommission beim Vernehmen der Nachbarn im Haus Quiddestraße 41 und der Mitschüler von Dinka Ursa. Die Protokolle stapelten sich auf den Schreibtischen, mussten geordnet und vor allem gelesen und abgeglichen werden.

Nick zog sich in sein Büro zurück. Nach einigen Telefonaten hatte er herausgefunden, dass Damian, der Sohn der Familia Šušak, inzwischen vierzehn Jahre alt und dem Schaukelalter längst entwachsen, die achte Klasse einer Realschule nicht weit vom Wohnhaus der Familie entfernt besuchte. Als Nick dort anrief, sagte ihm die Sekretärin, Frau Šušak habe ihren Sohn heute Vormittag krankgemeldet. Auf Nicks Frage, von wo aus Frau Šušak denn angerufen habe, reagierte die Sekretärin verwirrt. »Von zu Hause aus, nehme ich doch an.«

Nick bat sie, im Wortlaut wiederzugeben, was Frau Šušak gesagt hatte, aber sie hatte, so die Sekretärin, außer der Krankmeldung ihres Sohnes keinerlei Angaben gemacht, nichts jedenfalls, was Nick einen Hinweis auf den gegenwärtigen Aufenthaltsort der Familie gab. Er bat die Sekretärin, ihn sofort zu benachrichtigen, sollte Damian auftauchen oder sie irgendetwas von den Šušaks hören.

»Um Gottes Willen, ist denn was passiert?«

»Nein, machen Sie sich keine Sorgen, eine Routinegeschichte. Wiederhören.« Nick legte auf und versuchte, sich wieder auf die Akten zu konzentrieren. Es gelang ihm nicht recht. Um kurz vor drei erhob er sich und verließ den Raum.

Auf dem Flur kam ihm Löscher entgegen. Wie schlecht er aussah. Nick fiel ein, dass er lange krankgeschrieben gewesen war, warum, wusste er nicht. Löscher war sicher der Kollege bei der Mordkommission 3, mit dem er am wenigsten zu tun hatte. Er wirkte nervös, steuerte auf Nick zu und schien ihn ansprechen zu wollen, doch da kam Aki aus seinem Büro, und Löscher ging wortlos weiter. Sie versammelten sich im Besprechungsraum. Es war heiß und stickig, aber die Fenster ließen sich nicht öffnen. Seit Wochen warteten sie auf die Handwerker, aber die schienen das Raumschiff vergessen zu haben. Vielleicht hatten sie auch Anweisung bekommen, die Besatzung sich selbst zu überlassen. Um das Loch im Boden neben dem Getränkeautomat kümmerten sie sich auch nicht. Allerdings beschwerte sich darüber auch niemand mehr, denn das Loch war allen Kollegen ans Herz gewachsen, niemand wollte es mehr missen. Gruber fütterte Fisch, der sich über den Löwenzahn zu freuen schien.

Aki informierte sie über den aktuellen Stand der Dinge. Dinka Ursa und ihre Mutter Maria waren auf der Bank vor der Linde sitzend erschossen worden. »Die Schusskanäle verlaufen jeweils von oben nach unten, der Täter muss also vor den beiden gestanden haben. Sie müssen überrascht worden sein, jedenfalls haben sie keinen Fluchtversuch unternommen. Der Tatzeitpunkt war wegen des Unwetters nicht ganz so leicht zu bestimmen ...« Aki warf einen Blick auf seinen Spickzettel. »Die Kollegen haben sich auf eine Zeitspanne zwischen 17 Uhr und 19 Uhr festgelegt. Der Täter hat auf Dinka zweimal und auf Maria dreimal geschossen. Die Schüsse sind wenig zielgerichtet gesetzt worden, sodass wir im Moment davon ausgehen müssen, es nicht mit jemandem zu tun zu haben, der sich gut mit Waffen auskennt. Merkwürdig ist allerdings, dass keiner der bis jetzt vernommenen Bewohner der psychiatrischen Privatklinik Menterschwaige, die nur etwa zweihundert Meter vom Tatort entfernt liegt, einen Schuss gehört haben will. Übrigens auch kein Spaziergänger, von denen um die Zeit einige unterwegs gewesen sein dürften. Der Täter hat mindestens fünfmal abgedrückt, und keiner hat etwas gehört. Das deutet wiederum daraufhin, dass eine Waffe mit Schalldämpfer verwendet wurde. Von der Tatwaffe fehlt nach wie vor jede Spur, genau wie von Stjepan Ursa, der zum jetzigen Zeitpunkt als Hauptverdächtiger gilt, obwohl nach den bisherigen Aussagen kein Motiv erkennbar ist. Einige der Befragten haben ihn in letzter Zeit nervöser erlebt als sonst, aber das ist schon alles. Generell wird er als liebevoller Ehemann und Vater beschrieben. Familie Ursa lebt seit 1971 in der BRD und seit 1976 in der Quiddestraße in Neuperlach. Ihr Auto, ein DAF 66 wurde in der Menterschwaigstraße gefunden. Wir gehen also davon aus, dass sie mit dem Auto zum Perlacher Forst gefahren sind.« Dann kam Aki auf das Verschwinden der Familie Šušak zu sprechen. »Josip Šušak ist nach unseren jetzigen Informationen der engste Freund von Stjepan Ursa. Beide arbeiten im Kfz-Betrieb Heilig. Deshalb wäre es wichtig, mit ihm zu sprechen. Josip Šušak ist heute früh nicht zur Arbeit erschienen, seine Frau hat den Sohn Damian in der Schule krankgemeldet. Wir gehen nicht davon aus, dass hier ein Verbrechen vorliegt, dafür gibt es im Moment keine Anzeichen. Das Wohnhaus der Familie ist durch den Hagelsturm schwer beschädigt worden. Sie mussten sich also wohl eine andere Unterkunft suchen. Wir hinterlassen überall im Umfeld der Familie Nachrichten und hoffen, dass sich Josip Šušak bald bei uns meldet.« Als sie das weitere Vorgehen besprochen und die Aufgaben verteilt hatten, waren alle schweißgebadet, und der Zigarettenrauch stand unter der Decke. Nick drückte seine HB aus. Feierabend.

Er entschloss sich, den Weg über die Schillerstraße zu nehmen. In regelmäßigen Abständen zog es ihn dorthin. Bei Mr. Li waren die Mitnahmebehälter mikrowellenfähig, und während der Happy Hour kosteten alle Speisen 6,50 DM. Das Colibri zeigte internationale 35-mm-Erotik-Filme, *Titel bitte an der Kasse erfragen*. Vor dem Gebäude mit der Hausnummer 11a blieb er stehen. Das Hotel Royal hatte längst wieder für Gäste geöffnet. Die Spuren, die der Brand hinterlassen hatte, waren beseitigt worden. Auch am Eingang zum Liverpool selbst deutete nichts mehr darauf hin, dass hier die Flammen gewütet hatten. Allerdings war der Laden noch immer geschlossen. Kein Wunder, so wie es da unten ausgesehen hatte. Jedes Mal, wenn Nick hier entlangging, kamen die Bilder wieder. Der nasse Asphalt, der Rauch, die Schreie. Die Frau, die im dritten Stock in Panik die Scheibe eingeschlagen und mit blutenden Händen in der Fensterhöhle gestanden hatte, war eine Lehrerin aus Westfalen gewesen, wie er aus der Zeitung erfahren hatte. Sogar ein Foto von ihr mit verbundenen Händen im Krankenzimmer hatten sie abgedruckt. Nach dem Brandanschlag war die ganze Stadt in Aufruhr gewesen, aber wie schnell die Dinge in Vergessenheit gerieten! Als Vanessa, die Bardame aus dem Liverpool, Ende April ihren Brandverletzungen erlegen war, war das den Zeitungen nur noch eine kurze Mitteilung wert gewesen. Und seit klar war, dass der Prozess gegen Abel und Furlan in Verona stattfinden würde, schien sich hier keiner mehr für die Geschichte der Gruppe LUDWIG zu interessieren.

Graziella war schon zu Hause. Er hatte ihr seinen Zweitschlüssel gegeben und vorgeschlagen, einen weiteren für Matteo nachmachen zu lassen, aber Graziella hatte gesagt: »Mach dir keine Umstände. Wir wollen ja nicht bei dir einziehen.« Nun stand sie in der Küche, Zettel und Stift in der Hand, und sah ihn besorgt an. »In deiner Küche gibt es gar nichts. Wovon ernährst du dich eigentlich?«

»Das musst du Hakan fragen.«

Eine Dreiviertelstunde später schob Nick seinen randvollen Einkaufswagen zur Kasse und prüfte noch einmal, ob alles dabei war, was Graziella ihm aufgeschrieben hatte: *Nutella*, *Sukka*, *Meel* hatte er gefunden, nur an den *Haartschogen* war er gescheitert. Keine Ahnung, was damit gemeint war. Eine Verkäuferin, die er um Hilfe gebeten hatte, hatte auf ein Haarwaschmittel getippt und ihn in die Kosmetikabteilung geschickt, wo er sich schließlich für eine Flasche Schauma entschieden hatte.

»Bravo!« sagte Graziella, als er mit den schweren Einkaufstaschen in die Wohnung stolperte. Sie trug Gummihandschuhe und pustete sich eine Haarsträhne aus der Stirn. Sie hatte die Küche gewischt.

»Das musst du nicht machen, Graziella. Du bist mein Gast.«

»Kannst reinkommen, der Boden ist trocken.«

»Ehrlich, Graziella, ich möchte nicht, dass du glaubst du müsstest hier …«

»Ich muss aber.« Sie streifte die Handschuhe ab und nahm ihm die Taschen aus der Hand. »Leider«, fügte sich noch hinzu.

Nick nahm sich ein Bier aus dem Kühlschrank. Es war ihm peinlich, dass Graziella seine Wohnung offenbar als so dreckig empfand, dass sie *leider* nicht anders konnte, als erst mal durchzuwischen. Andererseits war sie obdachlos. Und er hatte sofort geholfen, verdammt noch mal! Er spürte, wie sich seine Scham in Wut verwandelte. Ohne zu zögern, hatte er sie und ihren Sohn, den er kaum kannte, bei sich aufgenommen. »Wenn es dir nicht passt, wie ich hier lebe …«

»Freu dich doch einfach, dass es jetzt sauber ist und dass du gleich was zu essen kriegst«, unterbrach ihn Graziella.

Also setzte sich Nick an den Tisch, schob seinen Ärger beiseite, sah ihr beim Auspacken der Einkaufstaschen zu und freute sich.

»Ist das für dich?« Graziella stellte die Schauma-Flasche auf den Küchentisch. Dann wandte sie sich wieder den anderen Einkäufen zu. »Und die Artischocken?«

Die *Haartschogen*!

»Ach ja … hatten sie nicht.«

Graziella echauffierte sich über das Angebot in deutschen Geschäften, »*è proprio un deserto*«, sogar im Gemüseladen in ihrem Dorf konnte man Artischocken kaufen.

Als Matteo vom Fußballtraining nach Hause kam, war das Essen fertig und die Küche verwüstet. Der Tisch war zu klein für drei, aber irgendwie ging es. Während sie die Lasagne aßen, die Graziella gekocht hatte, erzählte Matteo, dass der Platz eigentlich unbespielbar gewesen sei, der Hagelsturm hatte das Trainingsgelände schwer getroffen, die Umkleiden waren Kleinholz. Graziella berichtete, dass sie zu ihrer Wohnung gefahren war. Das Dach war inzwischen mit einer Plane geschützt. Sie hatte sich mit der WG aus dem Erdgeschoss verständigt, aber bis jetzt war es ihnen noch nicht gelungen, den Vermieter zu erreichen. Nick fühlte sich an seine Mahlzeiten mit Susanne und Jo erinnert, an die Alltagserlebnisse, die Sorgen und Probleme, die jeder mit sich herumtrug, die man besprach und zu lösen versuchte, all diese kleinen Momente, die das Leben ausmachten, die man für selbstverständlich nahm, bis dann von einem Tag auf den anderen alles in Trümmern lag.

»Nimmst du noch ein Stück, Nick?«

Der Geruch des Essens, der Klang ihrer Stimmen; es war gut, mit den beiden hier zu sitzen. Nick war froh, sie um sich zu haben.

Nachdem Matteo sich zurückgezogen hatte, weil er dringend noch Schulaufgaben erledigen musste, versuchten Nick und Graziella, wieder Ordnung in die Küche zu bringen. Das war nicht ganz einfach, denn Graziella hatte beim Kochen die Tendenz, alles auseinanderzunehmen, was ihr in die Finger kam, und möglichst weit im Raum zu verteilen. Den Deckel der Essigflasche beispielsweise fanden sie irgendwann auf der Fensterbank wieder, und die Bleche aus dem Ofen hatte sie unter der Spüle verstaut, woran sie sich aber nicht mehr hatte erinnern können. Aber irgendwann war alles aufgeräumt. Sie hatten sich gerade wieder an den Tisch gesetzt, als die Anlage im Wohnzimmer aufgedreht wurde. Joy Division. Matteo hatte offenbar die Kassette entdeckt, die Jo Nick zu Weihnachten geschenkt hatte.

»Von wegen Schularbeiten!« Graziella verdrehte die Augen.

»Möchtest du einen Schluck Wein?«

»Klar.«

»Was hat eigentlich Jo nach der Schule gemacht?«, fragte Graziella, nachdem Nick ihr ein Glas hingestellt und Wein eingeschenkt hatte.

»Eine Tischlerlehre.«

»Hat ihm das Spaß gemacht?«

Das war eine gute Frage, die gar nicht so einfach zu beantworten war. Jo hatte damals schon nicht mehr zu Hause gewohnt, sondern in einer WG in Schöneberg. Dann war Susanne gestorben und Nick viel zu sehr mit sich selbst beschäftigt gewesen, um sich um die Lehre seines Sohnes zu kümmern. Er hatte sich in dieser schlimmen Zeit überhaupt viel zu wenig um Jo gekümmert, was er sich immer noch vorwarf. »Ich glaube, die Lehre war ganz okay, er hat sich dann nur später darüber beklagt, dass der Arbeitsalltag so eintönig ist, dass er immer nur Fenster einbauen muss. Ich glaube, dass er jetzt diese lange Reise macht, hat auch damit zu tun, dass er mit seinem Job unzufrieden war.«

Graziella lauschte aufmerksam und drehte dabei das Weinglas in ihrer Hand.

»Warum fragst du?«

»Weil Matteo nächstes Jahr mittlere Reife macht und überhaupt noch nicht weiß, was er danach machen will.«

»*Watching the trees and the leaves as they fall*«, sang Ian Curtis im Wohnzimmer.

»Das ist normal, Graziella, da würde ich mir keine Sorgen machen.«

»Wie ist denn die Ausbildung bei der Polizei?«

»Will Matteo zur Polizei?«

»Keine Ahnung … Wie gesagt, er hat sich noch nicht damit beschäftigt, aber erzähl doch mal …«

Also erklärte er ihr den Unterschied zwischen mittlerem, gehobenem und höherem Dienst, zwischen Schutz- und Kriminalpolizei, und während er redete, beschloss er, sie nicht mehr mit der Gruppe LUDWIG und den Akten aus Verona zu behelligen, wie er es ursprünglich vorgehabt hatte. Graziella hatte weiß Gott andere Probleme. Sie schuftete jeden Tag, um sich und ihren Sohn zu ernähren. Er konnte nicht von ihr verlangen, sich weiter mit diesem Fall zu befassen. Wenn sie von sich aus Interesse anmeldete, sollte es ihm recht sein, aber er würde sie nicht mehr darauf ansprechen.

»Je nachdem, bei welcher Dienststelle man landet, ist es auf jeden Fall ein Beruf, der nicht so schnell langweilig wird.«

Graziella sah ihn prüfend an und nahm einen Schluck Wein. »Egal, was er macht, Hauptsache er wird glücklich.«

III. VERFOLGT

Als Nick ins Büro kam, lag eine Akte auf seinem Schreibtisch. Er hatte gerade noch Zeit, sie zu überfliegen und sich mit Gruber zu verständigen, bevor die Dienstbesprechung begann. Nick berichtete den Kollegen von der Befragung in der Kfz-Werkstatt Heilig.

»Holger Riehs ist ein Arbeitskollege von Stjepan Ursa. Das Protokoll habt ihr ja alle auf dem Tisch. Der Mann ist noch nie straffällig geworden. Gegen ihn liegt nichts vor. Aber ...« Nick hielt die Akte in die Höhe. »Trotzdem haben wir was über ihn.« Vor anderthalb Jahren hatte er nämlich Anzeige gegen den damals 17-jährigen Celik Aydin erstattet. Der junge Mann hatte ihn zusammen mit zwei Freunden so schwer verprügelt, dass Riehs stationär behandelt werden musste. »Seiner Aussage nach kannte er Celik Ayden nicht und hatte ihn nie zuvor gesehen. Er sei völlig unvorbereitet zum Opfer geworden. Während seiner Aussage hat er sich mehrfach über die zunehmende Gewaltbereitschaft von Ausländern beklagt.« Obwohl er seinen Angreifer nie zuvor gesehen hatte, war es ihm dennoch möglich gewesen, ihn so genau zu beschreiben, dass es den Kollegen kurz nach dem Vorfall gelungen war, Celik Aydin festzunehmen. »Und der junge Mann gibt nun eine ganz merkwürdige Geschichte zu Protokoll. Er erzählt nämlich, dass sich seine Eltern von Holger Riehs verfolgt gefühlt hätten, und zwar über Wochen hinweg. Egal, wohin sie sich bewegten, immer sei dieser Mann aufgetaucht. Irgendwann sind sie so verängstigt gewesen, dass sie sich überhaupt nicht mehr aus dem Haus getraut haben. Celik hat versucht, sie dazu zu bewegen, zur Polizei zu gehen, aber das wollten sie nicht. Sie befürchteten, sich wegen ihres schlechten Deutschs nicht verständlich machen zu können. Außerdem hatte Holger Riehs sich, objektiv betrachtet, nichts zuschulden kommen lassen. Er hatte sie nicht angegriffen und nicht beleidigt. Er hat sie einfach nur verängstigt. Celik Aydin hat sich irgendwann nicht anders zu helfen gewusst und versucht, dem Treiben so ein Ende zu setzen.«

»Was ist denn das für eine Geschichte?« Aki nahm einen Schluck Kaffee. Sie diskutierten darüber, ob sich daraus Schlüsse für den Fall Ursa ziehen ließen und, wenn ja, welche. Irgendwann beendet Aki die Diskussion: »Wir behalten diesen Holger Riehs im Auge, okay? Aber ich kann im Moment keinen Bezug zu unserem Fall erkennen, und wir haben noch stapelweise Akten auf dem Tisch.«

Allerdings. Seit zwei Tagen studierten sie nun Zeugenaussagen, und der Stapel auf ihren Tischen wurde einfach nicht kleiner. Die Kollegen hatten gründlich gearbeitet. Mitschüler, Nachbarn, Arbeitskollegen waren befragt worden, aber keine ihrer Aussagen hatte bis jetzt dazu geführt, dass man Stjepan Ursa näher gekommen wäre. Er blieb verschwunden. Auch ein Motiv für den Mord an den beiden Frauen war noch immer nicht zu erkennen.

»Was mir Sorgen macht, ist, dass wir von der Familie Šušak weiterhin kein Lebenszeichen haben.«

Aki hat recht, überlegte Nick. Die Geschichte mit Holger Riehs war zwar merkwürdig, aber sie hatten im Moment dringlichere Fragen zu beantworten. Zum Beispiel die nach dem Verbleib der Familie Šušak. Anfangs hatten sie ihr Verschwinden auf den Umstand zurückgeführt, dass die Familie wegen der Hagelschäden ihr Haus Hals über Kopf verlassen musste, aber nun, zwei Tage später, sah das anders aus. Die Kollegen hatten alle Personen im Umfeld der Šušaks um Mithilfe gebeten, bis jetzt ohne Erfolg. Auch wenn eine Verbindung zum Mord an Dinka und Maria Ursa nicht zu erkennen war, ließ die Tatsache, dass der flüchtige Stjepan Ursa und Josip Šušak befreundet waren, nichts Gutes ahnen.

»Also auf geht's!«, beendete Aki die Besprechung. »Zurück an die Akten. Pflügt euch da durch, bis es staubt.«

Das tat Nick nun. Seit Stunden schon. Er nahm das nächste Papier vom Stapel. Stefanie Zernig, Mitschülerin von Dinka Ursa, sagte aus, dass Dinka immer eine sehr gute Schülerin gewesen sei, dass ihre Zensuren aber seit der Zehnten immer schlechter geworden seien. Bis vor zwei Jahren waren sie gut befreundet, jetzt nicht mehr so …

Puh. Nick legte das Papier aus der Hand. Sein Mund war trocken, und er bekam Kopfschmerzen. Die Schwüle war nach dem Hagelsturm einer trockenen Hitze gewichen. Ab zehn Uhr morgens stand die Luft in ihren Büros. Weil die Fenster zur Goethestraße noch immer nicht zu öffnen waren, ließ sich kein Durchzug erzeugen. Spätestens ab Mittag waren alle schweißgebadet. Die ersten Kollegen erschienen bereits in kurzen Hosen. Nick hoffte inständig, dass sie diese nur im Raumschiff trugen und sich umzogen, bevor sie zu einem Einsatz aufbrachen. Männer in kurzen Hosen verloren jeden Rest Würde. Nick stand auf und ging zum Getränkeautomaten. Die Ausdünstungen aus dem Bosporus, die durch das Loch heraufzogen, machten die Luft nicht eben besser. Er ging die Fächer des Automaten von oben bis unten durch, fand aber kein Wasser. Es gab im ganzen Automaten nur Bier, auch da, wo Schilder *Wasser* oder *Coca-Cola* auswiesen.

Plötzlich tauchte Gruber neben ihm auf. In kurzen Hosen. »Wie ist das eigentlich ausgegangen?«

»Was?«

»Das mit der Anzeige von Riehs. Gab's ein Verfahren?«

»Ja, Celik Aydin ist zu einer Jugendstrafe auf Bewährung verurteilt worden. Seit wann gibt's denn hier nur noch Bier?«

»Warum? Was magst denn?«

»Na, Wasser. Ich hab einen ganz trockenen Mund.«

Gruber begutachtete den Automaten, Fach für Fach und stellte dann die Diagnose: »Du hast recht, gibt nur Bier.«

»Aber seit wann denn? Gab doch hier immer Wasser und Cola und … Steht ja auch dran.«

»Stimmt. Gab ja neulich auch schon keine Cola, als ich dem Kleinen von Graziella …« Gruber wirkte nachdenklich. »So ein Automat ist halt ein dynamischer Organismus.«

»Was ist an so einem Automaten bitte dynamisch?«

»Der reagiert auf unser Konsumverhalten.«

Nicks Gesichtsausdruck veranlasste Gruber, seinen Gedanken weiter auszuführen. »Man kann sagen, der Automat kennt unsere Bedürfnisse. Täten mir mehr Wasser trinken, wär auch mehr Wasser drin.« Gruber sah den Automaten verliebt an. »Im Prinzip ist das Kybernetik.«

»Der Automat denkt mit? Ist es das, was du mir erzählen willst?«

»Ich würd's anders formulieren.« Gruber strich sich übers Kinn. »Ich würd sagen, der Schorsch denkt mit.«

»Wer ist der Schorsch?«

»Der Automatenfritze.«

»Ist das der, der immer im Blaumann vor dem Automaten kniet?«

»Nicht immer. Einmal die Woche.«

»Ich dachte, das wär irgendein Monteur.«

»Ist er auch. Der Schorsch montiert das Bier in den Automat.«

»Na also. Da kommen wir der Sache doch näher. Dann müssen wir also dem Schorsch sagen, dass er da mal Wasser reinmontiert.«

»So einfach ist es nicht. Der Schorsch macht das ja nicht aus

Spaß an der Freude, der will ja Geld verdienen. Der wird da ganz sicher kein Wasser reintun, wenn wir kein Wasser trinken.«

»Aber ich *will* doch Wasser trinken!«

»Es reicht aber nicht, dass du alle Schaltjahre mal ein Wasser trinken willst. Der Schorsch …«

Jetzt reichte es Nick. »Der Schorsch, der Schorsch, der kann mich mal, der Schorsch! Draußen sind dreißig Grad und hier drin vierzig. Ich will Wasser und wenn der Schorsch keins in den Automaten tut, mach ich's selber!«

»Das möchte ich dann aber gerne mal sehen, wie du das …«

»Hakan!«, brüllte Nick ins Loch. Kurz darauf erschien Hakans dunkler Haarschopf unten. Er legte den Kopf zurück. »Einmal wie immer?«

»Bitte bring uns Mineralwasser hoch!« Nicks Stimme überschlug sich. »Am besten eine ganze Kiste.«

Hakan sah ihn erschrocken an. »Alles klar bei euch?«

»Ich ruf mal den Schorsch an«, murmelte Gruber und ging den Flur hinunter zu seinem Büro.

Als Nick beim Abendessen davon erzählte, machte sich in der Küche zunächst Heiterkeit und dann Melancholie breit. Das moderne Leben war eine rätselhafte Angelegenheit. »Man erfindet so großartige Dinge wie Getränkeautomaten, läuft aber Gefahr, daneben zu verdursten.«

»Verdursten vielleicht nicht«, warf Matteo ein, »Bier wäre ja da gewesen.«

»Hat Hakan denn Wasser gebracht?« Graziella wirkte irgendwie abwesend, den ganzen Abend schon. Aber offenbar hatte sie doch zugehört.

»Ja. Fünf Kisten. Stehen in der Putzkammer.«

»*Bene.*« Graziella strich sich eine Haarsträhne aus der Stirn. »*Bene*«, wiederholte sie. Sie sah müde aus und abgekämpft. »Du, Nick?«

»Ja?«

»Ich habe heute mit dem Vermieter gesprochen. Er sagt, er bekommt keinen Dachdecker. Nichts zu machen. Die sind wohl alle ausgebucht bis … keine Ahnung.«

Sie sah Nick unsicher an.

»Ihr könnt hierbleiben, kein Problem.«

»Ich könnte auch Ralf aus meiner Klasse fragen,« sagte Matteo schnell.

»Wir beschließen jetzt einfach, dass wir ehrlich zueinander sind.« Nick zündete sich eine HB an. »Wenn es mir zu viel wird, sage ich Bescheid. Und bis dahin seid ihr herzlich willkommen.« Er blies Rauch aus. »Ehrlich … Ich … ich bin froh, dass ihr hier seid.«

Matteo sah zu Boden, er schien dort irgendetwas entdeckt zu haben.

»Dann beteiligen wir uns aber an der Miete.« Graziella öffnete ihre Handtasche, die an der Stuhllehne hing. Sie kramte allen Ernstes nach ihrem Portemonnaie.

»Kommt überhaupt nicht in Frage.«

»Bitte, Nick, ich möchte …«

»Wenn du nicht sofort damit aufhörst, schmeiß ich euch raus.«

Graziella ließ die Handtasche los, sie baumelte an der Lehne. Einen Moment lang herrschte Schweigen. Matteo sah unsicher zwischen Nick und seiner Mutter hin und her.

Nick wandte sich an Graziella. »Mach da nicht so ein Ding draus.«

»Danke, Nick.« Sie legte ihm die Hand auf die Schulter. Kurz nur. Dann gähnte sie. »Entschuldigt, aber ich bin furchtbar müde.«

»Wann bist du heute aufgestanden?«

»Um vier.« Sie erhob sich. »Putzen ist bei der Hitze ganz schön anstrengend. Ich habe das Gefühl, es kühlt überhaupt nicht mehr ab. Gute Nacht.«

Matteo verabschiedete sich ebenfalls und folgte seiner Mutter. Nick blieb allein in der Küche zurück und trank sein Bier aus. Dann stellte er die leere Flasche unter der Spüle ab und löschte die Lichter in Küche und Flur. Durch die Ritzen der Schlafzimmertür am Ende des Ganges fiel Licht, und er meinte, Graziella und Matteo leise sprechen zu hören. Er hatte nicht gelogen: Es war gut, die beiden um sich zu haben. Wie hatte er, fragte er sich erstaunt, bloß so lange ohne sie hier leben können?

Er trat ins Wohnzimmer und schloss die Tür hinter sich. Der Karton stand noch genauso auf dem Couchtisch, wie er ihn abgestellt hatte, doch als er den Deckel öffnete, bemerkte er sofort, dass jemand die Papiere durchwühlt hatte. Sie waren anders angeordnet als zuvor. Also doch. Hatte Graziella deshalb so abwesend gewirkt?

Allerdings änderte das nichts. Er würde sie nicht darauf ansprechen. Nick löschte das Licht und legte sich auf die Couch. Der Schatten an der Decke hatte die Form eines Kreuzes, und Graziella behielt recht: Es kühlte auch nachts nicht mehr ab.

Und in den Büros schon gar nicht. Als er am nächsten Morgen über den Flur der Mordkommission ging, hatten alle Kollegen die Türen geöffnet, auch wenn das keine Linderung brachte. Fisch schien ebenfalls unter der Hitze zu leiden, aber immer wenn Nick nach ihm schaute, war der Wasserbehälter randvoll, und immer lagen neue Leckereien im Käfig. Offenbar fühlten sich wirklich alle verantwortlich für das Meerschweinchen.

Nick hatte schlecht geschlafen, immer wieder fielen ihm die Augen zu, während er sich weiter Aussage für Aussage vornahm. Diese Art der Arbeit war tückisch. Sie war eintönig, viele Beobachtungen wiederholten sich und waren völlig unwichtig, und dennoch konnte ein einziger überlesener Satz, eine nicht hergestellte Verbindung verheerend sein für die Ermittlungen. Es war wie bei einem Fußballspiel gegen Italien. Man durfte sich nicht einschläfern lassen, musste immer auf der Hut sein. Immerhin hatte Nick inzwischen herausgefunden, wie Dinkas Freund hieß, mit dem sie von Ende 1983 bis etwa März dieses Jahres zusammen gewesen war. Sein Name war Marijan Martinović, und er war zwanzig Jahre alt. Viel mehr wusste er allerdings nicht. Woher die beiden sich kannten, war unklar. Mit der Schule hatte Marijan jedenfalls nichts zu tun, und für die meisten von Dinkas Freundinnen war er ein Unbekannter, über den schnell alle möglichen Geschichten erzählt worden waren. Der Gerüchteküche hatte Dinka selbst offenbar ordentlich Nahrung gegeben, indem sie sich auffallend bedeckt gehalten hatte und zu ihrem bisherigen Umfeld auf Distanz gegangen war. Nach allem, was er in den Akten über ihn gelesen hatte, glaubte Nick, dass es sich lohnen könnte, ein paar Worte mit Marijan Martinović zu wechseln. Nick setzte den Namen auf seine Liste. Sie wurde immer länger. Leider wuchsen die personellen Ressourcen der Mordkommission 3 nicht im gleichen Maße mit.

Nachdem er sich den dritten Kaffee geholt hatte, machte er sich über den Stapel mit den Aussagen der Nachbarn der Familie Ursa her – und stutzte plötzlich. Er schnappte sich das Papier und eilte über den Flur zu Grubers Büro. Gruber war am Telefon, also klopfte Nick kurz an die offen stehende Tür. Gruber nickte ihm zu und gab ihm mit einer Geste zu verstehen, dass er gleich für ihn da wäre, doch dann telefonierte er in aller Seelenruhe weiter, bis Nick, der kein Wort verstand und nicht einschätzen konnte, an welcher Stelle des Gesprächs sich sein Kollege gerade befand, irgendwann entnervt sagte: »Komm einfach rüber, wenn du fertig bist.«

In dem Moment legte Gruber auf. »Was gibt's denn?«

»Hör dir das mal an.« Er setzte sich Gruber gegenüber und las von dem Papier ab: »Ich weiß nicht mehr, an welchem Tag das war, auf jeden Fall war's in der Faschingswoche. Vor dem Haus habe ich laute Stimmen gehört, und ich hab sofort an einen Streit gedacht. Ich bin zum Fenster und habe unten vor dem Hauseingang den Herrn Ursa gesehen. Er war furchtbar wütend. Ich habe ihn so noch nie erlebt. Er hat auf ein Mädchen im Hexenkostüm eingeschrien. Es hatte einen Besen in der Hand. Ich habe das Mädchen nur von oben gesehen, und es stand mit dem Rücken zum Haus, aber ich bin mir trotzdem sicher, dass es seine Tochter war, die Dinka.«

Nick und Gruber blickten einander an. »Wer hat das ausgesagt?«, fragte Gruber.

»Eine Martha Keller, sie wohnt in der Quiddestraße 41 im zweiten Stock.«

»Das ist doch eine gute Gelegenheit …« Gruber kramte auf seinem Schreibtisch herum und fand schließlich, was er gesucht hatte. Er legte den Zettel neben das Telefon und ließ die Wählscheibe schnurren. »Ja, Hauptkommissar Gruber hier. Servus, Herr Heilig … Schicken Sie uns doch bitten ihren Mitarbeiter Holger Riehs mal rüber … Ja, Bayer-, Ecke Goethestraße …« Er brach ab und lauschte. Nach einiger Zeit sagte er: »Also gut, mach mer's so. Servus.« Gruber legte den Hörer auf. »Er hat darum gebeten, dass er ihn erst nach Feierabend herschicken darf. Er sagt, sie versinken in Arbeit, er braucht jeden Mann.«

»Das heißt? «

»17.30 Uhr.«

»Alles klar.« Nick erhob sich und ging zurück in sein Büro.

Um 15 Uhr trommelte Aki die ganze Mannschaft im Besprechungszimmer zusammen. »Ich komme gerade aus der Ettstraße«, berichtete er. »Dort ist man genauso beunruhigt, was das Verschwinden der Familie Šušak angeht. Wir haben jetzt gemeinsam entschieden, dass wir an die Öffentlichkeit gehen und die Bevölkerung um Mithilfe bitten.« Keiner wunderte sich über die Maßnahme. Die meisten Kollegen hielten sie für richtig. Aki beschwichtigte diejenigen, die befürchteten, dass damit noch mehr

Arbeit auf sie zukäme. Die ganze Aktion werde direkt vom Präsidium aus koordiniert. Zeitungsanzeigen, Aushänge in Geschäften und im öffentlichen Raum, die ganze Palette. »Wir waren uns jedenfalls alle einig, dass wir tätig werden müssen.« Als Aki die Besprechung auflöste, hatten alle die Hoffnung, dass nun Bewegung in die Sache käme.

»Servus.« Holger Riehs hinkte in Nicks Büro. Im Blaumann, die Brille verschmiert, die Fingernägel schwarz umrandet. »Ihr habts eine Luft hier.« Er wischte sich den Schweiß von der Stirn und nahm Platz.

»Wir haben alles Mögliche hier, aber Luft haben wir keine.« Gruber richtete die Schreibmaschine ein.

»Herr Riehs, wir haben Sie hergebeten, weil wir noch ein paar Fragen zu Ihrer Aussage haben.« Nick legte die Protokolle nebeneinander auf den Schreibtisch. »Es geht um ihre Beobachtung an Karneval ...«

»Fasching«, unterbrach Gruber, »mein Kollege meint Fasching.«

»Was ist damit?« Riehs lehnte sich auf seinem Stuhl zurück und blickte vom einen zum anderen.

»Es gibt eine weitere Zeugin, die genau dieselbe Szene beobachtet hat. Stjepan Ursa, der sehr aggressiv auf das Mädchen im Hexenkostüm einredet. Die Zeugin hat genau wie Sie die Vermutung geäußert, dass es sich bei dem Mädchen um Dinka Ursa handelte ...«

»Na also.«

»Allerdings«, fuhr Nick fort, »hat die Zeugin ihre Beobachtung nicht vor der Hundskugel im Stadtzentrum gemacht, sondern vor dem Wohnhaus der Familie Ursa in der Quiddestraße 41 in Neuperlach. Und jetzt würden wir gerne wissen, was Sie dazu sagen.«

»Muss ich dazu was sagen?«

»Ja. Als Zeuge schon.« Gruber zog die Schubladen des Schreibtisches auf. Er schien irgendwas zu suchen. »Als Verdächtiger sieht's dann anders aus.«

»Und wenn Sie schon hier sitzen«, fügte Nick hinzu, »was war denn eigentlich damals mit der Familie Aydin los? Können Sie sich daran noch erinnern?«

Holger Riehs erschrak sichtlich. Aber er hatte sich schnell wieder unter Kontrolle.

»Dieser Türke hat mich verprügelt, und dafür ist er verurteilt worden. Können Sie alles in der Akte nachlesen. Mehr hab ich dazu nicht zu sagen, und was die andere Geschichte angeht … Kann sein, dass ich das verwechselt habe, aber da ist nix weiter dahinter … Einfach eine …«

»Herr Riehs?« Gruber hatte das Schreibmaschinenpapier gefunden und legte es neben sich.

»Ja?«

»Moment bitte.« Gruber lächelte freundlich. »Bin gleich so weit.« Er legte einen Bogen auf den Tisch und sah sich suchend um. »Wo ist denn das Durchschlagpapier?«

»Zweite von oben«, sagte Nick.

Gruber öffnete die Schublade. »Ah ja.« Er nahm das Durchschlagpapier heraus und legte es auf das Schreibmaschinenpapier.

»Hören Sie …«, setzte Riehs an.

»Gleich.« Gruber legte einen weiteren Papierbogen auf das Durchschlagpapier und richtet die Kanten aus. Da stampfte Holger Riehs mit dem Fuß auf und brüllte: »Ich will die ganze Zeit nur helfen, verdammt!«

Nick und Gruber zuckten zusammen und warfen sich einen Blick zu. Gruber spannte ruck, zuck das Papier ein. »So, Herr Riehs, dann helfen Sie mal.«

»Wir brauchen gar nicht lange drum herumreden.« Vornübergebeugt und breitbeinig saß Holger Riehs auf seinem Stuhl. Er hatte die Ellbogen auf den Oberschenkeln abgestützt und die

Hände gefaltet, als würde er beten. »Ihre Zeugin hat recht, die Szene hat sich in der Quiddestraße abgespielt, vor dem Wohnhaus von Stjep.«

Gruber haute in die Tasten.

»Was haben Sie dort gemacht, Herr Riehs?«, fragte Nick.

»Ich bin in einem Auto gesessen und habe die Szene vom Straßenrand aus beobachtet.«

»Was hatten Sie an diesem Abend in Neuperlach verloren? Sie saßen ja sicher nicht zufällig in dem Auto vor dem Wohnhaus der Familie Ursa.«

»Nein, natürlich nicht.« Er lachte höhnisch.

Vor den Augen der Polizisten vollzog sich ein eigenartiges Schauspiel. Riehs Körper straffte sich, seine Stimme wurde von Satz zu Satz sicherer, fast schneidend. Der unbedarfte Kfz-Mechaniker mit der verschmierten Brille war nicht wiederzuerkennen. Vor ihnen saß ein Mann, der von sich und seiner Sache überzeugt war. »Wir überlassen unsere Aktionen selten dem Zufall.«

»Wer ist ›wir‹, und was sind Ihre Aktionen?«

»Gleich vorneweg«, begann Holger Riehs, »meine Kameraden und ich machen nichts Illegales. Ist alles völlig harmlos. Wir möchten nur nicht, dass die sich hier wohlfühlen.«

Nick und Gruber wechselten einen Blick

»Wer?«

»Die Ausländer. Das ist ein gutes Land hier, wir verstehen, dass die herkommen, aber die sollen sich hier nicht wohlfühlen, und vor allem sollen sie das ihren Landsleuten zu Hause weitersagen. Damit die bleiben, wo sie sind.«

»Haben Sie das auch der Familie Aydin vermitteln wollen?«

Holger Riehs schwieg.

»Was seids ihr denn für welche? Habts ihr einen Namen?«

»Wir sind engagierte Bürger, nicht mehr und nicht weniger.«

»Noch mal für mein Verständnis«, schaltete sich Nick wieder ein. »Herr Ursa arbeitet ja jetzt schon lange mit Ihnen zusammen in der Werkstatt. Er ist Ihr Arbeitskollege, und wenn ich mich recht erinnere, haben Sie bei unserem letzten Gespräch gesagt, er sei ein guter Kollege.«

»Ist er auch. Aber halt ein Jugo. Die sollen einfach nicht glauben, dass das hier ihre Heimat ist. Daran erinnern wir sie. Mehr steckt nicht dahinter.«

»Und wie genau gehen Sie dabei vor?«

»Na, wir machen denen einfach … Jetzt mal als Beispiel: Sie und Ihre Frau gehen einkaufen. Am Hertie-Eingang steht ein Typ und starrt sie an, und ein bisschen später, oben bei den Haushaltswaren, sehen sie denselben Typ wieder. Der starrt sie einfach nur an. Sie glauben nicht, was das für einen Effekt hat.« Holger Riehs lächelte selbstgefällig. Je länger die Vernehmung dauerte, desto wohler schien er sich zu fühlen. Über die »Aktionen« zu reden, erfüllte ihn mit Stolz und Freude.

»Wir sind alle berufstätig, und es ist ja egal, wo du arbeitest, ob auf dem Bau, bei der Stadtverwaltung … die Ausländer sind inzwischen überall.«

»Ihre Opfer sind also die eigenen Arbeitskollegen, habe ich das richtig verstanden?«

»Ja. Aber das Wort ›Opfer‹ ist wirklich unpassend, lassen Sie das bitte mal.«

»Das entscheiden wir, wenn's recht ist.« Gruber hackte weiter auf die Tastatur ein.

»Helfen Sie mir mal, Herr Riehs.« Nick zündete sich eine Zigarette an. »Irgendwie stehe ich gerade auf dem Schlauch. Den eigenen Arbeitskollegen in der Haushaltswarenabteilung bei Hertie aufzulauern, klingt für mich nicht nach einer besonders cleveren Strategie. Die Kollegen erkennen Sie doch sofort. Wie stellen Sie denn da das erwünschte Bedrohungsgefühl her?«

»Wir sind ja nicht blöd.« Riehs grinste. »Natürlich verteilen wie die Aufgaben entsprechend. Also ich zum Beispiel, ich kenn ja jetzt den Stjep gut, ich weiß, dass er Familie hat und wo er wohnt, und diese Informationen gebe ich dann an die Gruppe weiter, und die anderen machen dann die Aktion. Diejenigen, die ihn nicht persönlich kennen. Für ihn sind das völlig fremde Leute. Wär ja bescheuert sonst.«

»Und bei den Eltern von Celik Aydin war's umgekehrt.« Gruber hörte auf zu tippen. »Da waren Sie derjenige, der ›die Aktion‹ gemacht hat, und zwar ziemlich erfolgreich. Die Leute waren völlig verängstigt.«

Holger Riehs schien das als Kompliment zu nehmen. Ein zufriedenes Lächeln erschien auf seinem Gesicht.

»Aber an diesem Faschingsabend«, nahm Nick den Faden wieder auf, »da waren Sie doch dabei, oder nicht? Sie haben doch selbst gesagt, dass Sie die Szene aus dem Auto heraus beobachtet haben.«

»Ja, an Fasching ist das auch was anderes, da hat man ja eine Maske auf.«

»Als was sinds denn gangen?«

»Als Clown.«

»Danke.« Gruber hielt das im Protokoll fest.

»Zusammenfassend kann man also sagen, dass das Ziel ihrer Gruppierung darin besteht, ausländische Mitbürger in Angst und Schrecken zu versetzen?«

»Nein, so kann man das nicht sagen. Erst mal mag ich die Formulierung ausländischer Mitbürger nicht.«

»Was wäre Ihnen denn lieber?«

»Einfach Ausländer. Und zweitens, die Begriffe, die Sie verwenden, sind einfach nicht passend. ›Opfer‹, ›Angst‹, ›Schrecken‹. Das ist doch Quatsch. Bei uns hat das mehr was Spielerisches.«

»Eher so *buh!*, erschrecken … Mehr so Kindergeburtstag, ja?«

»Genau.«

»Das Gefühl, das Sie bei den Aydins ausgelöst haben, Herr Riehs, hat mit Kindergeburtstag nichts zu tun.«

»Dafür kann ich doch nichts.«

»Darüber könnten wir jetzt streiten, aber ich fürchte, das bringt nichts. Wo waren Sie denn am Tag des Hagelsturms, am Nachmittag?«

»Im Hirschgarten.«

»Ist das ein Zoo?«

Gruber und Holger Riehs sahen Nick fassungslos an.

»Das ist ein Biergarten, Nick.«

»Ah gut, mit wem waren Sie denn dort?«

»Mit dem Norbert und dem Manni.«

Nick warf Gruber einen Blick zu. »Hast du noch Fragen?«

Gruber schüttelte den Kopf und tippte weiter.

»Gut«, sagte Nick, »dann schreiben Sie uns bitte hier die Namen, Adressen und Telefonnummern von Norbert, Manni und Ihren Kameraden auf, und dann war's das für heute.« Er schob Papier und Kugelschreiber über den Tisch.

Riehs Miene versteinerte. »Was soll das denn?«

»Wir brauchen diese Adressen, Herr Riehs.«

»Die gebe ich Ihnen nicht, das geht Sie überhaupt nichts an.«

Nick legte die Arme auf die Schreibtischplatte und setzte ein Lächeln auf. »Es ist vielleicht ein wenig in den Hintergrund gerutscht, aber wir ermitteln hier in einem zweifachen Mordfall. Da verstehen Sie doch sicher, dass wir Ihr Alibi überprüfen und mit Ihren Kameraden sprechen müssen.«

»Ich dachte, der Stjep hat die erschossen?«

»Davon gehen wir immer noch aus, ja. Aber Alibis überprüfen und mit ihren Kameraden sprechen müssen wir trotzdem. Polizeiarbeit eben.«

»Das ist doch Quatsch, wir haben doch mit einem Mord nichts zu tun …«

»Mag sein, aber genau das müssen wir abklären. Also bitte …«

Holger Riehs lehnte sich zurück, verschränkte die Arme vor der Brust und starrte die Polizisten feindselig an. »Das ist eine

Frechheit! Da willst du einfach nur helfen und dann …« Er atmete tief durch. »Ich hätte euch das doch alles nicht erzählen müssen. Ich unterstütze die deutsche Polizei, wo ich kann, wirklich, aber ich möchte dann bitte auch respektvoll behandelt werden.«

»Möchtens ein Mineralwasser?«

»Alibi. Ihr spinnt ja wohl! Ihr werdet die Adressen nicht von mir bekommen.«

»Doch, das werden wir.«

Beim Hinausgehen knallte Holger Riehs die Eisentür ins Schloss, dass das Raumschiff wackelte. Nick sah sich die Liste mit den Adressen an. Riehs hatte die Handschrift eines Kindes. Gruber kam mit zwei Bier zurück. »Manchmal ist das schon ein rechter Scheißjob.«

IV. DIE ZEUGEN

Als Nick auf die Goethestraße trat, war es dunkel geworden. Die ganze Stadt schien auf den Beinen zu sein. Bei der Hitze hielt es offenbar niemand zu Hause aus. Die Menschen standen vor den Bars auf den Gehsteigen, tranken und rauchten, manche hatten ihre Stühle vor die Tür gestellt. Discomusik und Stimmengewirr lagen in der Luft. Nick ging an den Sexbars und Stripclubs vorbei in Richtung Schwanthaler. Vor der Femina-Bar blieb er stehen. Das Schaufenster war mit rotem Plüsch ausgekleidet. Das Bild in der Mitte hatte einen goldenen Rahmen und hing schief: das Foto einer knienden nackten Frau, die versonnen zu Boden blickte. Auf dem Sims unter dem Bild stand ein gebrauchtes Weinglas und daneben, ganz in die Ecke gequetscht, eine palmenartige Zimmerpflanze, die halb vertrocknet war. Das ganze Schaufenster drohte nach links zu kippen, aber das Schild *Für Jugendliche unter 18 keinen Zutritt* in der rechten Ecke stellte das Gleichgewicht wieder her. Auch mit dem Military-Shop ein paar Meter weiter stimmte etwas nicht. *Bundesweh Ware* stand auf dem Schild. Das R fehlte. Bundesweh. Passte ganz gut hier her.

In den nächsten Tagen würden sie damit beschäftigt sein, Holger Riehs und dessen Kameraden zu vernehmen. »Das wird ein Spaß«, hatte Gruber im Büro gesagt, als sie die Liste durchgegangen waren, und irgendwann beim dritten Bier hatte er hinzugefügt: »Wir gehen zusammen in den Hirschgarten, Nick, so geht das nicht.«

»Nick?«

Er fuhr herum. Löscher stand vor ihm, große Augen, schmales Gesicht, unrasiert. Er sah aus wie ein Geist. »Komm mir nach. Aber halt Abstand.«

Bevor Nick etwas sagen konnte, hastete Löscher bereits mit hochgezogenen Schultern und strammem Schritt weiter. Nick musste sich beeilen, um den Anschluss nicht zu verlieren. Was für ein Auftritt! Seit einiger Zeit schon hatte Nick das Gefühl, dass sein Kollege in Kontakt mit ihm zu treten versuchte, und zwar mehr oder weniger unbeholfen. Er schien immer wieder Anlauf zu nehmen, um den Versuch dann in letzter Sekunde abzubrechen. Nick hatte keine Veranlassung verspürt, von sich aus tätig zu werden. Löscher wusste, wo sein Büro war; wenn er was von ihm wollte, würde er sich schon melden. Das hatte er nun getan. Auf seine Weise.

Sie überquerten die Schwanthaler. Dahinter nahm die Sexclub-Dichte rapide ab, dafür gab es umso mehr türkische Gemüseläden und Restaurants. Die Neonlichter waren hier nicht mehr bunt, sondern kalt und weiß, aber die Gehsteige waren trotzdem voller Menschen. Daneben Cabrios im Schritttempo, die Musik voll aufgedreht. *Wake me up before you gogo.* Vorbei am *Ali-Baba Spielsalon* und *Zagreb Im- und Export.* Nick war kurz abgelenkt, weil er an einem Gemüsestand Artischocken entdeckte. Als er wieder aufblickte, war Löscher verschwunden. Eben war er doch noch direkt vor ihm gewesen. Er ging schneller und prüfte dabei die Gesichter der Passanten. Türkische Familien, bayrische Trinker und immer wieder ein paar Junkies. Aber weit und breit kein Löscher. An der Ecke Landwehrstraße blieb er stehen. Ein paar Teenager torkelten bei Rot über die Ampel und hielten den Verkehr auf. Es wurde gehupt. Punks, die den Verteilerkasten als Tresen benutzten, eine alte Frau mit Hund, ein brüllendes Kind im Kinderwagen …

»Hier entlang.« Löscher packte Nick am Arm und führte ihn

wie einen Blinden über die Kreuzung und weiter die Goethe-straße entlang.

»Wo hast du gesteckt?«

»Ich musste sichergehen, dass uns niemand folgt.«

Nick blieb stehen. »Was veranstaltest du denn hier?«

»Ich erklär dir alles.« Löscher sah sich gehetzt um. »Lass uns einfach weitergehen. Wir bleiben in Bewegung, okay?«

Sie gingen stumm nebeneinanderher. In diesem Teil der Goethestraße waren nicht mehr so viele Menschen unterwegs. Trotzdem blickte Löscher immer wieder über die Schulter. »Ich werde bald wahnsinnig, Nick.« Er sprach mit leiser Stimme, als fürchtete er, belauscht zu werden. Nick musste sich anstrengen, um ihn zu verstehen. »Ich muss unbedingt mit dir sprechen, sonst drehe ich durch, aber …« Er packte ihn am Arm und blieb so abrupt stehen, dass Nick fast das Gleichgewicht verlor. Mit flackerndem Blick stand Löscher vor ihm. Ein Muskel auf seiner Wange zuckte. Wieder sah er sich nach allen Seiten um.

Nick wusste nicht viel von ihm. Er war verheiratet, Frau, zwei Töchter, Eigentumswohnung in Schwabing. Aber vom besonnenen, altgedienten Beamten Klaus Löscher war nichts übrig geblieben. Nick sah ihn genau an, das schmale Gesicht, der unruhige Blick.

Erst hatte er geglaubt, Löscher wäre einfach durchgedreht, aber das war nicht der Fall. Er war in Panik. Nick konnte seine Angst riechen.

»Du musst mir versprechen, dass alles, was ich dir gleich erzähle, unter uns bleibt.« Er sah in flehend an. »Versprich mir das, Nick, ja?«

»Ja, ist ja gut.«

»Nein, Nick, nicht einfach ›ist ja gut‹. Hier ist überhaupt nichts gut. Ich brauche die Sicherheit von dir, dass du mit niemandem darüber sprichst …« Er stockte, wischte sich den Schweiß von der Stirn. »Vor allem nicht mit Aki.«

»Sag mal ...« Nick holte tief Luft. »Du weißt, dass Aki mein Freund ist ...«

»Es geht nicht anders, Nick. Du musst ihn da rauslassen. Versprich es mir.«

Zwei Betrunkene torkelten an ihnen vorbei. »In München steht ein Hofbräuhaus«, grölten sie.

»Gut, versprochen.«

Löscher sah ihm in die Augen, dann nickte er. »Komm, weiter.«

Nachdem sie schweigend ein paar Meter nebeneinanderher gegangen waren, fragte Nick: »Worum geht's hier eigentlich?«

»Um den Brandanschlag auf das Liverpool. Du hast doch die beiden Verdächtigen vernommen ...«

»Vernommen ist zu viel gesagt. Ich habe ein paar Worte mit Wolfgang Abel gewechselt. Aber dann haben sofort die Carabinieri ...«

»Ich rede nicht von Abel und Furlan, ich rede von den beiden verdächtigen Italienern, die direkt nach dem Brandanschlag verhaftet worden sind. Die hast du doch in Untersuchungshaft vernommen, oder?«

Nick warf ihm einen kurzen Blick zu. »Du sprichst von den beiden, die dann sofort wieder freigelassen worden sind?«

»Genau.«

»... weil klar war, dass sie nichts mit der Sache zu tun hatten.«

»Ja, die beiden meine ich. Weißt du noch, wie die hießen?«

Nick versuchte, sich zu erinnern, aber die Namen fielen ihm beim besten Willen nicht mehr ein. »Nein, keine Ahnung. Du weißt doch, was hier los war nach dem Anschlag.«

Löscher nickte. Er wirkte jetzt konzentrierter und nicht mehr so fahrig.

»Wenn du die Namen wissen willst, musst du doch nur in den Akten nachschauen.«

»Beschreib mir die beiden doch bitte mal.«

Nicks Erinnerung an die Geschehnisse unmittelbar nach dem Anschlag waren verschüttet. Sie lagen unter dem Geröll der Ereignisse in Italien begraben. Er musste Stein für Stein abtragen.

»Ich hab sowieso nur mit einem der beiden gesprochen. Die hatten irgendwie Dreck am Stecken. Wahrscheinlich Drogengeschäfte oder so, aber mit dem Liverpool hatten sie nichts zu tun.«

»Beschreib ihn mir.« Löscher fand allmählich zurück in seine Ermittlerrolle. Er war jetzt wieder bei sich. Das verwirrte Nick umso mehr, denn ihm war völlig unklar, worauf er hinauswollte. Sie hatten inzwischen die nächste Kreuzung erreicht. Löscher lotste Nick in die Pettenkoferstraße. Er schien einen klaren Plan zu verfolgen.

Nick versuchte, sich die Szene im Untersuchungsgefängnis vor Augen zu führen. »Der hatte kurze, braune Haare, ein klassischer Süditaliener ... Unter dem rechten Auge hatte er irgendwas ... eine Art Narbe oder eine Hautrötung...« Nick bemerkte, dass Löscher ihn prüfend ansah.

»Gut«, sagte er. »Gut ... Und kannst du mir auch noch sagen, wann du mit ihm gesprochen hast, an welchem Tag? Der Anschlag auf das Liverpool ist in der Nacht vom 7. auf den 8. Januar passiert, also von Samstag auf Sonntag.«

Nick überlegte. »Sonntag war das noch nicht. Ich meine, es wäre Montag gewesen ... am späten Nachmittag. Der sprach ein bisschen Deutsch, ich konnte mich ohne Dolmetscher mit ihm verständigen.« Da fiel ihm noch etwas ein. »Nachdem ich mit ihm gesprochen hatte, habe ich der Drogenfahndung Bescheid gegeben, dass die ihn sich noch vorknöpfen, bevor er entlassen wird. Wie gesagt, ich bin davon ausgegangen, dass die beiden in Drogengeschäfte verwickelt waren, aber ich kann nicht mehr sagen, warum.«

Nick konnte nicht beurteilen, ob Absicht dahintersteckte, aber er hatte das Gefühl, dass Löscher ihn Schritt für Schritt zurückführte zu den Geschehnissen unmittelbar nach dem Brandanschlag. Sie hatten die Ecke Schillerstraße erreicht. Jenseits der Kreuzung lag die Poliklinik, in der Vanessa verstorben war. Nach wochenlangem Todeskampf war sie ihren Brandverletzungen erlegen.

»Jetzt links.«

Sie gingen die Schillerstraße hinauf in Richtung Bahnhof, und da wusste Nick, dass sein Kollege den Weg genau so geplant hatte.

»Bist du über den aktuellen Stand der Ermittlungen im Bilde?«, fragte Löscher. »Ich spreche von dem, was LKA und BKA in der Wohnung von Wolfgang Abel entdeckt haben.«

»Ich weiß nur, dass das Beweismaterial wohl belastbar genug ist, um Abel und Furlan vor Gericht zu stellen.«

»Vor zwei Wochen«, begann Löscher, »habe ich mit einem Kollegen vom LKA gesprochen. Den kenn ich schon lange … Der war bei der Durchsuchung von Abels Wohnung dabei und steht immer noch in Kontakt mit dem BKA.«

Nick lauschte gespannt. Wenn er das richtig deutete, bekam er hier völlig unverhofft die Fortsetzung der Geschichte der Gruppe LUDWIG präsentiert, die ihm bis jetzt keiner hatte erzählen wollen oder können, zumindest die deutsche Version. Die italienische wartete in einem Karton auf seinem Couchtisch auf ihn.

»Das musst du wissen«, fuhr Löscher fort, »um das, was ich dir gleich erzähle, richtig einordnen zu können. Die Kollegen haben also in Abels Wohnung einen Schreibblock gefunden …«

»Ja, das weiß ich«, unterbrach Nick. Es war die einzige Information, die er nach seiner Rückkehr aus Italien noch bekommen hatte. »Auf dem Block war die durchgedrückte Schrift eines der Bekennerschreiben zu erkennen … Ich glaube, es war das zum Anschlag in Mailand.«

»Richtig. Ich will hier nicht zu sehr ins Detail gehen. Zusammenfassend kann man sagen, dass die Kollegen in Abels Wohnung genügend Indizien gefunden haben, um Wolfgang Abel und Marco Furlan zumindest die Beteiligung an den Anschlägen von Mailand und München nachzuweisen.« Löscher machte eine Pause. »Oder genauer formuliert: Nach Lage der Indizien haben Abel und Furlan also die Bekennerschreiben verfasst. Zusammen mit dem Täterwissen, das sie dort offenbaren, schätzt mein Bekannter vom LKA die Chance, dass sie vom Gericht in Verona für den Liverpool-Anschlag schuldig gesprochen werden, als hoch ein.«

»Ja natürlich, was denn sonst?« Nick war verwirrt. »Worauf willst du eigentlich hinaus?«

»Du gehst also auch davon aus, dass die beiden das Liverpool in Brand gesteckt haben.«

»Was ist denn los mit dir?«

»Bitte beantworte meine Frage, Nick. Gehst du davon aus, dass Abel und Furlan den Brandanschlag auf das Liverpool verübt haben?«

»Ja.«

»Warum gehst du davon aus?«

Nick blieb stehen. »Was willst du eigentlich von mir?« Als Löscher nicht sofort antwortete, fügte er hinzu: »Dir ist bewusst, dass ich derjenige war, der zusammen mit Graziella durch ganz Oberitalien gereist ist, von Tatort zu Tatort, um herauszufinden, wer hinter dieser verdammten Gruppe LUDWIG steckt, und dass wir dann endlich auf Abel und Furlan gestoßen sind …«

»Genau deswegen frage ich dich doch.« Löschers Stimme klang besänftigend. »Es ist mir wichtig, zu hören, was du darauf antwortest. Bitte, Nick, hilf mir.«

»Mann, Löscher, echt.«

Sie setzten sich wieder in Bewegung. Nachdem sie die Landwehrstraße überquert hatten, wartete Nick jeden Moment darauf, dass Löscher ihn auf die andere Straßenseite lotsen würde, aber nichts dergleichen geschah.

»Also noch mal«, setzte Löscher wieder an. »Warum gehst du davon aus, dass Abel und Furlan den Brandanschlag auf das Liverpool verübt haben?«

»Na, das ist doch …« Aber während Nick versuchte, seine Begründung zu formulieren, stellte er fest, dass die Frage gar nicht so blöd war, wie sie zunächst geklungen hatte. Sie zwang ihn zur Genauigkeit. »Den wichtigsten Grund hast du eben selbst genannt«, begann er schließlich. »Das sind die Indizienbeweise, die in Abels Münchner Wohnung gefunden wurden …« Löscher hörte aufmerksam zu. Er schien Nicks Gedankengang bewusst nicht kommentieren zu wollen. »Dann natürlich die Tatausführung. Als Abel und Furlan am Karnevalssonntag in die Diskothek Melamara in Castiglione …« Er brach ab. »Ich weiß nicht mehr genau, wie der Ort hieß, südlich vom Gardasee jedenfalls. Als Abel und Furlan in diese Diskothek gegangen sind, haben sie die Brandmittel in zwei braunen Reisetaschen transportiert. Das habe ich selbst beobachtet; ich war dabei, als sie den Laden in Brand setzen wollten. Genauso sind die Täter in Mailand vorgegangen, und beim Anschlag aufs Liverpool wurden ebenfalls zwei braune Reisetaschen mit Brandmitteln die Treppe hinuntergeworfen …« Nick stockte und überlegte. »Ansonsten … Im Moment fällt mir nichts weiter … Doch! Ich glaube, Wolfgang Abel und Marco Furlan waren zur Tatzeit beide nachweislich in München.«

»Das glaubst du, oder das weißt du?«

»Ich glaube es zu wissen. Ich müsste in den Akten nachschauen.«

»Aber vor dem Liverpool gesehen hat sie niemand?«, hakte Löscher nach. »Oder gibt es Zeugen, die sie als Täter identifiziert haben?«

»Nein, ich glaube nicht.«

»Fingerabdrücke, die ihnen zweifelsfrei zuzuordnen sind?«

»Auch nicht, soweit ich weiß … Ist ja auch klar, das Feuer hat so ziemlich alle Spuren vernichtet.«

»Danke Nick, das hilft mir sehr.« Löscher blieb stehen. Sie hatten das Liverpool erreicht. Von der gegenüberliegenden Straßenseite aus hatten sie einen guten Blick auf das Gebäude. Trotzdem fragte Nick: »Gehen wir rüber?«

»Nein«, sagte Löscher, »von hier aus kann ich dir besser beschreiben, was in der Nacht des Anschlags passiert ist.«

Nick sah ihn überrascht an. »Ich wusste gar nicht, dass du in der Nacht noch hier warst. Hattest du nicht einen anderen Einsatz?«

An Gruber konnte sich Nick erinnern, mit dem hatte er gesprochen, kaum dass er das Gebäude verlassen und die Atemschutzmaske abgelegt hatte. Aki war auch dagewesen, er hatte an der Absperrung gestanden, zusammen mit Polizeipräsident Häring. Ihre ernsten Gesichter hatte er noch genau vor Augen. Aber dass Löscher vor Ort gewesen wäre, daran konnte er sich nicht erinnern.

»Ja, ich hatte einen anderen Einsatz. Deshalb bin ich erst eine Stunde nach dem Anschlag hier angekommen.« Löschers Stimme zitterte leicht. »Etwa um 0.30 Uhr muss das gewesen sein. Die Feuerwehr war noch zugange. Außerdem waren die Brandfahnder da, die haben sich um den komischen Wecker gekümmert, mit dem keiner was anzufangen wusste … Egal. Zeitgleich mit mir trafen zwei Kollegen vom Fachbereich ›Organisierte Kriminalität‹ ein. Sie kamen direkt von einer Besprechung in der Ettstraße. Ihr Chef hatte sie vorbeigeschickt. Sie sollten mal nach dem Rechten schauen. War ja zu dem Zeitpunkt durchaus denkbar, dass die OK für die Ermittlungen zuständig sein würde. Jedenfalls sind wir mehr oder weniger gleichzeitig oben an der Absperrung angekommen.« Löscher zeigte nach links. »Ab Höhe Adolf-Kolping-Straße war ja abgesperrt. Ich kannte die beiden Kollegen, den einen nur flüchtig, aber den zweiten, Rolf Böhme, den kenne ich sehr gut, wir waren jahrelang zusammen bei der Bereitschaft. Kurzum, ein guter, alter Kollege. Wir haben uns gefreut, uns zu sehen, auch wenn der Anlass nicht so lustig war.« Seine Stimme war belegt, er räusperte sich. »Wir sind dann zu dritt von der Adolf-Kolping Richtung Tatort gegangen. Nicht weit hinter der Absperrung …« Wieder zeigte er Nick die Stelle auf der gegenüberliegenden Straßenseite, Genauigkeit schien ihm wichtig zu sein. »Etwa dort … standen drei Frauen, offensichtlich aus dem Gewerbe. Zerlaufene Schminke, noch ziemlich unter Schock. Wir haben ein paar Worte mit ihnen gewechselt. Dabei hat sich herausgestellt, dass alle drei zum Personal gehörten.«

»Also Barfrauen aus dem Liverpool?«

»Genau. Sie erzählten uns, dass sie überhaupt noch nicht befragt worden waren.« Er machte eine kurze Pause und sah Nick eindringlich an. »Eine Stunde nach dem Anschlag hatte noch kein Kollege mit den Damen gesprochen. Du weißt ja, wie das ist. Im Milieu redet man nicht gerne mit der Polizei. Aber bei denen war das anders, die waren ausgesprochen mitteilsam, vielleicht weil sie noch unter Schock standen, wer weiß.« Löscher blickte hinüber zum Ort des Geschehens. »Jeder von uns hat sich also eine der Damen vorgenommen. Sie haben uns erzählt, dass … Alle drei hatten sich zur Tatzeit in der Nähe der Treppe aufgehalten. Sie haben die Täter gesehen und konnten sie genau beschreiben …«

»Die haben gesehen, wie die Täter ins Liverpool kamen und die Reisetaschen die Treppe hinuntergeworfen haben?«

»Ja. Ich habe mich dann kurz mit den Kollegen beraten. Wir waren uns einig, dass wir wichtige und glaubhafte Augenzeuginnen vor uns hatten. Ihre Täterbeschreibungen waren sehr genau und deckten sich. Also haben wir beschlossen, die Beschreibungen an die Einsatzleitung durchzugeben.«

»Waren zu dem Zeitpunkt noch andere Kollegen vor Ort?«

»Nein, bis auf die Brandfahnder war da niemand mehr. Das war ja das Merkwürdige. Wir hatten die ganze Zeit das Gefühl, allein auf weiter Flur zu sein.«

»Schon möglich«, sagte Nick. »Wahrscheinlich sind wir abge-rückt, kurz bevor ihr eingetroffen seid. Zeitlich kommt das hin.« Er erinnerte sich daran, wie Graziella, Aki und die anderen Kol-legen sich im Raumschiff um ihn gekümmert hatten. Er hatte unter Schock gestanden. Hakan hatte ihm Raki eingeflößt. Das hatte geholfen. »Jedenfalls komisch, dass sich keiner um diese Barfrauen gekümmert hat.«

»Ja«, sagte Löscher, »das fanden wir auch.«

»Wie ging es dann weiter?«

»Da standen noch ein paar andere herum, die auch noch nicht befragt worden waren, Gäste, zum Teil ziemlich betrunken. De-ren Aussagen waren größtenteils nicht zu gebrauchen. Aber wir haben alles ordentlich aufgenommen. So gegen zwei war dann alles erledigt, und wir wollten Feierabend machen. Ich war ja zu Fuß unterwegs, und Rolf hat sich netterweise bereit erklärt, mich nach Hause zu fahren. Sein Wagen stand ein Stück oberhalb der Absperrung. Wir waren gerade losgefahren, als ein Funkspruch von der Einsatzzentrale kam: Aufgrund unserer Täterbeschrei-bungen hätten die Kollegen von der Schutzpolizei am Bahnhof zwei Verdächtige aufgegriffen. Wir sollten am Liverpool war-ten, die Kollegen würden sie vorbeibringen. Wir waren aber schon losgefahren, und die Schillerstraße ist ja Einbahnstraße, also haben wir eine Runde gedreht. Wir hatten den Wagen gerade wieder abgestellt, als die Kollegen ankamen.« Löscher brach ab. Er blickte zur anderen Straßenseite, als wollte er sich vergewis-sern, dass sich alles genau so abgespielt hatte. »Sie sind ausge-stiegen und haben uns die beiden Verdächtigen übergeben.« Wie-der machte Löscher eine Pause.

»Und?« Nick konnte seine Ungeduld kaum mehr unterdrü-cken. »Wer waren die beiden?

Aber Löscher ging nicht darauf ein. »Unser Problem war«, fuhr er fort, »dass wir nicht genau wussten, wie wir verfahren sollten, denn nach Kriminalistik-Lehrbuch musst du, wie du weißt, den Zeugen bei einer Gegenüberstellung mehrere Optionen anbieten. Aber die hatten wir nicht. Andererseits mussten wir irgendetwas unternehmen, sonst hätten wir die beiden Tatverdächtigen gehen lassen müssen. Einfach nichts tun war nicht drin. Also haben wir dort drüben auf dem Gehsteig«, er zeigte auf eine Stelle zwischen Hotel Royal und Adolf-Kolping-Straße, »eine Gegenüberstellung improvisiert. Wir haben die beiden Verdächtigen jeder Augenzeugin einzeln vorgeführt ...«

»Und?«

»Alle drei waren unabhängig voneinander sicher, die Männer vor sich zu haben, die den Brandanschlag auf das Liverpool verübt hatten.«

Ein Gewicht legte sich auf Nicks Schultern, er hatte plötzlich das Gefühl, einen Bleimantel zu tragen.

»Bei dem einen, der vorne auf der Treppe stand, waren sie zu hundert Prozent sicher, bei dem zweiten ... Sagen wir zu achtzig Prozent ...«

Nick kannte die Antwort schon, aber er stellte die Frage trotzdem: »Und diese beiden Männer ... Das waren nicht Abel und Furlan, vermute ich.«

»Nein«, sagte Löscher, »Die waren es nicht. Es waren zwei Süditaliener. Die Damen waren sich deshalb so sicher, die Richtigen vor sich zu haben, weil einer von ihnen eine birnenförmige Hautrötung unter dem rechten Auge hatte. Das war der Mann, den du zwei Tage später in der U-Haft vernommen hast, Nick.«

Nick wurde schwindlig. Er starrte auf die andere Straßenseite. Im Hotel Royal waren nur drei Fenster erleuchtet. Die meisten Hotelgäste waren wohl unterwegs. Eben öffnete sich die Eingangstür, und ein Touristenpaar trat auf die Schillerstraße. Dick, bleich, Sonnenhüte auf dem Kopf, obwohl die Sonne schon lange untergegangen war. Ein paar Meter weiter schirmte ein Männertrupp einen Kollegen ab, damit der ungestört in den Hauseingang einer Parfümerie pinkeln konnte.

Nick versuchte, Löschers Informationen irgendwie in das Bild einzupassen, das er sich bislang von dem Fall gemacht hatte. Die Mordserie der Gruppe LUDWIG, die scheinbar völlig willkürliche Auswahl der Opfer, die Bekennerschreiben mit Reichsadler, Hakenkreuz und der Parole »Gott mit uns«, der Wahn, der religiöse Eifer, der aus ihren Texten sprach, und dazu die beiden Tatverdächtigen, hochintelligente junge Männer aus der besten Gesellschaft Veronas – das alles ergab eine derart bizarre Mischung, dass man nach einem irgendwie nachvollziehbaren Motiv überhaupt nicht mehr suchen zu müssen glaubte. Wer derartige Taten beging, handelte aus einer hermetischen Gedankenwelt heraus, die für keinen Außenstehenden mehr nachvollziehbar war. Die Gruppe LUDWIG hatte die Welt von Sünde und Laster gereinigt. Solchen Tätern war alles zuzutrauen, natürlich auch ein Brandanschlag auf eine Sex-Diskothek im Münchner Bahnhofsviertel. Nicks Argumentation – und offenbar auch die von LKA und BKA – beruhte auf einem simplen Dreisatz: Die Gruppe LUDWIG offenbarte in ihren Bekennerschreiben Täterwissen. Wolfgang Abel und Marco Furlan waren nach allem, was man bisher wusste, die Gruppe LUDWIG oder zumindest ein Teil davon. Also waren Abel und Furlan die Täter.

Und nun tauchten drei Augenzeugen auf, die zwei völlig andere Männer bei der Ausführung des Anschlags beobachtet haben wollten. Endlich wusste Nick, welche Frage er Löscher stellen musste: »Wenn das stimmt, wie kann es dann sein, dass diese Zeugenaussagen nicht am nächsten Tag auf unseren Schreibtischen lagen? Ihr habt doch alles protokolliert. Die Dienstwege sind doch klar.«

»Ja«, sagte Löscher, »das habe ich auch gedacht.« Er sah sich nervös um. »Komm, lass uns weitergehen.« Mit einer Kopfbewegung gab er die Richtung vor. »Die Geschichte geht noch weiter, Nick.« Sie gingen die Schillerstraße hinauf in Richtung Hauptbahnhof. »Wir haben dann die Personalien der beiden Tatverdächtigen aufgenommen, das heißt, die Kollegen haben das gemacht. Ich hatte ihre Dokumente persönlich nicht in der Hand.« Das Detail schien ihm wichtig zu sein, denn er pausierte einen Moment und blickte Nick an. »Ich habe also die Namen der beiden Männer nur aus dem Mund meiner Kollegen gehört. Genau wie ihre Berufsbezeichnung ...«

Nick sah ihn gespannt an.

»Die beiden waren Soldaten, Nick. Italienische Soldaten.«

Nick sagte nichts; er setzte einen Fuß vor den anderen und versuchte, Schritt zu halten. Vor der Unterführung überquerten sie die Schillerstraße und bogen an der Kreuzung rechts in die Bayerstraße ein. Die Reklame, die Lichter, der Verkehr. Das Schwindelgefühl nahm zu.

»Wir haben ihnen die förmliche Festnahme erklärt, der eine, der mit der Hautrötung unter dem Auge, sprach ein wenig Deutsch. Wir konnten uns also verständlich machen. Dann haben wir die beiden wieder den Kollegen von der Schutzpolizei übergeben, die sie ins Untersuchungsgefängnis bringen sollten. Das war so gegen halb drei Uhr nachts.« Nach einem prüfenden Blick über die Schulter fuhr Löscher fort. »Rolf hat mich dann nach Hause gefahren. Ich hab mich aufs Ohr gelegt, und um halb acht am nächsten Morgen ... beziehungsweise es war ja derselbe Tag ... hab ich mich wieder mit dem Kollegen im Untersuchungsgefängnis getroffen.«

»Also am Sonntag früh?«

»Genau. Und da war die Frage: Wer übernimmt den Fall jetzt eigentlich? Für die Kollegen und mich gab es in dem Moment nur zwei Möglichkeiten. Entweder übernimmt unsere Dienststelle ...«

»Also wir«, unterbrach Nick, »die Mordkommission 3.«

»Ja. Entweder wir oder der Fachbereich ›Organisierte Kriminalität‹. Mehr Optionen gab es nicht. Wir warteten also auf die Entscheidung aus dem Präsidium.«

»Gut. Und dann?«

»Wir haben den Dolmetscherdienst bestellt, der Dolmetscher kam, wir warteten. Es wurde acht. Es war noch eine zweite Dienststelle im Haus, die hatten auch irgendwas mit Italienern am Laufen und wollten unseren Dolmetscher ausleihen. Schien eine schnelle Sache zu sein, also haben wir zugestimmt. Eine halbe Stunde später kam der Dolmetscher zurück. Es wurde neun … Und du weißt ja, dann tickt die Uhr … Gibt ja Fristen, bis wann Tatverdächtige dem Haftrichter vorgeführt werden müssen.« Löscher strich sich nervös übers Haar. Dann fuhr er fort: »Aber irgendwann kam der erlösende Anruf, und man teilte uns mit, dass der Staatsschutz übernimmt.«

Nick und Löscher wechselten einen Blick.

»Wir haben natürlich lange Gesichter gemacht, keiner konnte sich erklären, wie diese Entscheidung zustande gekommen war. Zu dem Zeitpunkt hat keiner von uns an politisch motivierte Kriminalität gedacht, dafür gab es überhaupt keine Anzeichen. Aber gut. Du kennst das ja, die Abläufe sind manchmal unergründlich. Fakt war: Wir waren raus, und der Staatsschutz beim LKA hat übernommen.«

Nachdem sie eine Weile schweigend nebeneinanderher gegangen waren, sagte Nick: »Am 10. Januar, also zwei Tage später, ist die Sonderkommission Liverpool gegründet worden. Wir, die gesamte Mordkommission 3, waren von Anfang an dabei. Wie ist es möglich, dass wir von dieser Geschichte nichts mitbekommen haben? Wieso hast du nie darüber gesprochen? Ich meine, wir waren die Dienststelle, die den Liverpool-Anschlag aufklären sollte. Aber du hast diesen Vorfall in keiner einzigen Dienstbesprechung erwähnt. Ich kann mich jedenfalls nicht erinnern …«

Löscher schüttelte den Kopf, als könnte er immer noch nicht glauben, was ihm widerfahren war. »Das, was ich nach dem Anschlag und am Morgen darauf erlebt habe, ist ja verrückt genug.

Aber der eigentliche Albtraum fing erst danach an ...« Löscher rang um die richtigen Worte. »Es fühlt sich so an, als hätte man mich an diesem Tag auf eine gigantische Rutsche gesetzt, die mit Schmierseife präpariert worden ist. Seit dem 7. Januar rausche ich in die Tiefe, und ich habe keine Chance, die Fahrt zu stoppen.«

»Wieso hast du das vorher nie erwähnt?«, wiederholte Nick. »Das verstehe ich nicht.«

»Aber das habe ich doch! Das ist genau das Problem. Ich bin noch am selben Tag zu Aki gefahren und habe ihm die ganze Geschichte erzählt. Es war ja Sonntag, und er war nicht besonders erfreut, dass ich vor seiner Tür stehe, aber er hat mir wohl angesehen, dass es wichtig ist ...«

»Das heißt, Aki kennt diese Geschichte?«

»Natürlich. Ich saß fast zwei Stunden in seinem Wohnzimmer und habe ihm alles haarklein geschildert.«

Nick lauschte ungläubig.

»Und was hat er ...?«

»Er hat mir zu der guten Arbeit gratuliert und gesagt, er kümmere sich um alles Weitere. Ich bin nach Hause gefahren, überzeugt davon, dass jetzt alles auf gutem Wege ist, und hab mich ins Bett gelegt ... Am nächsten Morgen schlag ich dann die ›Süddeutsche‹ auf und falle fast vom Stuhl. Da steht ein großer Artikel über den Brandanschlag auf das Liverpool und dass die Polizei in dem Zusammenhang zwei Italiener sucht. Mit Namen und Personenbeschreibung. Die Polizei sucht nach Antonio Silvestro, mit einem birnenförmigen Mal unter dem Auge ...«

»Das war er«, unterbrach Nick, »so hieß der Italiener, mit dem ich im Untersuchungsgefängnis gesprochen habe.«

»Genau. Das Merkwürdige war nur ... Was mich wirklich fertiggemacht hat, war, dass meine Geschichte und die, die in den Zeitungen stand, nicht zusammenpassten.« Löscher blieb stehen. »Versetz dich bitte in meine Lage: Du hast am Tag vorher zwei dringend Tatverdächtige Italiener festgenommen und gehst davon aus, dass der Staatschutz die beiden jetzt in der Mangel hat. Dass der Staatschutz am Start ist, kommt dir zwar komisch vor, aber egal, du gehst davon aus, dass die Kollegen ihren Job schon machen. Und am nächsten Tag liest du einen offiziellen Fahndungsaufruf der Polizei, in dem du denjenigen wiedererkennst, den du gerade festgenommen hast. Da denkst du doch, du wirst jetzt gleich bekloppt. Dann fällt dir ein, dass der Mann, den du festgenommen hast, ganz sicher nicht Antonio Silvestro hieß. An den richtigen Namen kannst du dich nicht erinnern, aber Antonio Silvestro war es definitiv nicht, das weißt du ganz sicher. Und dein Tatverdächtiger war auch nicht Kellner, der früher schon mal im Hofbräuhaus gearbeitet hat, wie die Journalisten schreiben, sondern Berufssoldat. Du faltest also deine Zeitung zusammen und stürmst damit in Akis Büro, und dein Vorgesetzter sagt dir: »Reg dich mal nicht so auf, ich bin in Kontakt mit dem Staatsschutz, das klärt sich alles.« Und am nächsten Tag steht dann in der Zeitung, dass die beiden italienischen Tatverdächtigen in der Nacht von Sonntag auf Montag in einem Hotel festgenommen worden sind, aber inzwischen wieder freigelassen wurden, weil sie nachweislich nichts mit der Tat zu tun haben ... Und da verstehst du die Welt nicht mehr, Nick. Und alle reden dir ein, dass alles seine Richtigkeit hat und dass du derjenige bist, dem die richtige Einschätzung fehlt oder das nötige Wissen oder die professionelle Distanz oder was weiß ich. Du weißt, dass du recht hast, aber du traust dir selbst nicht mehr über den Weg. Und du stehst völlig alleine da ...«

»Und was ist mit den beiden Kollegen von der OK? Ihr wart doch immerhin zu dritt.«

»Der eine hat sich versetzen lassen, der ist, glaub ich, gar nicht mehr in Bayern, und Rolf ... Mit Rolf habe ich anfangs noch oft über die Sache gesprochen, aber dem wurde das dann zu viel. Sein Standpunkt war, dass man als Polizeibeamter nie alle Ermittlungsschritte persönlich nachvollziehen kann, sondern einfach irgendwann Vertrauen haben muss, dass die übergeordneten Dienststellen ordentlich arbeiten.«

»Aber du hast dieses Vertrauen nicht mehr?«

»Nein«. Löscher schüttelte den Kopf. »Ich habe kein Vertrauen und keine Kraft mehr.« Er lachte bitter auf. »Als ich noch Kraft hatte, da hat mich Aki irgendwann aus seinem Büro geworfen und mich angeschrien, dass ich aufhören soll, ihn zu nerven. Ich musste ihm versprechen, dass ich die Kollegen mit meinen Spinnereien nicht weiter belästige ... Ganz besonders dich sollte ich in Ruhe lassen. Dabei wollte ich unbedingt wissen, was du von der ganzen Sache hältst, denn irgendwann war ich so verunsichert, dass ich meiner eigenen Wahrnehmung nicht mehr getraut habe. Ich habe jedenfalls irgendwann gar nichts mehr gesagt, habe die Klappe gehalten und alles nur noch von außen verfolgt.« Löscher hielt inne. »Dann ist noch etwas passiert«, fuhr er schließlich mit belegter Stimme fort. »Bei mir zu Hause wurde eingebrochen. Die Täter haben die ganze Wohnung auf den Kopf gestellt, aber sie haben nichts mitgenommen.«

»Sind sie gefasst worden?«

»Ich habe den Einbruch nicht mal gemeldet.« Löscher sah aus, als schämte er sich dafür. Einen Moment lang herrschte Schweigen. »Ich bin fertig Nick, ich kann nicht mehr ... Ich habe mich zurückgezogen, habe mich kaum mehr aus dem Haus getraut. Und ich bin krank geworden ...« Er hielt inne und blickte zu Boden. »Ich traue mich gar nicht, es auszusprechen, weil ich weiß, wie verrückt es klingt. Aber dir sage ich es, weil es zu der Geschichte gehört: Ich werde verfolgt. Irgendwer ist hinter mir her und überwacht mich. Im Büro durchsuchen sie meinen Schreibtisch ...« Er sah Nick unsicher an, hoffte offenbar auf ein Zeichen der Zustimmung und des Einverständnisses; als das nicht kam, fügte er schnell hinzu: »Passt gut ins Orwell-Jahr, findest du nicht?« Er versuchte ein Lächeln, aber es geriet zur Grimasse. »Das ist nicht nur für mich ein Albtraum, sondern für meine ganze Familie. Ich weiß nicht mehr weiter … Wenn du irgendwie Licht in die ganze Angelegenheit bringen kannst, Nick, dann tu es bitte.« Löscher sah ihn flehend an. »Es gab zwei dringend Tatverdächtige, und die sind im Laufe der Ermittlungen aus dem Spiel genommen worden. Aus welchen Gründen auch immer. Ich wollte, dass du das weißt.« Er nickte ihm zu. »Wir sehen uns morgen.« Löscher drehte sich um und ging mit schnellen Schritten weiter in Richtung Karlsplatz. Nick schaute ihm nach. Er fuhr auf der Rolltreppe zur Stachus-Unterwelt hinunter. Er schien zu schweben. Das Letzte, was Nick von ihm sah, war sein schmaler Kopf. Der Kopf eines Mannes, der die Welt nicht mehr verstand.

Der Boden unter Nicks Füßen schwankte. Um ihn herum rauschte der Verkehr. Spaziergänger flanierten, Menschen lachten und aßen Eis, aber sie spielten ihm alle etwas vor. München war nicht nur fremd, sondern auch unwirklich. Das Grölen Betrunkener hallte aus der Stachus-Unterwelt herauf.

Weil er nicht ewig stehen bleiben konnte, setzte er sich in Bewegung. Er ging die Bayerstraße zurück in Richtung Hauptbahnhof. Ein Mann torkelte ihm entgegen. Die Häuser rückten zusammen und bildeten eine Schlucht. Die Leuchtreklamen blendeten ihn mit ihren Botschaften. *YASHICA, PINI, KODAK*. Türkische Musik aus einem Dönerladen. Er ging schneller und war froh, als er das Straßenschild entdeckte. Es war wie ein Leuchtturm. Es bot Orientierung. Ein paar Meter hinter der Kreuzung befand sich ein Café. Tische und Stühle standen auf dem Gehsteig. Nick setzte sich an einen freien Tisch und bestellte ein Bier. Keine dreißig Meter die Schillerstraße hinunter zweigte die Adolf-Kolping-Straße ab. Bis dorthin war die Straße abgesperrt gewesen. Dort war Löscher auf die Kollegen von der OK gestoßen – und dort waren die beiden italienischen Soldaten aus dem Fahrzeug der Schutzpolizei gestiegen.

V. DAS PANTHEON DER KÖNIGE

Die Hitze hatte den Rasen verbrannt. Braun und stumpf sah er aus. Ein ausgebleichter Plastikball lag in der Nähe des Eingangs. Nick wollt gerade aussteigen, als ein silberner Mercedes vorbeifuhr und vor ihm einparkte. Die Fahrertür öffnete sich. Ein elegant gekleideter Herr mit grauem Haar und Bart stieg aus, ging um die Kühlerhaube herum auf die andere Wagenseite und holte eine Arzttasche vom Beifahrersitz. Nachdem er das Auto abgeschlossen hatte, öffnete er das Tor und ging über den Kiesweg auf die Villa zu. Nick beobachtete, dass der Mann nicht klingelte, sondern die Tür mit einem Schlüssel öffnete und schnell wieder hinter sich schloss, aber sicher war er nicht, vielleicht hatte der Eindruck getäuscht. Er überlegte, wie er sich verhalten sollte, und beschloss zu warten, bis der Arzt die Villa wieder verließ. Mit Frau Reinhard musste er in Ruhe sprechen; er konnte keine Fremden im Haus brauchen. Also zündete er sich eine Zigarette an.

Als er gestern nach Hause gekommen war, hatte ein Zettel auf dem Küchentisch gelegen: »Bin müte und gähe ins Bett. Buon appetito.« Auf einem Teller hatten, mit Frischhaltefolie abgedeckt, drei Stücke Pizza gelegen, die Graziella, nach dem Zustand der Küche zu urteilen, selbst gebacken hatte. Zunächst war er enttäuscht gewesen, dass sie schon schlafen gegangen war, denn auf dem Heimweg war das Bedürfnis, ihr von seinem Erlebnis mit Löscher zu berichten, immer größer geworden. Aber vielleicht war es auch gar nicht so falsch, sie damit erst einmal in Ruhe zu lassen. Vielleicht musste er sich erst selbst darüber klar werden, wie er nun weiter vorgehen wollte. Die Pizza hatte jedenfalls hervorragend geschmeckt.

Natürlich musste er die Möglichkeit in Betracht ziehen, dass Löscher schlicht und einfach durchgeknallt war. Das musste er als Option im Hinterkopf behalten. Aber sein Bauchgefühl sagte ihm, dass die Geschichte stimmte. Löschers Bericht war detailliert und in sich schlüssig gewesen. Solch eine Geschichte konnte man sich kaum ausdenken, und selbst wenn, Nick vermochte keinen Grund zu erkennen, warum Löscher das hätte tun sollen. Er war alles andere als ein Querulant. Im Gegenteil, Löscher war ein akribisch arbeitender Polizist, der seinen Beruf und die Strukturen, in die er eingebunden war, ernst nahm. Bis jetzt zumindest. Für jemanden wie ihn musste die Erkenntnis, dass nicht sauber ermittelt worden war, besonders schockierend sein. Sie erschütterte sein Weltbild. Je länger Nick darüber nachdachte, desto mehr tendierte er dazu, Löschers Ausführungen zu glauben.

Wie diese zu deuten und welche Schlüsse daraus zu ziehen waren, war allerdings eine andere Frage. Der Kern von Löschers Geschichte war: Es gab mindestens drei Augenzeuginnen, die die Täter bei der Tatausführung beobachtet hatten und sie auch beschreiben konnten. Demnach hatten nicht Wolfgang Abel und Marco Furlan den Anschlag auf das Liverpool verübt, sondern zwei italienische Soldaten. Das Problem war nur, dass diese Aussagen offenbar überhaupt nie in die offiziellen Ermittlungen eingeflossen waren. Wenn Löschers Geschichte stimmte, dann waren sie zusammen mit den beiden Tatverdächtigen beim Staatsschutz gelandet. Die ganze Geschichte war dort versickert. Warum?

Aus dem Haus gegenüber erklang Klaviermusik. Nick lauschte. Es hörte sich an, als würde jemand üben. Immer wieder wurden dieselben Takte wiederholt. Ein Mann mit Schiebermütze und Fliege kam ihm auf dem Bürgersteig entgegen. Er wandte sich um und gestikuliert ins Nichts. Irgendetwas schien seinen Unmut erregt zu haben. Nick fand sein Verhalten seltsam, bis er den Hund entdeckte, einen Cockerspaniel, der seinem Herrchen folgte. Sie gingen langsam am BMW vorbei. Nick beobachtete sie im Rückspiegel. Sie hatten den gleichen wiegenden Gang. Als er wieder zum Eingang der Villa Reinhard blickte, war von dem Arzt noch immer nichts zu sehen.

Je länger er darüber nachdachte, desto klarer wurde ihm, dass er keine Wahl hatte. Er musste mit den ihm zur Verfügung stehenden Mitteln versuchen, zur Aufklärung dieser rätselhaften Geschichte beizutragen. Denn er verfügte über die Mittel. Auf seinem Couchtisch stand ein Karton voller Akten und in Grünwald die Villa mit dem parkähnlichen Garten, vor der er nun im Auto wartete. Er wusste, wo er anzufangen und wem er welche Fragen zu stellen hatte. Allerdings war das Vorhaben nur mit Graziellas Hilfe umzusetzen. Er brauchte sie und ihre Übersetzungskünste. Mit ihr zusammen musste er die Akten der Staatsanwaltschaft Verona studieren, um sich einen Überblick über den aktuellen Stand der Ermittlungen zu verschaffen. Es war durchaus denkbar, dass sich einige offene Fragen durch einen Blick in die Dokumente klären ließen.

Und es gab noch eine weitere wichtige Frage, die er für sich beantworten musste: Wie sollte er mit Aki umgehen? Er hatte Löscher das Versprechen gegeben, Aki aus alldem rauszuhalten. Offenbar misstraute Löscher ihm. Das war erschütternd genug. Allerdings schien Nick die Episode mit Aki die am wenigsten überzeugende in Löschers Bericht zu sein. Laut Löscher hatte Aki seine Aussagen mehr oder weniger ignoriert. Aber warum? Nick kannte Aki gut genug, um zu wissen, dass er jedem halbwegs plausiblen Hinweis nachgegangen wäre. Er musste also gute Gründe gehabt haben, es in diesem Fall nicht zu tun.

Nick war klar geworden, dass er sich nicht an das Versprechen halten konnte, das er Löscher gegeben hatte, und zwar aus einem ganz einfachen Grund: Wenn er die Sache ernsthaft aufklären wollte, musste er Akis Meinung dazu hören. Erst wenn er seine Sicht der Dinge kannte, war eine objektive Beurteilung möglich. Löscher wollte, dass Licht ins Dunkel gebracht wurde. Also musste Nick entsprechend handeln. Aus all diesen Überlegungen kristallisierten sich allmählich einzelne Handlungsschritte und eine klare Reihenfolge heraus, weshalb er nun im Auto saß und darauf wartete, dass der Arzt die Villa endlich verließ.

Das alte Schwarz-Weiß-Foto. Die beiden Männer in gekrümmter Körperhaltung vor der Ziegelsteinmauer. Wie lange hatten Solari, Graziella und er gebraucht, um herauszufinden, dass dieses Foto aus dem Mexiko der Zwanzigerjahre stammte und was darauf eigentlich abgebildet war: eine Hinrichtung nämlich. Das Foto zeigte die Erschießung zweier katholischer Aufständischer, die sich *Cristeros* oder *Krieger des Christkönigs* nannten. Dieses Foto hatte sie über Umwege zu Wolfgang Abel und Marco Furlan geführt, die noch als Schüler in Verona Teil einer rechten Gruppierung waren, die ebenfalls *Krieger des Christkönigs* hieß.

Nach seiner Rückkehr aus Italien hatte Nick Aki das Foto gezeigt. Aki hatte gestutzt, hatte ihn zum Aktenraum geführt und die Akte Reinhard aus dem Schubfach geholt. »Das haben wir auf dem Schreibtisch von Dr. Reinhard gefunden«, hatte er gesagt und der Mappe eine Kopie des gleichen Fotos entnommen. In dem Moment war Nick viel zu verblüfft gewesen, um die vielen Fragen formulieren zu können, die ihm durch den Kopf schossen. Zwei Menschen hatten bereits im Zusammenhang mit diesem Foto unter mysteriösen Umständen ihr Leben verloren. Gabriele Solari, Commissario aus Vicenza, und der Journalist Franco Marin. Solari war ermordet worden, daran bestand kein Zweifel. An seiner Leiche waren Folterspuren sichtbar gewesen, und dennoch hatte die Rechtsmedizin in Verona seinen Tod als Suizid deklariert. Franco Marin wiederum war tot in seinem Bett aufgefunden worden. Der Arzt hatte Kreislaufversagen festgestellt, eine Obduktion war nicht durchgeführt worden. Solari aber war fest davon überzeugt gewesen, dass Franco Marin umgebracht worden war, weil er mit seinen Recherchen mächtigen Leuten zu nahe gekommen war. Auf dem Schreibtisch des Journalisten hatte das Foto von der Erschießung der beiden *Cristeros* gelegen. Bevor sie hatten klären können, in welchem Zusammenhang das Foto mit Franco Marins Tod stand, war Solari selbst tot gewesen. Und nun war das Foto wieder aufgetaucht, auf einem Schreibtisch in einer Münchner Villa, und wieder im Zusammenhang mit einem angeblichen Suizid.

Damals im Aktenraum war Nick nicht in der Lage gewesen, seine Fragen zu formulieren. Aber ein paar Wochen später hatte sich die Gelegenheit für ein ausführlicheres Gespräch ergeben, und Aki hatte ihm erzählt, dass er als einer der ersten Beamten vor Ort gewesen war und von Anfang an Zweifel daran bestanden hatten, dass Dr. Reinhard sich umgebracht hatte. Besonders seine Frau und die gemeinsame Tochter Theresa hielten das für ausgeschlossen. Nick erfuhr, dass Theresa die Leiche ihres Vaters entdeckt hatte. »Er hing vom Ast eines Baumes auf der Rückseite der Villa. An dem Abend hätte er eine Kulturveranstaltung der Hanns-Seidel-Stiftung moderieren sollen. Seine Frau hatte in der Stadt auf ihn gewartet. Sie wollten zusammen zu der Veranstaltung gehen.« Dr. Reinhard war streng katholisch und sehr religiös gewesen. Schon aus Glaubensgründen, argumentierte die Witwe, sei ein Suizid für ihren Mann überhaupt nicht in Frage gekommen. Für Aki hatte das derart überzeugend geklungen, dass er sich näher mit dem Umfeld Dr. Reinhards befasst und dabei eine schier unglaubliche Menge an Aktivitäten zutage gefördert hatte. »Es gab eigentlich nichts, was der Mann nicht gemacht hat.« Von Haus aus war er Jurist gewesen und hatte eine

Professur für Völkerrecht an der Universität Würzburg innegehabt. Außerdem war er im Leitungsstab des Innenministeriums tätig, als eine Art persönlicher Berater von Franz Josef Strauß. Er war Gründungsmitglied der Hanns-Seidel-Stiftung, Mitglied im Ritterorden vom Heiligen Grab zu Jerusalem, hatte in zahlreichen nationalen und internationalen Gremien gesessen. Für Aki hatte sich das Bild eines Mannes ergeben, der überall hin Kontakte hatte und vor allem in rechtskonservativen Kreisen bestens vernetzt gewesen war. Was er aber bei seinen Nachforschungen nicht gefunden hatte, waren Beweise für einen Mord. »Das Problem war, dass wir keinerlei Spuren gefunden haben. Wir haben das ganze Grundstück auf den Kopf gestellt und nichts gefunden, was auf einen Mord hingedeutet hätte.« Auch die Obduktion hatte dafür keinerlei Anzeichen ergeben. Inzwischen waren die Ermittlungen abgeschlossen, und Dr. Reinhards Tod galt offiziell als Suizid. »Für die Witwe und die Tochter war das eine Katastrophe. Der Verlust als solcher natürlich, aber der Suizid hatte darüber hinaus zur Folge, dass sie gesellschaftlich völlig ins Abseits geraten sind. Sie sitzen jetzt jedenfalls ziemlich alleine da draußen in Grünwald. Also geh behutsam mit ihnen um, wenn du sie besuchst.«

Seit diesem Gespräch waren fast vier Monate vergangen, ohne dass Nick mit Frau Reinhard gesprochen hatte. Der Alltag der Mordkommission 3 hatte ihn schneller eingeholt, als ihm lieb war. Alles, was mit der Gruppe LUDWIG zu tun hatte, war in den Hintergrund getreten, nicht zuletzt dadurch, dass Graziella sich immer mehr zurückgezogen hatte. Aber jetzt, nachdem Löscher mit seiner Aussage im Begriff war, den ganzen Fall auf den Kopf zu stellen, blieb Nick nichts anderes übrig. Ohne mit Frau Reinhard zu sprechen, konnte er Löschers Geschichte nicht abschließend beurteilen. Er musste herausfinden, ob es zwischen den mysteriösen Todesfällen in Zusammenhang mit dem Foto und Löschers Beobachtungen irgendeine Verbindung gab. Im

Moment konnte er sich das nicht vorstellen, aber die nächsten Schritte würde er erst in Angriff nehmen können, wenn eine solche Verbindung zu hundert Prozent ausgeschlossen war.

Endlich öffnete sich die Tür der Villa, und der Arzt erschien auf der Treppe. Ohne sich von jemandem zu verabschieden, zog er die Tür hinter sich zu und eilte über den Kiesweg zu seinem Wagen. Als der Mercedes aus seinem Blickfeld verschwunden war, wartete Nick noch genau eine Zigarettenlänge ab, bevor er ausstieg und auf die Villa Reinhard zuging, vorbei an dem verbrannten Rasen, den Blumen mit den hängenden Köpfen, dem ausgebleichten Ball. Die Eingangstür war grün lackiert. Nick blieb kurz stehen und atmete durch. Dann stieg er die drei Stufen hinauf und drückte den Klingelknopf.

Er musste zweimal klingeln, bis im Haus Schritte zu hören waren. Die Tür wurde einen Spaltbreit geöffnet, eine Dame um die fünfzig, sorgfältig frisiert, Perlenkette, sah ihn fragend an.

»Frau Reinhard?«

»Ja.«

»Ich bin Hauptkommissar Marzek von der Mordkommission.« Er hielt ihr seinen Dienstausweis vor die Nase.

»Das ist doch schon über ein Jahr her. Was wollen Sie denn noch?«

»Dürfte ich kurz reinkommen?«

Widerstrebend öffnete sie die Tür ganz. »Bitte.«

Nick trat in das angenehm kühle Haus und folgte ihr durch die Eingangshalle in den Salon. Durch die Buntglasscheiben fiel gedämpftes Licht. Stuckverzierungen. Kristalllüster. Bücherregale bis zur Decke. Auffallend viele Kreuze und christliche Kunst, Ölgemälde und großformatige Fotografien stilsicher angeordnet. Orgelmusik war zu hören, aber Nick konnte weder eine Stereoanlage noch Lautsprecher entdecken. Er kannte niemanden, der sich außerhalb eines Gottesdienstes freiwillig Orgelmusik anhörte. Er tippte auf Bach.

»Entschuldigen Sie die Unordnung.« Frau Reinhard nahm schnell zwei gebrauchte Gläser vom Couchtisch.

»Es tut mir leid, dass ich Sie so überfalle.«

»Bitte, setzen Sie sich.« Während sie die Gläser auf die Anrichte stellte, nahm er auf dem Sofa Platz.

»Möchten Sie etwas trinken?«

Als Nick dankend ablehnte, setzte sich Frau Reinhard in den Sessel gegenüber, strich ihren Rock glatt und sah ihn auffordernd an. Und Nick, der sich vorher alles sorgfältig zurechtgelegt hatte, wusste plötzlich nicht mehr, wo er beginnen sollte. Er musterte sie verstohlen: elegante Erscheinung, die Ohrringe passend zur Perlenkette, das Make-up dezent, sorgfältig manikürte Fingernägel. Frau Reinhard war nicht unfreundlich, aber irgendetwas stimmte nicht mit ihr. Sie lächelte. »Gut, Herr ... Wie war noch gleich Ihr Name?«

»Marzek. Hauptkommissar Marzek.«

»Womit kann ich Ihnen dienen?« Der Blick, das Lächeln, die Gestik ... Und plötzlich wusste Nick, was ihn an Frau Reinhard irritierte. Das Wort »dienen« aus ihrem Mund hatte ihn auf die richtige Spur gebracht. Ihre Freundlichkeit war von jener zuvorkommenden Art, mit der man Bedienstete behandelt. Die Selbstverständlichkeit ihres Verhaltens war dabei das Frappierende. Es war nicht aufgesetzt oder arrogant. In ihren Kreisen behandelte man Menschen, die nicht auf Augenhöhe waren, und das waren die meisten, ausgesucht höflich. Man spielte ohnehin in einer ganz anderen Liga, also konnte man auch nett sein. Nick, der in kleinbürgerlichen Verhältnissen aufgewachsen war, hatte ein feines Gespür für derartiges Gebaren. Die gesellschaftliche Kluft, die sich hier auftat, war immens. Sie München-Grünwald, er Berlin-Reinickendorf. Er konnte sich nicht erinnern, das jemals in dieser Deutlichkeit verspürt zu haben. Als sich diese Erkenntnis bei ihm durchgesetzt hatte, war Nick erleichtert. Die Fronten waren geklärt, und er konnte sich in Stellung bringen.

Zum Selbstverständnis eines Berliners gehörte nämlich wiederum, sich von Ölgemälden, Orgelmusik und sonstigem Schickimicki niemals beeindrucken zu lassen, und sollte es doch mal passieren, durfte man es auf keinen Fall zeigen. Also fläzte sich Nick in das Sofa, grinste Frau Reinhard an und sagte: »Schön hamses hier.«

»Ach!« Sie beugte sich interessiert vor. »Berlin?«

Prima, dachte Nick, wir verstehen uns. Sein Blick fiel in den Garten. Das Gras ein wenig zu hoch, die Obstbäume gebeugt, als duckten sie sich unter der Hitze weg. Von welchem Baum sie ihn wohl heruntergenommen hatten?

Als hätte sie seine Gedanken gelesen, sagte Frau Reinhard: »Aber Sie waren damals nicht hier? Ich kann mich nicht an Sie erinnern.«

»Nein«, sagte Nick, »das waren die Kollegen ... Mein Beileid.«

Ein kurzes Kopfnicken, eine Handbewegung, als wollte sie die Erinnerungen fortwischen. Ihr Stimme zitterte eine wenig: »Gibt es denn irgendwelche neuen Erkenntnisse?«

Eigentlich hatte sich Nick vorgenommen, aufrichtig zu sein. Er wollte Frau Reinhard nicht die falsche Hoffnung vermitteln, dass er etwas Neues zu den Todesumständen ihres Mannes beizutragen hätte. Andererseits war ihm inzwischen klar, dass Frau Reinhard kein anderes Thema interessierte, und er befürchtete, sie würde das Gespräch sofort beenden, wenn er ihre Hoffnung zu früh im Keim erstickte. Dann würde sie ihm wahrscheinlich einfach die Tür weisen. Außerdem hatte er ja tatsächlich eine Geschichte zu bieten, die sie mit Sicherheit noch nicht kannte ...

»Möglicherweise«, sagte er deshalb, »aber ich muss ein wenig ausholen.« Frau Reinhard beugte sich vor und sah ihn gespannt an. Sein Kalkül schien aufzugehen. »Einer der Kollegen, die damals bei Ihnen waren, Hauptkommissar Axel Richter ...«

»Ja, ich erinnere mich.«

»Hauptkommissar Richter hat mir erzählt, dass Sie nicht glauben wollten, dass Ihr Mann Suizid begangen hat …«

»Was heißt ›ich wollte es nicht glauben‹? Frau Reinhard wirkte plötzlich kampfeslustig. »Das ist keine Glaubensfrage. Mein Mann hat keinen Selbstmord begangen. Das ist einfach so. Ich habe damals schon versucht, Ihren Kollegen zu vermitteln, dass meine Überzeugung nicht die Sturheit einer trauernden Witwe ist, sondern …« Sie schien zu überlegen, wie sie Nick ihre Gedanken plausibel erklären konnte. »Wenn Sie sich mal umdrehen …« Sie deutete auf eine Stelle hinter Nick. »Ich habe die Wand nach seinem Tod neu gestaltet.«

Über dem Sofa hingen drei gerahmte Kunstdrucke in Plakatgröße und in den Zwischenräumen kleinere, ebenfalls gerahmte Schwarz-Weiß-Fotos. Die Zusammenstellung erinnerte an einen dreiflügeligen Altar. Frau Reinhard zeigte auf das Bild in der Mitte. »Das ist ein Kinderporträt von Philipp II.«

Das Bild zeigte das gemalte Porträt eines Jungen, vielleicht sechs, höchstens acht Jahre alt. Der Junge hatte blondes Haar, das merkwürdig dünn, fast schütter wirkte und trug eine Art Wams aus goldgelbem Samt mit einer Halskrause, die ihm bis ans Kinn reichte und den Eindruck entstehen ließ, er trüge einen weißen Bart. Zusammen mit dem schütteren Haar und dem skeptischen Blick meinte Nick, deshalb auch gleichzeitig das Bildnis des Greises vor sich zu haben, der der Junge einmal sein würde. Es war ein irritierendes Bild, und Nick konnte seinen Blick kaum davon losreißen.

»Mein Mann hat dieses Bild geliebt«, sagte Frau Reinhard, und Nick konnte den Schmerz in ihrer Stimme hören. »Wenn ich gefragt werde, warum ich so sicher bin, dass er niemals Selbstmord verübt hätte, verweise ich auf dieses Bild.« Sie betrachtete es einen Moment lang schweigend. »Die Welt meines Mannes war groß und vielfältig, aber eines hat darin nie existiert: die

Möglichkeit des Selbstmords. In der festen Überzeugung, dass es Gottes Wille ist, hätte er alle Leiden dieser Welt ertragen, ohne überhaupt auf den Gedanken zu kommen, sich seinem Schicksal zu entziehen. Genau wie Phillip II.«

Rechts und links des Porträts waren Ausschnitte aus ein und demselben Raum abgebildet, einer Kapelle, vermutete Nick, aber einer sehr düsteren. Die Wände waren aus schwarzem Marmor und über und über mit Gold verziert. Auf dem rechten Bild war ein Altar zu sehen, der gekreuzigte Christus darüber und auf dem linken eine merkwürdige geometrische Anordnung, ebenfalls aus Gold und schwarzem Marmor. Zunächst meinte Nick, reich verzierte Schubladen vor sich zu haben, aber dann erkannte er, dass es sich um vier übereinanderliegende Särge handelte.

»Das Pantheon der Könige«, erklärte Frau Reinhard, »die Grablege der spanischen Könige in der Krypta von San Lorenzo de El Escorial. Waren Sie mal dort, im Escorial-Palast?«

»Nein.«

»Umwerfend, gehen Sie hin, wenn Sie die Gelegenheit haben, fünfzig Kilometer nördlich von Madrid …«

»Aha. Und was hat es damit …«

»Philipp II. ist nach seinem Tod im Pantheon der Könige beigesetzt worden.« Sie zeigte auf den zweiten Sarg auf dem Bild daneben. »Direkt unter seinem Vater Karl V.«

Zusammen mit der Orgelmusik im Hintergrund wirkte das alles sehr morbide. Nick stand auf, um die wesentlich kleineren Schwarz-Weiß-Fotos besser erkennen zu können. Herren in Anzügen, manchmal zu zweit oder zu dritt, manchmal in größeren Gruppen vor verschiedenen Motiven, mal vor einem Palast, mal vor einem Kirchenportal. Ein Foto war, nach den Särgen im Hintergrund zu urteilen, in der Krypta des Escorial-Palastes aufgenommen worden. Eine Gruppe von etwa fünfzehn Herren stand, zum Teil mit gefalteten Händen und andächtigen

Mienen, im Raum. Im Vordergrund war ein Priester zu sehen, der gerade eine Segnung mit Weihwasser vornahm, das ihm in einem Kessel gereicht wurde.

Frau Reinhard erhob sich und trat zu ihm. »Das hier ist mein Mann.« Sie zeigte auf ein Foto, auf dem drei Herren abgebildet waren, die ernst in die Kamera blickten. »Der ganz links.« Nick betrachtete den Mann genau. Er hatte dichtes, dunkles Haar und trug eine Brille mit schwarzem Gestell. Er erinnerte Nick ein wenig an Henry Kissinger. Bei genauerem Hinsehen erschien ihm sein Gesichtsausdruck etwas weniger ernst als der der beiden anderen Herren, er war sogar leicht spöttisch. »Wissen Sie, wann das aufgenommen worden ist?«

»Das muss irgendwann Ende der Fünfziger ... Soll ich nachschauen? Das steht bestimmt auf der Rückseite, mein Mann hat das alles akribisch vermerkt.« Sie wollte schon nach dem Foto greifen, aber Nick winkte ab. »Lassen Sie nur. Welcher Jahrgang war ihr Mann?«

»1921. Er war vierzehn Jahre älter als ich. Er war schon einmal verheiratet gewesen. Seine erste Frau hat er bei einem Unfall verloren.«

»Das Gebäude im Hintergrund ... Ist das Foto auch in El Escorial aufgenommen worden?«

»Die sind alle während der Jahrestagungen des CEDI entstanden, ja.«

Nick sah sie fragend an.

»Das *Centro Europeo de Documentación e Información*, das Europäische Dokumentations- und Informationszentrum. Aber aufs Spanisch klingt es schöner, auf Französisch übrigens auch.«

»Davon habe ich noch nie gehört.«

»Keine Sorge, da sind Sie nicht der Einzige.« Frau Reinhard lachte, und Nick konnte sich nicht erinnern, jemals ein derart trauriges Lachen gehört zu haben. Er suchte Dr. Reinhard auf den anderen Fotos. Es war nicht ganz einfach, ihn zu erkennen, denn die Herren schienen alle die gleichen Anzüge und die gleichen Brillen zu tragen, aber er war auf jedem Foto abgebildet.

»Das CEDI ist letztlich ein Kontaktforum für europäische Politik, von der Ausrichtung her vergleichbar mit der Abendländischen Akademie, wo mein Mann auch Mitglied war.«

Auch von einer Abendländischen Akademie hatte Nick noch nie gehört. Aber sonderlich überrascht war er nicht. Aki hatte ihm ja schon von Dr. Reinhards zahlreichen Aktivitäten in konservativen Gremien und Zirkeln berichtet. Ohne es genau begründen zu können, hatte er das Gefühl, dass all dies von Bedeutung war. Weil er wollte, dass Frau Reinhard weiterredete, zeigte er wahllos auf einen schmalen Herren mit Oberlippenbart, der auf einem der Fotos neben Dr. Reinhard stand. »Wer ist das?«

»Das ist Erzherzog Otto von Habsburg, legitimer Thronfolger, ein Kaiser ohne Reich gewissermaßen, Ehrenpräsident des CEDI, und der hoch aufgeschossene Herr daneben, das ist Friedrich August Freiherr von der Heydte, ein guter Freund meines Mannes, obwohl...« Sie lachte ihr trauriges Lachen. »Mein Mann hätte das sicher anders formuliert. Ich glaube, das Konzept Freundschaft gab es in seiner Generation nicht. Freiherr von der Heydte ist ja auch ein paar Jahre älter. Mentor hätte mein Mann wahrscheinlich gesagt. Sie kannten sich jedenfalls schon lange. Von der Heydte war sein Bataillonskommandant bei den Fallschirmjägern. Sie haben zusammen auf Kreta gekämpft. Nach dem Krieg waren sie in Ägypten ...«

Nick hatte das Gefühl, dass es Frau Reinhard guttat, über diese Dinge zu sprechen. Möglich, dass sie lange schon niemanden mehr zum Reden gehabt hatte. Er konnte sich gut vorstellen, wie schwierig es war, plötzlich allein in diesem riesigen Haus zu sein.

Frau Reinhard erzählte, dass Freiherr von der Heydte und ihr Mann die Regierung Nasser in militärischen Fragen beraten hatten und dass es der Freiherr gewesen war, der ihn an die

Uni Würzburg geholt hatte. Beide seien überzeugte Europäer und hätten immer international gedacht. »Sie waren Freunde Spaniens und der spanischsprachigen Welt und fanden es bedauerlich, dass das Land nach dem Krieg unter Franco derart isoliert war. Ein Europa ohne Spanien beziehungsweise ohne das Haus Habsburg war für sie unvorstellbar. Ihr Engagement für das CEDI war beiden eine Herzensangelegenheit. ›Was das *geheime Deutschland* für den George-Kreis war, ist El Escorial für mich‹, hat mein Mann einmal gesagt. ›Was ihnen die Staufer waren, sind mir die Habsburger.‹ Verstehen Sie?« Während sie sich wieder hinsetzte, blieb ihr Blick auf dem Kinderporträt des späteren Herrschers haften. »Ich denke, es war die Ernsthaftigkeit im Glauben, die sie alle verband.«

Ernsthaftigkeit im Glauben, Verteidiger des Katholizismus. Diese Männer waren Ritter. Sie waren Soldaten gewesen. *Die Krieger des Christkönigs*, dachte Nick. Er hielt den Moment für gekommen, direkt auf sein Ziel loszugehen. »Frau Reinhard?«

»Ja?«

Nick nahm wieder auf dem Sofa Platz. »Der eigentliche Grund dafür, dass ich mit Ihnen sprechen muss, ist folgender ...« Er holte den Ordner aus seiner Aktentasche und entnahm ihm die Kopie des alten Schwarz-Weiß Fotos. »Kennen Sie dieses Foto?« Er schob das Papier über den Tisch und wartete gespannt auf ihre Reaktion. Sie warf einen kurzen Blick darauf und sagte: »Die Erschießung zweier *Cristeros* im mexikanischen Bürgerkrieg, natürlich kenne ich das. Was ist damit?«

Nick war verblüfft. Natürlich hatte er gehofft, dass sie ihm mit dem Foto weiterhelfen konnte, aber die Klarheit ihrer Reaktion verwunderte ihn dann doch.

»Deswegen sind Sie hier?« Sie sah ihn erstaunt an. »Wegen dieses Fotos?«

»Ja.«

»Erzählen Sie.« Frau Reinhard lehnte sich in ihren Sessel zurück, und Nick berichtete, wie er an dieses Foto geraten war. Als Frau Reinhard von den beiden mysteriösen Todesfällen im Zusammenhang mit dem Foto erfuhr, konnte sie ihre Aufregung nicht mehr verbergen. Plötzlich schien ihr bewusst zu werden, dass mit Nick jemand vor ihr saß, der womöglich Licht ins Dunkel bringen konnte. »Sie gehen also davon aus, dass sowohl dieser Polizist … dieser Solari als auch der Journalist umgebracht worden sind?«

»Ja. Davon bin ich überzeugt.«

Frau Reinhard wollte nun alles ganz genau wissen, und Nick schilderte ihr all die Überlegungen, die sie in dem Zusammenhang angestellt hatten. »Bis heute bin ich davon überzeugt, dass alles mit der Ermordung von Franco Marin zusammenhängt. Ich glaube, dass Solari mit seiner Annahme recht hatte, dass der Journalist mit seinen Recherchen mächtigen Leuten in die Quere gekommen ist. Deshalb haben wir versucht herauszufinden, mit welchen Themen er sich kurz vor seinem Tod beschäftigt hat, und vielleicht …« Nick brach ab. »Vielleicht kommt Ihnen das ein oder andere ja bekannt vor. Vielleicht lässt sich ja darüber eine Verbindung zu ihrem Mann …«

»Welche Themen waren das?«

»Zum einen«, berichtete Nick, »hat er sich mit einem päpstlichen Orden in Trient befasst, der *Congrezione di Gesù Sacerdote*. Er war zu dem Zeitpunkt schon länger einem Kinderhändlerring auf der Spur und glaubte, dass die Fäden bei diesem Orden zusammenliefen.«

Frau Reinhard schüttelte den Kopf. »Von diesem Orden habe ich noch nie gehört. Das klingt auch nach einer ziemlichen Räuberpistole.«

»Ich weiß, wie das klingt.« Nick erklärte ihr, wie sich diese Räuberpistole in die Geschichte der Gruppe LUDWIG eingefügt und dass es für Marin und Solari gute Gründe gegeben hatte, dem nachzugehen.

»Außerdem«, fuhr Nick fort, »hat sich Franco Marin vor seinem Tod mit einer indischen Sekte namens *Ananda Marga* befasst.«

»Nie gehört.« Sie schüttelte den Kopf. »Was hat es damit auf sich?«

»Es handelt sich dabei um eine spirituelle Bewegung, wie es sie zurzeit viele gibt.« Was sie nachdenklich gestimmt hatte, erklärte Nick, war das Symbol der Sekte. Es bestand aus zwei ineinandergefügten gleichseitigen Dreiecken, darin die aufgehende Sonne, in deren Mitte sich eine Swastika befand. Sie hatten sich gefragt, ob sich über die Swastika irgendeine Verbindung herstellen ließ zu den Hakenkreuzen, die die Gruppe LUDWIG in ihren Bekennerschreiben verwendet hatte.

»Das scheint mir sehr weit hergeholt.« Frau Reinhard schüttelte entschieden den Kopf. »Im indischen Kulturkreis ist die Swastika ein gängiges und uraltes Symbol für spirituelle Erfüllung, ich denke nicht, dass es da irgendeine Verbindung gibt.«

»Das haben wir genauso gesehen. Und deshalb haben wir diesen Gedanken auch wieder verworfen. Ein weiteres Thema, mit dem Franco Marin sich beschäftigt hatte, war Licio Gelli und die Aufdeckung der Geheimloge *Propaganda Due* in Italien …«

Frau Reinhard horchte auf. »Das ist mir natürlich ein Begriff. Eine Geheimorganisation, zu deren Mitgliedern hohe Vertreter aus Polizei, Militär, Wirtschaft, Politik und Mafia gehörten. Das war ein großer Skandal, ich erinnere mich noch gut, und mein Mann hat die Geschehnisse genau verfolgt. Gelli hatte im Spanischen Bürgerkrieg für Franco gekämpft, und er war Ritter vom Heiligen Grab zu Jerusalem, wie mein Mann …«

Nick war elektrisiert. Er meinte, sich dunkel zu erinnern, dass Solari ihnen das auch schon über Licio Gelli erzählt hatte, aber Nick hatte es vergessen. War das die gesuchte Verbindung? »Ihr Mann und Licio Gelli … kannten die beiden sich persönlich?«

Frau Reinhard schüttelte den Kopf. »Nein. Soweit ich weiß, nicht. Ich weiß nur, dass mein Mann die ganze Propaganda-Due-

Geschichte mit großem Interesse verfolgt hat ...« Sie stockte. »Mehr kann ich dazu nicht sagen.«

Nick überlegte, ob er nachhaken sollte. Franco, der Ritterorden. Die Verbindung war offensichtlich. Aber da Frau Reinhard genauso interessiert daran war, Licht ins Dunkel zu bringen, glaubte er nicht, dass sie ihm Informationen vorenthielt. Offenbar wusste sie wirklich nicht mehr darüber. Also beschloss er, es dabei zu belassen. Er blickte auf das Foto von der Erschießung der beiden *Cristeros*. »Wie kommt es, dass Ihnen dieses Foto so vertraut ist?«

»Bitte folgen Sie mir ...« Sie erhob sich und ging ihm voran. Während sie den Salon durchquerten, bemerkte Nick, dass das Haus zwar herrschaftlich, aber auch ziemlich vernachlässigt war. Eine Staubschicht lag auf den Bücherregalen. Gegenstände schienen eilig abgestellt und vergessen worden zu sein. Ein Geschirrhandtuch lag zerknüllt hinter einer Vase. Am Ende des Raums ging Frau Reinhard nicht wie von Nick erwartet durch die zweiflüglige Tür in Richtung Halle, sondern wandte sich nach rechts, wo sich zwischen Bücherregal und Wand eine schlichte Tür befand, die Nick vorher nicht bemerkt hatte. Frau Reinhard öffnete sie. »Das Arbeitszimmer meines Mannes. Kommen Sie bitte ...«

Als Nick hinter ihr den Raum betrat, eigentlich in dem Moment, da er die Türschwelle überschritt, befiel ihn ein seltsames Unbehagen. Er fühlte sich an ein Spiel seiner Kindheit erinnert. Durch das Los wurde immer ein Kind aus der Gruppe bestimmt, dem die Augen verbunden wurde. Es musste sich so lange um sich selbst drehen, bis ihm schwindlig war, und wurde dann von seinen Spielkameraden an eine beliebige Stelle im Hinterhof des Wohnblocks geführt, von wo aus es sich orientieren und die anderen Kinder, die sich in der Zwischenzeit versteckt hatten, finden musste. Diese wiederum waren angehalten, in regelmäßigen Abständen durch Geräusche auf sich aufmerksam zu machen. Einmal war Nick mit verbundenen Augen an einen Ort geführt worden, den er, sosehr er sich auch anstrengte, nicht wiedererkannte. Er taste mit den Händen über den Putz an den Wänden, erspürte Einschusslöcher, Fenstersimse und wäre fast über Stufen gestolpert, die zu einer Kellertür führten. Aber alle diese Informationen bekam er nicht zusammengesetzt. Er kannte die Einschusslöcher, die Simse, und er kannte die Tür, die zum Kohlenkeller führte, aber sie befanden sich an weit auseinanderliegenden Stellen. Das wusste er genau. Alles verschob sich, nichts passte mehr zusammen. Nick hatte das Gefühl gehabt, man hätte ihn an einem völlig fremden Ort ausgesetzt, und war in Panik geraten.

Als er nun in diesen dunklen, holzgetäfelten Raum trat, befiel ihn, genau wie damals, das Gefühl völliger Orientierungslosigkeit. Er hatte eine Vorstellung vom Grundriss der Villa Reinhard, wonach es dieses Zimmer überhaupt nicht geben dürfte. Genau wie damals im Hinterhof bekam er feuchte Hände, und sein Atem ging schneller. Allerdings gab es hier keine Binde, die er sich von den Augen reißen konnte, wie er es damals getan hatte. Also sah er sich um und hoffte, die Panik würde abklingen. Der ganze Raum war mit dunklem Holz verkleidet. Neben der Tür standen gepolsterte Stühle um einen Tisch herum. An den Wänden befanden sich Bücherregale, die bis zur verzierten Kassettendecke hinaufreichten, und an den wenigen freien Stellen hingen Bilder. Auf der gegenüberliegenden Seite waren zwei Bücherregale so weit voneinander abgerückt worden, dass ein etwa 1,50 Meter breiter Zwischenraum entstanden war. In dieser Nische hing ein schlichtes Holzkreuz. Rechts und links davon standen zwei große Leuchter, die weiße Kerzen trugen. Vor dem Fenster stand ein mächtiger Schreibtisch auf Löwentatzen. Wie im Salon nebenan ging auch dieses Fenster zum Garten hinaus. Nur dass der Garten hier völlig anders aussah. Statt Obst- standen dort Nadelbäume und tauchten ihre Umgebung in Halbschatten. An einem der Baumstämme hing ein Nistkasten, dessen Boden halb durchgebrochen war. Das Nest drohte jeden Moment herauszufallen. Nick meinte, die aufgeregten Stimmen der Vögel zu hören. Sie wussten um die heraufziehende Katastrophe. Sie wussten, dass sie sie nicht aufhalten konnten. Niemand konnte das.

Schweiß trat ihm auf die Stirn, er hatte das Gefühl, keine Luft mehr zu bekommen. Nicht weit von der Tür, durch die sie eingetreten waren, befand sich, dem Fenster genau gegenüberliegend, eine weitere Tür, die größer und herrschaftlicher wirkte, und, wie Nick vermutete, der offizielle Zugang zum Arbeitszimmer war. Zu dieser Tür stürzte er und riss sie auf. Vor ihm lag ein Flur, dessen Boden mit einem roten Teppich bedeckt war. Links und rechts davon gingen zahlreiche gleich aussehende Türen ab. Der Flur schien auf beiden Seiten ins Unendliche zu führen. Dabei befand sich doch gleich links, keine drei Meter entfernt, die Eingangshalle. Wie war das möglich? Voller Entsetzen warf er die Tür wieder zu. Schwer atmend lehnte er sich mit dem Rücken dagegen und schloss die Augen.

»Ist alles in Ordnung?« Wie durch Watte drang Frau Reinhards Stimme zu ihm.

»Ja, es geht schon, ich … ich habe nur … Mir ist etwas schwindlig.«

»Vielleicht die Hitze?« Ihre Stimme klang besorgt. »Ich hole Ihnen ein Glas Wasser.«

»Danke, nicht nötig.« Nick wusste, dass ihm ein Glas Wasser nicht helfen würde. Er öffnete die Augen wieder, versuchte, gleichmäßig zu atmen, und ganz allmählich wurde es besser.

»Geht es wieder?«

»Ich denke ja.«

»Dann schauen Sie doch bitte mal … dort.« Sie zeigte auf eine Stelle neben der Tür, durch die sie eingetreten waren. Dort hing ein Bildnis der Jungfrau Maria. Sie hatte die Hände gefaltet und trug über ihrem Gewand einen blau-grünen Umhang, der mit

Sternen verziert war. Sie war umgeben von Stacheln, die wohl Sonnenstrahlen symbolisieren sollten, aber bei Nick den Eindruck erweckten, sie befände sich im Inneren einer fleischfressenden Pflanze.

»Das ist die Jungfrau von Guadalupe, die Patronin Mexikos.« Frau Reinhard ging zielstrebig zu einem der Regale und schien etwa zu suchen. »Ich weiß nicht, wie viel Sie über den Mexikanischen Bürgerkrieg wissen?«

»Ich weiß, dass in den Zwanzigerjahren katholische Bauern gegen die antiklerikale Gesetzgebung von Präsident Calles aufbegehrt haben. Daraus hat sich dann ein landesweiter Aufstand und schließlich ein brutaler Bürgerkrieg entwickelt. Die katholischen Aufständischen wurden *Cristeros* oder *Krieger des Christkönigs* genannt.«

Frau Reinhard nickte. »Die *Guerrilleros del cristo rey*, richtig. Und wissen Sie auch, wie ihr Schlachtruf lautete?

»*Viva cristo rey!*, meine ich.«

»Genau.« Sie schien das Buch gefunden zu haben, das sie gesucht hatte. Sie holte es aus dem Regal und ging damit zurück zu Nick. »*Viva cristo rey.* Es lebe der Christkönig. Aber der Schlachtruf hatte noch einen zweiten Teil. Der lautete: »*Viva la virgen de Guadalupe!*«

»Damit ist sie gemeint, ja?« Nick deutete auf das Bild der Jungfrau Maria.

»Richtig.« Frau Reinhard schlug das Buch auf und blätterte darin. Es war auf Spanisch verfasst. »Dieses Buch ist mit das beste, das es zu dem Thema gibt. Es ist leider nie auf Deutsch erschienen … Schauen Sie, hier.« Sie hatte das Foto von der Erschießung der beiden *Cristeros* gefunden. »Ich glaube, man kann ohne Übertreibung sagen, dass dieses Foto für meinen Mann eine ähnliche Bedeutung hatte wie El Escorial. Deswegen ist es mir so präsent.«

»Das heißt, es ist für Sie auch überhaupt nicht verwunderlich, dass meine Kollegen eine Kopie dieses Fotos in seinen Unterlagen gefunden haben.«

»Nein, ist es nicht. Allerdings«, fuhr sie zögernd fort, »muss ich zugeben, dass mir Ihre Geschichte zu denken gibt …« Sie sah sich im Raum um, wirkte plötzlich ebenso rat- wie kraftlos. Nick folgte ihrem Blick. Auch hier lag eine dicke Staubschicht auf den Regalen, und in den Ecken hatten sich Spinnweben gebildet.

»Dies war einmal ein offenes Haus. Die Leute sind hier ein- und ausgegangen. Freunde, Nachbarn, Kollegen meines Mannes, Politiker, hohe Würdenträger … Seit seinem Tod behandeln uns alle wie Aussätzige. Als hätten sie Angst, sich an unserem Leid anzustecken. Ich fühle mich hier inzwischen wie eine Gefangene. Wie in einem Mausoleum. Schauen Sie sich um. All die Bücher. Die Bilder. Das ist alles nur noch Kulisse, seit er nicht mehr da ist …«

»Das tut mir leid«, sagte Nick leise. »Haben Sie schon mal überlegt, wegzuziehen?«

»Nichts würde ich lieber tun.« Sie sah ihn verzweifelt an. »Aber ich kann nicht …« Nach einer Pause fuhr sie mit leiser Stimme fort: »Meine Tochter, Theresa, ist sehr krank. Sie braucht ihre vertraute Umgebung … und ich … ich kann sie nicht alleinlassen. Noch einen Verlust würde sie nicht verkraften. Ich übrigens auch nicht.«

»Vor dem Haus ist mir ein Mann mit einem Arztkoffer entgegengekommen …«

»Dr. Kohlmeyer, ja. Er schaut fast täglich nach ihr.«

»Darf ich fragen, woran Ihre Tochter leidet?«

»Sie fürchten, dass … Es ist wohl Schizophrenie …« Ihre Stimme zitterte. Sie wischte sich verstohlen die Tränen ab. »Aber die Ärzte sind sich noch immer nicht ganz einig. Es ist ein bisschen rätselhaft, wissen Sie. Auf jeden Fall hat sich ihr Zustand nach dem Tod meines Mannes deutlich verschlechtert.« Sie lächelte tapfer. »Sie sehen, wir sind in diesem Haus gewissermaßen handlungsunfähig. Von allen guten Geistern verlassen, wenn Sie so wollen, sogar vom Hausmädchen. Deswegen sieht es hier auch so aus. Entschuldigen Sie bitte.«

Dass Frau Reinhard sich in ihrer Situation noch meinte, für ihre Haushaltsführung entschuldigen zu müssen, berührte Nick.

»Kann ich irgendetwas für Sie tun?«

Frau Reinhard sah ihn einen Moment lang schweigend an. »Mein Mann ist jetzt seit über einem Jahr tot. Dieser Verlust war schrecklich für uns. Aber was mir am meisten zugesetzt hat, war, dass mir niemand geglaubt hat. Ich weiß genau, dass mein Mann sich nicht selbst getötet hat. Das ist ausgeschlossen. Aber niemand hat mir das geglaubt.« Sie sah ihn flehend an. »Sie verstehen vielleicht, wie sich das anfühlt. Wenn Sie irgendeine Möglichkeit sehen, herauszufinden, was tatsächlich passiert ist … Damit würden Sie mir wirklich helfen.«

Er sagte nichts, nickte nur. Während Frau Reinhard das Buch ins Regal zurückstellte, entdeckte er handgeschriebene Zeilen, die gerahmt unter dem Bild der Jungfrau Maria von Guadalupe hingen. Der Text war auf Spanisch geschrieben.

»Ist das ein Gedicht?«

Frau Reinhard trat zu Nick. »Nein, das ist eine der wenigen Eitelkeiten, die sich mein Mann erlaubt hat. Das ist ein Gruß, den Freiherr von der Heydte nach einem der ersten Besuche in El Escorial an den damaligen Außenminister Alberto Martín Artajo geschickt hat.«

»Wann war das?«

»Hier oben steht das Datum … Aber es ist schlecht zu erkennen.« Sie beugte sich vor. »19.10.1953, meine ich. Das müssen die Anfangsjahre des CEDI gewesen sein, das kommt hin … Das Schreiben hat mein Mann vorformuliert, und der Freiherr hat den Text dann unverändert übernommen. Er hat ihm wohl aus der Seele gesprochen.«

»Würden Sie mir das mal übersetzen?«

»Gerne. Der Text lautet in etwa: ›Nicht allein die Tagungen des Europäischen Zentrums für Dokumentation, sondern der ganze Aufenthalt in Spanien war für mich eine einzigartige Erfahrung: Ich habe zum ersten Mal ein Land gesehen, das aus dem Glauben lebt und mit dem Glauben seiner Politik Gestalt gibt; ich hoffe, dass dieses Land für ein Europa ohne Glauben oder zum wenigsten einem kraftlosen Glauben eine Anregung, ein Vorbild und eine Basis sein wird. Spanien ist das katholische Gewissen Europas.‹«

Frau Reinhard brachte ihn zur Tür. Als sie sich verabschiedeten, fiel sein Blick auf den ausgebleichten Ball, der neben dem Kiesweg auf dem Rasen lag. Frau Reinhard musste das bemerkt haben. »Am Tag nach dem Tod meines Mannes lag plötzlich dieser Ball im Garten. Ich weiß bis heute nicht, wo der herkommt. Das Merkwürdige ist, es gibt hier weit und breit keine Kinder im Ballspielalter … Auf jeden Fall traue ich mich nicht, ihn da wegzunehmen.« Wieder lachte sie ihr trauriges Lachen. »Man kommt auf die verrücktesten Gedanken, wenn man so alleine in diesem Haus sitzt.« Nick wünschte ihr alles Gute und ging die Stufen hinunter. Der Kies knirschte unter seinen Füßen. Der Weg bis zum Gartentor kam ihm furchtbar lang vor. Als es hinter ihm ins Schloss fiel, fühlte er sich befreit. Endlich konnte er wieder durchatmen. Er stieg in den BWM und fuhr los in Richtung Innenstadt.

Als es wieder ländlich wurde und grün, bemerkte er, dass er sich verfahren hatte. Ein Waldgebiet tauchte vor ihm auf. Er durchquerte es. Dahinter lag eine Siedlung aus geometrisch angeordneten Sechzigerjahre-Bauten. Kein Mensch war zu sehen. Aber die Straßen hatten Namen, immerhin. An der nächsten Kreuzung fuhr er rechts ran und faltete den Stadtplan auseinander. Nach einigem Suchen hatte er seinen Standort entdeckt. Es war ihm unerklärlich, wie er hierhergekommen war. Wie zuvor in der Villa Reinhardt musste er völlig die Orientierung verloren haben. Damit war es zwar generell nicht weit her, die Topografie der Stadt blieb eine Herausforderung, aber dass er derart weit vom Weg abgekommen war, war selbst für seine Verhältnisse erstaunlich. Laut Stadtplan hätte er immer nur geradeaus fahren müssen. Das Problem war jedoch lösbar. Einfach weiter, dann rechts und noch mal rechts. Allerdings: Was war schon einfach? Er legte den aufgefalteten Stadtplan neben sich auf den Beifahrersitz. Dann steckte er sich eine HB an, setzte den Blinker und gab Gas. Arm aus dem Fenster. Die Temperatur war inzwischen angenehm, der Fahrtwind lau. Kaum Insekten. Fünfstöckige Mietskasernen wechselten sich ab mit Feldern und Wiesen, ein Bussard kreiste über einem Schrottplatz. Neben der Aral-Tankstelle hatte sich eine Gruppe Jugendlicher um einen Ghettoblaster versammelt wie um ein Lagerfeuer. Sie saßen auf ihren Mofas rauchten und hörten Run-DMC. Die Sonne drohte kurz vor dem Untergehen von einer Wolkenwand verschluckt zu werden, aber er konnte nicht allen helfen. Die Häuser wurden höher, und der Verkehr nahm zu. Er war auf dem richtigen Weg.

Es war schon dunkel, als er den Wagen auf die Brachfläche steuerte. Im Scheinwerferlicht erblickte er den Krummen, der eben die Tür zum Wachhäuschen öffnete. Das Wachhäuschen stand, jeder Funktion beraubt, wie Sperrmüll mitten auf dem Gelände. Der Krumme setzte sich hinter die zersprungene Scheibe und schloss, vom Scheinwerferlicht geblendet, die Augen. Nick hatte ihn dort drin noch nie gesehen. Was er da wohl machte? Er schaltete den Motor aus und zog die Handbremse an. Als er ausstieg, erkannte ihn der Krumme und hob grüßend die Hand. Nick grüßte zurück und ging an den Autos mit den Hagelschäden vorbei zum Ausgang Senefelderstraße. Viele Menschen waren im Bahnhofsviertel unterwegs. Es roch nach Alkohol, Schweiß und dem Bratfett der Imbissbuden, die Bockwurst 2,60 DM, die Brüh-Polnische 2,90 DM. Ein Trupp Männer fiel ihm auf, weil sie auf den ersten Blick nicht ins Rotlichtviertel passten: lange Haare, Bärte,

Nickelbrillen. Sie waren betrunken und grölten unverständliche Parolen. Einer trug ein Pappschild um den Hals: *Referendariat und dann?* Die Studienräte von morgen also. Wenn man sie so ansah, machten sie sich zu Recht Sorgen um ihre Zukunft.

Nick war inzwischen überzeugt davon, dass hinter der Tür der Villa Reinhard noch einiges verborgen lag, was ihnen dabei helfen würde, das Rätsel um die Gruppe LUDWIG zu lösen, und vielleicht gab es dort sogar Antworten, die dem Kollegen Löscher weiterhalfen. Nick hielt das nicht für ausgeschlossen. Es war ganz sicher kein Zufall, dass das Foto der *Cristeros* hier in München aufgetaucht war. Zwischen den drei Todesfällen musste es eine Verbindung geben. Er musste an Frau Reinhard dranbleiben. Auf der langen Rückfahrt ins Stadtzentrum hatte er auch schon einen Schlachtplan entwickelt.

Als Nick seine Haustür fast erreicht hatte, hielt auf der anderen Straßenseite ein weißer Audi 80. Die Beifahrertür wurde geöffnet, und Graziella stieg aus. Der Mann am Steuer hatte halblange, blonde Haare und trug ein T-Shirt. Sein Gesicht konnte Nick nicht sehen, denn er blickte zur anderen Seite. Zu Graziella. Sie beugte sich zum Fenster hinunter und wechselte ein paar Worte mit dem Mann. Aus Gewohnheit trat Nick ein paar Schritte zurück, um das Kennzeichen lesen zu können. Dann ging er wieder zur Haustür, wollte aufschließen, aber er vermochte seinen Blick nicht von Graziella loszureißen. Von Graziella, die auf den Mann im Wagen einredete. Nick konnte nicht verstehen, was sie sagte, aber er hörte ihr Lachen. Es klang fröhlich und unbeschwert und war kaum zu ertragen. Unschlüssig stand Nick vor dem Eingang. Wenn sie gleich käme, könnte er sie ins Haus lassen. Aber sie kam nicht. Sie hatte sich so weit vorgebeugt, dass über dem Wagendach nur noch ihr hochtoupiertes Haar zu sehen war. Als ihr Lachen immer lauter wurde, schloss Nick schnell die Tür auf und flüchtete ins Treppenhaus. Mit schweren Beinen schleppte er sich Schritt für Schritt nach oben.

Die Wohnung war dunkel, offenbar war Matteo auch noch nicht zu Hause. Nick fühlte sich wie bestellt und nicht abgeholt. Weil er nichts Besseres mit sich anzufangen wusste, holte er ein Bier aus dem Kühlschrank und setzte sich an den Küchentisch. Er notierte das Kennzeichen des Audis und steckte den Zettel in seine Hosentasche. Als Graziella nach dem dritten Bier noch immer nicht zu Hause war, war seine Unruhe kaum mehr auszuhalten; es fühlte sich an, als pickten Vögel an seinen Eingeweiden. Mit zitternden Fingern steckte er sich eine Zigarette an und lauschte dem Knacken und Stöhnen der alten Leitungen in der Wand.

Als endlich der Schlüssel ins Schloss gesteckt wurde, zuckte Nick zusammen. Reglos blieb er am Tisch sitzen, mit dem Rücken zur Tür. Er hörte Graziella hereinpoltern, sie machte Licht im Flur und schloss die Wohnungstür hinter sich. Einen Moment lang wurde es ganz still, dann schrie Graziella auf. »*Madonna! Ma che cazzo …?* Mann, Nick! Was machst du da im Dunkeln?« Sie schaltete das Küchenlicht an und trat so weit in den Raum, dass sie Nicks Gesicht sehen konnte. »Was ist denn los?« Ihr Blick fiel auf die Bierflaschen. »Bist du betrunken?«

»Wo bist du gewesen, Graziella?«

Sie sah ihn skeptisch an. »Ich leg mal meine Sachen ab … Bin gleich wieder bei dir.« Er hörte ihre Schritte im Flur, sie ging ins Schlafzimmer, dann ins Badezimmer. Er hörte das Wasser rauschen und die Klospülung und wie die Rohre unter der Belastung stöhnten. Die Badezimmertür wurde geöffnet, ihre Schritte kamen näher, dann stand sie neben ihm. Ihr Blick war sorgenvoll. »Hast du schon gegessen?«

Nick schüttelte den Kopf. Daran hatte er überhaupt noch nicht gedacht. »Ich mach uns eine schnelle Pasta.« Sie krempelte die Ärmel ihrer Bluse hoch. »Wenn Matteo nach Hause kommt, hat er bestimmt auch wieder Hunger.«

»Wo wart ihr denn alle?«

Graziella schnappte sich einen Topf und ließ Wasser ein.

»Matteo beim Sommerfest vom Fußballverein, und ich war auf einer Informationsveranstaltung an seiner Schule. Wegen Abschlussklasse, mittlere Reife und so.«

»Aha.«

Graziella schloss den Wasserhahn und stellte den Topf auf die Herdplatte. Dann setzte sie sich Nick gegenüber an den Tisch und musterte ihn. »Was ist los, Nick?«

»Ich … Ich hab auf dich gewartet …«

»Ist was passiert?«

»Ja … allerdings.«

»Dann erzähl mal.« Sie erhob sich wieder. »Ich mach nebenher den Sugo.«

Während sie Zwiebeln, Möhren und Knoblauch klein schnitt und andünstete, berichtete Nick von seinen Erlebnissen. Mit jedem Satz legte sich seine Unruhe ein bisschen mehr. Als er mit Löschers Geschichte fertig war, fühlte er sich schon fast wieder auf der Höhe. Graziella kochte und hörte schweigend zu. Zeitgleich mit der Geschichte von Frau Reinhard war auch das Essen fertig. Graziella stellte zwei dampfende Teller mit Pasta auf den Tisch. »*Buon appetito.*«

Schweigend begann sie zu essen.

»Was sagst du dazu?«, fragte Nick.

»Wozu?«

»Na, zu allem. Zu Löschers Geschichte, zu dem, was ich bei Frau Reinhard erlebt habe. Das ist doch Wahnsinn, oder?

Als sie noch immer nicht reagierte, redete er einfach weiter: »Überleg doch mal: Wenn Löschers Geschichte stimmt, dann sind völlig andere Täter für den Liverpool-Anschlag verantwortlich. Dann muss die ganze Geschichte der Gruppe LUDWIG noch mal neu aufgerollt werden. Aber vorher müssen wir eben die Akten zusammen durchgehen. Wir müssen den aktuellen Stand der Ermittlungen kennen, sonst können wir die Lage nicht richtig beurteilen. Und was Frau Reinhard angeht, habe ich mir auch was überlegt. Die Frau sitzt alleine in ihrer Villa, zusammen mit ihrer kranken Tochter. Sie fühlt sich isoliert und ist überfordert. Sogar ihre Haushaltshilfe hat gekündigt. So wie ich sie einschätze, wäre sie froh und dankbar über jede Art der Unterstützung, und da du … Matteo hat mir erzählt, dass du im Moment mehrere Putzjobs hast, um euch über Wasser zu halten …«

Graziella sah auf und verfolgte aufmerksam, was Nick sagte.

»Ich bin mir ziemlich sicher«, fuhr er fort, » dass sie ihre Haushälterin gut bezahlen würde. Du müsstest vielleicht gar nicht mehr so viele Jobs gleichzeitig machen …«

»Ich soll also bei Frau Reinhard als Putzfrau anfangen? Ist das deine Idee, Nick?«

»Das könnte doch für alle Seiten von Vorteil sein. Du könntest dich in der Villa frei bewegen. Ich bin mir sicher, allein in dem Arbeitszimmer würdest du massenhaft Unterlagen finden, die für uns interessant sein könnten. Aber das Wichtigste ist eigentlich: Ich könnte mir gut vorstellen, dass Frau Reinhard dir sehr schnell Vertrauen schenkt. Du bist einfach jemand, in dessen Gegenwart sich Menschen wohlfühlen. Und dann wird sie dir sicher noch sehr viel von sich preisgeben. Und dass die Frau noch einige interessante Dinge zu erzählen hat, steht für mich außer Frage …«

»Nick?«

»Ja?«

»Erinnerst du dich noch an die Rückfahrt im Schnee … auf dem Brenner? Da habe ich dir gesagt, dass das, was uns in Italien verbunden hat, vorbei ist, sobald wir zurück in München sind. Und dass wir beide das gar nicht beeinflussen können, selbst wenn wir wollten.«

»Ich erinnere mich, aber ich bin mir nicht sicher, ob du recht hast.«

»Ich habe recht, Nick, glaub es mir. Von da oben, wo du dich bewegst, sind meine Probleme gar nicht zu erkennen. Du kannst mein Leben nicht verstehen, selbst wenn du wolltest. Das ist nicht deine Schuld, es ist einfach eine Frage der Perspektive.«

»Wovon redest du, Graziella?«

»Ich rede davon, dass du mich offenbar nicht ernst nimmst.« Graziella schob ihren Teller beiseite und sah Nick traurig an.

»Das stimmt nicht, ich …«

»Hast du mir eigentlich jemals richtig zugehört? Ich erinnere mich, wie wir in Solaris Wohnzimmer saßen. Ich habe dir erklärt, dass dieser Fall für mich ein Job war wie jeder andere auch. Ihr habt dringend einen Übersetzer gebraucht, und da bin ich eingesprungen. Weil ich für meinen Sohn und mich Geld verdienen muss. Dann kam die Sache mit dem dritten Mann der Gruppe LUDWIG, dem Phantombild, und seither habe ich Angst, Nick, das habe ich dir mehrfach gesagt. Ich habe Angst und möchte mit der ganzen Sache nichts mehr zu tun haben. Hier, in dieser Küche, habe ich dir das gesagt. Erinnerst du dich?«

»Ja.«

»Wie kommst du dann darauf, ich könnte es für eine tolle Idee halten, bei dieser Frau Reinhard zu arbeiten? Wie kommst du darauf, ich würde jetzt plötzlich doch gerne mit dir zusammen diese Akten durchsehen? Nachdem ich mehrfach gesagt habe, dass ich das nicht will? Da gibt es doch nur zwei Möglichkeiten, entweder hast du mir nicht zugehört, oder du nimmst nicht ernst, was ich dir sage.«

Nick war verwirrt. Das ganze Gespräch nahm eine völlig falsche Richtung. »Es ist umgekehrt Graziella, ich nehme dich sehr ernst. Ich weiß, dass ich hier ohne dich nicht weiterkomme …«

Aber sie unterbrach ihn, schien ihm gar nicht zugehört zu haben. »Das, was du mir eben erzählt hast, bestärkt mich nur in meiner Meinung. Wir müssen unbedingt die Finger davonlassen. Wenn nicht, begeben wir uns in große Gefahr.«

»Denk doch mal daran, wie es Löscher geht, denk an Frau Reinhard. Wir beide haben die Möglichkeit, ihnen zu helfen. Das bedeutet, wir sind auch verpflichtet, es zu tun. Aber ich kann es nicht alleine machen, ich brauche dich dafür.«

»Das meine ich mit den verschiedenen Perspektiven. Kann ja sein, dass du dich zu irgendwas verpflichtet fühlst. Ich tu's nicht. Ich kann mir diese Art Hilfsbereitschaft nicht leisten …«

Nick spürte, wie Wut in ihm aufstieg. »Ich kann vieles nachvollziehen, was du sagst.« Er bemühte sich, seine Stimme ruhig klingen zu lassen. »Aber mit den verschiedenen Perspektiven und dass keiner dich richtig verstehen kann, weil keiner deine Probleme kennt, damit wäre ich ein bisschen vorsichtig.«

»Wie meinst du das?«

»Weil es in dieser Stadt verdammt viele Leute gibt, die alles für dich tun würden, absolut alles, und dazu gehöre ich auch. Du musst nur etwas sagen, und ich tue es. Vielleicht habe ich mich falsch oder ungeschickt ausgedrückt. Ich bitte dich einfach nur darum, dass du mir jetzt hilfst. Bitte lass uns zusammen die Akten anschauen, und lass uns morgen zusammen zu Frau Reinhard gehen …«

»Auf keinen Fall.« Sie verschränkte die Arme über der Brust.

»Bitte, Graziella.« Ihre Sturheit ging ihm allmählich tüchtig auf die Nerven. Wirklich wahr: Die gesamte Mordkommission 3 tanzte geschlossen um Graziella herum, jeder seiner Kollegen hätte sie nach dem Hagelsturm bei sich aufgenommen, und sie gab hier die entrechtete Arbeiterklasse.

»Ich geh jetzt ins Bett Nick.« Sie stand auf und stellte die Teller in die Spüle. Da konnte sich Nick nicht mehr beherrschen.

»Nein«, brüllte er, »du gehst jetzt nicht ins Bett! Du hast eine Verantwortung, ob du das willst oder nicht, und ich verlange von dir, dass du mir hilfst.«

»Beruhige dich, du bist betrunken.«

»Spinnst du? Was erlaubst du dir eigentlich? Ich nehme dich hier auf, ohne irgendeine Gegenleistung zu erwarten. Und jetzt, wo ich dich wirklich brauche und dich um Hilfe bitte, erzählst du mir irgendwelchen Blödsinn …« Schwankend stand er auf. Er war jetzt in Rage. Er konnte nicht mehr aufhören. »Das ist mir alles scheißegal, hörst du?« Seine Stimme überschlug sich. »Ich geb dir auch Geld dafür, aber hilf mir einfach!«

Mit geweiteten Augen wich Graziella zurück.

»Hast du jetzt Angst vor mir, oder was? Was führst du hier für ein mieses Theater auf?!«

Graziella hatte das Ende des Raumes erreicht. Zitternd stand sie am Fenster. Dass sie offensichtlich Angst vor ihm hatte, machte Nick nur noch wütender.

»Komm mal wieder runter, verdammt!«

Aber sie stand nur stumm vor ihm. Ihre Unterlippe zitterte, Tränen liefen ihr über die Wangen.

»Wer war der Typ im weißen Audi?«, brüllte Nick außer sich vor Wut. »Verrätst du mir das bitte mal?«

In dem Moment klopfte es gegen die Wohnungstür. Graziella stürmte auf Nick zu und versetzte ihm einen Stoß, dass er zur Seite schwankte. Er hielt sich an der Stuhllehne fest und konnte gerade noch verhindern, dass er stürzte. Im Flur zog Graziella ihren verwirrten Sohn in die Wohnung. Sie war völlig verängstigt und zerrte Matteo hinter sich her. »Vieni! Presto. Presto.« Sie rannten über den Flur.

Nick hörte, wie die Schlafzimmertür zugeknallt und der Schlüssel herumgedreht wurde. Er hörte ihre gedämpften Stimmen und Graziellas Schluchzen. Nick ließ sich auf den Stuhl sinken. Wie benommen lauschte er den Geräuschen aus dem Schlafzimmer. Dann beugte er sich vor, stützte die Ellbogen auf dem Tisch ab und vergrub sein Gesicht in den Händen. Er konnte sich nicht erinnern, sich jemals im Leben derart geschämt zu haben.

VI. INCASTRATO

Fliegeralarm. Nick fuhr hoch und sah sich um. Er lag auf dem Feldbett in seinem Büro. Das Telefon klingelte. Als er versuchte, sich aufzurichten, wurde ihm übel. Er atmete tief durch. Sein Kopf schmerzte, und das verdammte Telefon klingelte immer weiter. Er stand auf und schaffte es trotz weicher Knie hinüber zum Bürostuhl. Er ließ sich fallen; der Stuhl fing ihn auf. Nick griff zum Telefonhörer, aber als er sich melden wollte, versagte ihm die Stimme. Sein Mund war trocken wie eine Cornflakes-Tüte. Auf sein Krächzen hin antwortete sein Gegenüber: »Herr Marzek? Hauptkommissar Marzek? Sind Sie das?« Eine weibliche Stimme.

»Ja.« Nick räusperte sich.

»Sie hatten mich doch gebeten, sofort Bescheid zu geben, erinnern sie sich?«

»Äh …« Leider erinnerte er sich an gar nichts. »Sagen Sie mir bitte noch mal, worum es geht …«

Sie sagte es ihm. Sie sagte es ihm mehrmals, so oft, bis er verstanden hatte, dass es sich bei der Anruferin um die Sekretärin von Damian Šušaks Realschule handelte. »Er ist heute früh wieder zum Unterricht erschienen. Es geht ihm gut. Das ist eigentlich schon alles.«

Die Kopfschmerzen waren kaum zu ertragen, und irgendetwas stimmte mit seinem Gesicht nicht. Es war nicht allein der trockene Mund, und die Schmerzen saßen nicht nur hinter der Stirn, die ganze rechte Wange war irgendwie …

»Herr Marzek? Hallo? Sind Sie noch dran?«

»Ja … ja, ich bin noch dran … Ich …«

»Ist alles in Ordnung bei Ihnen?«

»Ja, alles gut. Vielen Dank für Ihre … Danke!« Er knallte den Hörer auf und rannte über den Flur zur Toilette, um sich zu übergeben.

Danach ging es etwas besser. Er trat ans Waschbecken und wollte gerade den Wasserhahn aufdrehen, als sein Blick in den Spiegel fiel. Er erschrak. Sein Auge war zugeschwollen, die ganze rechte Gesichtshälfte voller Blutergüsse. Die größte Sorge bereitete ihm allerdings, dass er keine Ahnung hatte, was passiert war. Verzweifelt versuchte er, sich zu erinnern. Der gestrige Abend … Graziella, mit dem Rücken zum Fenster, weinend … Graziella, die Angst vor ihm hatte … die mit Matteo über den Flur rannte … Graziella, die vor ihm floh … Graziella, immer wieder Graziella. Er klammerte sich mit beiden Händen am Waschbecken fest. An alles, was mit Graziella zusammenhing, konnte er sich erinnern, so gut, dass es schmerzte.

Irgendwann hatte er sich von seinem Küchenstuhl erhoben, war über der Flur zur Schlafzimmertür gegangen und hatte gelauscht. Als er gemeint hatte, Graziella noch immer leise weinen zu hören, hatte er ihren Namen gerufen, worauf das Schluchzen verstummt war. Aber statt Graziella hatte ihm Matteo geantwortet. Er hatte ihn durch die geschlossene Tür hindurch beschimpft und ihn aufgefordert zu verschwinden. Irgendwann hatte Nick begriffen, dass es keinen Sinn hatte, im Flur stehen zu bleiben, denn sie würden die Tür nicht öffnen. Also war er zurück in die Küche gestolpert. Er wusste, dass er etwas sehr Wertvolles zerstört hatte. Und er wusste auch, dass er alles daransetzen musste, um zu retten, was zu retten war. Falls überhaupt etwas gerettet werden konnte. Er holte Stift und Papier und setze sich damit an den Küchentisch. Er schrieb Graziella einen langen Brief. Als er ihn ein zweites Mal las, kam er ihm derart lächerlich vor, dass er ihn sofort zerriss. Dasselbe tat er mit dem nächsten, mit dem dritten und vierten Brief. Mit keinem seiner Sätze hatte er den Kern getroffen, nichts erklärte auch nur annähernd den Grund für sein Verhalten. Das lag daran, dass er selbst nicht wusste, was mit ihm passiert war. Und als er es dann wusste, als er endlich verstanden hatte, worum es eigentlich ging, fiel die Botschaft denkbar knapp aus: »Ich liebe dich, Graziella. Bitte verzeih mir.« Nick faltete das Papier zusammen, steckte es in ein Kuvert, schrieb ihren Namen darauf und legte es auf den Küchentisch. Dann hatte er eine Jacke übergezogen für den Fall, dass es in der Nacht weiter abkühlen würde. Er hatte die Lichter gelöscht, war ins Treppenhaus getreten und hatte die Wohnungstür hinter sich geschlossen.

Aber danach? Wieder blickte Nick in den Spiegel. Wo, verdammt noch mal, hatte er sich diese Verletzungen zugezogen? Nachdem er seine Wohnung verlassen hatte, war er ins Bier-Pub Fiftyfive gegangen, das so hieß, weil man dort fünfundfünfzig verschiedene Biersorten bekam. Nach seinen Kopfschmerzen zu urteilen, hatte er sie alle ausprobiert. Und danach … Danach wurde es schwierig. Er meinte, sich an eine halb vertrocknete, palmenartige Zimmerpflanze zu erinnern und an seine Verwunderung darüber, dass sie in einem Schaufenster direkt neben dem Fiftyfive stand, was eigentlich nicht stimmen konnte. Er war ein halsbrecherisch steile Treppe hinuntergestiegen … Dann waren da nur noch Bildfetzen, eher Gerüche und Musik als Bilder, denn plötzlich hatte er einen angenehm herben Parfümduft in der Nase und *Je T'aime* im Ohr. In Dauerschleife … Aber weiter kam er nicht. *Je T'aime*, immer wieder *Je T'aime*. Danach herrschte tiefe Dunkelheit.

Das Geräusch der Toilettenspülung riss ihn aus seinen Gedanken. Eine Kabinentür wurde geöffnet, Schritte kamen näher, und Aki trat ans Waschbecken neben ihm. Er drehte den Hahn auf, und während er sich die Hände wusch, betrachtete er Nicks Gesicht wie jemand, der überlegt, ob er den Toaster gleich kaufen soll oder erst später. Dann drehte er den Hahn wieder zu und sagte: »Ich habe dir gerne geholfen Nick, aber ein zweites Mal ... Ich wüsste gar nicht, wie.«

Akis Worte erschreckten Nick noch mehr als der Anblick seines zerschlagenen Gesichts im Spiegel. Stand es wirklich so schlimm um ihn? War sein jetziger Zustand mit dem von damals in Berlin zu vergleichen, als er nach Susannes Tod in seiner Reinickendorfer Einzimmerwohnung vor sich hin vegetiert hatte? Wenn Aki damals nicht eingeschritten wäre und ihm die Möglichkeit geboten hätte, nach München zu wechseln, hätte er sich wahrscheinlich zu Tode gesoffen. Aber jetzt?

»Mach dir keine Sorgen, Aki. Das ist anders ... Das war eine einmalige Geschichte.«

Nach einem skeptischen Blick in Nicks Gesicht sagte Aki: »Gut. Erzähl sie mir gelegentlich mal, würde mich interessieren.«

»Und mich würde interessieren, wie ich eigentlich hier gelandet bin.«

»Hakan hat dich vom Gehsteig gekratzt und bei mir abgeliefert.«

»Er hat was gut bei mir.«

»Definitiv. Du kannst dich wirklich an gar nichts mehr erinnern?« Aki sah ihn an wie seltenes Gewächs.

Nick schüttelte nur den Kopf.

Sie standen schweigend nebeneinander. Schließlich klopfte Aki ihm auf die Schulter. »Bist du einsatzfähig?«

»Glaube schon.«

»Gut. Dann komm mit. Ich brauch dich nämlich.«

»Tut mir leid, ich hab wirklich erst jetzt mitbekommen, dass Sie uns suchen.« Josip Šušak sprach mit starkem Akzent. Er saß vor dem Schreibtisch in Akis Büro. Gruber, Aki und Nick saßen ihm gegenüber. Das wirkte einschüchternd und war genau so beabsichtigt. Šušak knetete seine Hände und fuhr sich immer wieder nervös durchs schüttere Haar, während er erzählte, dass sie nach dem Hagelsturm, genau wie Nick und Gruber vermutet hatten, bei Freunden im Umland untergekommen waren. Alles sei ziemlich chaotisch und vieles zu organisieren gewesen, sodass sie jetzt erst von Bekannten darauf hingewiesen worden seien, dass die Polizei nach ihnen suchte.

»Warum haben die Bekannten ihnen das nicht früher gesagt?«

»Die wussten doch gar nicht, wo wir waren. Ich habe bei ihnen angerufen, um es ihnen mitzuteilen, ich wollte nicht, dass sie sich Sorgen machen, und dann haben sie es mir erzählt.«

»Aber auf der Arbeit gibt man doch mal Bescheid.«

»Normalerweise schon.« Šušak breitete ergeben die Arme aus. »Aber es war halt nichts normal. Hab mich auch schon entschuldigt beim Chef.«

Die Polizisten ließen sich alle Namen und Adressen geben. Josip Šušak hatte alle Unterlagen dabei und war sehr kooperativ, geradezu devot. Mit großer Beflissenheit beantwortete er Fragen, suchte nach den richtigen Formulierungen, wägte ab, war überhaupt ganz und gar »zu Diensten«, wie er mehrfach betonte. »Grauenhaft, was da passiert ist, ich kann es immer noch nicht fassen.« Aber was Stjepan Ursa anging, vertrat er eine klare Ansicht: »Es ist völlig ausgeschlossen, dass Stjepan seine Frau und seine Tochter umgebracht hat. Er hat seine Familie geliebt, sie war sein Ein und Alles.«

Auch als sie ihn mit den Zeugenaussagen von Fasching konfrontierten, blieb er bei seiner Meinung. Natürlich hatte es, wie in jeder Familie, auch bei den Ursas Konflikte gegeben. Šušak wusste, dass sich sein Freund Stjepan Sorgen gemacht hatte, weil Dinkas schulische Leistungen nach der zehnten Klasse deutlich eingebrochen waren. »Er war stolz darauf, dass sie es aufs Gymnasium geschafft hat. Dinka war ein sehr intelligentes, offenes Mädchen. Sie hat sich für alles Mögliche interessiert, aber nicht mehr so sehr für die Schule, und das hat Stjep zu schaffen gemacht ...« Er brach ab. Dann zuckte er mit den Schultern und sagte ergeben: »So ist das eben in unseren Kreisen.«

»Wie meinen Sie das?« fragte Aki.

»Ich glaube, man wünscht sich nichts so sehr, als dass die Kinder in der neuen Heimat Fuß fassen. Und wenn sie das nicht tun, dann ... dann macht man sich eben Sorgen.«

»Könnten diese Sorgen nicht doch zu einer Überreaktion geführt haben?«

»Nein.« Šušak schüttelte den Kopf. »Nicht bei Stjep. Auf keinen Fall.«

»Wie hat er denn reagiert«, schaltete sich Nick ein, »als er von dem Freund seiner Tochter erfuhr, diesem ... Wie hieß er noch? Dieser Junge, der ein paar Jahre älter war als Dinka und gar nicht mehr zur Schule ging.«

Während Nick versuchte, sich an den Namen zu erinnern, blätterte Aki durch seine Unterlagen. »Hier. Marijan Martinović heißt der junge Mann.« Aki sah Josip Šušak an. »Sagt Ihnen der Name etwas?«

Šušak zögerte einen Moment. Wieder fuhr er sich durchs Haar. »Nein«, sagte er dann, »den Namen habe ich noch nie gehört.«

»Stjepan Ursa hat ihn nie erwähnt?«, fragte Nick.

»Nein ... nicht dass ich wüsste.«

»Hat er sich Ihnen gegenüber mal dazu geäußert, dass seine Tochter eine Beziehung hatte? Oder anders gefragt: Wie stand er denn generell dazu?«

»Ich glaube nicht, dass er damit ein Problem gehabt hätte.«

Nick musste an die Kruzifixe in der Wohnung der Ursas denken. »Aber er ist gläubig, oder nicht?«

»Er ist katholisch. Oder wie meinen Sie das?«

»Ich wundere mich, dass ein streng katholischer Mann wie Stjepan Ursa so gar kein Problem damit hat, wenn seine minderjährige Tochter ...«

»Er war nicht so. Glauben Sie mir.«

»Wenn also Stjepan Ursa als Täter ausscheidet«, schaltete sich Aki ein, »wer ist dann für den Tod von Maria und Dinka Ursa verantwortlich? Und was ist dann mit Stjepan Ursa selbst? Wo könnte er sein?«

»Das frage ich mich die ganze Zeit schon.«

»Wann haben Sie eigentlich von den Morden erfahren?«

»Das war noch am selben Abend. Am Tag vom Hagelsturm. Deswegen weiß ich das noch so genau.«

»Und von wem haben Sie das gehört?«

»Na, von Marko, dem Freund, von dem ich Ihnen erzählt habe, der, der uns aufgenommen hat.«

»Dann war der aber früh informiert, der Marko«, sagte Gruber. »In der Zeitung stand das erst am Tag darauf.«

»In unserer Gemeinschaft spricht sich so etwas schnell herum, wissen Sie.«

»Von welcher Gemeinschaft reden Sie?«

»Von den Exilkroaten in München.« Josip Šušak sah von einem zum anderen. »Sagen Sie bloß, Sie haben in diese Richtung noch gar nicht …« Er brach ab und schüttelte ungläubig den Kopf.

»In welche Richtung?«

Šušak wirkte nun nicht mehr devot, sondern ziemlich fassungslos. »Hier wurde eine kroatische Familie ausgelöscht. Da muss man doch als Mordkommission zuallererst die Frage stellen, ob das vielleicht in die Reihe der vielen Verbrechen gehört, die die UDBA in München schon begangen hat …«

Nick wechselte einen Blick mit den Kollegen. Aki wollte gerade etwas entgegnen, aber Josip Šušak war jetzt in Fahrt. »Ich kann euch jetzt schon sagen, wie das ausgeht: Ihr werdet den Mörder nicht finden. Niemand wird dafür zur Verantwortung gezogen werden. So war es bei allen früheren Fällen, und so wird es hier auch sein. Und wissen Sie auch, warum?« Der korpulente Mann mit dem schütteren Haar und dem starken Akzent redete sich immer weiter in Rage. »Weil eure Regierung sich nicht mit Titos Verbrecherbande anlegen will. Eure Regierung verbietet euch, ordentlich zu ermitteln. Ihr schaut einfach zu, wie sie uns hier abschlachten …«

»Jetzt machen Sie mal bitte halblang, Herr Šušak …«

»Schaut euch doch die Akten an! Schaut euch an, wie viele von uns sie umgebracht haben. Und nie ist der Mörder gefasst worden. Was glaubt ihr wohl, warum?« Sein ganzer Körper bebte jetzt. Er presste die Hände fest zusammen, als hoffte er, auf diese Weise sein Zittern unterbinden zu können.

Mit ruhiger Stimme sagte Aki: »Das sind schwere Vorwürfe, Herr Šušak.«

»Leider sind sie wahr.«

»Ich verspreche Ihnen, dass wir auch diese Spur verfolgen werden, sobald wir dafür einen Anlass erkennen.«

»Das wird aber nichts nützen …«

»Ich wäre Ihnen dankbar, wenn Sie mich jetzt ausreden lassen würden.«

Die beiden Männer musterten einander, dann senkte Šušak den Blick. »Entschuldigen Sie.«

»Normalerweise gibt es keinen Grund, Außenstehenden unsere Arbeitsweise zu erklären. Aber die Vorwürfe, die Sie erheben, sind derart schwerwiegend, dass ich Ihnen unsere Position gerne vermitteln möchte.« Ruhig und souverän erklärte Aki dem aufgebrachten Mann den bisherigen Ermittlungsansatz, erläuterte ihm genau, aus welchen Gründen sie bislang von einem Familiendrama ausgehen mussten. Solange Stjepan Ursa verschwunden blieb, war dies die naheliegende Theorie, zumal auch die Spuren am Tatort nicht auf professionelle Täter hindeuteten. Es gab zum gegenwärtigen Zeitpunkt keinerlei Hinweise darauf, dass der jugoslawische Geheimdienst hinter der Ermordung von Maria und Dinka Ursa stehen könnte. »Soweit ich weiß, war das auch im Falle der Ermordung Ihrer kroatischen Landsleute immer nur ein vager Verdacht. Beweise hat man für diese Theorie nie gefunden.«

»Natürlich nicht.« Šušak lachte hämisch auf. »Wie auch, wenn man nicht richtig sucht.«

»Der deutschen Polizei zu unterstellen, sie würde aus Rücksicht auf eine vermeintliche Staatsräson in einem Mordfall nicht sauber arbeiten, ist ein starkes Stück, Herr Šušak.« Akis Stimme war jetzt scharf.

Josip Šušak winkte ab und schüttelte resigniert den Kopf. »Bitte versprechen Sie mir eines«, sagte er schließlich. »Denken Sie an meine Worte, wenn Sie Stjepans Leiche gefunden haben.«

Die Fahrt war zäh. Viel Verkehr, viele Ampeln. Gruber saß hinter dem Steuer. Auf dem Weg zum BMW hatte er Nick den Autoschlüssel abgenommen. »Ich fahre.« Jetzt war er vollauf damit beschäftigt, den grauen Opel im dichten Stadtverkehr nicht aus dem Blick zu verlieren. Und Nick war vollauf damit beschäftigt, den Kaffee bei sich zu behalten. Er hätte ihn nicht trinken dürfen. Sein Magen verkraftete das noch nicht. Nach dem Gespräch mit Josip Šušak hatte Aki Nick und Gruber beiseitegenommen. »Mit dem stimmt was nicht. Fahrt mal mit.« Also hatten sie Šušak erklärt, dass sie auch mit seiner Frau und seinem Sohn sprechen müssten, und angeboten, das bei ihm zu Hause beziehungsweise bei ihrem Gastgeber Marko zu tun, sodass die beiden nicht ins Bahnhofsviertel kommen mussten. »Wenn wir das richtig verstanden haben, lebt dieser Marko im Münchner Umland, richtig?«

Josip Šušak hatte nicht sonderlich begeistert gewirkt, dem Vorschlag aber schließlich mit der Einschränkung zugestimmt, dass er seinen Sohn auf dem Rückweg von der Schule abholen müsse.

Sie parkten hinter Šušaks Opel am Straßenrand. Rot lackierte Fensterläden. Ein Glockenturm mit Uhr, der blaue Himmel darüber. Wer es nicht besser wusste, mochte beim Anblick des weiß getünchten Schulgebäudes glauben, dass die Welt noch in Ordnung war. Aber das war sie nicht, und deshalb wuchs aus dem Dach auch die pilzartige Sirene, die die Schüler in regelmäßigen Abständen zum Probealarm in den Pausenhof rief, wo sie dann übten, wie man sich bei einem Angriff des Warschauer Paktes zu verhalten hatte.

Nick klappte die Sonnenblende herunter und begutachtete sein geschundenes Gesicht im Spiegel. Die Schwellungen hatten inzwischen die tollsten Farben angenommen.

Gruber sah ihn prüfend an. »Hast du wenigstens gewonnen?«

»Weiß ich nicht.«

Er musste mit Hakan sprechen. Vielleicht wusste der ja irgendwas. Aber was noch viel wichtiger war: Er musste mit Graziella reden. Er bekam die Szene in seiner Wohnung nicht mehr aus dem Kopf, und auch die Scham darüber wurde er nicht los. Er konnte nur hoffen, dass Graziella seine Entschuldigung annahm.

Die Schulglocke schrillte, und kurz darauf ergoss sich ein Strom Schüler auf die Straße. Nick sah Josip Šušak winken. Kurz darauf trat ein dicklicher Junge zu ihm, öffnete die Beifahrertür des Opels und stieg ein. Josip Šušak ging um den Wagen herum. Dabei warf er den Polizisten einen Blick zu, bevor er ebenfalls einstieg und den Motor anließ.

»Wetten, die schnallen sich nicht an?« Gruber spähte aus dem Fenster. Und tatsächlich fuhren sie los, ohne die Gurte angelegt zu haben. Zufrieden gab Gruber Gas. »Bin mal gespannt, was die den Kollegen von der Verkehrspolizei erzählen, wenn sie ihre erste *Maul-ned-schnall-di-o!*-Medaille kriegen. Die verstehen doch gar nicht, was man von ihnen will. Oder meinst du, die kennen das? Meinst du, bei Tito gibt's eine Anschnallpflicht? Der Tito lacht sich doch tot über so was.«

»Der Tito lacht sich tot, und du fährst dich tot.«

»Ja und?«

»Nichts. Dann steht's Unentschieden.«

»Du schnallst dich ja auch nicht an. Also red nicht so gscheit daher.«

»Ab 1. August schnall ich mich an.«

»So einer bist du.«

Der Verkehr war jetzt lange nicht mehr so dicht. Der Opel bog auf eine breite Ausfallstraße ab.

»Außerdem ist der Tito doch schon tot, oder nicht?« Gruber setzte den Blinker und fuhr Šušak nach.

»Stimmt. Sogar schon paar Jahre, glaube ich.«

»Aber wenn der Tito tot ist, wieso bringt dann sein Geheimdienst immer noch Leute um?«

»Glaubst du die Geschichte etwa?«

»Keine Ahnung.« Gruber zuckte mit den Schultern. »Das Gerücht hab ich schon ein paarmal gehört. Dass es ungeklärte Mordfälle mit kroatischen Opfern gegeben hat, stimmt auf jeden Fall.«

»Hattest du selber schon mit so einem Fall zu tun?«

»Ich persönlich nicht. Aber ich kenne einen Kollegen … Wenn ich mich daran erinnere, was der so erzählt hat, dann hat der Šušak vielleicht nicht ganz unrecht.«

»Womit?«

»Dass man da nicht so genau hingeschaut hat. Die Kollegen waren jedenfalls der Meinung, dass die Jugos sich halt gegenseitig umbringen und dass man da sowieso nicht viel machen kann.«

»Tito ist vielleicht tot …«, setzte Nick an.

»Der ist nicht *vielleicht* tot«, unterbrach Gruber, »der ist *ganz sicher* tot.«

»Ja … Ich wollte nur sagen, kann ja sein, dass Tito tot ist, aber den Geheimdienst gibt's ja trotzdem noch, und es gibt Titos Nachfolger …« Nick versuchte, sich an den Namen des aktuellen jugoslawischen Regierungschefs zu erinnern. Aber es gelang ihm nicht. Er musste sich eingestehen, dass er von dem Land so gut wie nichts wusste.

»Ich kenn nur Vučko«, sagte Gruber.

»Wer ist Vučko?«

»Na, dieser Wolf. Das Maskottchen von den Winterspielen in Sarajevo. Kannst du dich nicht mehr erinnern? War doch dauernd im Fernsehen. Kaum hast du eingeschaltet, kam Vučko oder Katarina Witt.«

Während Nick überlegte, warum er sich auch daran nicht erinnern konnte, fügte Gruber hinzu: »Möglich, dass es in Jugoslawien einen Nachfolger von Tito gibt, aber eine Anschnallpflicht gibt's bestimmt nicht.«

Es ging über Landstraßen an Wiesen und Feldern vorbei, bis sie ein Industriegebiet erreichten, an dessen Ende das Restaurant Dubrovnik stand. Es wirkte wie ein Landgasthof. Die Balkone waren mit dunklem Holz verkleidet und mit Geranien geschmückt. Eine großzügige Terrasse mit bunten Sonnenschirmen führte um das Haus herum. Sie folgten dem Opel über den kiesbedeckten Parkplatz. Als sie vor dem Gebäude parkten, bemerkte Nick plötzlich einen Lichtblitz, der sich in der Fensterscheibe des Lokals spiegelte.

»Hast du das gesehen?«

»Nein, was?«

»Ich glaube, der Šušak hat gerade ein Signal gegeben, mit der Lichthupe.«

»Vielleicht aus Versehen.«

»Vielleicht.«

Sie stiegen aus. Wenn man den Blick nach rechts wandte, lag das Dubrovnik eingebettet in eine idyllische Landschaft zwischen Wiesen und Feldern. Auf der anderen Seite jedoch ragte eine Fabrikhalle drei Stockwerke in die Höhe. Ein regelmäßiges Zischen und Stampfen war zu hören. Es klang, als exerzierte dort eine Roboterarmee.

Šušak wies ihnen den Weg. »Kommen Sie bitte.«

Nick lächelte dem Sohn zu, aber Damian wandte sein Pfannkuchengesicht ab und folgte seinem Vater. Sie gingen über die gepflasterte Terrasse zum Eingang. Etwa die Hälfte der Tische war besetzt. Blaumänner, Sicherheitsschuhe. Die meisten Gäste schienen Arbeiter und Monteure aus den umliegenden Betrieben zu sein. Auf einer Tafel wurde der Mittagstisch ausgewiesen: Champignonschnitzel mit Pommes oder Ražnjići mit Djuvec-Reis. Als sie das Restaurant betraten, fühlte Nick sich sofort an die Wohnung der Ursas erinnert. Viel dunkles Holz, ein Kruzifix in der Ecke, sogar die Stiche an den Wänden schienen die gleichen zu sein. Zusammen mit den rot-weiß karierten Tischdecken strahlte der Raum eine rustikale Gemütlichkeit aus, auch wenn keiner der Tische besetzt war. Bei diesen Temperaturen saßen verständlicherweise alle draußen.

Ein hagerer Mann um die vierzig mit Schnauzer und schiefem Rücken kam auf sie zu. Mit seinem weißen Halbarmhemd und der schwarzen Bundfaltenhose sah er aus wie ein Oberkellner. Er wechselte ein paar Sätze auf Serbokroatisch mit Josip Šušak. Die Männer kamen Nick nervös vor, aber das mochte an der fremden Sprache liegen. Dann wandte sich Šušak den Polizisten zu und sagte auf Deutsch: »Das ist mein Freund Marko Lukacek, der uns hier netterweise aufgenommen hat.«

Lukacek lächelte. »Folgen Sie mir bitte.« Er ging ihnen voran zu einem Tisch im hinteren Teil des Raumes. »Hier können Sie sich in Ruhe unterhalten.« Nick setzte sich mit dem Rücken zur Wand, sodass er freien Blick in den Raum hatte. Gruber nahm neben ihm Platz, Šušak und sein Sohn gegenüber. Der Tisch stand auf der idyllischen Seite. Nick sah nach draußen. Ein großer Garten mit Fischteich, dahinter Wiesen und Felder. Durch die gegenüberliegenden Fenster waren die Tische auf der Terrasse zu sehen und dahinter die Wand der Fabrikhalle. »Was kann ich Ihnen anbieten? Möchten Sie etwas essen oder trinken?«

Nick, dem sich allein beim Gedanken an Champignonschnitzel der Magen umdrehte, winkte dankend ab. Auch Gruber schüttelte den Kopf. »Passt schon. Vielen Dank.«

Eine Glocke ertönte, aus der Küche wurden Teller durch die Durchreiche geschoben. »Melden Sie sich einfach, wenn Sie etwa brauchen.« Lukacek hastete eilig zum Tresen, lud die Teller auf ein Tablett und balancierte sie nach draußen.

Wie selbstverständlich übernahm Gruber die Gesprächsführung. Nick war ihm dankbar dafür und verfolgte durch die Fensterfront Lukaceks Weg über die Terrasse, wo an einem der hinteren Tische drei Männer saßen, die keine Arbeitskleidung trugen. Während Lukacek die Teller servierte, redete er auf die Männer ein. Einer spähte daraufhin durchs Fenster in den Gastraum.

Damians Erzählung setzte beim Hagelsturm ein. Er war bei einem Nachbarsjungen gewesen, als es losging. Danach war er hinübergerannt, hatte die Zerstörung gesehen. Seine Mutter hatte weinend im Wohnzimmer gesessen, der Vater die Schäden begutachtet. Der Opel hatte zum Glück in der Garage gestanden und nichts abbekommen. Sie hatten das Nötigste ins Auto gepackt und waren direkt hierhergefahren, zu Onkel Marko, der zum Glück auch Gästezimmer vermietet und sie gerne aufgenommen hatte.

Die Geschichte war geschmeidig und fehlerlos präsentiert. Entweder stimmte sie, oder sie war gut auswendig gelernt. Nach der Hälfte hörte Nick schon nicht mehr zu. Viel interessanter als Damians Bericht erschien ihm nämlich, was er im und um das Dubrovnik herum beobachtete: Hinter dem Tresen stand inzwischen, wie hingezaubert, ein junger Mann. Er trug, wie Marko Lukacek auch, ein weißes Hemd, polierte Gläser und blickte immer wieder zu ihnen herüber. Rechts vom Eingang führte eine Treppe nach oben. Dort, im ersten Stock, verlief über dem Tresen eine Balustrade. Dahinter waren zwei Türen zu sehen, die vom Flur abgingen. Wahrscheinlich die Gästezimmer. Nicks Blick wanderte hinüber zum Dreiertisch auf der Terrasse. Einer der Männer, er trug ein blaues Hemd mit Karomuster, erhob sich und verschwand hinter dem Haus. Im ersten Stock wurde eine Tür geöffnet. Ein Mann trat heraus und blieb einen Moment lang an der Balustrade stehen. Er schaute in den Gastraum hinunter. Dann wandte er sich um und verschwand aus Nicks Blickfeld, bis er kurz darauf die Treppe herunterkam. Er nickte dem Kellner hinter dem Tresen zu und verschwand nach draußen, ging über die Terrasse und nahm schließlich den Platz des Mannes im blauen Hemd ein, der den Dreiertisch gerade verlassen hatte. Dieser tauchte nun auf der idyllischen Seite des Restaurants am Rande des Gartens auf und ging, sich nach links und rechts umblickend, am Haus entlang, bis er hinter der Ecke verschwand.

Nick entschuldigte sich, stand auf und durchquerte den Gastraum. Die Toiletten befanden sich unter dem Treppenaufgang. Aus dem Fenster über dem Waschbecken hatte man einen Blick auf die Parkplatzzufahrt. Das Fenster stand offen, sodass er das Stampfen aus dem Fabrikgebäude hören konnte. Direkt neben der Zufahrt stand ein Mann, der sich gerade eine Zigarette anzündete. Nick konnte sich nicht daran erinnern, ihn bei ihrer Ankunft gesehen zu haben, und dennoch war er sicher, dass er dort gestanden hatte. Und er war sich inzwischen auch sicher, dass Josip Šušak die Lichthupe nicht versehentlich betätigt hatte.

»Man hatte das Gefühl, die stecken alle unter einer Decke.« Nick und Gruber saßen in Akis Büro und erstatteten Bericht. Die abgetippten Aussagen von Damian, seiner Mutter Irina und Marko Lukacek lagen vor Aki auf dem Tisch. Ihre Geschichten stimmten in allen Details überein. »Trotzdem ist da irgendwas faul.« Gruber sah die Sache genauso. Sie rätselten eine Weile darüber, wie ihre Beobachtungen einzuschätzen waren. »Entweder wird das Dubrovnik überwacht, oder es wird bewacht«, sagte Nick.

»Vielleicht so eine Einschüchterungsnummer? Schutzgelderpressung oder so was?« Aki blickte von einem zum anderen. Nachdenklich fuhr er fort: »Lasst uns noch mal sortieren: »Wir haben die erschossenen Dinka und Maria Ursa. Vater und Ehemann Stjepan ist noch immer verschwunden und bleibt deshalb unser Hauptverdächtiger. Seit heute wieder aufgetaucht ist dafür sein bester Freund Josip Šušak, der zwar angibt, keine Ahnung zu haben, wo sein Freund steckt, aber sicher ist, dass die Familie vom jugoslawischen Geheimdienst UDBA ermordet wurde. Er hat sich nach dem Hagelsturm mit seiner Familie zu seinem Freund Marko Lukacek ins Restaurant Dubrovnik geflüchtet, weshalb er auch gerade erst davon erfahren hat, dass wir ihn suchen.«

»Und«, ergänzte Nick, »im Dubrovnik gehen seltsame Dinge vor, die wir im Moment noch nicht richtig einschätzen können.«

Nachdem sie eine Weile schweigend dagesessen hatten, jeder mit seinen eigenen Gedanken beschäftigt, fragte Aki: »Ist es vorstellbar, dass Josip Šušak oder die Männer, die ihr im Dubrovnik beobachtet habt, etwas mit dem Verschwinden Stjepan Ursas und dem Mord an seiner Frau und seiner Tochter zu tun haben?«

Sie einigten sich darauf, dass es vorstellbar war, wie so vieles im Leben, dass es dafür aber bis jetzt keinen einzigen Hinweis gab.

»Ich frag mal bei den Kollegen von der OK nach, ob die irgendwas über das Dubrovnik wissen.« Aki schien die Runde gerade aufheben zu wollen, als ihm noch etwas einfiel: »Während des Zuhälterkriegs, als auf dem Straßenstrich die Wohnmobile brannten, da waren doch auch Jugos beteiligt.« Er wandte sich an Nick. »Kann es in die Richtung eine Verbindung geben?«

»Du meinst ins Rotlichtmilieu?« Nick schüttelte den Kopf. »Glaub ich nicht. Aber auch dazu kannst du ja bei der OK mal eine Meinung einholen.«

Immer wenn es um den Fachbereich »Organisierte Kriminalität« ging, musste Nick an Löscher denken. Wo er wohl war? Er hatte ihn heute noch überhaupt nicht gesehen. Sie hatten es nicht abgesprochen, aber im Raumschiff verhielten sie sich, als hätte es ihr Gespräch nie gegeben. Sie begegneten einander so neutral, wie sie es vorher getan hatten.

»Ach übrigens«, sagte Gruber, »wir sind mit der Liste noch nicht ganz durch. Aber bis jetzt sieht es nicht danach aus, als hätten Holger Riehs und seine Kameraden irgendwas mit den Morden zu tun.«

»Gut. Danke euch.« Aki sortierte die Unterlagen auf seinem Tisch. »Geh nach Hause, Nick.«

»Jetzt? Es ist noch nicht mal vier.«

»Es reicht für heute. Pack dir ein paar Eisbeutel aufs Gesicht.«

»Genau hier hast du gelegen.« Hakan zeigte Nick die Stelle zwischen Kofferbasar und der Bosporus-Spielhalle in der Goethe 7. »Ein Stammkunde hat dich entdeckt und Bescheid gegeben. Ich hab dich dann hochgebracht.« Aber auch der Stammkunde habe nichts beobachtet, wodurch sich Nicks Verletzungen erklären ließen. »Entweder bist du blöd gefallen, oder irgendwer hat dir eine gescheuert.« Hakan betrachtete ihn einen Moment lang stumm. »Ist aber auch egal«, sagte er dann, »du siehst so oder so scheiße aus.«

»Danke, dass du dich gekümmert hast.«

»Ist doch klar, Mann.« Er klopfte ihm auf die Schulter. »Ich muss mal wieder.«

Als Hakan im Bosporus verschwunden war, schloss Nick die Augen und drehte sich einmal um sich selbst. Einatmen … Ausatmen … Aber es nützte nichts, die Erinnerung kam nicht zurück. Als er die Augen wieder öffnete, blickt er in die Gesichter von Passanten, die ihn alle verstört ansahen.

Er ging die Goethestraße hinunter. Mit jedem Schritt wuchs die Unruhe. Er überquerte die Schwanthaler und fand schließlich den türkischen Gemüseladen wieder, wo er die Artischocken gesehen hatte. Er kaufte zwei, ohne die leiseste Ahnung zu haben, was damit anzustellen wäre. Er konnte sich nicht erinnern, in seinem Leben schon mal Artischocken gegessen zu haben. War auch egal, er hoffte einfach, Graziella würde sich darüber freuen.

»Was kann ich Ihnen denn Gutes tun?« Auf die Frage der Verkäuferin im Blumenladen stammelte er etwas von einer Sommerwiese und trat wenig später mit einem riesigen knallbunten Strauß wieder auf die Straße. Er kaufte noch eine Flasche Wein. Es war 16.30 Uhr, als er die Wohnungstür aufschloss.

»Ciao, Nick.« Graziella saß am Küchentisch.

Er war zunächst erstaunt, dass sie so früh, und gleich darauf erleichtert, dass sie überhaupt da war, denn er hatte das Schlimmste befürchtet. Sie trug Rock und Bluse, hatte sich schick gemacht, als wollte sie gleich noch ins Theater oder Konzert. Als er in die Küche trat, erschrak sie offenkundig über sein Gesicht, aber sie sagte nichts. Etwas unbeholfen stand Nick vor ihr, den riesigen Blumenstrauß in der einen, die Weinflasche und die Plastiktüte mit den Artischocken in der anderen Hand. Er legte die Plastiktüte auf den Tisch.

»Ich habe Artischocken bekommen.« Er fand, es klang, als hätte er sich eine Krankheit eingefangen, aber sie schien sich zu freuen.

»Bene«. Ihr Blick fiel auf die Blumen. Ein Lächeln ging über ihr Gesicht. »Die sind ja wunderschön, Nick, die sehen aus wie selbst gepflückt.«

»Ich bin so froh, dass du hier bist, Graziella. Ich hatte schon Angst, dass du überhaupt nicht mehr mit mir redest. Es tut mir alles furchtbar leid, bitte verzeih mir …«

»Vasen hast du keine«, unterbrach sie ihn, »aber schau mal oben rechts.« Sie zeigte auf den Hängeschrank. »Da steht ein Weißbierglas.«

Jetzt erst entdeckte Nick den geöffneten Karton auf dem Stuhl neben Graziella. Einige Papiere lagen vor ihr, säuberlich zu Stapeln angeordnet.

»Schneidest du bitte die Stelen … Wie heißt das unten bei den Blumen?«

»Die Stiele?«

»*Ecco.* Scheidest du die bitte noch mal an, bevor du sie ins Wasser stellst?« Sie legte die Papiere, die sie in der Hand hielt, auf den Stapel in der Mitte. »Und ich kann ja schon mal anfangen. Ich habe mir schon einen Überblick verschafft …«

»Wie kommt es, dass du deine Meinung geändert hast?«, fragte Nick vorsichtig und holte die Schere aus der Schublade.

»Ich finde, du hast recht. Du hast mir geholfen, also ist es nur fair, wenn ich dir auch helfe.« Das klang so selbstverständlich, dass Nick sich fragte, warum sie sich vorher so heftig dagegen gewehrt hatte, aber er sagte nichts. Er trat zur Spüle. Die Schere war stumpf; er hatte das Gefühl, die armen Blumenstiele nicht anzuschneiden, sondern zu massakrieren.

»*Dunque …*«, begann Graziella. »In dem Karton sind drei verschiedene Aktenordner … *No, aspetta un attimo …*« Sie kramte in den Papieren herum. Nick beobachtete sie verstohlen über die Schulter hinweg. Die Freude, die er anfangs empfunden hatte, war wieder der Unruhe gewichen. Mit jedem Blumenstiel, den er massakrierte, wuchs sie an.

»Hier.« Graziella hielt ein Blatt Papier in die Höhe. »Das ist ein Gruß vom Untersuchungsrichter Mario Sannite. Er freut sich, mit den Akten behilflich sein zu können, und …«

»Graziella?« Nick legte die Blumen ab und wandte sich zu ihr um. »Wir können nicht so tun, als wäre gestern nichts gewesen …«

Graziella schien zu erstarren. Sie hielt das Schreiben des Untersuchungsrichters in der Hand und den Blick gesenkt.

»Du hast gestern Angst vor mir gehabt«, fuhr Nick fort. »Du bist vor mir geflüchtet. Wenn ich daran denke … Es ist kaum zu ertragen. Ich kann mich dafür nur entschuldigen und hoffen, dass du …«

»Nick?« Ihre Stimme war sehr leise.

»Lass mich bitte, ich muss dir das erklären. Ich weiß inzwischen, was mit mir passiert ist. Es hat mit dem weißen Audi zu tun, der Mann, der dich nach Hause gefahren hat … Hast du meine Nachricht bekommen? Den Brief, den ich dir …«

»Ich möchte mit dir über die Akten sprechen, Nick. Nur über die Akten.«

»Aber wir können doch nicht …«

»Wenn du das nicht willst, stehe ich auf und gehe.« Sie legte das Papier auf den Tisch und blickte ihn an. Kühl, fast trotzig. Ohne Zweifel meinte sie es ernst. Nick schwieg.

»Gut«, sagte er schließlich, »wie du willst. Aber wir müssen irgendwann darüber sprechen, es geht nicht anders.«

Graziella schien ihn nicht gehört zu haben. Sie nahm das Schreiben wieder auf. *Va be* … Untersuchungsrichter Sannite sendet also seine Grüße und bedankt sich bei der Sonderkommission Liverpool für die gute Zusammenarbeit.« Sie pustete sich eine Haarsträhne aus der Stirn.

Was war mit ihr los? Seine Unruhe war kaum mehr zu ertragen, aber er wusste, dass sie sofort aufstehen und gehen würde, wenn er weiter auf einer Aussprache beharrte. Das durfte nicht passieren. Er durfte sie auf keinen Fall einfach so aus dieser Wohnung gehen lassen. Also drehte er sich um und widmete sich wieder den Blumen.

»Oder, Nick?«

»Was?«

»Von einer guten Zusammenarbeit kann eigentlich keine Rede sein, wenn ich überlege, wie die uns behandelt haben. Jede Information mussten wir ihnen aus der Nase ziehen. Nur mit Solari war das anders … Hast du dazu noch irgendwelche Fragen?«

Nick schüttelte den Kopf.

»*Bene.*« Sie legte das Papier zur Seite und wandte sich den verschiedenen Stapeln zu. »In dem Karton waren drei verschiedene Aktenordner. In einem befinden sich die Gutachten der Sachverständigen, im zweiten die Ermittlungsergebnisse der Polizei, auch die des BKA, und im dritten sind die Vernehmungsprotokolle von Abel und Furlan und von verschiedenen Zeugen. Ich habe das erst mal alles zusammengepackt und zeitlich geordnet. Und natürlich habe ich mich erst mal auf die Fragen konzentriert, die für uns am wichtigsten sind. Also alles rund um die Diskothek Melamara, du erinnerst dich?«

Natürlich erinnerte er sich. Diesen Karnevalssonntag würde er nie vergessen. Nick schnitt den nächsten Blumenstiel an. Er sah den Platz mit dem Brunnen wieder vor sich, sah die Tauben aufflattern, als der Kofferraum des Mercedes zugeschlagen wurde. Abel und Furlan, als Pierrots verkleidet, verschwanden mit ihren Reisetaschen im Melamara. Als er die Taschen gesehen hatte, hatte er gewusst, was gleich passieren würde, und war ihnen gefolgt. Die wummernden Bässe, die schwitzenden, tanzenden Körper in der Diskothek. Alle waren verkleidet, er musste sich orientieren, konnte die Pierrots zunächst nicht entdecken. Bis er einen der beiden aus der Toilette kommen und mit der Tasche in der Hand auf die Tanzfläche zugehen sah. Da war der Benzingeruch schon in der Luft.

Es gab wenige Dinge, die in dieser unübersichtlichen Geschichte außer Frage standen. Eine unerschütterliche Tatsache aber war, dass Marco Furlan und Wolfgang Abel an jenem 4. März als Pierrots verkleidet mit ihren Reisetaschen die Diskothek Melamara betreten hatten. Nick war ihnen gefolgt. Er hatte es mit eigenen Augen gesehen. Genauso wie Löscher nach dem Brandanschlag auf das Liverpool mit eigenen Augen beobachtet hatte, dass drei Augenzeuginnen zwei völlig andere Männer als Täter identifizierten. Waren das nicht ähnliche Vorgänge?, überlegte Nick. Auch er und Graziella hatten eine Beobachtung gemacht, die niemand zu interessieren schien. Sie hatten einen dritten Mann beobachtet, der Abel und Furlan zur Diskothek Melamara gefahren hatte. Sie waren seinem weißen Mercedes gefolgt, und Graziella hatte dem Mann sogar Auge in Auge gegenübergestanden. Aber das hatte niemanden interessiert, und so schien die ganze Episode überhaupt nie stattgefunden zu haben.

Graziella berichtete nun, dass Abel und Furlan nach ihrer Festnahme sowohl vom Untersuchungsrichter als auch vom Staatsanwalt vernommen worden waren. »Aber in keiner der Vernehmungen wurden der dritte Mann und der Mercedes auch nur erwähnt.« Verwirrt blickte Graziella auf. »Wie funktioniert so etwas, Nick? Wir haben unsere Aussagen doch bei den Carabinieri zu Protokoll gegeben, sie müssen doch in den Akten auftauchen. Ich verstehe ja noch, dass Abel und Furlan von sich aus nicht auf den dritten Mann zu sprechen gekommen sind. Aber der Untersuchungsrichter und der Staatsanwalt, die müssen doch nachfragen?«

»Das tun sie nicht?«

»Nein. Von dem weißen Mercedes und dem dritten Mann ist nirgendwo die Rede.«

Nick und Graziella warfen sich fragende Blicke zu.

»Und was sagen Abel und Furlan dazu?

»Sie geben an, dass sie zu Fuß zur Diskothek Melamara gegangen sind, um dort, wie sie sagen, ›einen Scherz‹ zu veranstalten.«

»Einen Scherz?«

»Ja. *Volevamo organizzare uno scherzo.* So steht es hier.

»Eine Diskothek mit vierhundert feiernden jungen Leuten anzuzünden, nennen sie einen Scherz?«

»Das will auch der Staatsanwalt genauer wissen. Er fragt, worin genau dieser Scherz bestehen sollte, und Furlan antwortet: ›Im Verschütten von Benzin, um ein paar Flammen zu sehen und um den Effekt zu beobachten, den das auf die Leute haben würde.‹ Furlan sagt außerdem, dass ihr Ziel nicht darin bestanden hat, Personen zu verletzen, sondern *soltanto di provare emozioni inconsuete*, sie wollten nur besondere oder ungewöhnliche Gefühle hervorrufen …«

Graziella redete und redete. Nick konnte ihr kaum noch folgen. Er schnitt jeden einzelnen Stiel schräg an. Er hatte sich darauf gefreut, die Akten mit ihr durchzusehen. Doch jetzt vermochte er sich nur mit größter Mühe auf ihre Worte zu konzentrieren. Immer wieder schweiften seine Gedanken ab. Irgendetwas stimmte hier nicht. Nick warf einen Blick über die Schulter. Graziella beugte sich über eine eng beschriebene Schreibmaschinenseite und fuhr den Text Zeile für Zeile mit dem Zeigefinger nach. Das Bild war ihm vertraut, und doch war alles anders.

Sie berichtete, dass Wolfgang Abel am 10. März mit einem verbundenen Unterarm zur Vernehmung kam. Er hatte versucht, sich mit einer Rasierklinge die Pulsadern aufzuschneiden. »Er war blass und brach immer wieder in Tränen aus …«

»Er hat versucht, sich umzubringen?«

»Ja«, bestätigte Graziella. Offenbar hatte er das in den letzten Monaten mehrfach versucht. Graziella las ihm Aussagen von Freundinnen vor, die Abel und Furlan für homosexuell hielten, von den Eltern, die sich lange schon Sorgen um ihre Söhne gemacht hatten, von einem schweren Schicksalsschlag, der die Familie Abel getroffen hatte. »1974, da war Wolfgang Abel vierzehn oder fünfzehn Jahre alt … Da ist ein Unglück passiert … Die kleine Schwester Sabine … Irgendeine Krankheit wohl, hier steht nichts Genaueres.« Graziella blätterte weiter. »Dazu gibt es die Aussage des Bruders Robert vor dem Untersuchungsrichter. Er sagt: ›Mein Bruder Wolfgang war ein lebhafter und extrovertierter Junge bis zum Alter von etwa vierzehn Jahren. Danach, im ersten Jahr auf dem *liceo*, hat er sich grundlegend verändert. Ich vermute, dass diese Veränderung damit zusammenhängt, dass unsere Schwester Sabine im Alter von sechs Jahren in seinen Armen gestorben ist. Von da an war er in sich gekehrt und schweigsam. Ich erinnere mich, dass er alle Möbel in seinem Zimmer schwarz gestrichen und an die Wände drei ebenfalls schwarze Kruzifixe gehängt hat. Die Truhe in seinem Zimmer war für ihn

der Sarg seiner Schwester ...‹ Puh.« Graziella atmete tief durch.
»*Ma dai, che storia* ...«

Nick kämpfte noch immer mit den Blumen. Mit der stumpfen Schere zerdrückte er die Stiele eher, als dass er sie schnitt. Weiße Fasern quollen heraus. Wie sehr hatte er gehofft, das Gefühl der Nähe würde zurückkehren, sobald sie zusammen über den Akten säßen. Wie sehr hatte er gehofft, dass es wieder so sein würde wie in Italien, wo sie zusammen gegen den Rest der Welt angetreten waren. Aber das Gegenteil war der Fall. Mit jedem Satz entfernte sie sich ein Stück weiter von ihm, wie ein Schiff, das langsam im Nebel verschwand. Die Stiele waren zertrümmert, die Fasern hingen fransig heraus. Als er die Blumen ins Wasser stellte, trieben die Fasern am Boden des Weißbierglases auf und ab wie Quallenärmchen.

Graziella referierte die Aussage einer Freundin von Wolfgang Abel und Marco Furlan. Ende 1977, Anfang 1978 hatten die beide sie gebeten, eine Verabredung zu verschieben. Bei der Gelegenheit hätten sie durchklingen lassen, dass sie sich zur extremen Rechten orientiert hätten und Teil einer politisch-religiösen Gruppierung seien.

»Nick?«

»Ja?«

»Hörst du mir eigentlich zu?«

»Natürlich«, log er. Er suchte nach einem geeigneten Platz für den Blumenstrauß. Da er keinen fand, stellte er ihn kurzerhand auf den Kühlschrank.

»Wovon hab ich gerade gesprochen?« Graziella saß direkt neben ihm und war dennoch ganz weit weg.

»Erzähl einfach weiter.« Er entkorkte eine Flasche Wein, schenkte ein Glas ein und stellte es vor sie auf den Tisch.

»Danke.«

Sich selbst holte er ein Bier aus dem Kühlschrank und nahm ihr gegenüber Platz. »Was sagen sie denn zum Liverpool?« Bis jetzt war in den Unterlagen vom Anschlag auf das Liverpool noch überhaupt nicht die Rede gewesen.

Graziella warf einen verstohlenen Blick auf die Uhr. Da erst bemerkte Nick, dass es draußen bereits dämmerte. Wie war das möglich? Er hatte doch gerade erst angefangen, die Blumen anzuschneiden. Er stand auf und schaltete das Licht ein. »Hast du Hunger? Soll ich uns was zu essen holen?«

»Nein!« Sie wirkte regelrecht erschrocken. »Lass uns lieber weitermachen.«

Nick setzte sich wieder an den Tisch. Der Rock, die Bluse, ihre ganze Aufmachung. »Hast du gleich noch was vor?«

»Ja.« So kurz und knapp, wie sie das sagte, beinhaltete ihre Antwort noch einen weiteren Satz: Und frag bitte nicht nach!

Nick folgte ihrem Wunsch, auch wenn es ihm schwerfiel.

Die betreffenden Akten hatte sie schnell zur Hand. Sie schien es nun eilig zu haben. Nick versuchte, sich nicht von seiner Unruhe überwältigen zu lassen, denn er musste sich jetzt konzentrieren.

»In diesen Unterlagen«, begann Graziella, »da gibt es die italienische Übersetzung von einem Bericht des BKA. Der stammt vom 10. April 1984. Darin geht es um die Durchsuchung von Wolfgang Abels Münchner Wohnung in der Leonhard-Frank-Straße ... Hier steht, dass es bereits die vierte Durchsuchung war ... Bei dieser Durchsuchung haben sie einen Schreibblock entdeckt mit genau 117 Seiten, auf den ersten Blick war der unbeschriftet. Außerdem haben sie noch andere lose Blätter in der Wohnung gefunden, auch unbeschriftet. Die Spezialisten beim BKA haben den Block und die Blätter dann mit verschiedenen technischen Verfahren genauer untersucht, unter anderem mit einem Gerät, das sie hier ... Das heißt *Electrostatic detection apparatus* oder kurz ESDA ... Keine Ahnung, was das sein soll.«

»Elektrostatische Detektion, ein Standardverfahren. Das wird immer eingesetzt, wenn Dokumente überprüft werden, ob Fälschungen vorliegen zum Beispiel. Das Gerät erkennt jede Einbuchtung, jeden Eindruck, der irgendwann mal auf einem Stück Papier hinterlassen worden ist. Wenn du also auf einem Schreibblock etwas notierst und den Zettel abreißt, kann das Gerät noch fünfzig Lagen darunter den Durchdruck der Notiz erkennen. Darum geht es hier wahrscheinlich.«

»Genau. Sie haben also alle die Papiere, die sie in Wolfgang Abels Wohnung gefunden haben, mit diesem Gerät geprüft. In dem Bericht sind alle Ergebnisse notiert …« Sie zeigte Nick die seitenlangen Auflistungen. »Besonders wichtig war den BKA-Ermittlern das Blatt mit der Nummer 7.1.41. ›Auf diesem Blatt‹, schreiben sie, ›konnten die Durchdruckspuren einer Schrift sichtbar gemacht werden, die den Schluss erlauben, dass sie beim Verfassen des Bekennerschreibens zum Attentat auf das Pornokino Eros Sexy Center in Mailand hinterlassen worden sind.‹ *Dio mio*«, stöhnte Graziella, »geht's noch umständlicher? Das heißt, sie haben den Durchdruck des Bekennerschreibens von Mailand auf dem Block gefunden, richtig?«

»Richtig.«

»Dann gibt es hier noch das Blatt mit der Nummer 7.1.56. Darauf wurde die Buchstabengruppe ›NE OVL‹ identifiziert, geschrieben in der für alle Bekennerschreiben charakteristischen Runenschrift.« Mit dem Zeigefinger fuhr Graziella die Auflistung nach. »Es geht dann noch weiter und weiter … Sie finden immer wieder was … Gut.« Sie blätterte zwei Seiten weiter. Sie schien vorwärtskommen zu wollen. »Auf jeden Fall wertet Untersuchungsrichter Mario Sannite die Erkenntnisse des BKA als Bestätigung der Ergebnisse des Graphologen Salvatore de Marco … Sie listen hier genau auf, was der Grafologe alles herausgefunden hat, das sparen wir uns jetzt mal. Was daraus folgt, ist nämlich viel wichtiger …«

Wie damals in Italien war Nick völlig abhängig von ihr. Er konnte nur hoffen, dass ihre Einschätzung richtig war und der wissenschaftliche Gutachter keine wesentlich neuen Erkenntnisse beizutragen hatte.

»Mario Sannite hat dann jedenfalls eine weitere Hausdurchsuchung veranlasst, sowohl im Haus der Familie Furlan als auch in Marcos Gefängniszelle in Rovigo, wohin er inzwischen verlegt worden war. In Marcos Zimmer im Haus der Familie Furlan fanden die Polizisten jede Menge Papiere, die sofort mit dem ESDA-Verfahren untersucht wurden …«

»Und?« Nick sah sie gespannt an.

»Dabei fanden sie Spuren des Bekennerschreibens zu der Ermordung der beiden Priester auf dem Monte Berico … und zum Attentat auf das Liverpool.«

Graziella blickte auf. Einen Moment lang sahen sie einander schweigend an.

Nick war jetzt hellwach und hoch konzentriert. »Das wird vor Gericht ganz sicher eine Rolle spielen, und ich vermute, dass man die beiden mit dieser Beweisführung verurteilen wird. Wer hat die Untersuchungen in Verona eigentlich durchgeführt?«

Graziella ging den Text Wort für Wort durch. »Es scheint … Offenbar hat das BKA auch in Verona die Untersuchungen gemacht.«

»Wieso das denn? Haben die in Italien niemanden, der sich mit einem ESDA-Gerät auskennt?«

»Wär doch möglich.«

»Eigentlich nicht. Das ist wie gesagt ein Standardgerät, man muss kein Atomphysiker sein, um so was zu bedienen.«

»Hier steht jedenfalls«, fuhr Graziella fort, »ein Beamter des BKA … Hier steht sogar sein Name, Kohler hieß der … Der hat die Untersuchungen in Anwesenheit der Anwälte von Abel und Furlan vorgenommen.« Graziella blätterte zurück. »Die Anwälte hatten sich nämlich über die Vorgehensweise der Polizei beschwert.«

Nick horchte auf. »Warum? Was war da los?«

»Moment kurz.« Graziella fuhr den Text mit dem Finger nach, las halblaut mit. Sie leistete Schwerstarbeit. Schließlich sagte sie: »Es war wohl so, dass die Durchsuchung von Abels Wohnung und die anschließende ESDA-Untersuchung eine rein deutsche Angelegenheit war ...«

»Was heißt das? Auf Initiative welcher Behörde ist das passiert?«

»Na, des BKA, nehm ich an.«

»Glaubst du das, oder steht das da?«

Graziella ging den Text nochmals durch. Dann hatte sie die Stelle gefunden. »Hier steht es. Das BKA war die Behörde, die das alles ... Die haben das gemacht. Das Problem war, dass nicht nur die Italiener nichts davon wussten, sondern auch die beiden Tatverdächtigen nicht. Weder Abel noch Furlan, noch deren Anwälte hatten eine Ahnung, was da in München vor sich ging, und deshalb haben die Anwälte diesen Kohler vom BKA dann auch als Experten abgelehnt. Also den, der die Untersuchung in Verona durchgeführt hat. Mario Sannite musste also einen neuen Experten finden ...« Sie stockte. »Und das war dann wieder ein Deutscher ... *La scelta cade su* ... Die Wahl, schreiben sie hier, fiel auf Gerhard Streit, den Leiter des Instituts ...« Sie unterbrach sich. »Welches Institut?«

»Steht das da nicht?«

Sie überflog die Zeilen erneut und schüttelte dann den Kopf. »Nein, hier ist wirklich nur von ›dem Institut‹ die Rede.«

»Dann ist wahrscheinlich das Kriminaltechnische Institut beim BKA in Wiesbaden gemeint.«

»Ja, hier steht es. Die Untersuchungen werden in Wiesbaden durchgeführt, und zwar in Anwesenheit von Untersuchungsrichter Sannite, den Verteidigern von Abel und Furlan und einem Dolmetscher. Auch nach der Untersuchung des neuen Sachverständigen ändert sich nichts am Befund: In den Wohnungen von Abel und Furlan wurden Blöcke gefunden, auf denen die Schreiben verfasst wurden, in denen sich die Gruppe LUDWIG für die Anschläge auf das Pornokino in Mailand, auf das Liverpool in München und zum Doppelmord auf dem Monte Berico bekannt hat.«

»Das reicht, um die beiden zu verurteilen«, sagte Nick, »da bin ich mir ziemlich sicher.« Nach einer kurzen Pause fügte er noch hinzu. »Die gesamte Untersuchung lag also letztlich in den Händen des BKA.«

Wieder musste Nick an Löschers Frage denken: Warum glaubst du, dass Abel und Furlan den Anschlag auf das Liverpool begangen haben? So oder so ähnlich hatte seine Frage gelautet. Und Nick hatte mit der Argumentation des BKA geantwortet, mit einer Argumentation, die er noch nicht so detailliert gekannt hatte, wie das jetzt der Fall war, aber trotzdem: Man hatte in Abels Wohnung den Durchdruck eines Bekennerschreibens gefunden. Dass man in Marco Furlans Zimmer sogar den Durchdruck des Bekennerscheibens zum Anschlag auf das Liverpool gefunden hatte, das hatte er zu dem Zeitpunkt noch nicht gewusst. Gibt es Augenzeugen, die Abel und Furlan beim Anschlag oder in der Nähe des Liverpools beobachtet haben?, war Löschers Gegenfrage gewesen. Nick hatte dies verneint, niemand hatte Abel und Furlan am Tatort gesehen. Aber drei Augenzeuginnen hatten die Täter bei der Ausführung des Anschlags beobachtet und konnten sie detailliert beschreiben – zumindest wenn man Löscher Glauben schenken wollte –, und diese Täter waren nicht Wolfgang Abel und Marco Furlan.

»Was sagen denn die Beschuldigten dazu?«

Graziella blätterte weiter. »Die äußern sich an verschiedenen Stellen dazu, also bei verschiedenen Vernehmungen. Von Wolfgang Abel gibt es, kurz nachdem er mit dem Ergebnis der Untersuchungen konfrontiert worden ist, eine emotionale und eine sehr überlegte Äußerung. Die emotionale lautet: ›Die sagen, sie hätten Beweise? Die möchte ich bitte sehen. Und die Indizien?

Was haben sie in der Hand, um mich zu beschuldigen? Die einzige Gewissheit in der ganzen Sache ist, dass sie mich reingelegt haben.‹«

Nick horchte auf. »So sagt er das wörtlich?«

»Er sagt: *Mi hanno incastrato. Incastrare* bedeutet, jemandem etwas anhängen oder jemanden reinlegen.«

»Das ist eine deutliche Aussage. Und wie lautet das in überlegt?«

»In überlegt geht das so: ›Ich bezweifle ernsthaft, dass die Untersuchungen korrekt durchgeführt worden sind. Ich habe starke Gründe, zu glauben, dass die Ermittler …‹ *Abbiano commesso delle irregolarità …* Also er glaubt, dass die Ermittler ›Unregelmäßigkeiten begangen haben‹. Klingt höflicher als ›ich wurde reingelegt‹, oder?«

Ja, klang höflicher, aber lief auf denselben ungeheuerlichen Vorwurf hinaus. Graziella las noch andere Stellungnahmen vor, auch von Marco Furlan. Der Tenor war immer der gleiche: Wir sind reingelegt worden. Nick hörte gar nicht mehr richtig zu. Er hatte sich viel erhofft von diesen Dokumenten. Seine Erwartungen waren sogar noch übertroffen worden, aber das hatte nicht zur Folge, dass er sich nun gut fühlte. Ganz im Gegenteil. Löscher ging ihm nicht mehr aus dem Kopf. Sein verzweifelter Kollege, der die Welt nicht mehr verstand. Was hätte Löscher wohl zu Abels Vermutung geäußert, es habe Unregelmäßigkeiten bei den Ermittlungen gegeben? Sie hätte ihn ganz sicher bestärkt. Sein Kollege Löscher und der Tatverdächtige Wolfgang Abel waren sich in diesem Punkt absolut einig.

»Nick?«

»Ja?«

»Das war das Wichtigste, oder?«

»Ja.«

»Gut.« Graziella erhob sich. »Ich hoffe, deine Fragen sind damit beantwortet.« Sie drehte sich um und verließ die Küche. Er hörte ihre Schritte auf dem Flur. Nick saß unruhig auf seinem

Stuhl. Er musste so schnell wie möglich mit Löscher sprechen. Der musste das wissen. Er hörte, wie Graziella das Wohnzimmer durchquerte. Sie hatte offenbar das Fenster geöffnet, denn Straßenlärm schwappte herein. Nick fühlte sich in seinen Gedanken gestört. Dann hörte er Graziella wieder über den Flur gehen, in Richtung Schlafzimmer. Bevor er sich richtig wundern konnte, was sie da eigentlich trieb, schrillte die Türklingel.

»Ist für mich!«, rief Graziella.

Nick vermutete, dass Matteo nach Hause kam, aber dann hörte er ein merkwürdiges Schleifgeräusch im Flur, und kurz darauf stand Graziella mit dem schweren Koffer im Türrahmen.

»Danke, dass du uns aufgenommen hast, Nick. Vielen Dank, du hast uns sehr geholfen.« Während sie das sagte, öffnete sie die Wohnungstür.

Nick war nicht fähig, ein Wort zu sagen; er war vollauf damit beschäftigt, herauszufinden, was hier vor sich ging. Graziella schleifte den schweren Koffer bis zur Schwelle der Wohnungstür. Im Treppenhaus meinte Nick, Schritte zu hören. Graziella lächelte ihm zu.

»Bleib einfach sitzen, Nick, das ist das Beste.« Die Schritte kamen näher. Graziella blickte ins Treppenhaus, nickte jemandem zu. Eine Hand griff von draußen nach dem Koffer und zog ihn aus Nicks Blickfeld. Graziella stand in der Wohnungstür. Sie lächelte nicht mehr. Traurig sah sie aus. »Mach es gut, Nick.«

Sie wollte gerade die Tür hinter sich zu ziehen, als Nick schon bei ihr war. Er war geflogen. In Lichtgeschwindigkeit. »Graziella! Nein!«

Er riss die Tür auf. Vor ihm stand ein Mann mit halblangen, blonden Haaren. Kantiges Gesicht, breite Schultern. »Guten Abend. Bleiben Sie einfach, wo Sie sind, dann gibt es keine Probleme.«

Nick hörte Graziellas Absätze über die Treppe klappern. Sie beeilte sich. Sie rannte. »Graziella!«, schrie Nick.

»Bleiben Sie in Ihrer Wohnung. Wenn Sie uns folgen, rufe ich die Polizei.« Der Mann schnappte sich den Koffer und schleppte ihn die Treppe hinunter. Nick blieb reglos auf der Schwelle stehen und hörte die Eingangstür ins Schloss fallen.

VII. GESICHTER DES TODES

Als Nick in den Besprechungsraum kam, waren Gruber, Mercks und Löscher schon da. Sie saßen vor dem billigen Rollregal, das normalerweise in der Ecke stand, jetzt aber in die Mitte gerückt worden war. Auf dem oberen Regalbrett stand ein Fernsehmonitor, darunter ein VHS-Videorekorder. Ein Mann mit schütterem, blondem Haar und grauem Anzug fummelte an den Kabelverbindungen herum. Nick grüßte in die Runde. Neben Löscher war ein Platz frei, aber Nick setzte sich lieber in die zweite Reihe, er wollte niemanden auf komische Gedanken bringen. Es war früh am Morgen und die Temperatur im Raum noch erträglich. Trotzdem stimmte etwas nicht. Eine bedrückende Stille herrschte. Von draußen waren Verkehrsgeräusche zu hören, das Kreischen einer Straßenbahn, auf der Goethestraße wurden Getränkekisten verladen, so hörte es sich jedenfalls an. Gruber studierte die Zeitung oder tat zumindest so. Nick blickte ihm über die Schulter. »Warum wurden die Münchner nicht gewarnt?«, lautete die Schlagzeile. Es ging um die Schreckensbilanz des Hagelsturms: 300 Verletzte, 70 000 beschädigte Gebäude und mehr als 200 000 verbeulte Autos. Ein Gesamtschaden von mehr als drei Milliarden Mark war entstanden, der bisher größte Schaden für die deutsche Versicherungswirtschaft.

Fisch raschelte in seinem Käfig, von dem ein intensiver Geruch ausging. Er musste dringend ausgemistet werden, und frische Sägespäne mussten her. Es war immer dasselbe: Beim Füttern und Wasserhinstellen waren alle ganz groß, aber wenn es darum ging, die Scheiße wegzuräumen … Nick beugte sich vor und flüsterte Gruber zu: »Was passiert hier eigentlich?«

Gruber zuckte mit den Schultern. »Keine Ahnung.«

Der Mann im Anzug richtete sich nun auf und trat hinter dem Rollregal hervor. Scheu blickte er in die Runde, versuchte zu lächeln, aber seine Mundwinkel sackten kraftlos weg. Er rieb sich nervös die Hände und strahlte eine Unsicherheit aus, die bedauernswert war. Nick führte die gedrückte Stimmung im Raum darauf zurück, dass es für alle Anwesenden eine Tortur war, diesem farb- und hilflosen Menschen dabei zuzusehen, wie er sich vor dem Rollregal wand. Mercks Versuch, mit einem Witz für Entlastung zu sorgen, machte die Sache nur noch schlimmer. Offenbar hielt der farblose Mann die Situation selbst nicht aus, denn er verschwand wieder hinter dem Regal, um sich erneut den Kabelverbindungen zu widmen.

Akis Ankunft war wie eine Erlösung. »Morgen zusammen.« Er deutete in Richtung des Farblosen. »Für alle, die ihn noch nicht kennen: Das ist der Kollege Seidler von der Sitte. Er hat uns etwas mitgebracht. Jürgen, bitte.«

Der Kollege Seidler blickte zu Boden und murmelte kaum verständlich: »Ich schlage vor … Am besten wäre wohl …« Als würde er Halt daran suchen, griff er nach einer Videokassette, die auf dem Regal bereitlag. »Ich denke, wir schauen uns das erst mal zusammen an, danach stehe ich gerne für Fragen zur Verfügung.« Er legte die Kassette in den Rekorder. Dann richtete er sich noch einmal auf und schaute in die Runde. Zum ersten Mal hielt er Blickkontakt. »Ich hoffe, Sie haben noch nicht gefrühstückt.«

Er drückte auf *Play*. Schnee auf dem Bildschirm, ein Rauschen und Krisseln, dann erschien ein grobkörniges Bild. Ein Mann saß auf einem Stuhl. Seine Körperhaltung war unnatürlich; so weit vorgebeugt saß er da, dass er eigentlich hätte zu Boden fallen müssen. Er tat es nicht, weil er mit einer Wäscheleine am Stuhl festgebunden war. Sein Kopf war leicht zur Seite geneigt, die Augen halb geschlossen. Ein dünner Faden Blut lief aus seinem Mundwinkel. Der Mann war schlimm zugerichtet, aber dennoch war Nick sich schnell sicher, dass es sich um Stjepan Ursa handelte. Er hatte eine klaffende Wunde in der Brust.

Die Wand im Hintergrund war im unteren Bereich mit Holz verkleidet, darüber weiß gestrichen. Der Fußboden war mit einer Plane abgedeckt. Am rechten Bildrand, neben dem Kopf des Mannes, war ein metallener Gegenstand zu sehen, ein Teil eines Zinktellers vielleicht. Der Raum könnte ein Partykeller sein, vermutete Nick. Es herrschte völlige Stille. Nur der rasselnde Atem Stjepan Ursas war zu hören. Am linken Bildrand entdeckte Nick einen weiteren Gegenstand, den er zunächst nicht zu identifizieren vermochte, ein kleines Rad konnte er erkennen – vielleicht handelte es sich um ein Detail eines Rollschuhs? Stjepan Ursa stöhnte und richtete sich etwas auf. Seine Augen öffneten sich, er blickte direkt in die Kamera und murmelte etwas, das wie eine Mischung aus ›bitte‹ und ›Hilfe‹ klang. Doch der Moment des Aufbäumens war schnell vorbei. Seine Augenlider senkten sich, die Kraft verließ seinen Körper. Er sank in sich zusammen wie ein Schlauchboot, dem man die Luft ablässt. Wie gebannt starrte Nick auf den Bildschirm. Verzweifelt versuchte er einzuordnen, was er da sah: ein verletzter, gefesselter Mann auf dem Stuhl. Eigentlich erwartete Nick, dass jeden Moment eine weitere Person ins Bild trat, sich vor Stjepan Ursa aufbaute und ihn verhörte oder folterte, irgendetwas in der Art. Aber nichts dergleichen geschah. Die Kamera blieb starr auf Stjepan Ursa gerichtet. Sie musste auf einem Stativ stehen, denn das Bild bewegte sich nicht. Es gab auch keinen Schnitt. Das Videomaterial lief einfach durch. Stjepan Ursa stöhnte vor Schmerz, hing kraftlos in den Seilen und schien sie im nächsten Moment mit aller Kraft zerreißen zu wollen. So ging es mehrmals hin und her, Phasen der Erschöpfung folgte ein kurzes Aufbäumen, aber die Intervalle wurden größer, die Ausschläge flacher. Und plötzlich verstand Nick, dass keine weitere Person mehr ins Bild kommen würde. Das Video zeigte den Todeskampf Stjepan Ursas. Die Kamera sah ihm beim Sterben zu. Und Nick und seine Kollegen, hier und jetzt vor dem Monitor, taten das ebenfalls. Offenbar wurde das allen gerade bewusst, denn im Besprechungsraum entstand Unruhe. Löscher hatte den schmalen Kopf gesenkt. Keiner mochte mehr hinschauen. Jürgen Seidler warf Aki einen unsicheren Blick zu. Aki nickte. »Danke, Jürgen, ich glaube, das reicht.«

Seidler drückte auf *Stop*. Als das Bild vom Monitor verschwand, war die Erleichterung im Raum mit Händen zu greifen. Alle atmeten tief durch.

Aki räusperte sich. »Das Ganze ... Das geht jetzt noch wie lange so weiter?«

»Der ganze Film«, Seidler schaute auf einen Zettel, »ist exakt 56 Minuten und 40 Sekunden lang.«

Eine knappe Stunde also hatte Stjepan Ursas Todeskampf gedauert. Und irgendjemand hatte es für richtig gehalten, jede einzelne Sekunde aufzuzeichnen.

»Wo habts ihr das Material her?« Grubers Stimme war belegt.

Wieder sah Seidler unsicher in Richtung Aki. Als der ihm zunickte, trat er einen Schritt vor und senkte den Blick. »Ich weiß nicht, wie weit Sie das in den Medien verfolgt haben, aber ..., Entschuldigen Sie, wenn ich jetzt etwas aushole ..., aber ich glaube, es wäre gut, wenn hier alle auf demselben Wissensstand sind. Wahrscheinlich haben Sie alle mitbekommen, dass sich die VHS-Videotechnik inzwischen weltweit durchgesetzt hat, die europäischen Varianten VCR und Video 2000 sind mehr oder weniger vom Markt verschwunden. Um das an Zahlen festzumachen: Vor fünf Jahren wurden in der Bundesrepublik 270 000 VHS-Videorekorder verkauft. Aktuelle Schätzungen gehen davon aus, dass heute etwa vier Millionen Geräte in bundesdeutschen Haushalten stehen ...«

Seidler sprach leise, man musste genau zuhören. Seltsamerweise erzeugte die unsichere Art des Kollegen von der Sitte bei Nick nun keine Beklommenheit mehr, sondern wirkte nach diesen furchtbaren Bildern sogar angenehm. Nichts wäre im Augenblick schlimmer gewesen als ein Haudrauf, der genau wusste, wie der Hase lief. Seidler sprach vorsichtig, wählte die Worte mit Bedacht, tastete sich heran … Das war wohltuend, auch wenn Nick noch nicht recht wusste, worauf der Kollege hinauswollte.

»Die Videokameras, die Abspielgeräte, die inzwischen zu erschwinglichen Preisen zu haben sind, die neue Technik hat einen regelrechten Boom ausgelöst. Im Filmbereich kann man von einer Demokratisierungswelle reden. Jeder kann inzwischen mit einer Kamera losziehen und seinen eigenen Film drehen. Und das tun die Leute auch …« Er hielt kurz inne und fuhr dann fort: »Technik an sich ist ja nicht böse, aber die Menschen, die sie benutzen, leider schon. Manche von ihnen jedenfalls, und deswegen … Seit ein paar Jahren wird das Land nun mit billigen Videoproduktionen geflutet, vor allem im Horrorgenre gibt es inzwischen kein Halten mehr. *Ein Zombie hing am Glockenseil, Lebendig gefressen, Zombies unter Kannibalen*: Die Titel klingen lustig, aber die Filme sind es nicht, zumindest für mein Empfinden. Da werden Brüste abgesägt und mit Schlagbohrern Köpfe zertrümmert. Es muss immer brutaler und immer echter aussehen. Vor allem Letzteres macht uns Sorgen. Vielleicht hat der ein oder andere von Ihnen schon mal von *Gesichtern des Todes* gehört?«

»Kenn mer doch alles«, rief Gruber dazwischen, »ich möcht jetzt wissen, woher ihr diesen Film habt.«

»Lass ihn doch mal ausreden«, sagte Nick, der die technische Entwicklung zwar mitbekommen, sich aber über deren Auswirkungen bisher keine Gedanken gemacht hatte.

»Danke.« Seidler warf ihm ein scheues Lächeln zu. »Ich verspreche Ihnen auch, mich kurz zu fassen. *Gesichter des Todes* ist vor sechs Jahren erschienen. Der Film mischt dokumentarisches

Material von Tötungen, Hinrichtungen und Tierschlachtungen mit gestellten Szenen und gibt vor, dem Betrachter einen tieferen Einblick in das Thema Tod zu ermöglichen ...« Seidler brach ab. Sein Blick huschte zur Fensterfront und verharrte dort. »Es geht in dieser Szene wie gesagt darum, immer brutaler und realistischer zu werden. Das Stichwort ›Snuff‹ ist Ihnen wahrscheinlich geläufig. Es bedeutet, dass die Tötungsdarstellungen im Film authentisch sein sollen. *Gesichter des Todes* ist jedenfalls einer von vielen Höhepunkten einer Entwicklung, die mittlerweile auch dem Innenministerium Sorge bereitet. Die Politik hat sich also entschlossen, im Sinne des Jugendschutzes den Kampf aufzunehmen. Und deshalb befasse ich mich mit meiner fünfköpfigen Truppe nun seit zwei Jahren mit dem Aufstöbern und Sichten derartiger Produktionen. Der Vorteil ist, dass wir die Szene inzwischen ganz gut kennen und überall unsere Informanten sitzen haben. Es ist also sehr unwahrscheinlich, dass uns irgendetwas von Bedeutung durch die Lappen geht. Ein Snuff-Movie in dem Sinne, dass die abgebildeten Opfer von Folter oder Schlachtungsszenen am Ende auch wirklich tot wären, ist uns allerdings noch nie untergekommen. Wir halten die Bezeichnung ›Snuff‹ deshalb auch eher für ein Marketinginstrument, mit dem in der Szene Aufmerksamkeit erreicht werden soll.« Seidlers Blick fiel auf die Videokassette, die neben dem Rekorder lag. »Bis jetzt haben wir das jedenfalls geglaubt. Und damit bin ich bei der Produktion angekommen, die wir gerade gesehen haben.« Er nickte Gruber zu. »Dieser Film wurde einem unserer Informanten angeboten. Der Anbieter war nicht der Produzent, aber vielleicht ließe sich die Kette zurückverfolgen ... Ich muss vielleicht noch ergänzen, dass hier durchaus Geld im Spiel ist, es gibt da draußen ›Liebhaber‹, die bereit sind, enorme Summen zu bezahlen. Diese Filme werden dann in einschlägigen Videotheken, Sexshops oder wo auch immer unter dem Ladentisch weitergegeben. In der Szene kennt man die Adressen. In den letzten Jahren ist im Verborgenen eine Art parallele Filmindustrie entstanden, mit »Kreativen«, mit Produktionsfirmen und Vertriebswegen, die mit einem Dilemma zu kämpfen hat: Sie sollen den Tod möglichst realistisch darstellen, damit verdienen sie ihr Geld, aber sie dürfen nicht töten – denn das tun sie einmal, und dann wandern sie in den Knast. Und das wollen sie natürlich nicht, sie wollen ja weiter Geld verdienen. Deshalb glaube ich auch, dass wir die Macher dieses Filmes nicht in der professionellen Szene suchen müssen. Das hier ist etwas anderes. Äh, ja … so viel von mir. Wenn Sie noch Fragen haben, bitte, ich stehe zur Verfügung.«

»Danke, Jürgen«, schaltete Aki sich ein.

»Ja, eine Frage habe ich.« Löscher meldete sich zu Wort. »Wir haben den Film ja nicht zu Ende geschaut. Müssen wir davon ausgehen, dass Stjepan Ursa während der Aufnahmen tatsächlich gestorben ist? Vielleicht ist ja auch das nur eine Inszenierung …«

Nick bewunderte Löscher. Er wusste ja nun, wie es um ihn stand, oder konnte es sich zumindest ansatzweise vorstellen. Aber wenn man ihn so reden hörte, war von seiner Zerrissenheit nichts zu merken. Er wirkte konzentriert und ganz normal.

»Das Video, das wir gesehen haben«, sagte Aki, »ist eine Kopie. Das Original wird aktuell beim LKA von den Spezialisten untersucht. Die kitzeln alles an Informationen raus, was drinsteckt. Was Stjepan Ursa angeht, müssen wir, Stand jetzt, tatsächlich davon ausgehen, dass er tot ist. Aber auch damit befassen sich die Kollegen vom LKA gerade. Gibt's denn noch Fragen an Jürgen?«

Allgemeines Kopfschütteln. Keiner hatte mehr Fragen. »Gut dann …« Seidler lächelte scheu in die Runde. Er schien das allgemeine Wohlwollen der Kollegen zu bemerken und sich darüber zu freuen. »Gutes Gelingen. Auf Wiedersehen.«

Nach einer kurzen Pause versammelten sich alle wieder im Besprechungsraum. »Boah.« Aki schnüffelte und machte den Käfig des Meerschweinchens als Quelle für den üblen Geruch aus. »Fisch stinkt. Da müssen wir was machen.«

Alle stimmten zu, aber erst einmal gab es Wichtigeres zu tun. Beim Doppelmord an Dinka und Maria Ursa war nun Bewegung in den Fall gekommen: Bisher waren sie von einem Familiendrama ausgegangen und hatten den flüchtigen Stjepan Ursa als Hauptverdächtigen betrachtet. Dieser war nun aufgetaucht, und alle waren sich einig, dass er unter diesen schrecklichen Umständen nicht mehr als Tatverdächtiger in Betracht kam. Die gesamte Familie war ausgelöscht worden.

Soweit sie das beurteilen konnten, sah Stjepan Ursas Wunde den Schussverletzungen seiner Frau und seiner Tochter sehr ähnlich. Das deutete auf ein und denselben Täter hin. Dinka und Maria waren erwiesenermaßen auf der Bank unter der Linde erschossen worden. Was bedeutete das?

Die Kollegen spielten sämtliche Varianten durch. Eine Möglichkeit war, dass die Familie überhaupt nicht zusammen im Perlacher Forst gewesen war. Davon waren sie nach dem Fund des Autos ganz in der Nähe bis jetzt ausgegangen, aber das musste nicht der Fall gewesen sein. Ebenso gut denkbar war, dass man Stjepan in dem Partykeller gefangen gehalten hatte und dass der oder die Täter erst seine Frau und Dinka und dann Stjepan selbst umgebracht hatten. Oder umgekehrt. Zur zeitlichen Abfolge konnten sie im Moment nichts Genaues sagen. Sie stellten Theorien auf und verwarfen sie wieder. Jede Überlegung war erlaubt, ja sogar erwünscht, auch wenn sie noch so doof daherkam.

»Müssen wir eigentlich den jugoslawischen Geheimdienst wieder in Betracht ziehen?« Gruber blickte prüfend in die Runde. »Ich mein, wir haben hier eine kroatische Familie, die … Und der Šušak hat ja recht. So was hat's schon mal gegeben in München.«

Alle überlegten, ob da was dran sein konnte. Aber irgendwann schüttelte Aki den Kopf. »Kann sein, dass die UDBA Regimegegner umbringt, aber dass sie ihre Opfer beim Sterben filmt und den Film dann hier in der Snuff-Szene anbietet, das halte ich dann doch für unwahrscheinlich.«

Niemand widersprach, und damit war die UDBA raus.

»Das ist überhaupt ein Problem«, warf Löscher ein. Doch bevor er weiterreden konnte, verdrehte Aki genervt die Augen und sagte: »Was haben wir denn diesmal für eines?«

Nick überlegte einmal mehr, was zwischen den beiden vorgefallen sein musste, dass sie sich derart aufeinander eingeschossen hatten. Wieder nahm er sich vor, schnellstmöglich mit Löscher zu sprechen. Er musste ihn über die Ergebnisse des gestrigen Abends informieren.

Der gestrige Abend.

Wenn er dem grauenhaften Video irgendetwas Gutes abgewinnen wollte, dann vielleicht die Tatsache, dass es ihn abgelenkt hatte. Er hatte eine Zeit lang nicht an Graziella gedacht. Bis dahin war ihm das keine Sekunde lang gelungen. Die ganze Nacht hatte er wach gelegen. Als die Haustür hinter ihr ins Schloss gefallen war, war Nick in eine Art Schockstarre verfallen. Er hatte so was mal bei einem Igel beobachtet, der sich vor ihm zusammengerollt und seine Stacheln ausgefahren hatte – und einfach reglos liegen geblieben war. Wie dieser Igel hatte sich Nick gefühlt, bloß ohne Stacheln. Das Licht im Treppenhaus war längst verloschen, aber es war ihm unmöglich gewesen, sich zu rühren. Er war auf der Türschwelle stehen geblieben und hatte sich mit den Armen im Türrahmen abgestützt, weil er befürchtet hatte, sonst umzufallen. Er hatte gehört, wie vor dem Haus ein Motor gestartet wurde, aber auch das war kein Anlass gewesen, zum Fenster zu gehen und nachzuschauen. Er hatte auch so gewusst, dass ein weißer Audi 80 davonfuhr, mit Graziella auf dem Beifahrersitz.

»Wie siehst denn du das, Nick?« Löscher sah ihn fragend an.

Weil er den Faden verloren und keine Ahnung hatte, worum

es gerade ging, sagte Nick: »Ich bin mir da noch nicht ganz sicher.« Er wandte sich an Gruber: »Was meinst du?«

»Bist du taub, oder was? Ich sag doch die ganze Zeit schon, dass ich das auch so sehe. Wenn es dem Täter darum geht, so einen kranken Film zu machen, warum erschießt der dann die beiden Frauen? Ich krieg das auch nicht richtig zusammen. Wenn ich so krank drauf bin, dann film ich doch die beiden auch noch, oder?«

Nick war zufrieden, er war wieder auf Stand.

»Und wenn der Täter uns mit dem Video bewusst auf eine falsche Spur lenken will?« Mercks blickte in die Runde. »Das Video taucht in der Snuff-Szene auf, wird von unseren Kollegen von der Sitte entdeckt … Seidler hat ja selbst gesagt, dass er sich nicht vorstellen kann, dass seine üblichen Verdächtigen dahinterstecken, also …«

»Aber als Ablenkungsmanöver ist das ganz schön aufwendig, oder?« Gruber steckte sich eine Zigarette an.

»Vor allem«, sagte Aki, »ist es ziemlich bescheuert. Bis jetzt sind wir davon ausgegangen, dass Stjepan Ursa der Täter war. Dank des Videos wissen wir jetzt, dass das nicht stimmt. Unsere Aufmerksamkeit auf sich zu ziehen, kann ja nicht im Sinne der wirklichen Täter sein. Haben sie mit dem Video aber getan.«

Es ging noch eine Weile hin und her, dann kam ein Anruf vom LKA. Aki nahm ihn entgegen.

»Die sind noch mitten in der Auswertung«, unterrichtete er danach die Kollegen, »aber eine Information wollten sie uns schon mal durchgeben. Sie haben die Geräusche analysiert, die auf dem Videoband zu hören sind. Demzufolge muss sich in der Nähe des Raumes, in dem Stjepan Ursa festgehalten wurde, eine Tramlinie befinden. Die Kollegen konnten die genaue Taktung der Durchfahrten angeben. Außerdem setzt exakt bei Minute 50 der Videoaufzeichnung der Hagelschlag ein. Dadurch, dass wir wissen, wann der Hagelsturm in München losging, das war ja schlagartig, müsste sich die Uhrzeit der Tram-Durchfahrten bestimmen oder zumindest eingrenzen lassen. Das heißt, wir müssten mit diesen Informationen eigentlich in der Lage sein, den Aufenthaltsort Stjepan Ursas zum Zeitpunkt der Videoaufnahme herauszufinden.«

Die Aufgaben wurden verteilt, man stimmte sich ab, und als sich eine Stunde später alle wieder im Besprechungsraum vor der Tafel mit dem Stadtplan versammelten, wussten sie, dass es in ganz München zwei Orte gab, wo die Aufnahmen des sterbenden Stjepan Ursa gemacht worden sein konnten. Einer lag im Norden, in Milbertshofen, der andere im Süden, direkt am Perlacher Forst. Nicht weit entfernt von der Linde, wo Dinka und Maria Ursa tot aufgefunden worden waren. Es ging um einen genau eingrenzbaren Abschnitt der Tramlinien 15 und 25 entlang der Geiselgasteigstraße.

»Wenn im Süden, dann muss sich Stjepan Ursa in einem der Häuser hier aufgehalten haben.« Mit rotem Filzstift malte Aki einen Kreis auf den Stadtplan. »Da fangen wir an. Auf geht's!«

»Partykeller sehen alle gleich aus.« Gruber reichte Nick die Zigarettenschachtel.

Nachdem sie nun zwei Stunden lang an jeder Haustür geklingelt hatten, fiel die Bilanz ernüchternd aus. In den Seitenstraßen jeweils links und rechts des in Frage kommenden Gebiets stand die Kavallerie bereit, in zwei Mannschaftsbussen. War ein gutes Gefühl, man wusste schließlich nie, was einen erwartete, gehobene Wohngegend hin oder her. Nick tastete nach seiner Waffe. Sie war, wo sie hingehörte. Auch das war beruhigend. Es gab viel Grün, die Gärten waren groß, der Abstand zwischen den Gebäuden entsprechend. Obwohl das Gebiet eingegrenzt worden war und sie es noch einmal in drei Zonen aufgeteilt hatten, gestaltete sich die Suche zäh. Manchmal war sofort klar, dass sie nicht nachzuhaken brauchten, manchmal mussten sie längere Gespräche führen. Die Schwierigkeit blieb immer die gleiche. Wie hatten sie sich Menschen vorzustellen, die jemanden beim Sterben filmen und mit dem Film Geld machen wollen?

Nick zog an seiner Zigarette. Jedes Mal, wenn sich eine Wohnungstür vor ihnen öffnete, fragten sie sich, ob ihr Gegenüber dazu in der Lage wäre. Bis jetzt war ihre Suche ergebnislos verlaufen, und nun näherten sie sich dem Ende ihrer Zone. Vor ihnen lag ein zweistöckiges Wohnhaus. Buchsbaumhecke, Vorgarten. »Dann wollen wir mal.«

Nick und Gruber gingen auf das Gebäude zu. Etwa vierzig Meter entfernt steuerten Aki und Löscher gerade dem Ende ihres Bereichs entgegen. Nick blieb stehen. Löscher ging sonst immer mit Mercks. Warum hatte Aki heute unbedingt Löscher an seiner Seite haben wollen? Was hatte er mit ihm zu besprechen? In dem Moment sah Aki zu Nick herüber. Nick hob die Hand. Aki sah ernst aus. Er nickte ihm zu.

Als Gruber das Tor öffnete, näherte sich von der Innenstadt her eine Tram. Es war die 25. Nick wartete, bis sie am Haus vorbeifuhr. Das Geräusch war tatsächlich sehr deutlich zu vernehmen, auch über das Rauschen des Verkehrs hinweg. Er schloss das Tor hinter sich. Neben den Betonplatten, die zum Eingang führten, stand ein überdachter Abstellplatz für Fahrräder. Nur einer der Ständer war besetzt, mit einem klapprigen Damenrad, über dem Rücklicht ein zerfledderter *Atomkraft?-Nein-Danke*-Aufkleber. Der hintere Reifen war platt. Neben der Tür waren zwei Klingeln angebracht. Gruber wählte die untere, »Seibold«. Ein Summer ertönte. Gruber stieß die Tür auf. Sie traten in den Eingangsbereich. Rechts führte eine Treppe nach oben. Vor ihnen wurde die Wohnungstür geöffnet. Eine Frau Mitte vierzig sah sie skeptisch an.

»Frau Seibold?«

»Ja?«

Sie hielten ihr die Dienstausweise vor die Nase. »Wir müssen bei Ihnen und in Ihrer Nachbarschaft die Partykeller überprüfen. Eine reine Routineangelegenheit, dürfen wir …?«

Es war immer ein bisschen Glücksspiel. Man wusste genau, was man erreichen wollte, aber der Weg dahin war jedes Mal anders. Es hing vom Gegenüber ab, wie leicht oder wie mühsam sich die Sache gestaltete. Mit Frau Seibold schienen sie Glück zu haben.

»Kommen Sie erst mal rein.« Sie war barfuß, trug ein gelbes Sommerkleid und bändigte ihre blonden, mit grauen Strähnen durchsetzen Locken mit einem Seidentuch, das selbst bemalt aussah. »Ich bin grade erst nach Hause gekommen.« Sie schloss die Tür hinter ihnen. »Mein Fahrrad … Ich muss irgendwo reingefahren sein … Kommen Sie bitte … Ist aber nicht so schlimm, bin noch fast vors Haus gekommen. Sonst hätte ich mich geärgert, das können Sie mir glauben, heute ist nämlich mein schlauer Tag.«

Die ganze Wohnung war voller Bücher. Überall lagen sie in größeren und kleineren Stapeln herum. Auf dem Fußboden, auf Beistelltischen. Und natürlich standen sie in hohen Bücherregalen, die gleichzeitig auch genutzt wurden, um allerlei Krimskrams, selbst gebrannte Vasen, Spielfiguren, viel Buntes und Lustiges, auszustellen. Überhaupt herrschte in der ganzen Wohnung ein großes Durcheinander. Afrikanisch anmutende Skulpturen standen auf dem Boden, ein Foto von Desmond Tutu hing neben einem Che-Guevara-Plakat.

»Was ist denn für Sie ein schlauer Tag, Frau Seibold?«

»Ein schlauer Tag ist, wenn ich die kleinen Idioten nur drei Stunden unterrichten muss statt fünf oder sechs, wobei, so klein sind die Idioten gar nicht mehr … Obersekunda immerhin.«

»Was unterrichten Sie denn?«

»Latein, Deutsch, Geschichte.«

»*Alea iacta est*«, sagte Gruber.

»Latinum oder Asterix?« Frau Seibold lächelte.

»Bevor wir jetzt ins Plaudern kommen, Frau Seibold, täten Sie uns mal Ihren Partykeller zeigen freundlicherweise?« Gruber war einfach ein Zocker.

»Reparieren Sie mir dafür mein Rad?« Frau Seibold blickte ernst vom einen zum anderen. Plötzlich stand eine andere Frau vor ihnen, eine gestrenge Gymnasiallehrerin – bis sie losprustete und in schallendes Lachen ausbrach. »Jetzt hätten Sie aber mal Ihre Gesichter sehen sollen, meine Herren. Kleiner Scherz. Bitte, hier geht's lang.« Sie führte sie zurück in Richtung Eingang. Am Ende des kurzen Flurs befand sich eine Tür. »Es wird sein wie immer.« Sie öffnete die Tür. »Ich werde Malte bitten, dass er mir den Reifen flickt. Und dann wird einfach gar nichts passieren …«

»Wer ist denn der Malte?«, fragte Nick.

»Mein Sohn.«

Nick und Gruber wechselten einen Blick. Während sie über gefliese Treppenstufen ins Untergeschoss hinunterstiegen, hoffte Nick inständig, nicht an den Ort zu gelangen, den er auf dem Videofilm gesehen hatte. Frau Seibold drückte einen Lichtschalter, an der Decke sprangen Neonröhren an. Kabeltrassen und Rohre über der unverputzten Wand. Auf dem Boden grüne Auslegware. Vom Flur gingen zwei Türen nach links und eine nach rechts ab. Nick hatte das Gefühl, in einem Bunker zu sein.

»Hab ich das richtig verstanden?« Frau Seibold öffnete die rechte Tür, »Sie überprüfen routinemäßig alle Partykeller in der Nachbarschaft?«

»So ist es.« Nick betrat den Raum. Holzverkleidung unten, die Wand darüber weiß gestrichen. Sogar der Rollschuh lag noch auf dem Boden. Nick ging zu dem Zinkteller an der Wand. Die eingestanzte Schrift konnte er nicht lesen. Nur *Jan Hus* und *Tabor* sagten ihm etwas. Ein Gruß aus der Tschechoslowakei offenbar. Frau Seibold war an der Tür stehen geblieben. Sie blickte angstvoll in die Gesichter der Polizisten.

Aki und die Kollegen fuhren zu Maltes Schule, um den Jungen dort abzuholen. Nick und Gruber blieben bei Frau Seibold, um ihre Aussage aufzunehmen. Aber die meiste Zeit waren sie damit beschäftigt, sie zu beruhigen. Sie hatten sie aufs Sofa gepackt, Füße hoch. Wenn sie am Wasserglas nippte, zitterten ihre Hände. Nick wünschte ihr von ganzem Herzen, dass sie wieder auf die Beine käme. Die Polizisten waren sich einig, dass sie Frau Seibold Zeit lassen mussten. Nick sah sich um. Ein großer Teil der Bücherregale war mit Fachliteratur zu historischen Themen bestückt. Hauptsächlich Mittelalter. Das Erzbistum Chur. Die Königspfalzen. »Sie haben Geschichte studiert, sagten Sie?« Manchmal half es, die Leute auf andere Gedanken zu bringen.

Frau Seibold stützte sich auf und sah zu ihm herüber. »Ja. Aber die Bücher gehören meinem Mann. Ich war mehr Neuzeit.« Sie ließ sich zurück aufs Kissen fallen und begann wieder zu weinen.

Gruber kümmerte sich rührend um sie. Er reichte ihr das Wasserglas. Nick stöberte weiter im Regal – und entdeckte plötzlich ein Buch, das sein Interesse weckte. Der Titel lautete *Die Geburtsstunde des souveränen Staates*, der Verfasser war Friedrich August Freiherr von der Heydte. Nick nahm das Buch heraus und blätterte darin. Hinten war ein Foto des Autors abgebildet. Allerdings nur ein Porträt, sodass die eindrucksvolle Größe des Freiherrn nicht zur Geltung kam. Auf dem Foto in der Villa Reinhard, das ihn vor dem Escorial-Palast zeigte, überragte er alle anderen um mindestens einen Kopf. Nick hätte gern gewusst, was ein Verehrer von Francos Spanien über die Geburtsstunde des souveränen Staates zu sagen hatte, aber er traute sich nicht, Frau Seibold danach zu fragen.

»Nick?«

Außerdem wäre ja wohl ihr Mann der richtige Ansprechpartner, hatte sie gesagt.

»Hallo, Nick?« Gruber sah ihn streng an. »Frau Seibold wäre jetzt so weit.«

»Komme.« Er stellte das Buch ins Regal zurück und beschloss, Frau Seibold damit nicht zu behelligen. Sie hatte gerade weiß Gott andere Sorgen.

Von dem Drama im Untergeschoss hatte sie nichts mitbekommen, das versicherte sie glaubhaft. Sie hatte sich am Nachmittag des Unwetters mit ihrem Mann in der Stadt getroffen. Sie hatten etwas gegessen und waren dann ins Theater gegangen. *Ubu roi*. Wegen des Hagelsturms hatte die Vorstellung verspätet begonnen, war aber nicht abgesagt worden. Als sie dann entsprechend spät nach Hause kamen, war ihr nichts Besonderes aufgefallen. »Ich bin selbstverständlich davon ausgegangen, dass Malte schon im Bett ist.« Dass er gern Horrorfilme schaute, wusste sie, aber sie hielt das für ein relativ harmloses Hobby. Von »Snuff« und *Gesichtern des Todes* hatte sie noch nie etwas gehört. Während sie redete, kam sie langsam wieder zu sich. Es schien ihr gutzutun. Also ließen sie sie reden.

Malte vernahmen sie im Besprechungsraum der Mordkommission ohne die Anwesenheit der Eltern, er war gerade achtzehn geworden. Er hatte kurze, blonde Haare, trug ein Lacoste-T-Shirt und war nur zu Beginn abweisend. Als Aki das Video startete und ihn aufforderte, genau hinzusehen, hielt er keine zwei Minuten durch. Die Tränen liefen ihm übers Gesicht. Nick hatte fast den Eindruck, dass er erleichtert war, seine Geschichte endlich erzählen zu können.

Am Nachmittag vor dem Hagelsturm war er mit seinem Kumpel Frank zu Hause gewesen. Er wusste, dass seine Eltern ins Theater gehen wollten und er somit ein paar Stunden sturmfrei hatte. Sie hatten sich Bier besorgt und Chips und ein paar Pilze eingeworfen.

»Wir hatten den ersten Film fast durch, hatten noch was geraucht und waren ziemlich drauf, da hat es an der Tür geklingelt. Ich dachte erst, oh, Scheiße, meine Eltern, aber als ich aufgemacht habe, stand dieser Typ da, ganz bleich im Gesicht. Er trug so eine leichte Jacke, so einen Sommerblouson, den hielt er sich vor die Brust, damit man die Wunde nicht so sah. Er hat nur Hilfe oder so was gestammelt, und dann ist er mir entgegengestolpert. Ich hab ihn gerade noch abgestützt und die Tür hinter mir zu gemacht.« Malte wich den Blicken der Polizisten aus. Er erzählte, er habe anfangs sofort die Polizei rufen wollen. »Polizei und Krankenwagen. Natürlich, ganz automatisch …« Aber dann war Frank dazugekommen. »Und ab da war es irgendwie ganz seltsam …« Er brach ab.

»Was war seltsam?«

»Frank und ich … Ich weiß gar nicht, wie ich das beschreiben soll … Wir haben diese Filme geguckt, dann klingelt es an der Tür. Ich mach auf, und da steht der Mann, und ich seh das ganze Blut … Also, erst seh ich's nicht, weil er ja seine Jacke davor …, aber dann schon …« Er brach wieder ab und blickte zu Boden.

Nick wechselte einen Blick mit den Kollegen. Sowohl Gruber als auch Aki wirkten mitgenommen. Keinem fiel etwas ein, um Malte zum Weitersprechen zu animieren. Vielleicht hofften sie sogar, er würde es nicht tun.

Aber der junge Mann blickte plötzlich auf und fuhr fort: »Es war, als würde der Film einfach weitergehen, verstehen Sie, es war, als wäre das gar nicht echt …«

Aki nickte ihm zu, und Malte berichtete ausführlich, was sich in der Diele weiter zugetragen hatte. »Wir haben den Mann erst mal hingelegt, einfach auf den Boden. Er hatte da schon Mühe, die Augen offen zu halten.« Malte wirkte jetzt konzentriert, sein Vortrag wurde flüssiger. »Wir haben uns um ihn gekümmert … Also, ich habe mich gekümmert, und Frank hat mir geholfen. Ich war auf einer Seite des Mannes und Frank mir gegenüber. Der Blouson war inzwischen verrutscht, und wir konnten die Wunde sehen … Wir wussten beide, dass auf den Mann geschossen worden war, und ich hab mir gleich gedacht, dass er das sehr wahrscheinlich nicht überleben würde. Wobei ...« Malte hielt inne. »Das Komische war, dass Frank und ich eigentlich überhaupt kein Wort gewechselt haben, deswegen kann ich nicht für ihn sprechen. Ich kann nur sagen, ich hatte das Gefühl, wir waren uns die ganze Zeit völlig einig. Und ich kam mir vor ... Kennen Sie *Invasion of the Body Snatchers*?« Er blickte scheu in die Runde, als befürchtete er, ausgelacht zu werden. »Den Film? Kennen Sie den? Wo Außerirdische die Persönlichkeit der Menschen übernehmen, also Duplikate herstellen. Die Körper der Menschen sind nur noch eine Hülle ...«

»Das ist doch der mit Donald Sutherland, richtig?« Aki beugte sich vor.

»Genau!« Malte lächelte zum ersten Mal. Vielleicht freute es ihn, dass Aki den Film kannte. Aber er wurde schnell wieder ernst und versuchte, den Polizisten zu erklären, dass er sich gefühlt hatte, als wären er und Frank von einer fremden Macht übernommen worden. »Ich kann es nicht besser ausdrücken. Wir waren wie ferngesteuert. Frank war ... Der war ... einfach ein anderer ...«

Gruber atmete tief durch, aber er sagte nichts.

»Am Anfang wollten wir dem Mann helfen«, fuhr Malte fort. »Ganz bestimmt. Und dann haben wir uns immer wieder angeschaut, Frank und ich, über den Körper des Mannes hinweg, der lag ja zwischen uns ... Wir haben das Blut gesehen, und der Atem war so ... irgendwie so unregelmäßig ... Wir haben gesehen, dass er immer schwächer wurde. Und irgendwann haben wir uns zugenickt, Frank und ich, und haben ihn gemeinsam vom Boden aufgenommen und runtergebracht in den Keller. Da haben wir ihn auf einen Stuhl gesetzt und festgebunden ... Und es war irgendwie klar, dass wir ihn filmen würden. Aber wie gesagt, ich kann nur für mich sprechen. Und dann haben wir die Kamera aufgebaut ...« Der Mann war gestorben, während der Hagelsturm tobte. »Wir wussten, dass wir das Chaos nutzen mussten. Franks Eltern haben einen Kombi. Meine Eltern waren mit dem Auto unterwegs, wir haben also den Kombi in die Garage gefahren, alles mit Plane abgedeckt. Es gibt einen direkten Zugang vom Partykeller zur Garage, wir mussten ihn da nur rüberbringen.« Alles war ganz einfach gegangen. Sie hatten ihn raus aus der Stadt gefahren und in einem Waldstück vergraben. »Der Boden war ja total aufgeweicht. War 'ne Drecksarbeit, aber dafür kam man tief.« Malte blickte auf. Er sah von einem Polizisten zum nächsten. »Das war's eigentlich im Wesentlichen …«

Nick wechselte einen Blick mit den Kollegen. Alle versuchten, das eben Gehörte irgendwie zu verdauen. Aki war der Erste, der seine Sprache wiederfand.

Er räusperte sich. »So ganz war's das noch nicht.« Nick kannte ihn gut genug, um zu wissen, wie sehr er sich zusammenreißen musste. »Immerhin habt ihr das Video ja dann noch verkauft.«

»Ja, stimmt.«

»Dass ihr euch vorher fremdgesteuert vorkommt, versteh ich ja noch irgendwo, bei den Pilzen und allem, was ihr eingeworfen habt. Aber das lässt ja auch irgendwann mal nach … Wie muss ich mir denn das vorstellen?«

»Was?«

»Einen oder zwei Tage später. Ihr habt dieses Video gedreht, auf dem ein Mann stirbt. Kann ja sein, dass ihr vorher von fremden Mächten beherrscht wart, aber jetzt seid ihr doch wieder klar im Kopf. Erschrickt man da nicht?«

»Na ja … doch. Klar …«

»Aber ihr hattet nie das Bedürfnis, euch mitzuteilen?«

»Wem denn?«

»Na, euren Eltern oder vielleicht sogar der Polizei.«

»Nein.«

»Ihr habt also sofort überlegt, wie ihr das Video verkauft bekommt?«

»Ja … eigentlich schon.«

»Aber so einfach ist das nicht. Da braucht man Kontakte. Habt ihr die?«

»Wir kennen einen … so über drei Ecken … Der hat ihn uns abgekauft.«

»Was habt ihr dafür gekriegt?«

»Hundert Mark.« Malte wischte sich eine Fussel von der Schulter.

Zu dritt saßen sie vor ihm: Aki, Gruber und Nick. Keinem fiel mehr etwas ein.

Professor Dominik Seibold war Mediävist, Spezialist für Kirchenrecht. Seine Miene war versteinert, er sagte nur das Nötigste, Nick musste ihm alles aus der Nase ziehen. Aber es gab sowieso nichts mehr zu ermitteln. Die Sache war klar. In der Zwischenzeit hatten sie auch mit Frank gesprochen, und auch er hatte die Geschichte bestätigt. Alle, Franks Eltern eingeschlossen, verhielten sich vernünftig und kooperativ. Nick konnte sich nicht daran erinnern, dass ein Fall von solcher Brisanz schon einmal derart glatt über die Bühne gegangen wäre. Alle Beteiligten schienen geradezu erleichtert zu sein, endlich mit den Polizisten sprechen zu können, als hofften sie, sich dadurch von ihrer Schuld reinwaschen zu können. Selten hatte Nick zwei Familien auf derart unspektakuläre Weise zugrunde gehen sehen. Sie schienen noch überhaupt nicht realisiert zu haben, dass nicht nur das Leben des Opfers, sondern auch ihr eigenes zerstört war.

»Ich habe von alldem nichts mitbekommen.« Seibold verschränkte die Arme vor der Brust. »Kann ich jetzt gehen?«

Gruber und Nick wechselten einen Blick.

Es mochte die Art von Maltes Vater sein, mit der Katastrophe umzugehen, aber mit ihm hatte Nick am wenigsten Mitleid, und so beschloss er, die Gunst der Stunde zu nutzen. »Eine Frage habe ich noch, Herr Professor. In Ihrem Regal habe ich ein Buch entdeckt. *Die Geburtsstunde des souveränen Staates* ...«

»Was soll denn das jetzt?« Gruber sah Nick verdutzt an, aber der ignorierte ihn.

»Ja, was ist damit?« Seibold horchte auf. Er schien weniger erstaunt darüber zu sein, in diesem Rahmen eine solche Frage gestellt zu bekommen, als vielmehr erfreut, sich endlich wieder auf vertrautem Terrain bewegen zu können.

»Der Verfasser, Freiherr von der Heydte, kennen Sie den persönlich?«

»Nein.« Seibold winkte ab. »Interessieren Sie sich für Geschichte?«

»Ich interessiere mich für den Freiherrn.«

»Ich fürchte, da kann ich Ihnen nicht weiterhelfen.« Er schlug die Beine übereinander und lehnte sich im Stuhl zurück. »Zum Freiherrn kann ich wenig sagen. Zu seinem Buch allerdings schon.« Er machte eine Kunstpause und fuhr dann fort: »Dieses Buch ist aus wissenschaftlicher Sicht eine Frechheit. Von der Heydte ist ja auch Völkerrechtler und kein Historiker. Er hat sich mit diesem Buch an fremder Materie versucht und verhoben ...«

Je länger der Professor redete, umso souveräner wirkte er. Als sich das Gespräch um seinen Sohn gedreht hatte, hatte er nicht viel mehr herausgebracht als »ja«, »nein« und »nicht, dass ich wüsste«. Nun, da es um die Wissenschaft ging, schien er seine Freude an der Sprache wiederzuentdecken. »Das Buch ist in den Sechzigern erschienen. Wenn Sie sich so sehr für den Freiherrn interessieren, der hochverehrte Kollege Heimpel hat damals einen wunderbaren Verriss publiziert. Mehr gibt es dazu nicht zu sagen ...« Er wirkte jetzt empört. »Wer nicht zwischen *oeconomia* und *oeconomica* unterscheiden kann und *saccarium* statt *scaccarium* scheibt ... Ich bitte Sie!«

»Wenn das Buch so schlecht ist, warum steht es dann in Ihrem Regal?«

Jetzt lächelte Seibold. »Das ist leider das Schicksal eines Wissenschaftlers, dass er hin und wieder auch in schlechte Bücher schauen muss. Leider hat der Freiherr mit seinem Buch in meinem Revier gewildert. Das muss ich dann zumindest zur Kenntnis nehmen. Aber wie gesagt, mein sonstiges Wissen über von der Heydte stammt aus der Presse. Spiegel-Affäre und so weiter.«

»Was hat der Freiherr mit der Spiegel-Affäre zu tun?«

»Na, der hat das Ganze doch ins Rollen gebracht. Von der Heydte hat Rudolf Augstein wegen Landesverrats bei der Bundesanwaltschaft angezeigt. Er hat die Spiegel-Affäre ausgelöst.«

Nick war verwirrt. Natürlich wusste er von der Spiegel-Affäre, aber den Namen von der Heydte hätte er damit nicht in Verbindung gebracht.

»Grämen Sie sich nicht.« Seibold sah ihn aufmunternd an. »Das habe ich jetzt schon ein paar Mal erlebt. Aus irgendeinem Grund ist das den Leuten nicht mehr präsent. Sie sind da nicht der Einzige. Dem Freiherrn wird's recht sein, der agiert ohnehin lieber im Hintergrund. Wenn er sich nicht gerade mit Machwerken wie *Die Geburtsstunde des souveränen Staates* an die Öffentlichkeit wagt. Hat sich danach aber auch nie wieder getraut. Aus gutem Grunde. So, ich denke, wir sind hier fertig?«

»Ja.«

»Gut. Wiedersehen. Schönen Tag.« Seibold schien das Drama um seinen Sohn vergessen zu haben. Vielleicht war es diese Erkenntnis, die Nick am meisten erschütterte.

»Was geht bloß in diesen Köpfen vor?«, sagte Gruber später beim Bier. »Wenn deine einzige Sorge ist, wie du das Video am besten verkaufen kannst.«

»Am Ende ist es die Geschichte von einem Mann, der Hilfe sucht und an die Falschen gerät.«

Es war eine erschütternde Geschichte. Aber die Anspannung,

die Nick während der Vernehmungen verspürt hatte, fiel langsam von ihm ab. Es tat gut, sich mit Gruber auszutauschen.

»Was meinst, was die kriegen?«

Sie einigten sich darauf, dass es auf eine Jugendstrafe wegen unterlassener Hilfeleistung hinauslaufen würde.

»Und was den Rest angeht«, Gruber nippte nachdenklich an seinem Bier, »da hinkt die Gesetzgebung der technischen Entwicklung wieder mal hinterher. Aber irgendwo hab ich gelesen, dass sie gerade an Paragraf 131 StGB ›Strafbare Gewaltdarstellung‹ rumbasteln, wegen der ganzen Horrorfilme …«

»Der Kollege Seidler kann uns bestimmt sagen, wie da der aktuelle Stand ist.«

»Wo's wichtig wär, lassen sie sich Zeit«, schimpfte Gruber und spülte seinen Ärger mit einem Schluck Bier herunter. Dann fuhr er fort: »Und wenn wir schon beim Thema Horror sind: Seit wann interessierst du dich eigentlich für Adlige?«

»Eigentlich gar nicht.« Nick wiegelte ab. Er mochte Gruber, aber er wollte ihn aus dieser Geschichte raushalten. »Ich bin durch Zufall mal auf diesen Freiherrn gestoßen. Und als ich dann das Buch bei den Seibolds im Regal gesehen hab …«

»Wie's der Frau Seibold wohl geht.«

»Wahrscheinlich kommt ihr Mann gleich nach Hause.«

Gruber schwieg und nahm sich eine HB aus Nicks Schachtel. Nachdem er den ersten Zug genommen hatte, sagte er: »Bei uns im Dorf hat's auch einen Freiherrn geben. Also nicht direkt im Dorf, sondern daneben. Aber das Schloss war ziemlich verwahrlost und der Freiherr auch.«

Während Gruber von seinem verwahrlosten Freiherrn erzählte, versuchte Nick, die Bilder des Videos und Maltes Stimme aus dem Kopf zu bekommen und an etwas anderes zu denken. So landete er wieder beim gestrigen Abend.

Irgendwann war es ihm gelungen, sich von der Schwelle zu lösen. Er hatte die Wohnungstür hinter sich zugezogen. Plötzlich hatte er sich so schwach gefühlt, dass er mit zittrigen Beinen in die Küche geschlichen war, um sich hinzusetzen – auf den Stuhl, auf dem Graziella eben noch gesessen hatte. Er hatte gemeint, ihren Duft noch riechen zu können, vielleicht kam der aber auch von den Blumen, die noch auf dem Kühlschrank standen. Die Akten aus Verona lagen noch genauso da, wie von Graziella angeordnet, und mitten auf dem Tisch die Plastiktüte mit den Artischocken.

Als seine Beine nicht mehr zitterten, stand er auf und ging über den Flur zum Schlafzimmer. Die Tür war angelehnt, er schob sie auf. Das Zimmer war sauber und aufgeräumt wie nie zuvor. Graziella hatte das Bett abgezogen. Die Bettwäsche und die gebrauchten Handtücher lagen säuberlich gefaltet auf einem Stapel und obenauf die Hausschlüssel.

Es war vorbei.

In dem Moment wusste Nick, dass er Graziella nie wiedersehen würde. Er schleppte sich ins Wohnzimmer, löschte das Licht und rollte sich auf der Couch zusammen. Dass er jemals wieder in seinem Bett schlafen würde, konnte er sich nicht vorstellen. Woher sollte er die Kraft nehmen, das Bett frisch zu beziehen, den Wäschestapel wegzuräumen, die Hausschlüssel einzustecken? Das alles war undenkbar.

Es war vorbei.

Er verfiel in einen unruhigen Dämmerzustand, von Schlaf konnte keine Rede sein, immer wieder schreckte er hoch, und einmal, draußen wurde es bereits hell, kam ihm dabei sogar ein Gedanke, der ihn hoffnungsvoll stimmte: Natürlich würde er Graziella wiedersehen, ganz sicher sogar. Auch wenn sie keine festen Arbeitszeiten kannte und kam und ging, wann sie wollte – sie war immer noch die Putzfrau der Mordkommission 3. Er rechnete nach. Sie war mindestens zwei Tage nicht zum Putzen gekommen, was nicht ungewöhnlich war, sie kam normalerweise zwei- bis dreimal die Woche. Wenn er also Glück hatte, würde sie noch am Abend oder in der Nacht im Raumschiff auftauchen. Es war erst fünf Uhr morgens gewesen, aber der Gedanke hatte ihm keine Ruhe mehr gelassen. Er hatte beschlossen, im Raumschiff auf Graziella zu warten. Notfalls würde er auf der Liege in seinem Büro schlafen, die war auch nicht unbequemer als die Couch. Er würde auf sie warten. Wenn es sein musste, bis in alle Ewigkeit.

Als Nick wieder aus seinen Gedanken auftauchte, war Grubers Freiherr nicht nur verwahrlost, sondern auch verarmt, und kurz darauf verstarb er.

»War für eine traurige Geschichte«, sagte Nick.

»Eigentlich nicht.« Gruber stand auf. »Eigentlich war sie lustig, nur am Ende nicht.«

»Am Ende sind die meisten Geschichten traurig.«

»Das stimmt«, sagte Gruber, »bis auf die lustigen. Servus, Nick, ich mach Feierabend.«

Er war gerade dabei, die Liege in seinem Büro aufzubauen, als Aki den Kopf hereinstreckte. »Hast du kurz Zeit?«

Nick hörte ihm an, dass etwas nicht stimmte. Er vermutete, dass es um Löscher ging, aber Aki sagte: »Was hast du eigentlich mit Graziella gemacht?«

»Wieso?« Er wies auf einen Stuhl. »Setz dich doch.«

»Mit tut schon der Rücken weh vor lauter Sitzen.« Aki zündete sich eine Zigarette an. Sie führten das Gespräch im Stehen. »Graziella ist heute ganz früh zu mir ins Büro gekommen.«

»Sie war hier? Hat sie gearbeitet?«

»Nein.« Aki streifte die Asche seiner Zigarette ab. »Sie war bei mir, um zu kündigen.«

Nick fühlte sich, als würde ihm der Boden unter den Füßen weggezogen.

»Sie sagte, es würde ihr leidtun, aber sie könnte den Job nicht mehr machen.«

Nick setzte sich auf die Liege.

»Sie habe immer sehr gerne bei uns gearbeitet, sie habe sich hier immer wohlgefühlt, aber jetzt …« Aki war anzusehen, wie sehr ihn die Sache beschäftigte. Er versuchte, den Vorfall zu verstehen. »Ich wollte wissen, was los ist, ich dachte, vielleicht braucht sie irgendwie Hilfe. Also hab ich mehrmals nachgefragt, aber sie hat immer nur den Kopf geschüttelt, wollte partout mit nichts rausrücken. Irgendwann fing sie an zu weinen … Und dann sagte sie, es habe mit dir zu tun.«

Nick fiel nichts dazu ein. Sie würde nicht zurückkommen, nicht zu ihm nach Hause und nicht hierher ins Raumschiff. Er starrte die Liege an. Offenbar hatte er sie umsonst aufgebaut.

»Hat sie sonst noch irgendwas gesagt?«

»Was hast du mit ihr gemacht, Nick?«

Langsam und stockend begann Nick zu berichten, was vorgefallen war. Er erzählte Aki alles und schonte sich nicht. »Ich war wie von Sinnen, Aki. Ich hab das in dem Moment gar nicht so erlebt, aber ich habe es Graziella angesehen. Sie hatte Angst vor mir …«

Aber Aki war offenbar an einem anderen Punkt der Geschichte hängen geblieben. »Du hast dich ernsthaft in sie verliebt?«

Nick sagte nichts. Musste er nicht.

»Ich dachte mir so was schon … Schon als ihr aus Italien zurückkamt. Irgendwie hat man euch das angemerkt. Umso schlimmer das Ganze.« Ehrliches Bedauern lag in Akis Blick.

»Ich weiß. Das macht mich ja so …« Nick erzählte, wie er sich tags darauf bei ihr entschuldigen wollte. »Aber sie hat das abgeblockt. Sie wollte nicht darüber reden.« Da fiel ihm ein, was er Aki die ganze Zeit schon hatte fragen wollen. »Hat sie gestern auch mit dir gesprochen? Hat sie dich gebeten, mich früher nach Hause zu schicken?«

»Ja. Sie hat mich angerufen. Klang eigentlich ganz harmlos. Sie sagte, sie bräuchte deine Hilfe und ob du früher Feierabend machen könntest. Was mich stutzig gemacht hat, war nur, dass sie mich gebeten hat, dir nichts von ihrem Anruf zu sagen. Sie meinte, es wäre eine Überraschung. Sie bräuchte deine Hilfe, und das sollte eine Überraschung sein. Fand ich merkwürdig, aber ich hab nicht nachgehakt.«

Nun war Nick klar, warum sie so sicher gewesen war, dass er früher nach Hause kommen würde. Aber das Wissen half ihm nicht weiter. »Ich habe wirklich versucht, mich zu entschuldigen, Aki, aber sie hat es nicht zugelassen.«

»Du kennst sie ja.« Aki sah ihn ernst an. »Wenn der Rollladen unten ist, ist er unten.«

»Das befürchte ich auch.«

»Das ist so, Nick, das weiß ich. Sie hat mir nämlich noch etwas gesagt ... Ich soll dir ausrichten: Du sollst nicht einmal im Traum daran denken, sie aufzuspüren. Du sollst sie einfach in Ruhe lassen.«

Stille im Raum. Nur das Klackern einer Schreibmaschine von irgendwoher.

»Weißt du, wo sie jetzt ist?«

»Nein. Keine Ahnung.«

»Wirklich nicht?«

»Du bist ein Idiot, Nick.« Aki drückte die Zigarette aus. »Hör auf mit der Sauferei, bevor du noch mehr Unheil anrichtest.«

VIII. DIE HÜTTE IM WALD

Der Boden war mit Moos bewachsen, bei jedem Schritt gab er nach. Vor einem mächtigen Baum blieb Nick stehen. Er konnte den harzigen Duft des Holzes riechen. Wenn er ganz nahe ranging, sodass er fast mit der Nase gegen den Stamm stieß, sah die Rinde aus wie eine zerklüftete Landschaft voller Schluchten und Hochplateaus. Nick konnte sich gut vorstellen, dass es irgendwo auf der Welt so eine Landschaft gab, vielleicht in Amerika. Er berührte die Rinde, fuhr mit dem Finger über Gräben und Erhebungen und gelangte über eine Nebenschlucht in den Grand Canyon. Das war ein erhabenes Gefühl. Sein Blick wanderte am Stamm nach unten, wo sich die Wurzeln in den Boden gruben. Über seine Schuhe krabbelten Ameisen, und ein Käfer mit grün glänzendem Rücken schaukelte auf ihn zu. Nick schloss die Augen. Irgendwo arbeitete ein Specht, es knirschte und knackte im Unterholz, und die Geräusche der Grabungsarbeiten kamen ihm weit entfernt vor. Über seinem Kopf bildeten die Blätter ein Dach. Sie waren dunkel, schmal und spitz. Er hätte gern gewusst, was für ein Baum das war und wie der grün glänzende Käfer hieß, aber er wusste so vieles nicht, und in Amerika war er noch nie gewesen. Sehr wahrscheinlich würde er auch nie hinkommen. Bedauerte er das? Nein, eigentlich nicht. Er bedauerte, was er verloren hatte; damit war er ausgelastet. Er schlug zum Abschied mit der flachen Hand gegen die Rinde, als würde er dem Baum auf die Schulter klopfen, und ging weiter, tiefer in den Wald hinein.

Nach einigen Schritten veränderte sich dessen Gestalt. Der lichte Laubwald ging in einen Nadelwald über, die Stämme standen enger beieinander. Es war dunkler hier und auch ein wenig kühler. Wolken von Insekten standen in der Luft. Die waren eben noch nicht da gewesen. Mund zu. Lippen aufeinandergepresst. Er wollte gerade umkehren, als er zwischen den Bäumen das Dach einer Hütte erblickte. Also ging er darauf zu. Der Boden war hier nicht mit Moos, sondern mit Fichtennadeln bedeckt. Es war merkwürdig still, und von den Grabungsgeräuschen war gar nichts mehr zu hören.

Die Hütte war aus dunklem Holz. Sie wirkte grob zusammengezimmert, das Dach war beschädigt und an einigen Stellen mit Moos bewachsen. Neben der Tür befand sich ein kleines Fenster. Nick trat heran. Der Rahmen war verwittert, der Lack blätterte ab. Er spähte hinein, aber die Scheibe war trüb, und drinnen herrschte Dunkelheit. Er konnte nichts erkennen. Die Tür war mit einem verrosteten Riegel verschlossen, aber das Vorhängeschloss, das den Riegel sichern sollte, war aufgebrochen worden. Nick hängte es aus und schob den Riegel zurück. Wie selbstverständlich war er davon ausgegangen, dass er hier niemanden antreffen würde, doch als er die Tür öffnete, rief er vorsichtshalber: »Hallo? Ist hier jemand?«

Aber natürlich bekam er keine Antwort. Es war so still, dass ihm das Surren der Insekten überlaut vorkam. Nick trat ein.

Selbst jetzt im Hochsommer herrschte in der Hütte Dämmerlicht. Rechts stand ein Holztisch mit vier Stühlen. Auf der nackten Tischplatte, die Brandflecken aufwies, als hätte jemand Zigaretten auf ihr ausgedrückt, stand auf einem schlichten Messingleuchter eine weiße Kerze. Sie war leicht verbogen und halb heruntergebrannt. Am Fuße des Kerzenständers hatte sich ein See aus Wachs gebildet. Nick berührte das Wachs mit dem Finger. Es war hart und kalt und kam ihm künstlich vor. An der Wand gegenüber stand ein Sofa. Darüber hing ein Foto. Es war im Freien aufgenommen worden. Im Hintergrund waren Obstbäume zu sehen, aber sie trugen weder Blätter noch Früchte. Sie waren völlig kahl. Zwei Frauen in schwarzen Gewändern, einer Tracht offenbar, saßen auf Stühlen. Hinter ihnen standen zwei Männer in dunklen Anzügen. Ihre Gesichter waren schmal, fast ausgemergelt. Ernst blickten sie in die Kamera. Das eine Paar war deutlich älter als das andere. Nick vermutete, dass es sich um eine Bauernfamilie handelte und dass das Bild Anfang des Jahrhunderts entstanden war, vielleicht sogar noch früher. Neben dem Foto hing in einem schlichten Holzrahmen eine Stickerei. In roter Schrift auf weißem Stoff stand dort:

Dieser Morgen ist so beschaffen,
dass ihn das bloße Verrinnen der Zeit
nie veranlassen wird
heraufzudämmern.

Verwirrt stand Nick davor. Als gestickten Sinnspruch an der Wand einer Holzhütte hätte er etwa *Pflücke den Tag*, oder *Morgenstund hat Gold im Mund* erwartet, etwas von ähnlicher Güte jedenfalls, aber nicht einen solchen Satz. Einen Satz, den er mehrmals lesen musste, um ihn zu verstehen, und als er sich schließlich abwandte, um den hinteren Teil der Hütte in Augenschein zu nehmen, war er sich noch immer nicht sicher, was damit gemeint war. Links und rechts ragten Holzbalken etwa einen Meter in den Raum hinein und vermittelten so den Eindruck, die Hütte bestünde aus zwei abgetrennten Zimmern. Der Durchgang führte in den hinteren Teil. Dort befand sich ein einfacher Holzofen, dessen Rohr durchs Dach gesteckt war, und rechts des Eingangs ein Gasherd und ein Waschbecken aus Zink. Vor dem Fenster ein Schreibtisch, auf dem ein dickes Buch lag: *Pflanzen und Tiere des Waldes*. Auch dieses Buch schien vom Anfang des Jahrhunderts zu stammen. Nick schlug es auf. Es war wunderschön illustriert und roch nach feuchtem Papier. Er blätterte es durch. Fledermäuse, Waldameisen. Libellen ... Auch ihre lateinischen Bezeichnungen waren angegeben. Die Waldameise hieß *Formica* und Nick musste an *Formicula* denken, einen Schwarz-Weiß-Film, den er irgendwann mal im Kino gesehen hatte. Durch Atomtests waren Ameisen mutiert und zu vier Meter großen Kolossen angewachsen, die Menschen angriffen und töteten. Die Geschichte klang albern, aber der Film hatte ihn damals schwer beeindruckt. Nachdem er das Buch wieder zurückgelegt hatte, fiel sein Blick aus dem Fenster – und er erstarrte, denn obwohl er noch nie hier gewesen war, kannte er den Ausblick.

Er sah, was er aus dem Fenster des unheimlichen Arbeitszimmers in der Villa Reinhard gesehen hatte: die Stämme der Nadelbäume im Halbschatten. Sie waren genauso angeordnet wie im Garten der Villa Reinhard, und auch das Licht war gleich. Es handelte sich nicht nur um eine Ähnlichkeit. Es war genau dasselbe Bild. Nur der Nistkasten mit dem durchgebrochenen Boden fehlte. Aber Nick war in diesem Moment überzeugt davon, dass, wenn er draußen nachsehen würde, der Nistkasten zertrümmert auf dem Waldboden läge und das Nest mit den toten Vögeln daneben. Das Grauen packte ihn. Er wich zurück, ohne den Blick von den Bäumen abzuwenden. Erst als er in der Mitte des Raumes angekommen war, drehte er sich um. Er hastete zur Tür und riss sie auf. Vor ihm stand dicht und undurchdringlich der Wald. Ohne sich noch einmal nach der Hütte umzusehen, rannte er los und merkte bald, dass er keine Ahnung mehr hatte, aus welcher Richtung er gekommen war.

»Gruber!«, rief er. »Hall...« Da war es passiert. Er hatte das Insekt nicht gesehen, aber er spürte, wie es in seinem Mund mit den Flügeln schlug. Er beugte sich vor und stemmte die Arme auf die Oberschenkel. Aber egal, wie sehr er prustete und spuckte, das Insekt steckte in seinem Rachen fest. Er würgte, bis ihm die Tränen in die Augen traten. Als er keine Luft mehr bekam und schon fürchtete, ohnmächtig zu werden, schlug ihm jemand kräftig auf den Rücken. Als er hochfuhr, stand Gruber neben ihm. Er haute ein zweites Mal zu, so kräftig, dass Nick Mühe hatte, sich auf den Beinen zu halten.

»Besser jetzt?«

Nick schnappte nach Luft, und tatsächlich: Das Insekt war aus seinem Mund verschwunden. »Danke. Vielen Dank.«

Gruber sah ihn besorgt an. »Wo hast du denn gesteckt? Die Kollegen sind fertig. Wir warten nur noch auf dich. Komm.«

Gruber zeigte ihm den Weg. Während sie zum Auto zurückgingen, erzählte Nick von der Hütte im Wald, ohne die Bäume aus dem Garten der Villa Reinhard zu erwähnen, und das Grauen, das ihn gepackt hatte. Er erzählte von der Kerze und dem Foto an der Wand. »Und daneben hing eine gerahmte Stickerei mit einem Spruch: »Dieser Morgen ist so beschaffen, / dass ihn das bloße Verrinnen der Zeit / nie veranlassen wird / heraufzudämmern.« Merkwürdig, oder?«

»Ja«, sagte Gruber, »merkwürdig. Ich dachte, ich kenn mich hier aus. Aber von einer Hütte weiß ich gar nichts.«

Stjepan Ursas Leiche war schon abtransportiert worden. Das Loch, in dem er gelegen hatte, wurde wieder zugeschüttet. Die Kollegen von der Spurensicherung packten ihre Gerätschaften zusammen. Malte saß auf der Rückbank des Streifenwagens, blass sah er aus.

»Ihr könnt ihn zurückbringen.« Gruber nickte den Uniformierten zu, die rauchend neben dem Wagen standen.

Auf der Rückfahrt in Richtung Stadt sagte Gruber: »Im Prinzip fangen wir jetzt wieder ganz von vorne an.«

Nick sah aus dem Fenster. Wiesen, Felder, Strommasten. Aus den tief hängenden Wolken fiel zum ersten Mal seit dem Hagelsturm ein leichter Regen, ohne dass es nennenswert abgekühlt wäre. Er benetzte die Frontscheibe, das war alles. Gruber schaltete die Scheibenwischer ein. Er hatte sich wie selbstverständlich hinters Steuer gesetzt, hatte wohl gespürt, dass Nick nach dem Erlebnis im Wald noch einen Moment Erholung brauchte. Er drehte das Radio lauter. »*I thought you died alone*«, sang Bowie, »*a long long time ago.*« Aber Gruber hatte unrecht. Es fing nicht wieder von vorne an, leider nicht. Es war schon viel zu viel passiert. »*Oh no, not me, we never lost control.*« Er musste an Löscher denken, an sein Bild von der Rutsche und der ungebremsten Fahrt in die Tiefe. Nick verstand genau, was er meinte; auch er hatte inzwischen das Gefühl, auf solch einer Rutsche zu sitzen. Wann die Fahrt begonnen hatte, vermochte er nicht zu sagen, aber er verstand jetzt, dass er schon eine ganze Weile unterwegs war. Das Tempo nahm ständig zu. »*Who knows? Not me, I never lost control …*«

Löscher, erfuhren sie im Besprechungsraum, hatte sich erbarmt und Fischs Käfig ausgemistet. Man konnte wieder durch die Nase atmen. Gruber übernahm die Aufgabe, die Kollegen darüber zu informieren, dass Stjepan Ursas Leiche nun auf dem Weg zur Rechtsmedizin war. »Malte Seibold hat die Stelle im Wald problemlos wiedergefunden.«

Als er seinen Bericht beendet hatte, nickte Aki ihm zu. »Danke. Auch wenn das, Stand jetzt zumindest, für unsere weiteren Ermittlungen keine Rolle mehr spielen wird …« Er reichte Mercks, der neben ihm saß, einen Stapel Papier. »Lass das bitte mal rumgehen. Ein Exemplar für jeden.« Es war der Bericht der Kollegen vom LKA, die das Sterbevideo analysiert hatten. Nachdem sich jeder eine Kopie genommen hatte, fasste Aki die Situation zusammen: »Ich will die Ergebnisse nicht vorwegnehmen, gehe aber davon aus, dass die Rechtsmediziner herausfinden werden, dass Stjepan Ursa mit derselben Waffe und unter ähnlichen Umständen ermordet worden ist wie seine Frau und seine Tochter. Nach dem, was wir von Malte Seibold wissen, müssen wir davon ausgehen, dass Stjepan Ursa bei ihnen im Perlacher Forst war, als der oder die Täter auf sie geschossen haben. Obwohl schwer verletzt, ist ihm die Flucht gelungen. Er hat sich über die Geiselgasteigstraße zum Wohnhaus der Seibolds geschleppt, wo er ...« Er brach ab und blickte einen Moment lang schweigend auf den LKA-Bericht. »Von den Tätern«, fuhr er fort, »wissen wir noch immer so gut wie nichts, außer dass sie sehr wahrscheinlich keine Profis waren. Malte Seibold und seinen Freund Frank Asmus können wir als Täter ausschließen. Die haben tatsächlich nur das Video aufgenommen.«

»›Nur‹ ist gut«, sagte Mercks.

»Ihr wisst, wie ich's meine.«

Sie wussten es. Und sie wussten auch, dass die neue Wendung im Mordfall Ursa nicht dazu führte, dass nun plötzlich neue Verdachtsmomente auftauchten und ganz neue Ermittlungsschritte eingeleitet werden mussten. Alle Zeugen, alle Personen, die irgendwie mit der Familie in Kontakt gestanden hatten, waren bereits befragt worden. Ihre Aussagen lagen vor. Neu war nur, dass Stjepan Ursa nicht Täter, sondern Opfer war.

»Irgendwo in diesen Aktenbergen werden wir auf die Täter stoßen«, schloss Aki, »also graben wir weiter.«

»Wenn wir jetzt davon ausgehen müssen«, sagte Nick, »dass eine kroatische Familie von einem nicht professionellen Täter regelrecht hingerichtet worden ist, müssen wir dann doch noch mal über Ausländerfeindlichkeit als Motiv nachdenken?«

Sie waren sich einig, dass sie das mussten, und Nick erklärte sich bereit, die Gruppe um Holger Riehs noch einmal genau unter die Lupe zu nehmen. Nachdem sie die Aufgaben verteilt hatten, verschwanden alle in ihren Büros.

Nick stellte Fisch Wasser in den Käfig, der nun nach frischen Sägespänen duftete. Fisch sah ihn dankbar an und schüttelte die strähnigen Haare. Als Nick aufblickte, stand Löscher im Türrahmen. Was er sonst so gut zu verbergen vermochte, trat nun offen zutage: Er war am Ende seiner Kräfte. Noch ehe Nick etwas sagen konnte, wandte er sich um und verschwand. Nick konnte seine eiligen Schritte auf dem Flur hören. Er überlegte, wie und wo er sich mit ihm treffen konnte, ohne Akis Aufmerksamkeit zu erregen. Denn dass Aki Löscher beobachtete, wusste Nick spätestens seit gestern, seit Aki mit Löscher ausgerückt war, um den Partykeller zu finden, in dem das Video aufgenommen worden war.

Ohne eine überzeugende Lösung gefunden zu haben, ging Nick in sein Büro und beschäftigte sich wieder mit den Aussagen der Kameraden von Holger Riehs. Aber von Satz zu Satz fiel es ihm schwerer, sich zu konzentrieren. Er musste wieder an Graziella denken. Vielleicht war sie ja doch zur Vernunft gekommen … Wäre es nicht sogar denkbar, dass sie doch wieder im Raumschiff auftauchte? Schließlich musste sie ja irgendwie Geld verdienen.

Es war inzwischen später Nachmittag, und Nick verspürte eine solche Unruhe, dass an konzentriertes Arbeiten nicht mehr zu denken war. Er erhob sich und stürmte aus dem Büro. Ein Mann mit zerzaustem Haar kniete vor dem Getränkeautomaten.

»Hallo, Schorsch.«

»Servus.«

Schorsch drehte sich nicht einmal um. Nick überlegte, ob er ihm das mit dem Wasser sagen sollte, aber er hatte die Ruhe nicht und ging außerdem davon aus, dass Gruber das bereits erledigt hatte. Auf dem Flur begegnete er Aki.

»Machst du schon Schluss?«

»Nein, nur kurz Luft schnappen.«

Als er ins Freie trat, ging es ihm schon ein bisschen besser. Der Regen war stärker geworden. Er zog die Schultern hoch und ging eilig die Goethestraße hinunter. Je näher er seiner Wohnung kam, desto überzeugter war er, dass Graziella ihm eine Nachricht hinterlassen hatte. Doch als er den Briefkasten aufriss, lag darin nur eine Ansichtskarte von Jo. Unter normalen Umständen hätte er sich gefreut wie ein Schneekönig und die Karte sofort gelesen. Dass er sie jetzt einfach unbesehen in die Hosentasche steckte, erschreckte ihn selbst, denn es zeigte, wie es um ihn bestellt war. Er konnte nur noch an Graziella denken. Vielleicht saß sie ja oben in seiner Wohnung. Er wusste um die Absurdität seiner Hoffnung, stürmte aber trotzdem die Treppe hinauf, vorbei am Fenster, das noch immer kaputt war. Er schloss die Tür auf und betrat die Wohnung. In der Küche war niemand, die Akten und die Artischocken lagen unverändert auf dem Tisch.

»Graziella?« Er ging den Flur entlang. »Hallo?« Keine Antwort. Trotzdem klopfte er an die Schlafzimmertür, bevor er sie öffnete. Das Zimmer war leer. Nick setzte sich auf das abgezogene Bett neben den Wäschestapel, auf dem noch immer der Hausschlüssel lag, und vergrub das Gesicht in den Händen.

Wie lange er so dagesessen hatte, vermochte er nicht zu sagen, aber als er wieder zu sich kam und aus dem Fenster blickte, hatte sich das Licht draußen verändert. Jos Karte fiel ihm ein. Er holte sie aus der Tasche. Bunte Fischerboote, weiße Häuser vor blauem Himmel und bizarre Felsformationen im Meer. Offenbar war er wieder an der Algarve gelandet. Nick drehte die Karte um. Anders als die knappen Grüße, die ihm sein Sohn bis jetzt aus Portugal geschickt hatte, war diese Karte dicht beschrieben. Jo berichtete, dass er sich bei den Engländern, die an der Algarve ihre Ferienhäuser bauten, einen guten Ruf als verlässlicher deutscher Handwerker erarbeitet hatte, dass er viel zu tun habe und gut bezahlt werde. »Habe zum ersten Mal das Gefühl, dass sich meine Ausbildung gelohnt hat. Ich hoffe, es geht Dir gut. Liebe Grüße, Jo.«

Nick freute sich für seinen Sohn und bedauerte gleichzeitig, dass er ihn so schnell nicht wiedersehen würde. Er stand auf und steckte die Karte in seine Tasche zurück. Gerne hätte er Graziella erzählt, dass Jo nun doch froh war um seine Schreinerlehre. Vielleicht hätte ihr das bei der Entscheidung geholfen, wie es mit Matteo weitergehen sollte.

Er verließ die Wohnung wieder und stieg die Treppen hinunter. Dunst hing über der Schwanthalerstraße. Der Regen, die Wärme – das ganze Bahnhofsviertel kam Nick vor wie eine Waschküche. Weil er hungrig war, ging er ins Bosporus und aß einen Döner. Um ihn herum saßen Junkies und Obdachlose, die sich vor dem Regen ins Trockene geflüchtet hatten. Die Ausdünstung ihrer feuchten Kleidung mischte sich mit dem Geruch von Bratfett und Zwiebeln. Als er eingetreten war, hatte er das nicht so deutlich wahrgenommen, doch jetzt drehte sich ihm fast der Magen um. Er kam sich vor wie in einem Wartesaal voller Menschen, die vor sich hin faulten.

»Was ist los, Mann?« Erstaunt räumte Hakan Nicks halb aufgegessenen Döner ab. »War nicht gut?«

»Doch, war gut. Hab nur keinen Appetit.« Nick zahlte schnell und eilte nach draußen. Er atmete tief durch, hatte aber nicht das Gefühl, dass die Luft hier wesentlich besser war. Der säuerliche Geruch hing über der ganzen Stadt, er bekam ihn nicht mehr aus der Nase.

Er ging die Treppe zum Raumschiff hinauf und öffnete die Eisentür. Die Neonröhren im Flur brannten, obwohl es draußen noch hell war. Eine der Röhren flackerte und ging immer wieder aus. Das tat sie nun seit Monaten schon, aber niemand unternahm etwas dagegen. Vermutlich nahm es inzwischen keiner mehr wahr. Vor dem Getränkeautomat blieb er stehen. In einem Fach gab es Mineralwasser, in einem weiteren Cola. Schorsch hatte tatsächlich umgebaut. Aber Nick konnte sich nicht lange darüber freuen, denn aus dem Loch stieg der säuerliche Geruch herauf, und er flüchtete in sein Büro.

Er nahm sich fest vor, die Akten noch einmal konzentriert durchzuackern, wenn nötig würde er sogar den einen oder anderen Kameraden von Holger Riehs noch einmal persönlich aufsuchen. Plötzlich war er in Kampfeslaune. Es konnte auch befreiend sein, wenn alles scheißegal war. Er hatte sich gerade an den Schreibtisch gesetzt, als er die Kopie eines Zeitungsartikels zum Orwell-Jahr bemerkte, die ihm jemand hingelegt haben musste. »Der lange Schatten von 1984« lautete die Überschrift. Nick überflog die ersten Sätze: Radikalen-Erlass, Anti-Terror-Gesetze, Volkszählung, gläserner Bürger ... Es ging um die Frage, ob die Bundesrepublik auf dem Weg in eine Überwachungsgesellschaft nach Orwellschem Vorbild war. Aber viel mehr als der eigentliche Text erschreckte ihn, was von Hand geschrieben danebenstand: »Ein toter Mensch sendet Grüße.« Auch wenn er seinen Namen nicht daruntergesetzt hatte, wusste Nick sofort, dass der Gruß von Löscher stammte. Nick sah ihn vor sich, im Türrahmen stehend, mit leerem Blick, am Ende seiner Kräfte. Das war vor ein paar Stunden gewesen. Seither hatte er ihn nicht mehr gesehen. »Ein toter Mensch sendet Grüße.«

Nick fuhr so abrupt hoch, dass er den Stuhl fast umgestoßen hätte. Er eilte über den Flur. Die Tür zu Löschers Büro war geschlossen. Er drückte die Klinke hinunter und riss die Tür auf. Aber Löscher war nicht da. Das Büro war leer, der Schreibtisch penibel aufgeräumt. Zwei Aktenschuber standen nebeneinander, die Stifte waren in einem Plastikbehältnis verwahrt, es lagen keine losen Blätter und keine Notizzettel herum, wie das auf Nicks Schreibtisch der Fall war. Nick konnte sich nicht erinnern, jemals in Löschers Büro gewesen zu sein, es war also durchaus möglich, dass es hier immer so ordentlich aussah, aber er bekam den Gedanken nicht aus dem Kopf, dass Löscher aufgeräumt hatte, bevor er ...

Mit einem dicken Kloß im Hals ging Nick zurück in sein Büro und schloss die Tür hinter sich. Nach einigem Suchen fand er die Liste mit den Adressen und Telefonnummern der Kollegen. Er hatte den Telefonhörer schon in der Hand, als er innehielt. Nach kurzem Zögern legte er den Hörer wieder auf, schnappte sich einen Stift und schrieb Löschers Adresse und Telefonnummer auf einen Zettel.

Der Regen hatte aufgehört, aber die Luft war noch immer feucht. Der Abend dämmerte, die Lichtreklamen blinkten, und die ersten Nachtgestalten drückten sich in den Hauseingängen herum. Erst als er auf die Telefonzelle zusteuerte, wurde ihm bewusst, was er tat, und er erschrak über sich selbst. Wie war es um ihn und seine psychische Gesundheit bestellt, wenn er sich nicht mehr traute, Löscher vom Büro aus anzurufen? Was war bloß mit ihm passiert? Er beruhigte sich ein wenig mit dem Gedanken, dass er das alles mit Rücksicht auf Löscher unternahm. Sein Kollege war derjenige, der sich verfolgt und beobachtet wähnte. Löschers psychische Gesundheit war das Problem, nicht seine eigene.

Die Telefonzelle war besetzt. Nick überlegte schon, wo er die nächste finden würde und wie weit es bis dorthin wäre, als er bemerkte, dass da drin überhaupt nicht telefoniert wurde. Ein Punk-Pärchen küsste sich leidenschaftlich. Er presste sie gegen die Scheibe. Sie lehnte den Kopf zurück und zerquetsche dabei ihren Iro. Ihn wieder in Form zu bringen, dürfte sie einige Mühe kosten. Aber das war nicht Nicks Problem. Er klopfte gegen die Scheibe. Die beiden zuckten zusammen und starrten ihn erschrocken an. »Ich muss telefonieren!«, rief Nick.

»Wir auch!« Der Punk grinste schief und streckte Nick den Mittelfinger entgegen. Er wollte sich gerade wieder über seine Gefährtin hermachen, als Nick die Tür aufriss. »Raus da. Geht woanders pimpern.«

»Mach die Tür zu, Sackgesicht!«

»Im Ernst jetzt.« Nick zeigte ihnen seinen Dienstausweis. »Das ist ein Notfall.«

Sie murmelten irgendwas vor sich hin und zogen davon. Er Professorensohn, sie Arzttochter, vermutete Nick. Der Iro hatte Schlagseite und schwankte bei jedem Schritt.

Die Telefonzelle war über und über mit Parolen beschmiert. *Macht kaputt, was euch kaputt macht! Stoppt Strauß!* Weil Nick kein Kleingeld fand, warf er ein Markstück in den Schlitz und wählte Löschers Nummer. Während er dem Tuten am anderen Ende der Leitung lauschte, stieg seine Unruhe. Nimm ab, bitte nimm ab. Aber Löscher nahm nicht ab, und Nick knallte den Hörer auf die Gabel. Er verließ die Telefonzelle und hastete zur Brachfläche an der Senefelder. Die Scheibe im Wachhäuschen war zertrümmert. Eine Katze saß darin und putzte sich. Den Krummen konnte er nirgends entdecken. Er schloss den BMW auf, setzte sich hinters Steuer und öffnete das Handschuhfach. Er holte den Stadtplan heraus und suchte Löschers Adresse. Als er sie gefunden hatte, faltete Nick den Stadtplan so, dass er die gesamte Strecke überblicken konnte, und legte ihn auf den Beifahrersitz. Dann startete er den Motor.

Die Gebäude sahen alle gleich aus. Anfang der Sechzigerjahre erbaut, schätzte Nick, fünf Stockwerke hoch, die Fassaden entweder grau oder braun mit Balkonen wie Schubfächer zum Herausziehen. Symmetrisch gingen die Wohnblöcke links und rechts von der Straße ab. Nick fuhr langsam an einem Supermarkt vorbei. Wenn er die Hausnummern richtig verfolgt hatte, musste Löscher in einem der Häuser wohnen, die nun wie ein langer Riegel zu seiner Rechten auftauchten. Davor lag ein Parkplatz, der mit einem großen Schild als *Privat* ausgewiesen war. Nur wenige Autos standen darauf, also stellte Nick den BMW auf einem freien Feld ab, stieg aus und verriegelte die Tür. Eine einzige Laterne spendete spärliches Licht. Auf der Supermarktseite standen Müllcontainer. In einem Anbau, der an einen Schuppen erinnerte und dessen Gittertor mit einem Fahrradschloss gesichert war, lagerten Getränkekisten. Hinter dem Parkplatz befand sich eine Wiese mit einer Teppichklopfstange. Von der Stange hing etwas herunter, ein Wäschesack, meinte Nick zunächst – aber es war einfach ein dickes Kind. Es hing reglos da, als hätte man es festgebunden. Er wollte schon hingehen und nachsehen, ob es noch lebte, da ließ es sich fallen und schlenderte über die Wiese davon.

Nick ging auf den Gebäuderiegel zu. Er bestand aus mehreren aneinandergereihten Wohnblocks mit separaten Eingängen. Die 112c war der dritte. Der Name Löscher stand ganz oben auf dem Klingelbrett. Nick drückte den Knopf. Keine Reaktion. Er versuchte es mehrfach hintereinander, aber nichts passierte. Also klingelt er so lange bei den Nachbarn, bis ihm einer die Haustür öffnete. Nick hastete die Treppen hinauf, nahm zwei Stufen auf einmal und war ziemlich außer Atem, als er im fünften Stock ankam. Vorsichtshalber klingelte er nochmals an der Wohnungstür und lauschte. Aber das einzige Geräusch, das er hörte, war sein eigener Blutkreislauf, der in den Schläfen hämmerte. Also holte er den Dietrich aus der Tasche. Er musste ein wenig herumschrauben, denn Löscher hatte zusätzliche Sicherheitsschlösser angebracht, aber irgendwann waren auch diese überwunden, und die Tür ließ sich öffnen.

In der Wohnung herrschte Dunkelheit. Nick tastete nach dem Lichtschalter und fand ihn schließlich. Vor ihm lag ein langer Flur, von dem mehrere Türen abgingen.

»Klaus?«

Nick riss eine Tür nach der anderen auf und hoffte inständig, nicht zu finden, was er zu finden fürchtete. Die meisten Zimmer waren mehr oder weniger ausgeräumt. Und auch im Wohnzimmer am Ende des Flurs fehlte die Hälfte der Möbel. Ein Schatten an der Wand zeugte davon, dass hier einmal eine Couchgarnitur gestanden hatte. Nun stand ein einsamer Schaukelstuhl vor einem fahrbaren Unterschrank. Auch den Fernseher musste man sich dazudenken. Während Nick noch das zerfledderte Wohnzimmer betrachtete, vernahm er ein Geräusch in seinem Rücken. Die Wohnungstür wurde aufgeschlossen, und dann stand Löscher im Türrahmen, in jeder Hand eine Einkaufstüte. Er starrte Nick erschrocken an. Ohne ein Wort zu sagen, trat er in die Wohnung und verriegelte die Tür hinter sich.

Nick ging auf ihn zu. »Entschuldige bitte, Klaus, dass ich hier so … Ich kann dir gar nicht sagen, wie froh ich bin …« Während er Löscher, der noch immer schwieg, in die Küche folgte, erzählte er ihm von dem Orwell-Artikel, vom Versuch, ihn von der Telefonzelle aus zu erreichen, bis hin zu seiner Ankunft auf dem Parkplatz.

Da hielt Löscher, der mittlerweile die Einkäufe ausgepackt hatte, inne und sah Nick alarmiert an. »Dein Auto steht da unten?«

»Ja. Das müsste man eigentlich von hier …« Nick trat ans Fenster. »Ja, schau, da steht es.« Löscher war zu ihm getreten. Beim Blick hinunter stellte Nick verblüfft fest, dass der dicke Junge wieder an der Teppichstange hing, und zwar genauso bewegungslos wie zuvor. »Was macht denn der Junge da?«

»Das ist Momme.«

»Ja …, aber was macht der da?«

»Nichts.« Löscher zuckte mit den Schultern. »Der hängt da einfach gerne. Aber hör mal, Nick,« Löscher sah ihn ernst an, »das geht so nicht. Du kannst nicht einfach mit deinem Auto hier vorfahren …«

»Wieso?«

»Weil die mich überwachen, verdammt noch mal. Du bringst uns damit beide in Gefahr, verstehst du das nicht?«

Sie standen einander schweigend gegenüber, dann sagte Nick: »Ich habe keine Ahnung, was hier abläuft, Klaus, ich kann nur eins mit Sicherheit sagen: Seit ich den Artikel auf meinem Schreibtisch gefunden habe, hatte ich eine Scheißangst um dich. Bei jeder Tür, die ich geöffnet habe, dachte ich, dass du dahinter liegst. Und ich habe einfach keine Lust, mir deine Vorwürfe anzuhören. Wenn du nicht willst, dass ich hier vors Haus reite, dann leg mir nicht solche beschissenen Artikel auf den Tisch, und schreib vor allem nicht ›Grüße von einem toten Mann‹ darunter, du blödes Arschloch!« Nick war jetzt auf hundertachtzig. »Dann lass mich mit deinem ganzen Scheiß in Ruhe!«

»Nick …«

»Ich habe selber genug Blödsinn an der Backe, wirklich, ich brauch deine Geschichten überhaupt nicht …«

»Nick, hallo, hör mir mal zu!«

»Was?«

»Danke. Ich bin froh, dass du hergekommen bist, um nach mir zu schauen. Und es tut mir leid, dass du dir Sorgen gemacht hast … Ich … Möchtest du ein Bier?«

»Okay.«

Löscher räumte die Tüten weg und holte zwei Bier aus dem Kühlschrank. »Am besten …« Er zögerte einen Moment. »Am besten bleiben wir in der Küche. Hier haben wir wenigstens einen Tisch und können uns hinsetzen.«

Nick sah sich um. Auch hier überall Schatten an den Wänden. Neben dem Fenster musste mal eine Uhr gehangen haben und an den nun kahlen Wänden Hängeschränke. Die Dübel steckten noch in den Bohrlöchern. Sie nahmen Platz.

»Das mit dem Artikel tut mir leid, Nick … Ich hab mir überhaupt nichts dabei gedacht. Ich hab dir den nur hingelegt, weil wir neulich über Orwell geredet haben …«

Löscher saß auf einer Küchenbank vor der Wand neben dem Fenster. Der Schatten, den die Uhr hinterlassen hatte, schwebte wie ein Heiligenschein über seinem Kopf.

»Der Artikel war ja nicht das Problem, sondern dein bescheuerter Gruß daneben.«

Löscher sah ihn erschrocken an. »Aber das ist doch nicht von mir, der Satz stammt doch von der Hauptfigur: ›Aus dem Zeitalter der Gedankenpolizei sendet ein toter Mensch Grüße.‹« Löscher sah ihn fragend an. »Ich dachte, du erkennst das Zitat sofort ...« Er brach ab, schien nachzudenken und fuhr dann fort: »Klar, aus deiner Sicht ... Logisch, dass du alarmiert warst, nach allem, was ich dir erzählt habe, und wer mich nicht so gut kennt, der könnte wirklich ... Ich Idiot. Scheiße, Nick, das tut mir echt leid.« Löscher wirkte ehrlich zerknirscht.

Nick war zwar immer noch sauer, aber mit jedem Schluck Bier nahm die Erleichterung zu. *1984* war eines jener Bücher, die man zu kennen glaubte, obwohl man sie noch nie gelesen hatte. Nick nahm sich vor, das Versäumte demnächst nachzuholen.

»Was ist mit deiner Familie?«

Löscher berichtete, dass seine Frau mit den Töchtern ausgezogen war. »Sie haben es nicht mehr ausgehalten. Und ich kann es ihnen nicht mal verdenken. Ich halte mich ja selbst kaum mehr aus ...« Auf Nicks besorgten Blick hin beeilte er sich, hinzuzufügen: »Aber das heißt nicht, dass ich mir morgen einen Strick nehme. So weit bin ich noch nicht.«

Während sie redeten, stellten sie fest, dass es ihnen beiden ganz ähnlich gegangen war. Auch Löscher hatte sich überlegt, wie es möglich wäre, Kontakt mit Nick aufzunehmen, ohne Misstrauen zu wecken. »Ich bin aber zu keiner guten Lösung gekommen.«

»Meine Lösung war vielleicht nicht die beste«, sagte Nick, »aber immerhin sitzen wir jetzt hier.«

»Immerhin.«

»Was wollte Aki eigentlich neulich von dir? Ihr seid doch sonst nie zusammen im Einsatz.«

»Das ist dir aufgefallen?«

»Natürlich.«

»Ich weiß nicht, was mit Aki los ist, Nick. Er kommt mir so nervös vor in letzter Zeit.« Löscher starrte nachdenklich ins Leere. »Er hat mich nur wieder mal darauf eingeschworen, dass ich niemanden mit meinen Spinnereien behellige. Das war nichts

Neues, hat er mir alles fast im Wortlaut schon mal gesagt. Er war nur … Er kam mir ernsthaft besorgt vor. Ich hatte schon den Verdacht, dass er irgendwie erfahren haben könnte, dass ich mit dir gesprochen habe …«

»Aber was ist denn das Problem?« Nick beugte sich vor.

»Wie meinst du das?«

»Ich versuche die ganze Zeit herauszufinden, was daran eigentlich problematisch sein soll, wenn wir beide, du und ich, über deine Erlebnisse nach dem Liverpool-Anschlag sprechen. Wir sind Kollegen, wir haben beide in dieser Sache ermittelt, warum sollst du mir davon nichts erzählen?«

»Tja …« Löscher nahm einen Schluck Bier. »Das musst du Aki fragen.« Erschrocken fügte er schnell hinzu: »Also, tu's bitte nicht. Bloß nicht. Ich will nur sagen, dass eigentlich nur Aki das beantworten kann. Ich hätte das alles gerne offen besprochen, aber ich hab dir ja erzählt, was dabei herauskam.«

Ja, das hatte er. Das Ergebnis war nun in dieser halb ausgeräumten Wohnung zu besichtigen.

»Ich wollte mit dir sprechen«, setzte Nick an, »weil ich mir inzwischen die Akten aus Verona ansehen konnte.«

Löscher horchte auf, und Nick berichtete ihm so detailliert wie möglich von seinen Erkenntnissen. Als er auf das BKA-Gutachten zu sprechen kam, hakte Löscher mehrmals nach. »Sie haben den durchgedrückten Text der Bekennerschreiben also sowohl bei Wolfgang Abel in München als auch bei Marco Furlan in Verona gefunden?«

Nick erzählte ihm genau, welche Inhalte wo entdeckt worden waren und wie die Beweisführung der Staatsanwaltschaft aller Voraussicht nach lauten würde.

»Und immer war das BKA federführend, ja?«

»Ja.«

Schließlich erzählte Nick noch von den Reaktionen der beiden Tatverdächtigen auf die BKA-Funde in ihren Wohnungen.

»Wolfgang Abel hat wirklich gesagt: ›Sie haben mich reingelegt?‹ Das hat er wörtlich gesagt?« Löscher wirkte nun aufgeregt. Immer wieder ließ er Nick die Aussagen der beiden vortragen. Immer wieder schüttelte er ungläubig den Kopf und wiederholte selbst: »›Die einzige Gewissheit in der ganzen Sache ist, dass sie mich reingelegt haben. Ich bezweifle ernsthaft, dass die Untersuchungen korrekt durchgeführt worden sind.‹ Er hat recht, Nick, die Untersuchungen sind nicht korrekt durchgeführt worden. Wolfgang Abel hat völlig Recht.« Löscher saß da wie ein irres Kind, das gerade vom Weihnachtsmann beschenkt worden war. »Sie haben ihn reingelegt.« Er lachte glucksend auf. »Der Staatsschutz, das BKA, die stecken da alle mit drin.« Er hörte nicht mehr auf zu lachen. Der Heiligenschein schwebte über seinem Kopf.

IX. HAPPY

Eine Taube saß auf der Wäschespinne. Sie hatte den Kopf einge-
zogen und sah aus, als schlafe sie. Die Wäschespinne stand schief,
und einige ihrer Metallfinger waren gebrochen. Im Licht des frühen Morgens stand Nick mit seiner Kaffeetasse am Fenster. Seit
einem Dreivierteljahr wohnte er jetzt hier, aber er hatte noch nie
gesehen, dass jemand da unten Wäsche aufgehängt hätte. Der
heiße Kaffee tat gut. Gestern nach dem Gespräch mit Löscher
hatte er dem Drang widerstanden, noch auf ein schnelles Bier im
Pub Fiftyfive vorbeizuschauen. Er war nach Hause gegangen, hatte sich auf die Couch gelegt und zum ersten Mal seit Tagen durch-
geschlafen. Er fühlte sich frisch und ausgeruht wie lange nicht.
Nick drehte sich um. Noch immer lagen die Akten der Staatsanwaltschaft und die Plastiktüte mit den Artischocken auf dem
Küchentisch. Die Blumen auf dem Kühlschrank ließen die Köpfe hängen und hatten einen Großteil ihrer Blätter verloren. Das
Wasser im Weißbierglas war braun. Er hatte nichts angerührt
und nichts verändert, seit Graziella die Wohnung verlassen hatte.

Viel – zu viel – war aus dem Ruder gelaufen. Er hatte das Heft
des Handelns aus der Hand gegeben, war nicht mehr Herr der
Lage. Wie ein Stück Treibholz fühlte er sich, dem Spiel der Wel-
len ausgesetzt. Das musste sich ändern. Nick nahm sich fest vor,
die Dinge, die schiefgelaufen waren, wieder geradezurücken. Er
trank den Kaffee aus und spülte die Tasse ab. Dann nahm er den
Blumenstrauß vom Kühlschrank, goss das modrige Wasser in
die Spüle und brach den Strauß in der Mitte durch, damit er in

den Mülleimer passte. Es war ein Gemetzel, die Stängel krachten, die Blütenblätter flogen durch die Küche, aber danach fühlte Nick sich besser. Er räumte die Akten zurück in den Karton und hängte die Plastiktüte mit den Artischocken an die Klinke der Wohnungstür, um sie nicht zu vergessen, wenn er gleich zur Arbeit ging. Er hatte noch nie in seinem Leben Artischocken gegessen. Nach Graziellas Verschwinden war er wie selbstverständlich davon ausgegangen, dass es dabei bleiben und er niemals herausfinden würde, wie Artischocken schmeckten. Doch jetzt, an diesem frischen Morgen, sah er die Dinge mit anderen Augen, und es kam ihm absurd vor. Es gab überhaupt keinen Grund, sich in sein Schicksal zu fügen. Er war ein erwachsener Mann, er konnte die Initiative ergreifen, sein Leben gestalten. Er musste es einfach nur tun.

Nachdem er die Küche aufgeräumt hatte, wandte er sich dem Schlafzimmer zu. Der Schlüssel auf dem Wäschestapel ließ sich problemlos anheben. Federleicht war er. Nick steckte ihn in die Tasche. Dann stopfte er die Wäsche in die Waschmaschine und bezog das Bett neu. Nicht eine weitere Nacht würde er auf der unbequemen Couch schlafen, er war ja nicht bescheuert. In kürzester Zeit war alles erledigt, und sein Schlafzimmer sah richtig gemütlich aus. Er war selbst überrascht, wie leicht ihm alles von der Hand ging, und während er die Wohnung durchsaugte, wurde ihm immer klarer, dass viele seiner Probleme gar nicht erst entstanden wären, wenn er sich nicht so passiv verhalten hätte. Er hatte versucht, allen gerecht zu werden und alle Wünsche zu erfüllen, die an ihn herangetragen worden waren, mochten sie noch so unsinnig sein. Löscher hatte er versprochen, nicht mit Aki zu reden. Er hatte widerspruchslos hingenommen, dass Graziella einfach so aus seinem Leben verschwand, weil sie das für gut und richtig erachtete. Sie vielleicht, er nicht. Er ganz bestimmt nicht. Er hatte lauter Dinge getan, die er eigentlich nicht für richtig hielt, mit der Folge, dass er sich heillos verstrickt hatte. Wie eine Marionette hatte er sich in den eigenen Fäden verheddert. Aber das ließ sich ändern, es war nicht zu spät. Er musste die Dinge nur angehen und klären.

Er ging zur Tür und schnappte sich die Tüte mit den Artischocken. Im Treppenhaus stellte er fest, dass das Fenster repariert worden war.

»Frühstück oder nur Kaffee?«, fragte Hakan.

Nick reichte ihm die Plastiktüte über den Tresen. »Kannst du mir die fürs Mittagessen zubereiten?«

Hakan nahm die Tüte in Empfang und legte sie auf die Arbeitsplatte. Er nahm die Artischocken einzeln heraus, besah sie, prüfte sie, roch an ihnen und verzog das Gesicht. »Du kennst mich, Mann, ich mach dir aus Scheiße Gold, aber damit kann ich nichts mehr anfangen. Beim besten Willen nicht, die sind durch.«

Nick musste seine Enttäuschung anzusehen sein, denn aufmunternd fügte Hakan hinzu: »Aber schau mal.« Er zeigt auf eine Schüssel in der Auslage. »Die sind ganz frisch eingelegt. Wenn du heute Mittag runterkommst, kriegst du die als Vorspeise.«

Nick hatte die glibberigen Dinger, die ihn ein wenig an Quallen erinnerten, schon ein paar Mal hier gesehen. »Was ist das?«

»Na, Artischockenherzen, ganz frisch eingelegt.«

Nick musterte die Quallen skeptisch.

»Sag mal, hast du noch nie Artischocken gegessen?«

»Aber die sehen doch völlig anders aus als die, die ich dir …«

»Mann, Nick.« Hakan schüttelte mitleidig den Kopf. »Pass auf, du kommst einfach zum Mittagessen runter, und ich kümmere mich um den Rest, okay?« Er packte Nicks Artischocken wieder in die Plastiktüte und warf sie in den Müll.

Als Nick das Bosporus verließ, war er sich seiner Sache nicht mehr ganz so sicher. Das Heft des Handelns wieder in die Hand zu bekommen, war vielleicht doch gar nicht so einfach. Hakan hatte ihm ein wenig den Wind aus den Segeln genommen.

Im Flur des Raumschiffs begegnete er Löscher. Sie nickten einander zu und gingen, ohne ein Wort zu wechseln, aneinander vorbei. Nick spielte das Spiel mit. Noch – aber nicht mehr lange.

In seinem Büro versuchte er, sich auf die Akten zu konzentrieren. Er versuchte es wirklich, aber natürlich war es von Anfang an zum Scheitern verurteilt. Er wusste, dass er sich erst wieder auf die Arbeit würde konzentrieren können, wenn er seine beiden wichtigsten Vorhaben umgesetzt hatte. Wozu es also weiter aufschieben?

Er kramte den zerknitterten Zettel aus seiner Hosentasche hervor und wählte eine Nummer. »Marzek hier, Mordkommission 3, es geht um einen Kennzeichenabgleich.« Ein paar Minuten später hatte er die gewünschten Informationen. Er notierte sie und steckte den Zettel zurück in die Hosentasche. Dann stand er auf und ging zu Akis Büro. Die Tür stand offen. Aki saß am Schreibtisch, den Kopf gesenkt, er studierte irgendwelche Akten. Nick hoffte, dass Löscher nicht ausgerechnet jetzt vorbeilief. Er atmete tief durch und klopfte an. Als Aki aufblickte, trat er ein und zog die Tür schnell hinter sich zu.

»Was gibt's?«

»Ich muss mit dir sprechen.«

»Hat das nicht bis Mittag Zeit? Ich bin gerade mitten in ...«

»So lange kann ich nicht warten. Wir treffen uns gleich an der Ecke Schwanthaler, okay?«

Aki lehnte sich im Stuhl zurück. Er durchbohrte Nick fast mit seinem Blick, sagte aber kein Wort.

Natürlich war sein Auftritt ein wenig dramatisch geraten, aber während Nick über den Flur zur Eisentür hastete, war er sich sicher, die richtige Entscheidung getroffen zu haben. Er konnte nicht mit Aki reden, während Löscher nebenan in seinem Büro saß. Er brauchte räumliche Distanz, um das Versprechen zu brechen, das er ihm gegeben hatte.

Er überquerte die Goethestraße. Auf der anderen Seite blickte er noch einmal zurück und meinte, hinter einem der Fenster im Besprechungsraum eine Gestalt zu erkennen. Aber sie war im nächsten Augenblick wieder verschwunden. Vielleicht hatte er sich auch getäuscht.

Hinter einem der Zeitungsständer am Kiosk bezog Nick Stellung. Von hier aus konnte er den Eingang der Mordkommission überwachen, ohne selbst gesehen zu werden. Es dauerte nicht lange, da trat Aki aus dem Gebäude, blickte sich nach allen Seiten um und ging dann hinunter in Richtung Schwanthaler. Nick verharrte noch so lange in seinem Versteck, bis er sicher war, dass weder Löscher noch sonst jemand Aki folgte. Dann eilte er ihm nach, blieb aber zunächst auf der anderen Straßenseite. Erst kurz vor der Schwanthaler ging er hinüber. Aki stand mit dem Rücken zu ihm an der Kreuzung. Aber er musste sein Gesicht nicht sehen, um zu wissen, dass er ratlos war. Nick trat zu ihm und packte ihn am Arm. »Komm mit.«

Aki erschrak und fluchte, aber er ließ sich widerstandslos über die Kreuzung führen. Erst als sie die andere Straßenseite erreicht hatten, sagte er: »Ich hoffe, du hast gute Gründe für die Show, die du hier abziehst.«

Sie wechselten erneut die Straßenseite, und als sie wieder bei dem Gemüseladen vorbeikamen, wo Nick die Artischocken gekauft hatte, wurde ihm bewusst, dass er Löschers Route folgte. Das hatte er nicht beabsichtigt, war aber okay. »Es ist höchste Zeit, dass wir miteinander reden, Aki.«

»Sagst du mir endlich, worum es eigentlich geht?«

»Löscher hat sich mit mir in Verbindung gesetzt …«

Weiter kam er nicht, denn Aki blieb abrupt stehen. »Ich hab's geahnt. Dieser verdammte Idiot.«

»Er hat mir erzählt, dass …«

»Ich kenne die Geschichte, Nick, ich kenne sie in- und auswendig.«

»Das hat er mir auch erzählt. Und da setzt gleich meine erste Frage an.« Nick sah sich um. »Komm, lass uns weitergehen.«

Während sie sich wieder in Bewegung setzten und auf die Landwehrstraße zusteuerten, begann Aki: »Ich habe ihm gesagt, er soll dich aus der Sache rauslassen, und er hat es mir versprochen …«

Nick unterbrach ihn: »Ich wiederum musste ihm versprechen, dir nicht zu erzählen, dass er mit mir gesprochen hat. Damit wären wir schon bei meiner zweiten, dritten und vierten Frage. Du siehst, Aki, ich habe sehr viele Fragen, und eine davon lautet: Was soll der Kindergarten? Du darfst nicht mit dem reden, und du musst mir aber versprechen, dass du nicht mit jenem … Was soll das alles? Was ist hier los?« Sie überquerten die Landwehrstraße. »Aber lass uns der Ordnung halber von vorne anfangen«, fuhr Nick fort. »In der Nacht des Anschlags hat Löscher seine Beobachtungen gemacht, und gleich am nächsten Tag hat er dir davon berichtet …«

»Ja.« Aki nickte. »Am Sonntagnachmittag stand er vor meiner Tür. Ich kenne Löscher jetzt seit fast zehn Jahren, und ich wusste, dass etwas Außergewöhnliches passiert sein musste, sonst wäre er niemals am Sonntag bei mir aufgekreuzt. Ich habe ihn ins Haus gebeten. Marianne hatte Kuchen gebacken. Wir haben uns also mit Kaffee und Kuchen ins Arbeitszimmer zurückgezogen. Und dann hat er mir die ganze Geschichte erzählt …«

»Gut«, unterbrach Nick. »Wenn er dir also seine Geschichte erzählt hat, mit allen Details, dann verstehe ich nicht, warum du ihm nicht geglaubt hast.«

»Aber das hab ich doch!« Aki blieb wieder stehen. »Natürlich hab ich ihm geglaubt. Als er sich zwei Stunden später verabschiedet hat, war ich überzeugt davon, dass seine Geschichte stimmt. Ich hielt es für unmöglich, dass er sich das ausgedacht haben sollte beziehungsweise …« Sie setzten sich wieder in Bewegung und bogen in die Pettenkoferstraße ein. »Dass er sich irgendetwas ausgedacht haben könnte, stand ja gar nicht zur Debatte. Es war Tag eins nach dem Anschlag. Wir waren noch dabei, Zeugenaussagen durchzugehen. War ja nicht so, dass ich den Sonntag freigemacht hätte, ich war zwar gerade zufällig zu Hause, als Löscher vor der Tür stand, aber wir haben zu der Zeit ja Tag und Nacht durchgearbeitet, wenn du dich erinnerst …«

Nick erinnerte sich, an allen Fronten hatte Chaos geherrscht, es hatte eine Bombendrohung und einen Schusswechsel in einem weiteren Nachtclub gegeben, bei dem es ein Todesopfer zu beklagen gab. Sie waren in den Tagen nach dem Anschlag im Dauereinsatz gewesen.

»Wir standen ganz am Anfang mit den Ermittlungen«, fuhr Aki fort, »und nachdem ich Löschers Geschichte gehört hatte, dachte ich: Super, der Fall ist gelöst …« Schweigend, den Blick zu Boden gerichtet, ging Aki weiter.

»Und dann?«

»Als Löscher gegangen war, habe ich sofort beim Staatsschutz angerufen. Weil ich nicht wusste, wer dort zuständig war, das hatte mir Löscher nämlich auch nicht sagen können, habe ich Stefan angerufen, einen alten Bekannten von mir. Der wusste von dem Vorgang nichts, hat mir aber zugesichert, sich zu erkundigen. Wir sind so verblieben, dass die Kollegen vom Staatsschutz sich bei mir melden würden.«

»Das war alles noch am Sonntag, den 8. Januar?«

»Genau. Der 9. war ein Montag, die ersten Artikel über den Brandanschlag erschienen in der Presse, und damit begann die große Verwirrung. Mir ist es genau wie Löscher ergangen. Er hatte mir seine Geschichte erzählt. Ich ging also davon aus, dass die beiden Tatverdächtigen beim Staatsschutz in guten Händen waren; warum sie dort gelandet waren, konnte ich mir auch nicht erklären, aber gut, und dann schlage ich die Zeitung auf und lese, dass die Polizei nach den Tätern fahndet, die mir Löscher beschrieben hatte und die zu dem Zeitpunkt eigentlich schon im Untersuchungsgefängnis sitzen sollten. Ich bin sofort in die

Ettstraße und habe dort versucht herauszufinden, wer für den Fahndungsaufruf verantwortlich war. Ich habe das ganze Präsidium verrückt gemacht, aber es ist mir nicht gelungen. Ich weiß bis heute nicht, wie dieser Fahndungsaufruf an die Presse gekommen ist. Ich war noch im Präsidium, als man mich darüber informiert hat, dass die beiden verdächtigen Italiener jetzt festgenommen worden seien. Also doch. Ich dachte, vielleicht war das alles ein großes Missverständnis und nur der Hektik geschuldet. Als ich ins Untersuchungsgefängnis gefahren bin, war ich der festen Überzeugung, dass sich jetzt alles klären würde.«

»Ich wusste gar nicht, dass du … Wann bist du denn da hingefahren?«

»Montagvormittag war das, es war noch relativ früh. Dort hab ich dann erfahren, dass die beiden in der Nacht im Hotel König festgenommen worden waren.«

»Kannst du dich noch an ihre Namen erinnern?«

»Der eine hieß Antonio Silvestro, das war der mit dem Blutschwamm unter dem Auge, der andere Vicenzo irgendwas … Weiß ich nicht mehr.«

»Löscher meinte ja, dass der mit dem Blutschwamm anders hieß.«

»Lass mich mal weitererzählen.« Sie hatten inzwischen die Kreuzung erreicht und bogen, ohne sich abzusprechen, in die Schillerstraße ein.

»Dieser Antonio Silvestro sprach ein bisschen Deutsch, aber sein Kollege überhaupt nicht. Ich habe mir also einen Dolmetscher besorgt. Und ich habe mir natürlich ihre Papiere geben lassen und habe sie mir vom Dolmetscher übersetzen lassen. In keinem dieser Papiere war davon die Rede, dass die beiden Soldaten wären.«

Nick erinnerte sich daran, dass Löscher diese Information auch nicht aus erster Hand, sondern von den beiden Kollegen von der OK bekommen hatte, das hatte er extra betont.

»Ich habe mir Zeit genommen.« Aki fuhr sich übers Kinn. »Ich hab sie erzählen lassen. Sie sagten, sie wären nach München gekommen, um sich einen Job in der Gastronomie zu suchen. Sie hätten sich im Hotel Royal eingemietet, und als der Brand ausbrach, hätten sie Angst bekommen und wären ins Hotel König umgezogen. Ich habe sie ganz konkret mit Löschers Aussagen konfrontiert ...«

Nick horchte auf. »Und?«

»Sie wirkten ...« Aki suchte nach den richtigen Worten. »Sie kamen mir völlig überrascht vor. Sie sagten beide, es hätte in der Nacht weder eine Verhaftung am Hauptbahnhof noch eine improvisierte Gegenüberstellung in der Schillerstraße gegeben, wie von Löscher behauptet. Und so wie sie das sagten ... Also entweder waren sie beide sehr gute Schauspieler, oder sie haben die Wahrheit erzählt. Sie stritten jedenfalls rundweg ab, irgendetwas mit dem Brandanschlag zu tun zu haben. Sie haben mir eine ganz andere Geschichte erzählt als Löscher. Aber wir sind ja durchaus gewohnt, dass Tatverdächtige uns nicht unbedingt die Wahrheit erzählen, nicht wahr?«

»Allerdings.« Nick holte eine HB aus der Packung und reichte diese an Aki weiter.

Als die Zigaretten brannten, fuhr Aki fort: »Zu dem Zeitpunkt war ich noch fest davon überzeugt, dass sich die ganzen Ungereimtheiten irgendwie klären würden, denn Löscher und die Kollegen von der OK hatten den ganzen Vorgang ja protokolliert. Es gab die Aussagen der Augenzeuginnen, die Damen waren namentlich bekannt. Das dachte ich zumindest. Ich bin vom Untersuchungsgefängnis direkt zurück ins Raumschiff, wo ich erfahren habe, dass sich der Staatsschutz noch immer nicht gemeldet hatte ...«

»Warum hast du mich eigentlich zu den beiden ins Untersuchungsgefängnis geschickt, wenn du kurz vorher mit denen gesprochen hattest?«

»Ich war verunsichert, Nick. Ich wollte deine Meinung hören.«

Sie sahen einander an. Bis hierher klang Akis Bericht absolut nachvollziehbar. Nick war jetzt klar, warum er damals so gehandelt hatte. »Aber eins verstehe ich nicht: Warum hast du mich nicht eingeweiht? Ich bin dein Freund, Aki. Ich verstehe nicht, dass du mir kein Wort über Löschers Geschichte gesagt hast.«

»Lass mich zu Ende erzählen, dann verstehst du es. Ich bin dann nämlich zum LKA marschiert, zur Staatsschutzabteilung, weil ich endlich wissen wollte, was Sache ist, und das war … das war eine ziemlich bizarre Angelegenheit.«

Inzwischen waren sie auf Höhe der Schillerstraße 11a angekommen. Wie damals mit Löscher blieben sie auch jetzt auf der gegenüberliegenden Straßenseite stehen und sahen zum Liverpool hinüber.

»Ich habe also wieder nach dem Verantwortlichen für die Liverpool-Ermittlungen gefragt«, fuhr Aki fort. »Das hat für eine gewisse Hektik gesorgt, die war beinahe komisch. Irgendwie schienen sie den Verantwortlichen nicht zu finden, bis schließlich Hermann auftauchte …«

»Hermann?«

»Ingo Hermann. Der Chef vom Ganzen. Der hat mich in sein Büro gebeten und mir gesagt, dass ihnen der gesamte Vorgang unbekannt sei. Der Staatschutz hätte mit dem Liverpool-Anschlag überhaupt nichts zu tun. Sie würden da nicht ermitteln.« Aki warf seine Kippe in den Rinnstein und sah Nick ernst an. »Und dann kommst du ins Grübeln, das kannst du mir glauben.«

Der Verkehr staute sich. Die Autos fuhren im Schritttempo die Einbahnstraße entlang.

»Hast du weiter nachgehakt?« Nicks Stimme war belegt.

»Ich habe mich noch bei der Einsatzleitung erkundigt. Löscher hatte ja erzählt, dass sie von der Zentrale die Anweisungen bekommen hätten, vor dem Liverpool auf die tatverdächtigen Italiener zu warten.«

»Und was hat die Leitstelle gesagt?«

»Die konnten mir auch nicht sofort Auskunft geben, was mich gewundert hat, weil da ja alles genauestens protokolliert wird. Sie haben gesagt, sie rufen mich zurück. Der Anruf kam dann irgendwann gegen Abend. Auch sie hatten keine Kenntnis von dem Vorgang.«

Nick schaute hinüber zur Ecke Adolf-Kolping-Straße, wo laut Löscher die Ereignisse stattgefunden hatten, von denen kurz darauf keiner mehr etwas wusste oder wissen wollte, weder Staatsschutz noch Einsatzleitung.

»Was ist da passiert, Aki? Was geht hier vor?«

»Wenn ich das wüsste … Polizeipräsident Häring hat mir dann irgendwann im Lauf des Tages mitgeteilt, dass ich Leiter der Sonderkommission Liverpool werden sollte. Und als wir einen Tag später offiziell die Ermittlungen aufgenommen haben, waren die beiden Italiener aus Löschers Geschichte schon wieder entlassen. Verstehst du, Nick? In dem Moment, in dem wir losgelegt haben, waren die beiden schon raus aus dem Spiel. Und Löschers Protokolle, die Aussagen der Augenzeuginnen, das ist alles nie mehr aufgetaucht. Selbst wenn ich gewollt hätte, es gab überhaupt keine Basis mehr dafür, weiter in diese Richtung zu ermitteln. Es gab nur Löschers mündlichen Bericht …«

»Warum haben wir anderen von alldem nichts mitbekommen?«, fragte Nick.

»Wie gesagt, als wir offiziell in der Sache ermittelt haben, war das alles schon vom Tisch.«

Eine Mutter zerrte ihren quengelnden Sohn vorbei. Das Kind hatte eine Kippe im Mund. Erst beim zweiten Hinsehen erkannte Nick, dass es sich um den Stiel eines Lollis handelte.

»Löscher hat behauptet, du hättest ihm untersagt, darüber zu reden.«

»Ab einem gewissen Punkt habe ich das. Das musste ich. Ich habe schließlich eine Verantwortung gegenüber meinen Leuten …« Aki brach ab. Plötzlich sah er traurig aus. »Es war furchtbar. Wie gesagt, ich kenne Löscher jetzt schon lange. Er ist ein sehr guter und exakter Ermittler, negativ formuliert verbeißt er sich auch gerne mal … Ich wusste ganz genau, dass er keine Ruhe geben würde. Aber ich wusste genauso gut, dass es keinen Sinn hatte, weiter an seiner Geschichte dranzubleiben. Du weißt ja, unter welchem Druck die Soko stand. Alle wollten Ergebnisse sehen. Löschers Geschichte war vom Tisch, aus welchen Gründen auch immer; ich musste also pragmatisch vorgehen. Und ich habe jeden Mann benötigt. Gleichzeitig habe ich natürlich bemerkt, was die Sache mit Löscher machte. Was ich definitiv nicht brauchen konnte, war ein Querulant in der Truppe. So wie er irgendwann drauf war … Ich habe einfach befürchtet, dass er sich große Probleme einhandelt. Wenn ein Kollege immer wieder mehr oder weniger öffentlich davon faselt, dass wir nicht ordentlich ermitteln würden oder dass gar Spuren nicht verfolgt würden … Kein Dienststellenleiter hört so was gerne, und die hören sich so was auch nicht lange an. Mein Ehrgeiz ist es aber, die mir anvertrauten Kollegen bis zur Pensionierung durchzubringen. Deshalb hab ich ihm gesagt, er soll verdammt noch mal die Klappe halten.«

Sie standen schweigend nebeneinander. Passanten schoben sich an ihnen vorbei.

»Und warum«, sagte Nick schließlich, »warum war es dir so wichtig, dass er nicht mit mir über die Sache spricht?«

Aki sah ihn schweigend an. Dann nickte er. »Gut, warum nicht. Wie heißt es so schön: ›Nichts als die Wahrheit‹, richtig? Der Grund ist ganz einfach. Ich möchte nicht nur, dass Löscher es bis zur Pensionierung schafft, sondern du sollst das auch schaffen. Und ganz ehrlich, Nick, so wie ich dich im Moment erlebe, habe ich daran ernsthafte Zweifel.«

»Wie meinst du das?«

»Ich habe dich in Berlin erlebt. Ich weiß, in welchem Zustand du nach Susannes Tod warst. Mir war völlig klar, dass ich dich dort rausholen musste. Aber vielleicht war ich ein bisschen naiv. Vielleicht habe ich gedacht, du würdest schneller wieder auf die Beine kommen …«

Nick war verwirrt; er wusste nicht, worauf Aki hinauswollte.

»Ich verstehe immer noch nicht … Es geht mir doch wieder viel besser. Damals in Berlin, das war schlimm, ja, aber … Ich bin doch jetzt ein ganz anderer Mensch.«

»Das bezweifele ich eben … Ich glaube, du bist noch lange nicht so weit, wie du denkst. Ich sage dir das jetzt in aller Offenheit, weil du mich darum gebeten hast, Nick. Ich halte dich für in höchstem Maße labil. Mir war klar, dass dich Löschers Geschichte aus der Bahn werfen würde, und ich habe gefürchtet, dass du dich da genauso reinverbeißen würdest wie er. Ich meine, schau ihn dir an. Seine Frau, die Töchter, er hat alles verloren. Es ist eine Tragödie. Ich wollte einfach verhindern, dass dir etwas Ähnliches zustößt. Und so, wie ich dich in den letzten Tagen erlebt habe, muss ich sagen, ich hatte recht mit meinen Befürchtungen.«

Nick wusste nicht, was er darauf entgegnen sollte. Er hatte größte Mühe, seine Gedanken zu ordnen.

»Und jetzt bist du dran.« Aki rieb sich wieder übers Kinn. »Ich war ehrlich zu dir, und jetzt sei bitte auch du ehrlich. Hast du geglaubt, ich würde die Ermittlungen manipulieren? Hast du mir das zugetraut? Eine schnelle Antwort bitte, hast du oder hast du nicht?«

»Ja«, antwortete Nick, »ich habe es dir zugetraut … Und zwar ganz einfach, weil ich mir das alles nicht anders habe erklären können.«

»Und jetzt, nachdem ich es dir erklärt habe, glaubst du mir jetzt?«

Nick zögerte nur kurz. »Ja, ich glaube dir.«

»Gut.« Aki wirkte zufrieden. »Da bin ich froh, Nick.«

»Aber …« Nick hielt inne. »Wenn ich das alles richtig verstanden habe, dann kann ich dir und deiner Erklärung glauben, und trotzdem bleibt die Möglichkeit bestehen, dass Löschers Geschichte stimmt.«

»Darüber habe ich auch schon nachgedacht.« Aki sprach jetzt sehr langsam, als ringe er um jedes Wort. »Die Möglichkeit besteht theoretisch, aber nur unter einer Bedingung: dass nämlich mindestens eine Dienststelle der Polizei, in diesem Fall der Staatsschutz, die wahren Täter bewusst aus dem Spiel genommen hat. Darüber muss man sich im Klaren sein. Ich weiß nicht, wie es dir geht, Nick, aber mir wird schwindlig bei der Vorstellung. Wenn man bereit ist, das für denkbar zu halten …, ja, dann kann Löschers Geschichte immer noch stimmen …« Aki brach ab und sah Nick ernst an. »Dann ist es allerdings umso wichtiger, dass man diesen Verdacht für sich behält. Denn dann sind da Mächte am Werk, mit denen man sich besser nicht anlegt.«

Nick sah in den Himmel. Über dem Hotel Royal stand eine Wolke, die ihn an die Felsformation auf Jos Postkarte erinnerte. Vom Bahnhof näherte sich eine japanische Reisegruppe. Wie eine Welle teilte sie sich vor ihnen und umflutete sie. Als die Japaner vorübergezogen waren, sagte Aki: »Ich geh dann mal vor.«

»Okay.«

»Bitte pass auf dich auf, Nick.«

Aki wandte sich um und ging in Richtung Bahnhof davon. Nick sah ihm nach, bis er hinter einem quer stehenden Lieferwagen verschwunden war. Er holte eine HB aus der Packung und steckte sie an.

Hakan stellte den Teller auf den Tisch. »Lass es dir schmecken, Mann.« Mit verschränkten Armen blieb er stehen und wartete auf Nicks Reaktion.

Drei Artischockenherzen lagen auf dem Teller, in Öl eingelegt, und Nick musste an die Präparate-Sammlung in der Berliner Charité denken, an die missgebildeten Organe, Köperteile und Embryonen, die ihn als Kind fasziniert hatten. Ein Freund seiner Mutter war dort Hausmeister gewesen und hatte ihn in die Räume gelassen, wann immer er das wünschte. Keine Geisterbahn der Welt konnte mit diesem Ort mithalten. Der Mauerbau hatte seine Besuche in der Charité abrupt beendet. Aber da sein Interesse an toten Körperteilen zu diesem Zeitpunkt ohnehin schon nachgelassen hatte und lebendige eine weitaus größere Faszination ausgeübt hatten, war der Verlust zu verschmerzen gewesen.

»Was ist denn los? Hast du keinen Hunger?«

Nick stach mit der Gabel in eins der Herzen. Es quietschte leise. Er schnitt ein Stück heraus, doch als er es zum Mund führen wollte, rutschte es ihm von der Gabel und fiel auf den Teller. Es klatschte, und das Öl verteilte sich über sein Hemd. Wie verdammt schwer es doch war, wieder Herr der Lage zu werden.

»Alles klar, Mann?« Hakan sah ihn besorgt an. Nick war froh, dass in diesem Moment ein Gast an den Tresen trat, um etwas zu bestellen. »Bin gleich wieder bei dir.«

Als Hakan weg war, suchte Nick fieberhaft nach einem Ort, an dem er die Artischockenherzen unauffällig verschwinden lassen konnte. Ein Gummibaum lachte ihn an, und auf einem Stuhl am Nebentisch stand eine weit geöffnete Damenhandtasche. Doch im nächsten Moment verbot er sich derartige Gedankenspiele. Hatte er sich nicht heute Morgen fest vorgenommen, für Klarheit zu sorgen? Und war es nicht gerade unter widrigen Umständen besonders wichtig, eine entschiedene Haltung einzunehmen?

Als Hakan wieder zu ihm an den Tisch trat, sah Nick ihm in die Augen. »Es tut mir leid, aber ich kann das nicht essen.«

»Ehrlich gesagt hab ich mich schon gewundert.« Hakan nahm den Teller auf. »Obst ist doch überhaupt nicht dein Ding.«

Zehn Minuten später stand der gewohnte Dönerteller vor ihm. Nick aß mechanisch, in Gedanken ganz bei dem Gespräch mit Aki. Kaum war er gegangen, war Nick eine ganze Reihe von Fragen eingefallen, die er ihm unbedingt noch hatte stellen wollen. Er hätte zum Beispiel gerne gewusst, ob Aki mit den beiden Kollegen von der OK gesprochen hatte, die mit Löscher zusammen die Gegenüberstellung durchgeführt hatten. Um herauszufinden, ob Löschers Geschichte stimmte, wären die beiden sicherlich die Ersten, die man befragen musste.

Viele Fragen waren offengeblieben und, auch das musste Nick sich eingestehen, der grundlegende Zweifel an Akis Integrität. Er hatte ihm zwar gesagt, dass er ihm glaube, aber ganz aufrichtig war das nicht gewesen. Anfangs war ihm Akis Erzählung plausibel vorgekommen, doch je länger er darüber nachdachte, desto weniger überzeugend erschien sie ihm. Mochte ja sein, dass Aki als Chef der Soko Unruhe von der Truppe fernhalten wollte – das erklärte aber noch lange nicht, warum er Löschers Geschichte mit keinem Wort erwähnt hatte. Aki hätte sofort mit ihm darüber sprechen müssen. Warum er das nicht getan hatte, blieb unklar. Aber Akis Verhalten war nur eine von vielen Unklarheiten in dieser Geschichte.

Auch das größte Problem war nach wie vor ungelöst: Wenn Löscher recht hatte, dann hatte der Staatsschutz zusammen mit anderen Dienststellen die wahren Täter aus dem Spiel genommen, und das BKA hatte Wolfgang Abel und Marco Furlan falsche Beweise untergeschoben. Nachdem Nick die Akten aus Verona und vor allem Abels Aussage nun kannte, war er noch mehr geneigt, Löschers Geschichte zu glauben. Alles passte zusammen. Und dennoch: An diesem Punkt wurde einem schwindelig, da stimmte er mit Aki überein. War ein solcher Vorgang denn überhaupt denkbar? Gut, denkbar war viel. Also formulierte Nick die Frage in seinem Kopf um: Hältst du, Nick Marzek, der mehr als die Hälfte seines Lebens im Polizeidienst verbracht hat, der du die Strukturen einigermaßen kennst oder zu kennen glaubst, hältst du solch einen Vorgang für möglich?

Während er darüber nachdachte, wurde ihm bewusst, was ihn an Löschers Geschichte die ganze Zeit schon gestört hatte. Die Überlegung, der Staatschutz hätte in diesem Fall die Täter geschützt, führte nämlich unausweichlich zu einem nächsten Gedanken. Wer die Polizeistrukturen auch nur ein bisschen kannte, wusste, dass eine solche Entscheidung nicht von der Dienststelle im LKA getroffen worden sein konnte. So etwas wäre nur auf Anweisung von ganz oben vorstellbar, also aus der Politik oder durch die Geheimdienste. Und genau hier war der Punkt erreicht, wo Nicks Vorstellungskraft versagte.

Er hatte, seit er in München war, Kollegen immer mal wieder über das Oktoberfest-Attentat sprechen hören. Das Thema war auch jetzt, vier Jahre danach, noch überall präsent. In dem Zusammenhang wurde auch von ernst zu nehmenden Kollegen immer wieder der Verdacht geäußert, etwas sei nicht mit rechten Dingen zugegangen und in bestimmte Richtungen sei nur unzureichend ermittelt worden. Der entscheidende Unterschied war aber, dass beim Anschlag auf das Oktoberfest zwölf Menschen getötet und über achtzig zum Teil schwer verletzt worden waren. Es war das schwerste Attentat auf deutschem Boden seit dem Krieg, und es war sehr wahrscheinlich politisch motiviert gewesen. Nick war zum Zeitpunkt des Anschlags noch nicht in München gewesen, und er kannte den Fall nur aus der Presse, aber dass dabei politische Interessen und möglicherweise die Geheimdienste eine Rolle gespielt hatten, wie immer diese Rolle ausgesehen haben mochte, war nicht nur vorstellbar, das war sogar wahrscheinlich.

Aber der Brandanschlag auf das Liverpool gehörte in eine andere Kategorie. Vanessa, die Barfrau der Sex-Diskothek, war ihren schweren Verletzungen erlegen, das war schlimm genug. Sieben weitere Personen waren verletzt worden, und die Einrichtung war in Flammen aufgegangen. Alles schlimm, keine Frage. Aber es hatte natürlich bei Weitem nicht die Dimension des Oktoberfest-Attentats. Die Verschwörung, die für eine Vertuschung nötig wäre, stand in keinem Verhältnis zu der eigentlichen Tat. Die Vorstellung, Teile des Staatsapparates hätten geheime Vereinbarungen getroffen, um die Hintergründe des Liverpool-Anschlags zu vertuschen, war schlichtweg lächerlich. Es war, als würde mit Kanonen auf Spatzen geschossen. Warum sollte eine deutsche Polizeidienststelle zwei dahergelaufene italienische Staatsbürger schützen wollen, egal, ob sie Kellner oder Soldaten waren? Dafür fehlte ganz einfach jedes Motiv.

Als er die letzten Bissen von seinem Teller aß, war Nick davon überzeugt, dass es die Verschwörung, die nötig gewesen wäre, um Löschers Geschichte plausibel zu machen, nicht gegeben haben konnte. Daraus folgte wiederum, dass die Geschichte selbst nicht stimmte. Er musste sich also mehr um den Zustand von Löschers Psyche als um den des Rechtsstaates sorgen, und diese Erkenntnis war durchaus eine Erleichterung.

»Das war wie immer sehr lecker«, sagte Nick, als Hakan den Teller abräumte.

»Noch ein paar Artischocken als Nachspeise?« Hakan grinste.

In dem Moment stürmte vom Eingang her eine Gestalt heran, klein und schmal, das Gesicht grau, mit eingefallenen Wangen. Die blauen Augen waren milchig und auffallend groß. Der Mann sah aus, als käme er aus dem Staunen nicht mehr heraus. »Du bist der Bulle, richtig?« Seine Stimme war hoch und schrill. Beim Sprechen entblößte er gelbe Zahnstummel. Der Mann war ein Wrack, ein Junkie vermutlich. Nick schätzte sein Alter auf Ende zwanzig.

»Lass meine Gäste in Ruhe.« Hakan baute sich vor ihm auf, aber der Junkie war erstaunlich flink, zog mit einer schnellen Bewegung den Stuhl zurück und setzte sich Nick gegenüber an den Tisch.

»Komm, Happy, mach kein Quatsch, sonst kriegst du wieder Hausverbot.«

Der Junkie sah Hakan flehend an. Seine Augen fielen fast aus den Höhlen. »Ich muss mit dem Bullen reden. Es ist wichtig.«

Nick war plötzlich eingehüllt in eine Wolke aus Alkohol, Zigarettenrauch und Old Spice, dem Zeug, mit dem die Penner ihre Wunden desinfizierten und ihre Frisuren stylten. Wahrscheinlich inhalierten sie es sogar. Er nickte Hakan zu. »Alles okay, lass ihn ruhig.«

»Benimm dich ordentlich, sonst fliegst du raus.« Hakan sah den Junkie streng an und verschwand mit dem Teller hinter dem Tresen.

»Also was gibt's so Wichtiges?« Nick zündete sich eine Zigarette an und reichte die Packung über den Tisch, aber der Junkie bekam seine Hände nicht unter Kontrolle, und so holte Nick die Zigarette aus der Schachtel und reichte sie ihm. »Sie heißen?«

»Ich bin Happy.«

»Das ist schön.« Nick gab ihm Feuer und sah ihm eine Weile dabei zu, wie er versuchte, die Zigarette in seinem Mund unterzubringen. Als er es schließlich geschafft hatte, sog er den Rauch gierig ein. Ein verlegenes Lächeln ging über sein Gesicht; er schien vergessen zu haben, warum er hier saß.

»Was wollten Sie mir mitteilen, Herr …?«

»Du darfst ruhig Du sagen.«

»Also, Happy …«

Da schnellte Happys Kopf nach vorne. »Ich weiß, wo sie sind!«

»Wer?«

»Na die, die ihr sucht …, diese Familie, von der ihr überall die Fotos … Ich weiß, wo die sind.«

Da wurde Nick klar, dass er wohl von der Familie Šušak redete. Deren Fotos hingen tatsächlich immer noch an einzelnen Stellen aus. »Es ist nett von dir, dass du uns helfen willst, aber die

Familie haben wir schon gefunden. Es geht ihnen gut, sie sind nur wegen des Hagelsturms …«

»Wie hoch ist die Belohnung?«

»Was für eine Belohnung?«

»Wenn ich euch verrate, wo die Familie ist, was krieg ich dann als Belohnung?«

»Hast du mir nicht zugehört? Wir haben die Familie schon lange wieder gefunden.«

Happy starrte Nick schweigend an. Schweißperlen standen auf seiner Stirn. »Aber ich hab doch die Fotos gesehen.«

»Das kann schon sein. Manchmal bleiben die hängen, obwohl die Sache nicht mehr aktuell ist …«

»Verstehe.« Happy kratzte sich am Oberarm. »Und was krieg ich jetzt als Belohnung?«

»Es gibt keine Belohnung!«

»Sag mal, spinnt ihr?« Happy saß nun kerzengerade auf seinem Stuhl. »Ihr glaubt, mit mir könnt ihr's machen, ja? Ist ja nur der Happy.« Seine Stimme wurde immer lauter und schriller. Die ersten Gäste schauten zu ihnen herüber. »Ich hab mich lange genug verarschen lassen, aber damit ist jetzt Schluss. Ich kenne meine Rechte …«

Hakan warf einen besorgten Blick zu ihnen herüber, aber Nick gab ihm mit einer Geste zu verstehen, dass er alles unter Kontrolle hatte. Er setzte eine sachliche Miene auf und sagte: »Du hast uns durchschaut, Happy. Also pass auf: Die Belohnung, die die Staatsanwaltschaft München für sachdienliche Hinweise ausgesetzt hat …«

Happy hing nun an Nicks Lippen. Seine Augen waren groß wie Untertassen.

» … diese Belohnung beträgt fünf Mark.«

Happy wirkte überrascht. Dann dachte er eine Weile nach, schließlich nickte er. »Gut. Wann bekomme ich die denn?«

»Ich kann dir jetzt ein Formular mitgeben, das füllst du aus und reichst es ein, und die Staatsanwaltschaft überweist dir das Geld direkt auf dein Konto …«

»Ich habe kein Konto.«

»Dann wird's schwierig. Dann müssen wir …« Nick beugte sich vor und raunte ihm verschwörerisch zu: »Das muss aber unter uns bleiben, okay?«

»Klar.« Happy nickte beflissen.

»Dann gebe ich dir die fünf Mark hier direkt auf die Hand. Dafür musst du mir aber versprechen, dass wir dann quitt sind und du Ruhe gibst, okay?«

»Okay.«

Nick holte sein Portemonnaie aus der Tasche, holte ein Fünfmarkstück heraus und schob es über den Tisch. »Vielen Dank für deine Mitarbeit. Du hast uns sehr geholfen.«

Happy steckte es in seine Hosentasche und stand auf. »Also los!«

»Wie bitte?«

»Ich zeige dir jetzt, wo die Familie ist.«

»Aber das Wichtigste ist doch, dass du deine Belohnung hast, oder nicht?«

»Du spinnst ja wohl. Ich nehm doch keine Belohnung an für eine Leistung, die ich überhaupt nicht erbracht habe. Komm jetzt mit.«

Als sie das Sendlinger Tor erreicht hatten, war Nick schweißgebadet. Happy legte ein unglaubliches Tempo vor. »Jetzt hier lang.«

Nick hatte irgendwann eingesehen, das Happy keine Ruhe geben würde, ehe er nicht seinen Teil der Abmachung erfüllt hatte. Hakan war hinter seinem Tresen immer nervöser geworden, und es war es erst einmal nur darum gegangen, Happy irgendwie aus dem Bosporus zu entfernen. Also war Nick aufgestanden und ihm gefolgt. Hakan hatte ihm einen dankbaren Blick zugeworfen. Draußen hatte er Happy dann vorgeschlagen, er solle ihm doch einfach die Adresse mitteilen, damit würde die Polizei die Šušaks finden, und Happy hätte seine Teil des Deals erfüllt. Leider konnte Happy ihm die Adresse nicht nennen. »Woher soll ich denn die Adresse wissen? Ich zeig dir das Haus, also komm jetzt mit.«

Nick war natürlich davon ausgegangen, dass mit dem ›Haus‹ das Restaurant Dubrovnik gemeint war, das irgendwo in einem Industriegebiet am Rande Dachaus stand, und wollte mit Happy zum Auto gehen, als der ihn verstört ansah.

»Mit dem Auto finde ich da nicht hin. Wir müssen zu Fuß gehen.«

»Das sind mindestens zwanzig Kilometer, Happy, da können wir nicht zu Fuß hingehen.«

»Was redest denn du für einen Blödsinn?« Happy war offenbar mit seiner Geduld am Ende. »Wir müssen nur über die Isar und dann links. Jetzt komm endlich!«

Happy war wie Scheiße am Schuh. Nick bekam ihn einfach nicht los. Heute Morgen war er noch wild entschlossen gewesen, seine Interessen klar zu vertreten. Was hatte er sich nicht alles vorgenommen. Aber Happy mit den Untertassenaugen zeigte ihm die Grenzen auf. »Mach mal hin jetzt!«

Also war er ihm gefolgt, und schon sehr bald hatte er eingesehen, dass er auch mit der Einschätzung seiner Kondition falschgelegen hatte. Happy war mit einem unglaublichen Tempo unterwegs. Wie ein Duracell-Hase pflügte er durch München. Er kannte jede Abkürzung und jeden Schleichweg. Happy bewegte sich immer und ausschließlich zu Fuß durch die Stadt, weshalb er den Weg mit dem Auto auch nicht gefunden hätte. Nick hingegen hatte die Orientierung schon kurz hinter dem Bahnhofsviertel verlassen. Er kannte sich einfach nicht aus in München, daran hatte sich noch immer nichts Grundlegendes verändert. Ab und zu tauchte mal ein U-Bahn-Schild oder ein Gebäude auf, das er wiederzuerkennen glaubte. Das Sendlinger Tor zum Beispiel oder die Brücke, auf der sie die Isar überquerten. Happy erzählte die ganze Zeit Geschichten von Unterkünften mit kaputten Duschen und Kakerlaken und von einem Mädchen namens Rosa. Nick ließ ihn reden und versuchte, die Straßenschilder im Blick zu behalten. Die Eduard-Schmidt- ging in die Zeppelinstraße über. Links von ihnen floss die Isar, rechts der Verkehr, und dahinter ragte eine Zeile fünfstöckiger Wohn- und Geschäftsgebäude auf. Auch diese stammten aus der Nachkriegszeit. Ihm war nicht klar gewesen, in welchem Ausmaß München durch den Krieg zerstört worden war und wie wenig alte Bausubstanz noch vorhanden war. Auf einer Insel im Fluss stand ein Gebäude, das er wiedererkannte: das Deutsche Museum. Er war noch nie dort gewesen, aber er nahm sich vor, das Versäumnis bald nachzuholen. Bäume beschatteten den Fußweg. In ruhigerem Tempo wäre es ein schöner Spaziergang gewesen.

Plötzlich wechselte Happy die Straßenseite und stoppte kurz darauf so abrupt, dass Nick fast auf ihn aufgelaufen wäre.

»Hier hab ich mich untergestellt.« Er zeigte auf einen Hauseingang, etwa anderthalb Meter vom Gehsteig zurückgesetzt, sodass ein überdachter Vorraum entstanden war. »Ich hab gewartet, bis der Hagelsturm vorbei war.« Das Gebäude befand sich an der Ecke Schwarzstraße, jenseits der Zeppelinstraße führte eine Brücke hinüber zum Museumsgebäude. »Dann kam noch Mirko«, berichtete Happy weiter, »den kenn ich schon lange, wir machen manchmal zusammen Platte. Als alles vorbei war, sind wir noch ein bisschen hier sitzen geblieben. War ja alles voller Hagelkörner, die ganze Straße. Du kannst dir nicht vorstellen, wie das ausgesehen …«

»Doch, kann ich. Und wie ging's dann weiter?«

»Mirko ist dann Richtung Gasteig, und ich bin in diese Richtung … Komm.« Er machte eine auffordernde Kopfbewegung.

Sie überquerten die Schwarzstraße und gingen weiter die Zeppelinstraße entlang. Aber nach wenigen Metern stoppte Happy erneut. Sie standen vor einem düster wirkenden Gebäude mit brauner Fassade. Die Fenster zum Souterrain waren vergittert, darüber schien sich eine Maschinenhalle oder ein Handwerksbetrieb zu befinden, jedenfalls drang das regelmäßige Dröhnen von Maschinen nach draußen. »Als ich hier angekommen bin, ist ein Auto vorgefahren. Die Familie, die ihr sucht ...«

»Wir haben sie schon gefunden, Happy.«

»Erzähl keinen Blödsinn. Dann hättest du mir doch die Belohnung gar nicht ausgezahlt.« Er sah Nick vorwurfsvoll an. Als Nick nur müde lächelte, fuhr er fort: »Die Familie, die ihr sucht, ist jedenfalls ausgestiegen und dann hier ...« Er hastete ein paar Meter weiter und blieb vor dem Eingang stehen. »Hier ist sie rein.« Er zeigte auf ein mächtiges Tor. »Das fiel hinter ihnen zu, und weg waren sie.« Er streckte Nick die Hand entgegen. »So, jetzt sind wir quitt.« Nachdem sie einander die Hände geschüttelt hatten, sagte Happy: »Ich hoffe, ihr findet sie, bevor es zu spät ist.« Er tippte sich an die Stirn, »mach's gut, servus«, drehte sich um und war in kürzester Zeit hinter der nächsten Straßenecke verschwunden.

Nick atmete tief durch. Sollte er ihn tatsächlich losgeworden sein? So recht traute er dem Frieden noch nicht. Allerdings musste er zugeben, dass Happys Bericht nun doch sein Interesse geweckt hatte. Die Familie Šušak hatte ausgesagt, sie hätten direkt nach dem Hagelsturm ihre Sachen gepackt und seien aus dem zerstörten Haus zu ihrem Freund ins Dubrovnik geflüchtet. Von einem Abstecher in die Zeppelinstraße ... Nick suchte an der Fassade nach der Hausnummer. Es war die 67. Von einem Abstecher in die Zeppelinstraße 67 war keine Rede gewesen. Er erinnerte sich, dass ihm vor allem die Aussage des Sohnes wie auswendig gelernt vorgekommen war. Das musste alles nichts bedeuten und ließ sich womöglich leicht klären. Außerdem war Happy ein Junkie, der für fünf Mark wahrscheinlich seine Großmutter verkaufen würde und sicherlich keine Probleme damit hatte, für ein bisschen Geld alles Mögliche zu erzählen, warum nicht auch, er habe die gesuchte Familie im Hauseingang der Zeppelinstraße 67 verschwinden sehen.

Nick blickte an dem Gebäude hinauf. Über dem Tor befanden sich Balkone, die mit rostbraunen Metallplatten verkleidet waren. Im zweiten Stock hingen Blumenkästen mit Margeriten. Ja, Happy war ein Junkie. Trotzdem glaubte Nick, dass seine Geschichte stimmte. Er hätte das Geld ja auch einfach einstecken und abhauen können, aber es schien ihm eine Frage der Ehre gewesen zu sein, Nick hierherzuführen. Also lohnte es sich womöglich, etwas genauer hinzusehen. Neben dem Hauseingang waren die Schilder zweier Arztpraxen angebracht, auf dem Klingelbrett entdeckte Nick Firmen- und Familiennamen, einige von ihnen klangen slawisch. Vielleicht hatten die Šušaks noch etwas bei Freunden abgeholt, bevor sie weiter ins Dubrovnik gefahren waren. Eine der unteren Klingeln wies eine *Druckereigenossenschaft Cicero e. G.* aus. Daher kamen also die Maschinengeräusche.

»Entschuldigung.«

Nick fuhr herum. Eine ältere Frau mit Dauerwelle sah ihn streng an.

»Darf ich mal?«

»Natürlich.«

Nick machte Platz, und die Frau drückte die Klingel der Zahnarztpraxis. Als der Türsummer ging, trat Nick schnell vor, öffnete das Tor und hielt es der Dame galant auf.

»Bitte kommen Sie rein.«

Sie nickte ihm zu und ging vorbei. Nick ließ die Tür hinter sich ins Schloss fallen und sah der Dame nach, die die Halle durchquerte und dann die Treppen hinaufstieg. Links des Eingangs befand sich eine Pförtnerloge, die aber unbesetzt war. Nick hatte das Gefühl, im Eingangsbereich einer Behörde zu stehen. Rechts befand sich eine Metalltür. Dahinter war das Stampfen der Druckmaschine zu hören. Er drückte die Klinke hinunter. Die Tür ließ sich öffnen. Der Raum dahinter war groß, eine Halle fast, die sich offenbar über die gesamte Breite des Hauses erstreckte. Neonröhren hingen an der Decke. Im hinteren Bereich entdeckte Nick ein Geländer. Er vermutete, dass dort eine Treppe ins Souterrain hinunterführte. Außerdem befanden sich dort eine Werkbank und mehrere Aktenschränke. Vor den Fenstern standen drei Tapeziertische hintereinander; auf dem einen waren Zeitungsseiten ausgebreitet, die anderen beiden waren über und über mit Büchern und Papieren bedeckt. Gegenüber standen mit Büchern und Aktenordnern vollgepackte Regale und in der Mitte des Raumes die mächtige Druckmaschine, die zischend und stampfend in steter Regelmäßigkeit eine Zeitschrift ausspuckte. Nick trat näher heran. *Original Heidelberg* stand auf einer ovalen Plakette an der Seite. Fasziniert beobachtete er, wie sich die Walze drehte, wie das Papier eingesogen und wieder ausgespuckt wurde. Die Maschine arbeitete mit einer Ruhe und einer Präzision, die eine fast hypnotische Wirkung ausübten. Draußen mochte die Welt untergehen, aber diese Maschine würde immer weiterarbeiten. Auf einem Aktenschrank dahinter entdeckte er drei Zeitschriftenstapel. Er schnappte sich ein Exemplar und hörte plötzlich Schritte. Jemand kam die Treppe herauf. Schnell ließ Nick die Zeitschrift hinter seinem Rücken verschwinden.

Ein Mann mit Stirnglatze und Brille betrat den Raum und verharrte regungslos, als er Nick erblickte. Er war um die siebzig, trug einen blauen Kittel und schien der Drucker zu sein. »Was machen Sie hier?« Er sprach mit einem starken Akzent. Ein Russe oder irgendwas in die Richtung.

»Hauptkommissar Marzek, guten Tag.« Nick zeigte dem Mann seinen Dienstausweis und sagte ihm, er sei auf der Suche nach der Familie Šušak. Man habe ihm mitgeteilt, die Familie sei nach dem Hagelsturm hier untergekommen.

Der Drucker sah Nick misstrauisch an. »Tut mir leid, der Name ist mir nicht geläufig.« Er wusste sich gewählt auszudrücken.

»Vielleicht können Sie mir trotzdem helfen. Sie kennen sich bestimmt gut aus hier im Haus. Die Šušaks sind Kroaten. Wir vermuten, dass sie hier Freunde besucht haben. Wissen Sie, ob in diesem Haus vielleicht Landsleute wohnen?«

»Nein, tut mir leid. Ich muss Sie bitten, jetzt zu gehen, ich habe viel zu tun.« Der Mann im blauen Kittel wies mit energischer Geste zur Tür. Er strahlte eine gewisse Autorität aus.

»Danke, dass Sie sich die Zeit genommen haben.«

Nick wandte sich um und verließ die Halle durch die Metalltür, wobei er sich keine Mühe gab, die Zeitschrift zu verbergen; der Drucker musste bemerkt haben, dass er sie mitgehen ließ, sagte aber nichts. Als Nick in der Eingangshalle stand, überlegte er, ob er nun an den Wohnungstüren klingeln und überall nach den Šušaks fragen sollte. Aber der Aufwand erschien ihm unverhältnismäßig. Bevor er hier die einzelnen Wohnungen abklapperte, musste er erst einmal mit den Šušaks sprechen. Als er wieder auf der Zeppelinstraße stand, fiel ihm auf, dass er keine Ahnung hatte, wie er von hier zurück zum Raumschiff finden sollte.

Mit tatkräftiger Unterstützung der Münchner Bevölkerung schaffte er es dann aber doch. Als er Aki informieren wollte, fand er dessen Büro leer vor. Auch Gruber und Löscher waren ausgeflogen, nur Mercks bearbeitete seine Schreibmaschine.

»Wo sind denn alle?«

»Aki hat eine Besprechung beim LKA, und Gruber und Löscher befragen noch mal Zeugen.«

Nick war hellhörig geworden. »Was macht Aki beim LKA?«

»Keine Ahnung.«

»Wann ist er los?«

»Vor einer halben Stunde etwa.«

»Gut. Danke.«

Nick beschloss, auf ihn zu warten. Er ging in sein Büro, setzte sich an den Tisch, und da ihm nichts Besseres einfiel, holte er die Zeitschrift hervor, die er in der Druckerei hatte mitgehen lassen. Zu seinem Erstaunen hatte das schwarz-weiß und auf billigem Papier gedruckte Magazin einen englischen Titel: *ABN Corre-spondence*. Darunter stand: *Bulletin of the Anti-Bolshevik Bloc of Nations*. Die Titelseite bestand aus Fotos von einer Demonstration. Die Demonstranten waren aber keine bärtigen Hippies, sondern sahen ausgesprochen bürgerlich aus. Nur wenige Frauen waren zu sehen. Die Männer trugen Trenchcoats und sportliche Blousons, einige Sonnenbrillen. Sie schwenkten Fahnen und trugen Plakate. Nick versuchte, die Plakate zu entziffern. Auf einem stand *Free Hungary* auf einem anderen *Pacifists = Terrorists*, auf wieder einem anderen Plakat war zu lesen: *Russian SS 20 out of Ukraine.*

War es Nick anfangs nur darum gegangen, die Zeit bis zu Akis Rückkehr zu überbrücken, weckte die Lektüre nun seine Neugier. Von einer Organisation namens *Anti-Bolshevik Bloc of Nations* hatte er noch nie gehört. Dem Impressum zufolge befand sich der Vereinssitz in den USA und eine deutsche Zweigstelle in der Zeppelinstraße 67 in München. Nick blätterte weiter und stellte fest, dass nicht nur das Titelblatt, sondern alle Artikel auf Englisch verfasst waren. Also machte er sich auf die Suche nach dem einzigen Englisch-Wörterbuch, das sie im Raumschiff zur Verfügung hatten, denn mit seinem Schulenglisch war es ihm zwar möglich, den Sinn eines Textes ungefähr zu erfassen, mehr aber auch nicht. Er fand das Wörterbuch schließlich in Akis Büro und versuchte, sich wenigstens grob einen Überblick zu verschaffen, worum es in den Artikeln ging. Immer wieder musste er einzelne Wörter nachschlagen und fuhr Satz für Satz mit dem Zeigefinger nach, bis ihm irgendwann bewusst wurde, dass er sich genauso durch den Text pflügte, wie Graziella es beim Übersetzen der Akten getan hatte. Er sah auf die Uhr. Wenn Aki in einer Stunde nicht zurück wäre, musste der Bericht bis morgen warten. Denn er hatte heute noch etwas Wichtiges zu erledigen, das er keinesfalls weiter aufschieben konnte. Nick versuchte, nicht mehr an Graziella zu denken, sondern seine Aufmerksamkeit ganz auf die merkwürdige englischsprachige Zeitschrift zu richten.

Auf den ersten Seiten entdeckte Nick ein Grußwort des amerikanischen Präsidenten. Wenn Nick das richtig verstand, versprach Ronald Reagan allen Amerikanern osteuropäischer Herkunft, sie weiterhin im Befreiungskampf ihrer Heimatländer zu unterstützen und sich generell für die Befreiung aller *captive nations*, also aller geknechteten Völker, starkzumachen. »Ihr seid mutige Männer und Frauen, die ihr Leben dem Kampf für Gottes größte Gabe gewidmet haben – der Freiheit.« Diese mutigen Männer und Frauen dankten es ihm wiederum, indem sie zu seiner Wiederwahl aufriefen.

How to Cope with the Constant Agressive Actions of Communism? – wie mit der kommunistischen Aggression umgehen? Diese Frage zog sich als Leitthema durch nahezu alle Artikel. »Wir leben nicht in Zeiten des Friedens«, mahnten die Autoren, der Kampf zwischen Demokratie und Kommunismus tobe auf der ganzen Welt, und sie suchten nach Strategien, wie »das sowjetrussische Gefängnis der Völker«, also die UdSSR und ihre »Satelliten«, von innen zerstört werden könne. Der Begriff *insurgent guerrilla warfare* fiel in diesem Zusammenhang immer wieder und schien ihnen ein probates Mittel zu sein. Mit Hilfe des Wörterbuches übersetzte Nick ihn mit Untergrundkampf oder Guerillakrieg.

Wenn erst einmal erkannt worden sei, so die Autoren weiter, dass Russland für die meisten Terroranschläge im Westen verantwortlich sei, müsse sofort jegliche ökonomische Hilfe und jeglicher Handel mit der Sowjetunion eingestellt werden. Der

Anfang der Achtzigerjahre von europäischen Regierungen vo-
rangetriebene Bau einer Gaspipeline, die Europa mit sibirischem
Gas beliefern sollte, sei ein schwerer Fehler. Ein großes Thema
war der Afghanistan-Krieg, *the heroic liberation struggle of the Afghan people,* die ihren Dschihad, ihren heiligen Krieg, führten.
In der Darstellung der Autoren waren die Mudschahedin tief-
gläubige Männer, die ihre russischen Gefangenen gut behandel-
ten, weil ihnen ihr Glaube dies vorschrieb. Diese Männer, hatte
Präsident Reagan richtiggestellt, seien keine »Rebellen«, sondern
»Freiheitskämpfer«. Der »Schmierenjournalist Carl Bernstein«
wurde scharf angegriffen, weil er in einem Artikel geschrieben
hatte, die Unterstützung der Mudschahedin sei in Wahrheit »ein
CIA-Plot, um russische Soldaten in Afghanistan mit sowjetischen
Waffen zu töten«. Alles Blödsinn, schrieb der Autor, die Hilfe
hatte lediglich humanitären Charakter – *food, blankets, books, me-
dicine, and the like.* Ein Foto zeigte einen etwa zehnjährigen af-
ghanischen Jungen, der sich auf eine Kalaschnikow aufstützte
und skeptisch in die Kamera blickte. Unter dem Foto stand: *A
proud Afghan boy ready to carry on the heroic war of liberation
against the Russian imperialist invaders.*

Der Verein schien äußerst umtriebig zu sein. Es gab Fotos von
Treffen, Versammlungen, Jahrestagungen überall auf der Welt,
Detroit, Ostende, London. Auf der letzten Seite entdeckte Nick
noch zwei Ankündigungen: Aus Anlass des bald bevorstehen-
den Jahrestags seiner Ermordung in München wollten ABN-Mit-
glieder dem ukrainischen Nationalhelden Stepan Bandera an
dessen Grab auf dem Waldfriedhof die Ehre erweisen. Und die
jährliche Konferenz des *European Freedom Council* werde dieses
Jahr vom 29. bis. 30. September in München stattfinden.

Nick schlug die Zeitschrift zu. Die Stoßrichtung war klar.
Was ihn aber inzwischen weit mehr beschäftigte, war die Frage,
ob er durch Zufall auf dieses antikommunistische Propaganda-
blatt und den *Anti-Bolshevik Bloc of Nations* gestoßen war oder

ob ein Zusammenhang zur Familie Šušak bestand. Die Šušaks waren Exilkroaten, sie hatten dem kommunistischen Regime Jugoslawiens den Rücken gekehrt. Betrachteten sie ihr Heimatland auch als »geknechtet« und »unterjocht?« War es Zufall, dass sie, vorausgesetzt, Happys Geschichte stimmte, im Haus Zeppelinstraße 67 aufgetaucht waren, oder existierte eine wie auch immer geartete Verbindung zu diesem Verein engagierter Antikommunisten? Und war Stepan Bandera, der hier als ukrainischer Volksheld verehrt wurde, nicht ein bekannter Nazi-Kollaborateur gewesen? Oder brachte er da irgendwas durcheinander? Er meinte jedenfalls, irgendwo über diesen Mann gelesen zu haben. Sein Name kam ihm bekannt vor. Nick stand auf und ging über den Flur, denn er hatte das Bedürfnis, mit Aki über diese neusten Entwicklungen zu reden, aber der war immer noch nicht von seiner Besprechung beim LKA zurück. Also musste Nick sich bis morgen gedulden, denn länger warten konnte er nicht. Er ging weiter bis zur Tür und verließ das Raumschiff.

Als hinter der Gardine der Schatten einer Frau auftauchte, stockte ihm der Atem. Er hatte recht gehabt. Hier in diesem Einfamilienhaus aus weißem Klinkerstein hatte sie Zuflucht gesucht. Zuflucht vor ihm. Was war an diesem Abend mit ihm passiert? Hatte Aki doch recht, wenn er Nick für labiler hielt, als er selbst das wahrhaben wollte? Seiner Wahrnehmung nach hatte er sein Leben jeden Tag ein bisschen besser in den Griff bekommen, seit er im Oktober letzten Jahres nach München gekommen war. Er hatte die Wohnung, die Aki ihm besorgt hatte, bezogen und eingerichtet. Jo hatte ihn besucht und war leider viel zu früh auf seine Reise durch Europa aufgebrochen. Der Jahreswechsel war dann noch mal schlimm gewesen, ja. Er hatte viel zu viel getrunken und war irgendwann auf der Brachfläche des Krummen wieder zu sich gekommen, auf einem Sofa unter freiem Himmel, um ihn herum das Krachen und Knallen des Feuerwerks. Kurz darauf der Brandanschlag auf das Liverpool und dann seine Reise mit Graziella nach Italien.

Dort, an ihrer Seite, hatte er wirklich das Gefühl gehabt, wieder in ein normales Leben zurückfinden zu können. Zum ersten Mal nach Susannes Tod hatte er das für möglich gehalten. Es war absurd, denn ihre Jagd nach der Gruppe LUDWIG war so ziemlich das Gegenteil von Normalität gewesen. Aber zwischendurch hatte es diese Momente gegeben, die er nach Susannes Tod nicht mehr erlebt und schon fast vergessen hatte. An Graziellas Seite hatte er in Mailand über die prächtig ausgestatten Schaufenster der Modehäuser gestaunt. Er hatte das Essen genossen, die Bars und die Spaziergänge durch Verona. Auch wenn sie das nicht hören wollte: Sie hatte ihn ins Leben zurückgeführt. Dafür war er ihr dankbar, dafür liebte er sie. Auf der Rückfahrt hatte sie im gesagt, dass nun alles vorbei sein sollte, dass der Unterschied zwischen ihnen zu groß wäre, um eine ernsthafte Beziehung zu führen. Und sie hatte behauptet, dass sie einander in München nicht mehr auf Augenhöhe würden begegnen können. Was eben noch problemlos möglich gewesen war, würde in München nicht mehr gelten. Sie hatte das mit schlechten Erfahrungen in ihrer Vergangenheit begründet, als Männer auf sie herabgesehen und sie nicht für voll genommen hatten, weil sie nur ein italienisches Bauernmädchen war, das nicht gut lesen und schreiben konnte. »Ich würde dir peinlich werden, Nick, und das würde ich nicht ertragen.« Deshalb hatte sie ihre Beziehung noch auf der Rückreise für beendet erklärt. Er war viel zu überrumpelt gewesen, um ihr zu widersprechen. Er hatte sie nicht verstanden, hatte aber geglaubt, ihren Willen respektieren zu müssen.

Im Rückblick war es ein Fehler gewesen, dass er ihrem Wunsch nachgegeben hatte, davon war er inzwischen überzeugt. Mochte ja sein, dass sie gute Gründe für ihr Verhalten hatte, aber es wäre seine Aufgabe gewesen, sie davon zu überzeugen, dass sie mit ihren Befürchtungen falschlag. Er fand sie großartig, es würde ihm überhaupt nicht in den Sinn kommen, dass sie nicht auf Augenhöhe waren oder sie ihm gar peinlich sein könnte. Er hätte seine Sicht der Dinge viel klarer vertreten müssen. Eigentlich hatte er, als sie aus Italien zurückgekehrt waren, nur einen einzigen Wunsch gehabt: weiter mit Graziella zusammen zu sein. Aber statt diesen Wunsch klar zu äußern, hatte er zugelassen, dass ihre Beziehung erlosch wie eine Flamme, der man den Sauerstoff entzieht. Anfangs hatten sie wenigstens noch hier und da ein Zigarette zusammen geraucht und vom Besprechungszimmer aus die Lichter der Stadt betrachtet, aber später waren sie nur noch stumm aneinander vorbeigehuscht, wenn sie sich auf den Fluren des Raumschiffs begegneten. Er war wieder Nick Marzek gewesen, der Hauptkommissar, und sie wieder Graziella, die Putzfrau.

Und er hatte das zugelassen. Das war der Fehler, und diesen Fehler musste er jetzt korrigieren. Er wollte gerade die Autotür öffnen, als ihn plötzlich der Mut verließ. Was, wenn es dafür nun zu spät war? Wenn Graziella sich in dem Haus mit der weißen Klinkerfassade bereits eingerichtet hatte? Was, spann er den Gedanken weiter, wenn seine Selbstwahrnehmung richtig war und er sich an jenem Abend gar nicht so furchterregend aufgeführt und Graziella seine Wut nur zum Anlass genommen hatte, um endlich einen klaren Schlussstrich zu ziehen? Er wusste doch überhaupt nicht, wie lange ihre Beziehung zu dem Mann mit den halblangen Haaren schon ging. Vielleicht hatte sie schon lange geplant, mit ihm zusammenzuziehen, und sich nur nicht getraut, Nick das zu sagen. Nach diesem Abend musste sie ihm gegenüber keine moralischen Skrupel mehr haben und konnte sich ohne Bedenken in die neue Beziehung stürzen. Dann war allerdings die Frage, warum sie nach dem Hagelsturm nicht direkt im Haus mit der weißen Klinkerfassade Zuflucht gesucht hatte, sondern erst zu ihm gekommen war. Wie auch immer, es war Zeit, die Dinge zu klären.

Er stieg aus dem BMW und verriegelte die Tür. Neben dem

Haus befand sich eine Garage. Das Tor war geschlossen. Nick wusste nicht, ob der weiße Audi 80 dort stand und ob der Typ mit den halblangen Haaren schon zu Hause war. Es spielte auch keine Rolle, denn eines wusste Nick: Niemand würde ihn daran hindern, Graziella endlich zu sagen, was lange schon überfällig war: dass er sie liebte. Er musste es ihr sagen. Briefe konnte man ungelesen in den Müll werfen, aber seine Worte, so hoffte er, würden sich in ihrem Kopf festsetzen bis in alle Ewigkeit.

»Funke« stand auf dem Schild. Nick drückte die Klingel. Schritte näherten sich. Durch die Milchglasscheibe war eine Gestalt zu erkennen. Die Tür wurde geöffnet. Eine Frau Ende dreißig, die blonden Haare zu einem Pferdeschwanz zusammengebunden, sah ihn fragend an. »Ja?«

Für einen Moment war Nick aus dem Konzept. Er hatte nicht in Erwägung gezogen, dass Graziella eine Affäre mit einem verheirateten Mann haben könnte.

»Guten Abend, Frau Funke, sagen Sie … ist Ihr Mann zu Hause?«

»Wer sind Sie denn?« Sie beäugte ihn misstrauisch. Im Hintergrund lief ein Fernseher.

»Mein Name ist … Holger Schmidt.«

»Und was wollen Sie von meinem Mann?«

»Was ist denn los, Schatz?« Eine männliche Stimme. Nick meinte, sie wiederzuerkennen.

»Das würde ich ihm gerne selber sagen.« Nick setzte ein gewinnendes Lächeln auf.

»Gut … dann …« Die Frau war sichtlich verunsichert. »Thomas!«

Sie hatte die Tür nur einen Spaltbreit geöffnet. Durch die Milchglasscheibe konnte Nick sehen, dass sich über den Flur eine Gestalt näherte. Die Frau wandte sich um. Nick hörte sie flüstern, konnte aber nicht verstehen, was sie sagte. Dann räumte sie ihren Platz, und das kantige Gesicht des Mannes mit den halblangen Haaren erschien im Türspalt. Als er Nick sah, wollte er die Tür schließen, aber Nick hatte damit gerechnet und seinen Fuß schon dazwischengestellt.

»Wenn Sie nicht sofort verschwinden, rufe ich die Polizei!«

»Ich bin die Polizei.«

»Wie haben Sie mich überhaupt gefunden?«

»Ich muss mit Ihnen reden, Herr Funke. Sie haben nichts von mir zu befürchten ...«

»Anne!« Thomas Funke wandte den Kopf um. »Ruf die Polizei.«

»Ich sage Ihnen, was dann passiert.« Nick sprach ruhig und langsam. »Dann fahren hier zwei uniformierte Kollegen vor. Denen zeige ich meinen Ausweis und schicke sie wieder weg. Und danach setzen wir wieder hier an, wo wir gerade stehen. Ich schlage vor, Sie sagen Ihrer Frau, dass sie den Anruf nicht machen soll.«

»Das hätten Sie wohl gerne. Hauen Sie ab!«

»Aber es ist auch egal, es spielt keine Rolle. Wichtig ist nur, dass Sie mir jetzt genau zuhören, Herr Funke. Ich muss nämlich wissen, wo sie Graziella hingebracht haben.«

Thomas Funke lachte höhnisch auf. »Das glaube ich, dass Sie das wissen möchten, aber das werden Sie von mir nicht erfahren.«

»Doch, das werde ich.« Nick senkt seine Stimme. »Bis jetzt weiß Ihre Frau nichts von Ihrer Affäre, oder?«

Funke sah Nick groß an. Er brauchte einen Moment, um das Gehörte zu verdauen, dann sagte er: »Sie glauben, ich hätte eine Affäre mit Graziella? Sind Sie völlig irre?« Er war so perplex, dass er die Tür etwas weiter öffnete. »Ich bin der Vater von Ralf, dem Freund von Matteo. Er war bei uns, als Graziella Sie nach Italien begleitet hat. Ich habe sie nach dem Elternabend nach Hause gefahren, und dann hat sie mich um Hilfe gebeten.« Er sah ihn prüfend an. »Ich dachte mir schon, dass Sie einen an der Waffel haben, aber dass Sie derart durchgedreht sind ...«

Wie ein Regenguss prasselte sein Gerede auf Nick nieder. Er ließ es geschehen. Er hatte sich getäuscht, hatte die Situation falsch eingeschätzt. Er schämte sich ein bisschen für seinen Irrtum, aber das Gefühl der Erleichterung überwog. Graziella hatte nichts mit diesem Mann, weder eine Liebesbeziehung noch eine Affäre. Das waren wunderbare Neuigkeiten.

»Aber das ändert alles nichts daran«, sagte Nick, »dass ich mit ihr sprechen muss.«

»Nehmen Sie sofort den Fuß aus der Tür, und verschwinden Sie.«

»Schauen Sie, Herr Funke …« Nick lehnte sich mit dem Arm gegen den Türrahmen. »Ich weiß, dass Polizisten kein besonders hohes Ansehen genießen. Aber wir sorgen dafür, dass Sie, Ihre Frau Anne und Ihr Sohn Ralf sich ihn Ihrem weißen Häuschen sicher fühlen können. Sie gehen jeden Abend ins Bett, ohne Angst haben zu müssen …«

»Was erzählen Sie mir hier für einen …«

»Pschsch!« Nick legte den Finger auf die Lippen. »Sie hören mir jetzt zu, Herr Funke. Sie wissen nämlich vieles nicht. Sie wissen nicht, dass die meisten Menschen auf diesem Planeten in stetiger Angst leben. Sie stehen morgens auf und haben Angst und gehen abends mit der Angst ins Bett. Dass Sie keine Angst haben müssen, ist alles andere als selbstverständlich. Das kommt auch nicht von ungefähr, sondern dafür sorgen meine Kollegen und ich. Wir halten Ihnen den Dreck, den Abschaum und die Gewalt vom Hals. Und wenn Sie jetzt glauben, so etwas gäbe es im beschaulichen München nicht, dann liegen Sie falsch. Da draußen sind Monster unterwegs, Herr Funke. Wir kennen sie, wir stehen ihnen Tag für Tag gegenüber. Manche kennen wir sogar sehr gut. Diese Leute haben überhaupt kein Problem damit, über Ihren Gartenzaun zu steigen und …«

»Sagen Sie …« Funkes Augen weiteten sich. »Drohen Sie mir gerade … Oder was soll das?«

»Das ist eine Belehrung zum Zweck der Gefahrenabwehr, Herr Funke, nichts weiter. Ich bitte Sie aber, meine Worte ernst zu nehmen. Wir unternehmen alles, damit Sie Ihr angstfreies Leben weiterleben können, wir versuchen, Sie und Ihre Familie zu schützen, aber wie lange uns das noch gelingen wird ...« Nick schüttelte den Kopf. »Das kann ich Ihnen wirklich nicht sagen.«

Thomas Funke war bleich geworden. Er schluckte. »Sie sind ja völlig wahnsinnig, Mann.«

Verwirrt ging Nick zurück zu seinem Wagen. Als Thomas Funke ihm die Adresse endlich genannt hatte, hatte Nick ihm schon an die Gurgel gehen wollen, weil er dachte, er würde sich über ihn lustig machen. Aber schnell hatte er erkannt, dass dem Mann nicht nach Scherzen zumute war. Thomas Funke hatte Angst und in diesem Moment nur einen einzigen Wunsch: dass Nick den Fuß aus seiner Tür nähme und für immer aus seinem Leben verschwände.

»Ich habe Graziella dort hingefahren. Die Adresse stimmt. Oder glauben Sie, ich riskiere, dass Sie in einer Stunde wieder hier auf der Matte stehen? Hauen Sie endlich ab.«

Kaum hatte Nick sich bedankt und den Fuß aus der Tür genommen, war diese zugestoßen worden. Der Knall musste in der ganzen Nachbarschaft zu hören gewesen sein.

Er hatte den BMW fast erreicht, als ein Streifenwagen heranfuhr. Nick hob die Hand. Der Wagen stoppte. Ein junger Kollege mit Schnauzer kurbelte die Scheibe herunter.

»Hallo.« Nick zeigte ihm seinen Dienstausweis. »Seid ihr wegen der Familie Funke hier?«

»Jawoll.« Die Kollegen nickten.

»Ich habe gerade mit ihnen gesprochen. Falscher Alarm.«

»Falscher Hase, falscher Fuffziger, falscher Freund.« Der Schnauzbart holte eine Packung Marlboro aus dem Handschuhfach. »Alarm ist einer der wenigen Fälle, wo falscher besser ist als richtiger.« Er reichte Nick die Schachtel durchs Fenster. Nick nahm sich eine. Als er aufblickte, sah er zwei Schatten hinter der Gardine des weißen Klinkerbaus. Während Nick sich von dem Kollegen Feuer geben ließ, bemerkte er den Gurt. »Ihr seid ja angeschnallt.«

»Was soll's«. Der Schnauzbart blies Rauch aus. »Servus.« Zum Abschied tippte er sich an die Stirn.

Nick sah dem Streifenwagen nach. Als er sich wieder zum Haus der Funkes umwandte, waren die Schatten hinter der Gardine verschwunden.

In der Dunkelheit wirkte die Villa Reinhard wie ein Spukschloss aus alten Schauergeschichten und der Garten viel größer, als Nick ihn in Erinnerung hatte. Die Fenster im Erdgeschoss waren erleuchtet, und auch im Fenster unter dem Dach brannte Licht. Der Garten war unergründlich wie ein unheimlicher Park. Auf dem Rasen lagen lange, schwarze Balken – die Schatten des Zaunes im Schein der Straßenlaterne.

Fieberhaft suchte er nach einer Erklärung für Graziellas Verhalten. An jenem Abend hatte er ihr von Frau Reinhard erzählt und ihr den Vorschlag unterbreitet, sie könne doch bei ihr als Hausangestellte arbeiten und gleichzeitig ein wenig die Augen offen halten. Es war dieser Vorschlag gewesen, der letztlich zum Eklat geführt hatte, weil Graziella ihn so vehement abgelehnt hatte. Und doch musste sie schon am nächsten Tag bei Frau Reinhard vorstellig geworden sein. Deswegen auch ihre Kleidung, als sie in der Küche auf ihn gewartet hatte, um die Akten durchzusehen. Nick erinnerte sich, dass sie ausgesehen hatte, als würde sie gleich ins Theater gehen wollen. Er hatte sich getäuscht, sie war direkt von einem Vorstellungsgespräch gekommen. Aber warum hatte sie seine Idee, die sie so deutlich abgelehnt hatte, dann doch noch in die Tat umgesetzt?

Nach längerem Grübeln fand Nick dafür nur eine plausible Erklärung. Und diese Erklärung entmutigte ihn und stimmte ihn traurig. Nach ihrem Streit musste für Graziella sofort klar gewesen sein, dass sie keine Minute länger mit ihm zusammen unter einem Dach wohnen konnte. Nick konnte sich das gut vorstellen. Es passte zu ihrem Charakter. Hatte sie einmal eine Entscheidung getroffen, blieb sie dabei. Gut möglich, dass sie auch sofort gewusst hatte, dass sie ihren Job bei der Mordkommission kündigen würde. Um das tun zu können, brauchte sie aber schnellstmöglich eine neue Arbeit, und so hatte sie sich an die reiche Witwe in ihrer Grünwalder Villa erinnert. Natürlich konnte man auch für Frau Reinhard arbeiten, ohne »die Augen offen zu halten«. Man musste sich überhaupt nicht für ihr Umfeld interessieren. So schmerzhaft die Erkenntnis auch war: Graziella hatte alles dafür getan, um schnellstens aus seinem Leben zu verschwinden.

Nick atmete tief durch. Dann stieg er aus. Das Geräusch der zufallenden Autotür kam ihm laut vor in dieser Stille. Er öffnete das Tor und ging auf die Villa zu. Der Kies knirschte unter seinen Füßen. Als er auf den Klingelknopf drückte, pochte sein Herz bis zum Hals. Er hörte die Schritte auf dem Fliesenboden, dann wurde die Tür geöffnet. Graziella trug eine gestärkte weiße Schürze und eine dazu passende Haube auf dem Kopf. Ihr Blick war voller Entsetzen und traf Nick mitten ins Herz. Wie kurz zuvor Thomas Funke wollte ihm auch Graziella die Tür vor der Nase zuwerfen, aber wie gerade eben war Nick auch diesmal schneller und hatte den Fuß in der Tür.

»Hör mir bitte einfach nur kurz zu, Graziella. Ich sage dir jetzt, was ich dir sagen muss, was ich dir lange schon hätte sagen müssen. Wenn ich fertig bin, drehe ich mich um und gehe. Und wenn du es so willst, sehen wir uns danach nie wieder. Du musst nicht vor mir flüchten, ich werde hier nie wieder auftauchen, wenn du es nicht willst. Das verspreche ich dir. Hörst du mir zu?«

Nach kurzem Zögern nickte sie.

»Kann ich den Fuß aus der Tür nehmen?«

Sie nickte erneut.

»Kann ich den Fuß aus der Tür nehmen, ohne dass du sie mir vor der Nase ...«

»Mann, Nick, ich hab Essen auf dem Herd.«

»Gut. Ich fasse mich kurz ...«

»Ja, bitte.«

»Ich habe an dem Abend einen großen Fehler gemacht, Graziella. Das tut mir furchtbar leid. Dass du Angst vor mir hattest, ist nicht wiedergutzumachen, dafür kann ich dich nur um Verzeihung bitten.«

Sie lehnte in der Tür, wirkte nicht besonders beeindruckt, eher ein bisschen gelangweilt.

»Aber den viel größeren Fehler habe ich lange vorher gemacht. Den habe ich gemacht, als ich auf deine Geschichte eingestiegen bin ...«

»Auf welche Geschichte?« Sie wischte irgendetwas von ihrer makellosen Schürze.

»Wir wären nicht auf Augenhöhe, alles wäre anders, wenn wir zurück in München sind. Du würdest mir irgendwann peinlich werden ... Dieser ganze Quatsch ...«

»Das ist kein Quatsch, Nick.« Sie blickte ihn ernst an.

»Für dich vielleicht nicht. Aber aus meiner Sicht ist das völliger Blödsinn, und weißt du auch, warum?«

»Warum?«

»Weil ich mich in Italien in dich verliebt habe. Weil ich nichts anderes wollte, als mit dir zusammenzusein. Ich wollte, dass es in München genauso weitergeht. Und statt dir das genau so zu sagen, habe ich gemeint, auf dich Rücksicht nehmen zu müssen. Ich wollte deinem Wunsch entsprechen, obwohl ich überhaupt nicht verstanden habe, was das soll. Du hast bestimmt deine Gründe, warum du es so haben wolltest, Aber ich habe auch meine Wünsche und Vorstellungen. Und die sind ziemlich klar: Ich liebe dich, und ich möchte mit dir zusammen sein …« Nick sah sie unsicher an. »So, das war's.«

Er drehte sich um und ging zurück zum Tor. Seine Knie waren weich, und der verdammte Weg wollte kein Ende nehmen. Er verbot sich, einen Blick zurückzuwerfen, wusste also nicht, ob Graziella noch am Eingang stand oder ob sie die Tür längst geschlossen hatte. Er ließ sich auf den Fahrersitz fallen und hielt sich am Lenkrad fest wie an einem Rettungsring.

X. DIE BRUDERSCHAFT

Fisch war unruhig. Er rannte im Käfig auf und ab und machte Geräusche, als würde er niesen. Vielleicht litt er unter dem Zigarettenrauch, der um kurz nach acht Uhr schon unter der Decke stand. Die Tür zum Besprechungszimmer hatten sie zwar offen gelassen, aber das half nichts. Nick hatte die Kollegen eben über seinen Besuch in der Zeppelinstraße 67 informiert und die Zeitschrift des *Anti-Bolshevik Bloc of Nations* herumgehen lassen.

»Soweit ich das bis jetzt überblicke, handelt es sich dabei um eine weltweit operierende Vereinigung von Emigranten aus sozialistischen Ländern mit Hauptsitz in New York, deren Ziel es offenbar ist, die Herkunftsländer ihrer Mitglieder von der kommunistischen Herrschaft zu befreien, und zwar mit allen Mitteln. Wenn es tatsächlich stimmt, dass die Familie Šušak direkt nach dem Hagelsturm in der Zeppelinstraße 67 Zuflucht gesucht hat, und wenn man bedenkt, dass die Šušaks Exilkroaten sind, die dem sozialistischen Jugoslawien eher feindlich gegenüberstehen, dann frage ich mich schon, ob sie zufällig dort gelandet sind oder ob eine Verbindung zum ABN besteht ...« Nick sah in die Runde. »Ist dieser Verein eigentlich bekannt in München, oder ist der im Zusammenhang mit irgendwelchen Polizeiangelegenheiten schon mal aufgetaucht?«

Alle schüttelten die Köpfe.

»Nein.« Aki stellte seine Kaffeetasse ab. »Ich habe diesen Namen noch nie gehört. Es scheint, als wären die im Ausland aktiver als in München selbst. Und offenbar gibt es hier ein paar solche Organisationen, von denen keiner irgendwas weiß, oder habt ihr schon mal von einer *Kroatischen Revolutionären Bruderschaft* gehört?«

Wieder Kopfschütteln in der Runde. Alle sahen ihn fragend an.

»Ich war doch gestern beim LKA«, fuhr Aki fort. »Ich habe denen eine ganze Liste mit Namen zum Abgleich durchgegeben …«

»Was für Namen?« Gruber steckte sich eine Zigarette an.

»Namen von Personen, die uns im Zusammenhang mit dem Mord an der Familie Ursa untergekommen sind.«

»Lass mich raten.« Nick sah Aki gespannt an. »Es gab einen Treffer. Der Name lautet Josip Šušak.«

»Fast. Der Name lautet Marko Lukacek.«

»Der Besitzer vom Restaurant Dubrovnik …« Gruber blies den Rauch in Nicks Richtung.

»Was ist mit dem?«

»Der wird vom Verfassungsschutz beobachtet. Die verdächtigen ihn, in München eine Nachfolgeorganisation ebendieser *Kroatischen Revolutionären Bruderschaft* gründen zu wollen.« Aki nahm einen Zettel zur Hand, auf den er immer wieder blickte, während er berichtete, dass die Bruderschaft 1961 von Exilkroaten in Sydney gegründet worden war. »Die haben in Australien Terroristen ausgebildet, um sie dann nach Jugoslawien einzuschleusen. Ihr Ziel war ein von Jugoslawien unabhängiger großkroatischer Staat. Der deutsche Sitz der Bruderschaft war in Stuttgart. 1968 ist sie von Innenminister Benda verboten worden. Aber so richtig viel genützt hat das wohl nicht, Teile der Gruppe haben sich immer wieder neu formiert.«

»Haben die auch wirklich Anschläge verübt?«, erkundigte sich Mercks.

Aki blickte auf seinen Zettel. »In Australien gleich mehrere auf jugoslawische Einrichtungen und in Deutschland … Ein

Anschlag auf den jugoslawischen Konsul in Stuttgart geht wohl auf ihr Konto, außerdem die versuchte Entführung eines Richters in Ravensburg, und 1972 sind wohl neunzehn Mitglieder der Bruderschaft in Jugoslawien eingedrungen und haben in der Provinz Herzegowina versucht, einen Volksaufstand zu entfachen …«

Nick horchte auf. »Das war auf jeden Fall ganz im Sinne des *Anti-Bolshevik Bloc of Nations*.« Er deutete auf die Zeitschrift, die vor Löscher auf dem Tisch lag. »Da ist immer wieder davon die Rede, dass man in den sozialistischen Ländern einen Guerillakrieg anzetteln muss, um die Regierungen zu schwächen.« Er blickte Aki an. »Haben die beim LKA den ABN mal erwähnt oder dass es irgendwelche Kontakte zwischen den beiden Organisationen gibt?«

Aki schüttelte den Kopf. »Nein, von diesem ABN war keine Rede. Sie haben mir nur gesagt«, wieder sah er auf seinen Zettel, »dass die erste Generation dieser Bruderschaft fast ausschließlich aus ehemaligen faschistischen Ustascha-Leuten bestand.«

»Da gehört aber Marko Lukacek nicht mehr dazu«, warf Gruber ein, »der ist zu jung.«

»Aber offiziell nachgewiesen haben sie Lukacek bisher nichts, richtig?« Löscher blätterte geistesabwesend durch das ABN-Bulletin.

»Nein, haben sie nicht. Bisher besteht nur der Verdacht des Verfassungsschutzes.« Sie überlegten eine Weile hin und her, stellten Vermutungen darüber an, ob womöglich Josip Šušak als enger Freund Lukaceks ebenfalls Teil der Gruppierung war und, falls dem so sein sollte, ob das vielleicht auch für Stjepan Ursa gegolten hatte. Sie stellten Theorien auf und verwarfen sie wieder, bis Nick irgendwann sagte: »Kann sein, dass die alle Teil dieser Organisation sind. Aber für die Aufklärung des Ursa-Falls nützt uns diese Information nicht viel. Als Täter kommen sie ja eher nicht in Frage, wenn die alle auf der gleichen Seite standen.«

»Warum nicht?« Gruber gähnte. »Wenn die alle zu dieser Bruderschaft gehören, dann haben wir es vielleicht mit einem internen Machtkampf zu tun oder einer Bestrafungsaktion oder so was.«

»Damit wäre auch zu erklären«, warf Aki ein, »warum Maria und Dinka Ursa keinen Fluchtversuch unternommen haben. Sie kannten die Täter und haben nichts Schlimmes befürchtet.«

Nick musste zugeben, dass an der Überlegung etwas dran war. »Das heißt, wir müssen so schnell wie möglich mit Josip Šušak und Marko Lukacek reden.«

Darin waren sich alle einig.

Als es dazu keine weiteren Anmerkungen gab, ergriff Löscher das Wort: »Mercks und ich haben uns noch mal alle Morde angeschaut, die in den letzten Jahren im süddeutschen Raum an Exilkroaten begangen worden sind. Einige liegen schon länger zurück. Die Liste reicht bis in die Sechzigerjahre. Bei einigen dieser Fälle stand der Verdacht im Raum, dass der jugoslawische Geheimdienst, zunächst UDBA und später nach der Umbenennung SDB beziehungsweise auf Kroatisch SDS dahinterstecken könnte, aber nachgewiesen worden ist das nie.« Aber es hatte Gerichtsverfahren gegeben, und durch die Aussagen von Zeugen und Beschuldigten ließ sich ein halbwegs genaues Bild der Tätigkeit des jugoslawischen Geheimdienstes in der BRD zeichnen. »Ich bleibe der Einfachheit halber mal bei der Bezeichnung UDBA.« Löscher nippte an seinem Tee und erklärte dann, dass dieser Geheimdienst in der Bundesrepublik ziemlich ungestört schalten und walten konnte. Bei der UDBA herrsche offenbar die Überzeugung, dass die Emigranten in NATO-Ländern vom westlichen Militärbündnis militärisch organisiert würden, um sie in einem befürchteten Krieg gegen Jugoslawien einsetzen zu können. Der Geheimdienst unterhalte jedenfalls ein großes Netz von offiziellen und inoffiziellen Mitarbeitern in der Bundesrepublik. In den Botschaften und Konsulaten liefen die Fäden zu-

sammen. Gängige Praxis der UDBA sei wohl, Kriminelle anzu-
heuern, ihnen zum Teil hohe Geldsummen zu versprechen und
sie mit gefälschten Dokumenten auszustatten, mit denen sie un-
gehindert die Grenzen passieren könnten. »Die Täter flüchten
dann direkt nach der Tat über die Grenze nach Jugoslawien …«

»Wenn das alles bekannt ist«, unterbrach Gruber, »dann hat
der Šušak schon irgendwie Recht mit seiner Einschätzung, dass
die deutschen Behörden da nicht sonderlich hinterher sind, oder?«

»Was willst du auch groß ermitteln bei solchen Geheimdienst-
geschichten?« Aki nahm sich die nächste Zigarette. »Wenn die
Täter hier rein- und rausgehen, wie sie lustig sind.«

»Aus jugoslawischer Sicht«, fuhr Löscher fort, »ist die Sache
klar. Die sind im Kriegszustand und müssen ihre Feinde bekämp-
fen. Sie gehen davon aus, dass es im westlichen Ausland 230.000
Emigranten gibt, davon die Hälfte Kroaten, deren Ziel die Schaf-
fung eines unabhängigen kroatischen Staates ist. Auf diese Bedrohung reagieren die jugoslawischen Staatssicherheitsdienste
mit allen geheimdienstlichen Mitteln. So einfach ist das.«

»Es ist eben nicht so einfach«, schaltete sich Aki ein. »Das muss
man nämlich erst mal nachweisen können, und daran ist es doch
meistens gescheitert, oder nicht? Konnte denn in irgendeinem
Fall mal eine Befehlskette nachvollzogen werden, die zur UDBA
geführt hat?«

»Nein.« Löscher winkte ab. »Allerdings … wenn man sich die
Gerichtsakten genauer anschaut, dann hat man manchmal den
Eindruck, dass bei einigen deutschen Behörden die Meinung
herrscht, das gehe uns hier eigentlich nichts an, sollen die sich
doch gegenseitig umbringen, zumal …« Er blätterte durch seine
Papiere. »Zumal sich der Umgang unseres Landes mit der politi-
schen Emigrantenszene auch immer wieder verändert hat.«

Erneut war Nick beeindruckt von Löschers Gabe, seine Ermittlungsergebnisse derart konzentriert und ruhig vorzutragen,
während er nach eigener Aussage immer noch ungebremst dem

Abgrund entgegenrauschte. Aber vielleicht war es ja auch nicht ganz so dramatisch und Löscher längst unten angekommen. Mit Schrammen und seelischen Verletzungen zwar, aber letztlich doch verhältnismäßig unbeschadet. Die Zeit würde seine Wunden heilen. Er würde sich damit abfinden müssen, dass er das Rätsel um die beiden italienischen Soldaten nicht hatte lösen können, aber er würde darüber hinwegkommen. Nick wünschte es ihm.

»Nach dem Krieg«, erklärte Löscher weiter, »waren die meisten Personen, die Kroatien verlassen haben, Funktionäre des kroatischen Kollaborationsregimes, Anhänger der faschistischen Ustascha-Organisation und Angehörige der Streitkräfte.« Insgesamt etwa 120 000 Personen hätten im Zuge der sozialistischen Staatsgründung das Land verlassen. Einige von ihnen seien in die USA, nach Kanada, Argentinien oder Australien ausgewandert, wo sich Diaspora-Gemeinden gebildet hätten, aber der größte Teil dieser Personengruppe sei Ende der Vierzigerjahre in Österreich und Deutschland sesshaft geworden. Deren antikommunistische politische Tätigkeit konzentrierte sich Anfang der Fünfzigerjahre auf Westberlin, Stuttgart und eben München. »Diese Organisationen wurden jahrelang aus Mitteln der öffentlichen Hand von unseren Behörden unterstützt. Aber die Sicht auf die Dinge hat sich verändert. Spätestens ab 1969 hat sich die Bundesrepublik im Rahmen der Entspannungspolitik um ein freundschaftliches Verhältnis zu Jugoslawien bemüht. Von da an waren unseren Politikern die regimefeindlichen Aktivitäten der Emigranten eher ein Dorn im Auge ...«

»Ich sag's ja.« Gruber lehnte sich in seinem Stuhl zurück. »Der Šušak hat recht von wegen Staatsräson ...«

»Jetzt mach mal halblang«, sagte Aki, »hier ist noch nicht mal klar, ob die Richtung überhaupt stimmt.«

»Klar ist nur ...«, Löscher blätterte wieder in seinen Unterlagen, »dass es allein im Zeitraum von 1970 bis heute in Deutschland über zwanzig Tötungsdelikte an kroatischen Emigranten gibt, für die ausschließlich ein politisches Motiv in Frage kommt, davon besonders viele in München und Umgebung. In den meisten Fällen konnten die Täter nicht ermittelt werden. Die wenigsten Opfer gehörten einer extremistischen Gruppierung an. Zumindest, soweit das erkennbar war. Allein in den letzten Jahren … 1981 sind in München und der näheren Umgebung zwei Exilkroaten von unbekannten Tätern umgebracht worden, Antun Kostić und Stjepan Mesek. 1982 und 1983 gab es zwei Mordanschläge auf Luka Kraljević, der schwer verletzt worden ist und sein Sehvermögen eingebüßt hat. Die ermittelnden Kollegen haben festgestellt, dass der Täter am Münchner Flughafen ein Fahrzeug angemietet hat, das in Belgrad zurückgegeben wurde. Sie hatten den Namen des Täters, aber sie haben auf ihre Bitte um Amtshilfe nie eine Antwort aus Belgrad bekommen.«

»So einfach ist das also …« Mercks wirkte konsterniert.

»Am 28. März 1983«, fuhr Löscher fort, »wurde der aus Zagreb stammende Duro Zagajski mit zerschmettertem Kopf im Fasangarten gefunden. Am 28. Juli 1983 haben bis heute unbekannte Täter Stjepan Dureković in dessen Garage in Wolfratshausen mit sechs Schüssen in Rücken und Arme sowie mit einem Beilhieb in den Kopf getötet …«

»An die beiden Fälle kann ich mich erinnern, die Kollegen von der Mordkommission 4 waren da dran.« Aki schnappte sich die Kanne und schenkte Kaffee nach. »Die waren damals ziemlich ratlos, das weiß ich noch.«

Einen Moment herrschte Ruhe im Besprechungsraum. Nur Fisch raschelte vor sich hin.

»Und dann gab es noch einen Mord«, fuhr Löscher schließlich fort. »Im Oktober letzten Jahres wurde auf dem Schlachthofgelände der 44-jährige Nikola Martinović tot aufgefunden. Man hatte ihn erschlagen und …«

»Wie hieß der?« Nick war plötzlich hellwach.

»Nikola Martinović«, wiederholte Löscher.

»Erinnert ihr euch an die Aussagen von Dinkas Mitschülerinnen?« Nick lehnte sich vor. »Sie hätte sich verändert und hätte diesen geheimnisvollen älteren Freund gehabt, den keiner kannte und über den viel getuschelt wurde. Dieser junge Mann hieß Marijan Martinović, zwanzig Jahre alt, wenn ich mich recht erinnere. Das könnte doch …«

»Könnte der Sohn sein«, ergänzte Gruber.

»Als Josip Šušak bei uns war«, Nick sah Aki und Gruber an, »da haben wir ihn doch nach dem Namen Martinović gefragt, erinnert ihr euch?«

»Ja.« Gruber nickte. »Und er hat gesagt, er kennt den Namen nicht.«

»Na gut. Vielleicht kennen die sich nun auch nicht alle persönlich.« Aki nahm einen Schluck Kaffee.

»Kann ja sein, aber der Name eines in München möglicherweise von der UDBA getöteten kroatischen Landsmanns müsste ihm ja trotzdem geläufig sein. Aber er ist nicht darauf eingegangen.«

»Wie auch immer.« Aki blickte in die Runde. »Es gibt viele Fragen, die wir Josip Šušak und Marko Lukacek stellen müssen. Ich schlage vor«, er sah Mercks und Löscher an, »ihr beide fahrt zum Dubrovnik und sprecht mit den Herren. Und ihr«, sein Blick wanderte zu Nick und Gruber, »ihr sucht bitte diesen Marijan Martinović.«

Die gelb gestrichenen Wände sollten Zuversicht vermitteln, aber der Linoleumfußboden war abgenutzt. Nick sah sich um. Er war noch nie in einem Gebäude der Caritas gewesen, aber genau so hatte er es sich vorgestellt.

»Ich find, das riecht hier schon barmherzig«, flüsterte Gruber, doch er lag falsch: Es roch nach Räucherstäbchen und Vanilletee. Der Flur war lang, sie überflogen die Namensschilder neben den Türen. Plötzlich öffnete sich eine von ihnen. Eine Frau trat auf den Flur und hob grüßend die Hand. Als sie bei ihr angekommen waren, sagte sie: »Guten Tag, ich bin Andelka Martinović.« Anfang vierzig, schätzte Nick, freundliches, ein wenig müdes Gesicht, die braunen Haare an den Seiten mit Klammern hochgesteckt. Sie bat sie in ihr Büro. Auch hier war das Ringen um Behaglichkeit spürbar. Viel Selbstgetöpfertes und Christliches, ein paar Blumen. Und an den Wänden Fotos von der kroatischen Heimat. Auf einem runden Holztisch stand auf einem Stövchen eine Teekanne aus Ton, in der Nick Vanilletee vermutete. »Nehmen Sie Platz.« Sie verteilte drei henkellose Tassen, die zur Kanne passten. Ein Gegenstand auf einer Kommode am Fenster schien Grubers Aufmerksamkeit erregt zu haben. Weil er ihm die Sicht versperrte, konnte Nick nicht erkennen, worum es sich dabei handelte. Erst als Gruber sich umdrehte und den Gegenstand in die Höhe hielt, sah Nick, dass es ein handtellergroßer Kugelfisch aus Ton war.

»Was ist denn das?« Gruber sah Frau Martinović gespannt an.

»Das ist eine indianische Flöte. Sehen Sie die Löcher oben?«

»Darf ich mal?«

»Bitte.«

Gruber führte den Kugelfisch zum Mund und blies hinein. Erst war nur Luft zu hören, doch irgendwann entstand tatsächlich ein Ton, und Gruber gelang es sogar, ihn durch das Schließen eines Loches zu variieren.

»Sehen Sie.« Frau Martinović lächelte beglückt.

Aber Gruber setzte die Flöte ab und sagte: »Ich glaub nicht, dass das Indianisch ist. Das ist mehr die deutsche Fantasie von dem, was eine indianische Flöte sein könnte.«

»Haben Sie Erfahrung mit indianischen Flöten?«

»Nein. Aber wenn Sie mir sagen würden, ich soll mal eine indianische Flöte töpfern, dann würde genau so was dabei rauskommen … Deshalb.«

Nachdem Gruber den Kugelfisch zurückgelegt hatte, setzten sie sich um den runden Tisch und kamen endlich zur Sache. Frau Martinović schenkte Tee ein und berichtete, wie froh sie über ihre Arbeit beim Sozialdienst der Caritas sei. »Besonders jetzt, wo ich ... Nach dem Tod meines Mannes muss ich ja irgendwie Geld verdienen ...«

»Unser Beileid übrigens.« Gruber nickte ihr zu.

»Danke.« Sie blickte zum Fenster, dann wischte sie sich schnell über die Augenwinkel und setzte ein Lächeln auf. »'tschuldigung ... Manchmal kommt es mir vor, als wäre es gestern passiert.«

Sie sprach sehr gut Deutsch, fand Nick, und als hätte sie seine Gedanken gelesen, erzählte Andelka Martinović, dass sie schon seit sechs Jahren als Übersetzerin für die Caritas arbeite und im Laufe der Jahre ihre kroatischen Landsleute, die neu in München seien, auch immer mehr in allen möglichen Bereichen beraten und betreut habe. »Hilfe bei Behördengängen, Wohnungs- und Arbeitssuche, solche Sachen.« Seit Anfang der Achtzigerjahre habe sich die Stadt München sehr darum bemüht, die Situation für die Zugewanderten zu erleichtern. »Die Behörden sind viel besser vernetzt und arbeiten intensiv mit den sozialen Trägern wie der Caritas oder der AWO zusammen, die immer noch die ersten Anlaufstellen für die Migranten sind.« Sie blickte wieder zum Fenster. »Ich bin damals mit meinem Mann und Marijan auch erst mal bei der Caritas gelandet. Die haben uns sehr geholfen. Wir haben sogar in diesem Raum gesessen. Ich habe den Kontakt zur Caritas seither immer gepflegt, worüber ich jetzt sehr froh bin.« Sie blickte auf. »Aber warum wollten Sie mich sprechen? Gibt es etwas Neues zu Nikolas' Tod? Haben Sie etwa die Mörder gefasst?«

»Nein ... das nicht.«

»Hätte mich auch gewundert ...« Sie lachte bitter auf. »Die Täter sitzen wahrscheinlich längst in ihren schönen Häusern, die der jugoslawische Staat ihnen zur Belohnung geschenkt hat.«

»Was meinen Sie denn, was der jugoslawische Staat für ein Motiv gehabt haben könnte, Ihren Mann umbringen zu lassen?«

»Mein Mann hat seine kroatische Heimat geliebt. Das reicht diesen Verbrechern als Grund völlig aus.«

Nick und Gruber warfen sich einen Blick zu. »Sagen Ihnen die Namen Josip Šušak und Marko Lukacek etwas, Frau Martinović?«

»Ja, natürlich.« Sie wirkte plötzlich misstrauisch. »Das sind beides Freunde meines Mannes … Warum fragen Sie?«

»Können Sie sich erklären«, fragte Nick, »warum Josip Šušak uns gegenüber ausgesagt hat, er kenne niemanden mit dem Namen Martinović?«

»Das kann ich mir überhaupt nicht … Das ist lächerlich. Die kennen sich alle schon ewig.« Sie schien ehrlich verblüfft zu sein.

»Wir ermitteln im Mordfall an der Familie Ursa«, fuhr Nick fort, »kennen Sie die eventuell auch?«

»Natürlich. Ja, das habe ich mitbekommen … Eine schreckliche Geschichte.«

»Gehörte Stjepan Ursa auch zu dem Freundeskreis Ihres Mannes?«

»Ja. Er gehörte auch dazu. Aber zu Stjepan hatte mein Mann kein so enges Verhältnis wie zu den anderen beiden. Sie haben sich erst in München kennengelernt. Aber Stjepan hat sich auch sehr engagiert im Verein.«

»In welchem Verein?«

»Sie waren im Vorstand eines kroatischen Heimatvereins. Es war ihnen immer wichtig, die Sitten und Gebräuche unserer Heimat zu leben und weiterzugeben.«

»Wie heißt dieser Verein?«

»Kroatischer Kulturverein. Sie haben sich mindestens einmal im Monat …«

Aber Gruber ließ sie nicht ausreden. »*Kroatische Revolutionäre Bruderschaft*, sagt Ihnen das auch etwas?«

Andelka Martinović zuckte zusammen, als hätte sie einen Stromschlag bekommen.

»Ja … natürlich. Aber das ist eine … Wie sagt man? Eine Terrorgruppe … beziehungsweise war eine. Sie ist ja inzwischen verboten … Ich weiß nicht genau, worauf Sie hinauswollen, ich kann nur sagen, der Heimatverein meines Mannes war völlig harmlos. Aber offenbar hat es gereicht, um ihn töten zu lassen …« Sie schluchzte auf und verbarg ihr Gesicht in den Händen.

Als sie sich wieder gefangen hatte, fragte Nick: »Wussten Sie von der Beziehung Ihres Sohnes Marijan zu Dinka Ursa?«

»Was hat Marijan damit zu tun?« Plötzlich wirkte sie ängstlich.

»Bitte beantworten Sie meine Frage.«

»Ja.« Sie atmete tief durch. »Ich wusste davon. Aber das hat mich damals alles … Es war eine sehr schwierige Zeit für Marijan und mich.« Sie starrte schweigend vor sich hin und drehte dabei die Teetasse hin und her. Schließlich sagte sie mit leiser Stimme. »Nach dem Tod meines Mannes hat sich Marijan verändert. Ich habe das erst gar nicht so richtig … Ich war natürlich mit mir selbst beschäftigt, wie Sie sich vielleicht vorstellen können. Aber er hat plötzlich … Plötzlich hat er angefangen, sich für die Dinge zu interessieren, die Nikola wichtig waren. Sie müssen wissen: Marijan hat alles, was irgendwie mit Kroatien zu tun hatte, abgelehnt. So mit fünfzehn ging das los, da wollte er von den ganzen alten Geschichten nichts mehr wissen. Er hat gesagt, er lebt jetzt in München, und der ganze Mist in Jugoslawien geht ihn nichts an. Das hat meinem Mann damals schwer zu schaffen gemacht. Und traurig auch … Aber ich denke, es war auch einfach das Alter. Wie sagt man? Die Pubertät …, die hat sich bei Marijan eben so geäußert, glaube ich. Er fand die ganzen Heimatgeschichten schrecklich und hat sich von allem, was irgendwie mit Kroatien zu tun hatte, möglichst ferngehalten. Unter seinen Freunden waren Deutsche, Italiener und Griechen, aber bloß keine Kroaten.« Sie hielt inne, prüfte den Sitz der Klammern im Haar und sprach dann mit noch leiserer Stimme weiter: »Nach Nikolas' Tod hat sich das geändert. Er wollte plötzlich alles wissen, was mit Jugoslawien zu tun hatte. Ich musste ihm alles über unser Leben in Kroatien erzählen. Er hat sogar an den Treffen des Heimatvereins teilgenommen. Und dann die Geschichte mit Dinka ...« Wieder brach sie ab. Sie schien nach den richtigen Worten zu suchen. »Das war sehr ... sehr seltsam. Die beiden kannten sich natürlich, sie sind sich bei allen möglichen Feierlichkeiten immer wieder über den Weg gelaufen, aber Dinka hat ihn nie besonders interessiert. Er fand sie zickig ...«

»So was verändert sich ja bekanntlich in der Pubertät«, sagte Gruber. »Und wie alt ist Marijan genau?«

»Er wird im September zwanzig.« Sie schüttelte entschieden den Kopf. »Nein, das hatte damit nichts zu tun, das war irgendwie anders ... Am Anfang habe ich noch gedacht, er tut das alles aus Liebe zu seinem Vater oder vielleicht aus schlechtem Gewissen, weil er wusste, dass er ihm mit seiner Ablehnung wehgetan hat. Aber dann ...« Wieder stockte sie und drehte nervös die Tasse hin und her. »Er kam mir vor, als würde er ...« Sie brach ab und sah Nick und Gruber an, als würde ihr gerade klar, dass sie bereits viel zu viel gesagt hatte. »Entschuldigen Sie mich jetzt bitte, ich habe einen Termin.«

»Da vorne links.« Gruber deutete auf eine Querstraße.

Nick setzte den Blinker. Andelka Martinović ging ihm nicht aus dem Kopf. Je länger sie über ihren Sohn geredet hatte, desto größer war ihre Sorge geworden. Es schien, als hätte sie lange erfolgreich verdrängt, dass etwas nicht stimmte, und würde sich dessen nun erst bewusst werden. Sie hatte versucht, die Polizisten loszuwerden, aber sie hatten sich nicht abwimmeln lassen und weitere Fragen gestellt. Marijan, hatten sie also erfahren, hatte eine Lehre als Gipser und Stuckateur gemacht, verdiente sein eigenes Geld und war schon vor dem Tod seines Vaters ausgezogen. Auf Nicks Bitte hin hatte sie ihnen ein Foto ihres Sohnes gezeigt. Der junge Mann, der ein wenig linkisch wirkte und in die Kamera lächelte, sah viel jünger aus als zwanzig.

»Das muss es sein.« Gruber zeigte auf einen grauen Wohnblock. Keine Balkone. Der Putz blätterte von der Fassade. »Wenn ich Gipser wäre, würde ich da mal rangehen.«

Die Haustür stand offen, das Schloss schien kaputt zu sein. Neben der Klingel im zweiten Stock standen mehrere Namen, von denen einige durchgestrichen oder überklebt worden waren. Dass Marijan in einer WG lebte, hatte seine Mutter ihnen gesagt. Nick drückte den Klingelknopf, aber es passierte nichts. Statt einer Klingel war hinter der Tür laute Musik zu hören. Nick hämmerte mit der Faust dagegen. Es dauerte lange, und Nick musste mehrmals gegen die Tür schlagen, bis sie schließlich geöffnet wurde. Ein Typ mit Vokuhila starrte sie aus roten Augen an. Er trug Röhrenjeans und ein weit ausgeschnittenes Muskelshirt. Nur die dazugehörigen Muskeln fehlten. Die Musik war sehr laut. Sisters of Mercy oder so was.

»Guten Tag«, setzte Gruber an, »wir würden gerne …«

Der junge Mann wandte den Kopf um und brüllte in die Wohnung: »Bullen!« Daraufhin wurde es drinnen hektisch. Dinge wurden umgestoßen und weggepackt. Irgendjemand schien fortzurennen, wohin auch immer. Nick schnupperte. Eine Haschisch-Wolke stand in der Wohnung.

»Habt ihr einen Durchsuchungsbeschluss?«

»Wir sind von der Mordkommission.« Nick hielt ihm seinen Ausweis vor die Nase. »Eure Drogen interessieren uns nicht. Wir müssen mit Marijan Martinović sprechen.«

»Ist ihm was passiert?« Der Typ sah plötzlich besorgt aus.

»Wir müssen mit ihm sprechen. Ist er zu Hause?«

»Na, eben nicht … Das ist es ja …« Er sah unsicher von einem zum anderen.

»Können wir uns vielleicht drinnen unterhalten?«

Der junge Mann schien nachzudenken. Dann brüllte er erneut in die Wohnung. »Das ist nur die Mordkommission. Ich lass die rein, okay?«

»Machts ihr mal die Musik leiser?« Gruber schloss die Wohnungstür hinter sich. Der Flur war schwarz gestrichen. Nick hatte den Eindruck, eine Höhle betreten zu haben.

»Macht mal die Musik leiser!«, brüllte der Typ. Kurz darauf wurde die Musik leiser gedreht, und sie konnten sich unterhalten. Der junge Mann hieß Andreas Schneider und war Marijans Mitbewohner. Schnell stellte sich heraus, dass er tatsächlich besorgt war. »Er ist gestern Abend raus zum Bierholen … Kommen Sie mal mit.« Er führte sie über den Flur. Die Tür zum Wohnzimmer stand offen. Auf dem Boden hockten und lagen fünf junge Männer herum. Auf einem Couchtisch standen zwei Glasbongs. Eine hatte die Form eines Penis. Die Vorhänge waren zugezogen. Es herrschte Dämmerlicht. »Hi!« Einer der jungen Männer hob grüßend die Hand.

Nick grüßte zurück. »Mahlzeit.«

Andreas Schneider führte sie in sein Zimmer, das auf der anderen Seite des Flurs lag. Eine Wandseite war komplett mit einem Marlboro-Werbeplakat tapeziert. Der Marlboro-Mann saß am Lagerfeuer. Im Hintergrund sein Pferd und der endlose Himmel über der Prärie. Aber deshalb hatte der junge Mann sie nicht hereingebeten. Er ging direkt zum Fenster. »Ich hab hier gestanden und eine geraucht, als Marijan unten aus dem Haus ist.« Er zeigte auf eine Kreuzung. »Da vorne links ist der Supermarkt, wo wir immer einkaufen. Marijan ist in die Richtung gegangen. Kurz bevor er die Kreuzung erreicht hatte, kam ein Wagen angefahren. Er hat direkt neben ihm gehalten. Zwei Typen sind ausgestiegen und auf ihn zugegangen. Die Situation war irgendwie komisch, weil … Ich hatte den Eindruck, dass Marijan die kennt, und trotzdem hat das bedrohlich gewirkt.«

»Was ist dann passiert?«

»Das weiß ich eben nicht. Blöderweise hat das Telefon geklingelt. Ich hab den Anruf angenommen, und als ich zurückkam, war der Wagen verschwunden und Marijan auch. Und er ist bis jetzt nicht wiedergekommen.«

Nick und Gruber blickten einander an. »Marijan Martinović ist also seit gestern Abend verschwunden, ja?«

»Ja.«

»Können Sie die beiden Männer beschreiben, Herr Schneider?«

»Der eine war eher so ein kleiner, bisschen fülliger, Halbglatze und das Resthaar so drüber …« Er musste gar nicht weiterreden. Nick und Gruber wussten sofort, dass es sich bei dem Mann um Josip Šušak handelte.

»Kann ich mal Ihr Telefon benutzen?« Nick rief Aki an und erkundigte sich nach Mercks und Löscher. »Haben die schon Nachricht gegeben?«

»Nein, was ist los?«

Nick brachte Aki knapp und präzise auf Stand. Aki hörte zu und sagte: »Gut, ich versuche, sie über Funk zu erreichen. Fahrt ihr bitte raus zum Dubrovnik, ich kümmere mich um Unterstützung.«

Nick war sicher, dass die Zufahrt zum Parkplatz bewacht sein würde. Deshalb stellten sie den BMW vor der Fabrikhalle ab, in der auch heute die Roboterarmee exerzierte, und folgten zu Fuß der Hauptstraße, bis diese einen scharfen Knick nach rechts machte. Geradeaus Brombeerbüsche, ein paar Birken und dahinter Wiesen und Felder. Sie gingen an den Brombeeren vorbei, bis sie auf ein Maisfeld stießen, und bewegten sich an dessen Rand entlang. Bevor sie auf der Höhe des Dubrovnik angekommen waren, schlugen sie sich ins Feld und legten die letzten Meter im Schutz der hohen Pflanzen zurück. Als das Gebäude genau vor ihnen lag, etwa hundert Meter entfernt, stoppten sie und versuchten, sich aus ihrer Deckung heraus einen Überblick zu verschaffen. Der Garten mit dem Fischteich war verwaist. Die einzige Bewegung verursachte ein Windrad neben dem Teich, dessen Flügel sich träge drehten. Auf dem Parkplatz standen, soweit sie das von ihrem Versteck aus überblicken konnten, nur zwei Autos.

»Der Graue«, flüsterte Gruber. »Das ist der Wagen von Löscher und Mercks.«

Die Sonnenschirme auf der Terrasse waren eingeklappt, Tische und Stühle leer. Kein Gast war zu sehen. »Ruhetag.« Gruber wedelte die Insekten weg, die sie umschwirrten. Nick schloss fest den Mund.

Das Gebäude, in dem keinerlei Bewegung zu erkennen war, das Auto der Kollegen auf dem verwaisten Parkplatz, die zusammengeklappten Schirme, das rotierende Windrad – das alles waren Bilder, die Nick von Minute zu Minute mehr beunruhigten. »Wo stecken die Kollegen bloß?«

Während der Fahrt hatten sie die verschiedenen Szenarien durchgespielt, die sie hier zu erwarten hatten, waren dabei aber immer von einem geöffneten Restaurant ausgegangen und davon, dass die Kollegen die Lage bereits sondiert hätten. Nun lag das Dubrovnik vor ihnen wie eine Festung, und von Löscher und Mercks war weit und breit keine Spur zu sehen. Vieles war unklar – klar war eigentlich nur, dass es keine gute Idee war, über den Parkplatz zu spazieren und das Gebäude durch den Vordereingang betreten zu wollen.

»Warten wir auf die Verstärkung?«

Nick schüttelte den Kopf. »Ich denke, wir müssen da rein.«

»Seh ich auch so.« Gruber tastete nach seiner Waffe.

Bis jetzt schienen sie unbemerkt geblieben zu sein. Nach wie vor war in dem Gebäude kein Mensch zu sehen, auch kein Posten, der die Gartenseite des Dubrovnik überwachte, wie bei ihrem letzten Besuch, was aber nichts zu bedeuten hatte. Sollte der

Verdacht des Verfassungsschutzes zutreffen, dann gab es da drin ein paar Männer, die wussten, wie man so etwas diskret anstellte. Nick spähte zwischen den Blättern der Maispflanzen hindurch. Sie hatten eine freie Fläche vor sich, etwa 75 Meter Wiese, die sie überbrücken mussten, um den Holzschuppen im hinteren Teil des Gartens zu erreichen, der wieder Deckung versprach. 75 Meter freie Fläche.

»Ich geh vor.«

Nick zog seine Waffe und entsicherte sie. Dann trat er an den Rand des Maisfeldes und rannte, die Waffe mit beiden Händen umfassend, in gebückter Haltung auf den Schuppen zu. Schwer atmend ging er dahinter in Deckung und verharrte bewegungslos. Das dumpfe Dröhnen aus der Fabrikhalle war zu hören und, sehr leise, ein regelmäßiges Quietschen. Das Windrad vermutlich. Erst als sich sein Atem wieder beruhigt hatte, lugte Nick hinter dem Schuppen hervor.

Im Garten bewegte sich außer dem Windrad nichts. Durch die Fenster, die bis zum Boden reichten, konnte er in den Gastraum blicken. Die Tische waren eingedeckt, aber niemand war zu sehen. Plötzlich meinte Nick, über das Dröhnen aus der Fabrik hinweg noch ein weiteres Geräusch zu hören. Es klang wie eine tiefe Männerstimme. Nick hielt den Atem an und lauschte. Als die Männerstimme von einer vertrauten Tonfolge abgelöst wurde, wusste Nick, dass im Restaurant Bayern 3 lief. Wieder spähte er um den Holzschuppen herum. Noch immer war niemand zu sehen. Alle Fenster waren geschlossen. Das Radio musste also ziemlich laut gestellt sein, wenn er es bis hierher hörte. Aber ein Radio konnte ihnen nicht gefährlich werden. Deshalb hob Nick den Arm. Auf sein Zeichen trat Gruber aus dem Maisfeld und rannte los. Nick hielt die Waffe schussbereit auf das Gebäude gerichtet, um Gruber notfalls Feuerschutz geben zu können. Aber er hörte ihn näher kommen, hörte seine Schritte und seinen schweren Atem, ohne dass etwas passierte.

»Alles okay.« Gruber ließ sich neben Nick auf den Boden fallen.

Erneut warteten sie ab. Als es weiterhin ruhig blieb, nickten sie einander zu und hasteten am Fischteich vorbei zur Terrassentür. Nick drückte die Klinke hinunter, aber die Tür war verschlossen. Während Gruber ihn mit gezogener Waffe absicherte, holte Nick den Dietrich aus der Tasche, und kurz darauf sprang das Schloss zurück. Nick zog die Tür auf. Als sie das Restaurant betraten, dröhnte *Moonlight Shadow* durch den leeren Gastraum. Schritt für Schritt bewegten sie sich an den Tischen vorbei in Richtung Eingang. Vor ihnen lag der Tresen, rechts führte die Treppe hinauf in den ersten Stock. »*Carried away by the moonlight shadow …*«

Plötzlich zischte Gruber: »Da!«, und deutete auf den Boden neben dem Tresen.

Erst glaubte Nick, einen Wischmopp zu erkennen, aber es handelte sich um einen Haarschopf. Er schaute auf den Hinterkopf eines Mannes. Und dieser Mann war … Mercks. Sie eilten zu ihm. Er lag hinter dem Tresen auf der Seite, seine Hände waren auf dem Rücken mit Kabelbinder gefesselt. Nick stieg über ihn, um sein Gesicht sehen zu können. Erleichtert stellte er fest, dass Mercks die Augen geöffnet hatte und atmete. Er hatte eine Platzwunde an der Stirn.

»Sie sind da unten.« Er machte eine Kopfbewegung in Richtung Eingangsbereich, aber die Bewegung schien ihm Schmerzen zu bereiten, denn er ließ den Kopf sinken und schloss stöhnend die Augen.

»Bleib ruhig«, flüsterte Nick ihm zu. »Wo ist Löscher?«

»Auch da unten … glaub ich jedenfalls.«

»Wie viele?«

»Vier.«

»Nick!« Gruber hatte das Telefon entdeckt, das auf einer Kommode im Eingangsbereich stand.

»Bleib du bei Mercks, und ruf Aki an«, flüsterte Nick.

Gruber nickte und schnappte sich ein Messer, um Mercks von seiner Fessel zu befreien. Nick hastete auf die andere Seite und ging, um nicht von außen durch die Fenster gesehen zu werden, eng an der Wand des Gastraumes entlang in Richtung Toiletten. Er durchquerte den Toilettenraum und trat ans Fenster. Eine Gruppe von Männern stand auf dem Parkplatz. Zwei von ihnen hielten Walkie-Talkies in den Händen, und natürlich trugen sie alle Waffen, auch wenn diese nicht zu sehen waren. Sie wirkten angespannt, rauchten und redeten aufeinander ein. Wahrscheinlich hatten er und Gruber einfach nur Glück gehabt, überlegte Nick, und sie waren genau zu dem Zeitpunkt auf der Rückseite des Dubrovnik angekommen, als die Wachtposten sich auf dem Parkplatz zu einer Krisenbesprechung versammelt hatten. So zumindest wirkte es. Einer der Männer, offenbar der Anführer, beendete die Zusammenkunft mit harschen Worten, die Nick nicht verstand, die aber wie Befehle klangen. Die Männer verteilten sich daraufhin wieder auf ihre Posten. Wie Nick vermutet hatte, bewachten zwei Männer die Einfahrt. Drei andere setzten sich in Bewegung und gingen Seite an Seite auf das Haus zu. Immer näher kamen sie. Schnell verließ Nick die Toiletten und hastete zu Gruber zurück, der dem verletzten Mercks gerade dabei half, sich aufzurichten. »Bleibt unten!«, zischte Nick ihnen zu. Hinter die Theke gekauert beobachtete er, wie einer der Männer auf der Terrasse Position bezog. Die anderen beiden gingen weiter und verschwanden hinter der Ecke des Hauses. Wenig später tauchten sie auf der anderen Seite wieder auf und gingen am Teich entlang durch den Garten. Plötzlich blieb einer stehen und blickte zur Terrassentür. Nick stockte der Atmen. Der Mann schien zu überlegen, ob er die Tür überprüfen sollte, doch dann ging er mit seinem Kollegen weiter und verschwand aus Nicks Blickfeld. Erleichtert atmete er durch.

»Ihr müsst unten bleiben«, flüsterte er Gruber zu. »Zwei Mann patrouillieren ums Haus, einer steht auf der Terrasse, und zwei bewachen die Einfahrt. Gib das Aki durch, okay?«

Gruber nickte und bewegte sich hinüber zur Kommode. Am Boden kauernd tastete er nach dem Telefonapparat. Als Nick sicher war, dass die beiden Männer, die die Rückseite des Dubrovnik überwachen sollten, im Garten geblieben waren und nicht plötzlich an der Frontseite des Restaurants vor der Eingangstür auftauchen würden, hastete er in gebückter Haltung auf den Eingang zu. Rechts führte die Treppe zum ersten Stock hinauf. Zwischen Eingang und Treppe, befand sich eine Tür. Sie stand offen. Eine Steintreppe führte dort hinunter in den Keller. Nur die ersten Stufen waren zu erkennen, dahinter verschwanden sie in der Dunkelheit. Neben der Kellertür war ein Lichtschalter angebracht, die Leitungen lagen offen über dem unverputzten Beton. Aber Nick fürchtete, die Aufmerksamkeit der Männer da unten zu erregen, wenn er Licht machte, also ließ er es bleiben und stieg Stufe für Stufe hinunter in die Finsternis. Mit der rechten Hand tastete er sich an der Wand entlang, in der linken hielt er die Waffe. Der Beton fühlte sich kalt und feucht an. Es war so dunkel, dass allein das Entlangtasten an der Wand Orientierung bot.

Plötzlich jedoch fasste er ins Leere. Die Wand war weg, und er geriet ins Straucheln. Für einen Moment war Nick der Überzeugung, dass nicht nur die Wand, sondern auch die Treppe endete und vor ihm nichts als ein Abgrund lag. Er spürte den Luftzug aus der Tiefe, den Sog, der ihn hinabreißen würde. Das Entsetzen packte ihn. Er befand sich in der Vorwärtsbewegung, der Schritt ins Leere war unvermeidlich. Aber wider Erwarten fanden seine Füße Halt. Reglos blieb er stehen und atmete langsam ein und aus. Als er sich wieder gefangen hatte, bewegte er sich mit tastenden Schritten voran und stellte fest, dass er sich nicht mehr auf der Treppe befand, sondern auf einer ebenen Fläche. Mit ausgestrecktem Arm ging er weiter, bis seine Hand gegen eine Wand stieß. Allmählich gewöhnten sich seinen Augen an die Dunkelheit: Er stand auf einem Absatz. Die Treppe machte einen Knick und führte nun in Gegenrichtung weiter in die Tiefe. Sie kam ihm allerdings steiler vor als der obere Teil und ewig lang. Wie in der Villa Reinhard erfasste ihn auch hier wieder der Schwindel, denn dieser Keller passte nicht zum Rest des Hauses. Viel zu tief war er. Nick hatte das Gefühl, in das Verlies einer mittelalterlichen Festung hinunterzusteigen, nicht aber in den Keller eines jugoslawischen Restaurants in einem Industriegebiet. Unten war Licht zu sehen, und er meinte, Stimmen zu hören. Stufe für Stufe stieg er hinab. Je weiter er nach unten kam, desto feuchter erschien ihm die Wand. Am Fuß der Treppe befand sich ein Quergang, der von einer matten Notbeleuchtung erhellt war. Der Gang war lang, mehrere Türen gingen von ihm ab. Von der Decke tropfte Wasser. Auf dem Boden hatten sich Pfützen gebildet.

Plötzlich hörte Nick einen Schrei und aufgeregte Männerstimmen. Mit beiden Händen die Waffe umfassend hastete er über den Gang, den Geräuschen entgegen. Eine der Türen war einen Spaltbreit geöffnet. Vor der Wand des Kellerraumes stand, mit dem Rücken zu ihm, ein Mann. Er trug eine Lederjacke und hielt ein Walkie-Talkie in der Hand. Nick bezweifelte allerdings, dass ihm das hier unten viel nutzen würde. Die anderen Männer, die noch im Keller waren, konnte er durch den schmalen Spalt nicht sehen. Er hörte nur ihre Stimmen und versuchte, sie auseinanderzuhalten. Er verstand kein Wort. Sie sprachen offenbar Serbokroatisch. Aber dem Klang ihrer Stimmen entnahm Nick, dass die Männer sehr aufgebracht waren. Er hörte einen dumpfen Schlag, und wieder schrie jemand auf. Auch dieser Mann rief etwas Unverständliches. Seine Stimme klang heller und ging irgendwann in ein Schluchzen über. Auf den nächsten Schlag folgte erneut ein Aufschrei. Da riss Nick die Tür auf: »Polizei! Hände über den Kopf! Gesicht zur Wand!«

Zwei der vier Männer wollten sich zu ihm umwenden, aber

Nick brüllte erneut: »Nicht umdrehen! Treten Sie mit erhobenen Händen an die Wand. Alle in einer Reihe!« Die Männer blickten einander an, wechselten ein paar unverständliche Worte. Was besprachen sie da? Würden sie sich gleich auf ihn stürzen?

»Hände über den Kopf, sofort!« Nick umklammerte die Waffe. Einer der Männer rief etwas, eine klare Anweisung offenbar, denn daraufhin hoben alle nach und nach ihre Hände in die Höhe. Und Nick konnte sich endlich um den jungen Mann kümmern, der, wie Mercks mit Kabelbinder gefesselt, auf dem Boden lag. Obwohl sein Gesicht blutüberströmt war, erkannte Nick Marijan Martinović wieder. Er löste ihm die Fesseln nicht, sorgte aber dafür, dass er etwas bequemer lag.

Unter den vier Männern, die mit erhobenen Händen vor der Wand standen, waren Josip Šušak und Marko Lukacek, die anderen beiden hatte er noch nie gesehen. Sie schienen sich inzwischen mit ihrem Schicksal abgefunden zu haben und unternahmen keinen Versuch, sich zur Wehr zu setzen. Gerade als er sich darüber zu wundern begann, hörte er hinter sich ein Geräusch. Er fuhr herum, aber es war zu spät. Er sah einen Schatten – und spürte einen Schlag.

Als er wieder zu sich kam, schmerzte sein Schädel, und er hatte den Geschmack von Blut im Mund. »Auf!« Jemand zerrte an ihm, doch er konnte keine Gesichter erkennen, das Licht der Neonröhren war viel zu grell. »Steh auf jetzt!« Mühsam richtete er sich auf. Kaum stand er, hatte er auch schon eine Waffe im Rücken. »Los, Abmarsch.« Sie stießen ihn aus dem Kellerraum und über den Gang. Er hörte einen Schrei hinter sich und meinte, Marijan Martinovićs Stimme wiederzuerkennen. Offenbar wurde auch er durch den Kellergang getrieben. Der Lauf der Waffe bohrte sich in seinen Rücken. »Hoch da.«

Während sie die steile Treppe hinaufstiegen, überlegte Nick fieberhaft, was ihn da oben erwarten würde. Šušak und seine

Leute rechneten offenbar damit, dass die Polizei das Dubrovnik besetzt hatte, und hofften, sich mit Nick und Marijan Martinović als Geiseln den Weg freikämpfen zu können. Kurz bevor sie den Treppenabsatz erreicht hatten, zischte der Mann hinter ihm: »Stopp!« Also blieb Nick stehen. Eine Hand legte sich über seinen Mund. Nick konnte das Nikotin an den Fingern riechen. »Ein Ton, und du bist tot.«

Still standen sie auf der Treppe, nur das schnelle Atmen des Mannes hinter ihm und ab und zu das leise Stöhnen von Marijan Martinović waren zu hören. Nick hatte keine Ahnung, was da oben vor sich ging. Er vermutete, dass Šušak und seine Leute gerade versuchten, die Lage zu sondieren. Dann wurde von oben etwas auf Serbokroatisch gerufen, und endlich nahm der Typ seine Hand weg. Nick atmete tief durch, erhielt aber sofort einen Schlag in den Rücken. »Weiter.« Die Treppe kam ihm noch steiler vor als beim Hinabsteigen. Die Tür stand offen. »Weiter, schnell!« Er wurde auf den Eingang des Restaurants zugetrieben, wo Šušak und Lukacek bereits warteten. Plötzlich knallte es, Glas splitterte, und sie waren in dichten Rauch gehüllt. Nick wurde zu Boden gerissen. Kommandos wurden gebrüllt. Nicks Augen tränten. Schemenhaft konnte er Männer in Kampfmontur erkennen. Sein Kopf wurde auf den Boden gepresst, und er hatte Mühe zu atmen.

Als sich der Rauch lichtete, sah Nick, während er sich aufrappelte, wie die Kollegen vom SEK Šušak und seine Leute abführten. Rettungssanitäter kümmerten sich sowohl um Marijan Martinović als auch um Mercks und Löscher. Gruber stand neben ihnen.

Löscher, berichteten die Kollegen, war den Männern nicht, wie Mercks vermutet hatte, in den Keller gefolgt. Sie hatten ihn schon vorher außer Gefecht gesetzt und an Händen und Füßen gefesselt in der Küche liegen lassen, wo Gruber ihn gefunden hatte. Er hatte nur ein paar Prellungen abbekommen.

Im Dubrovnik und auf dem ganzen dazugehörigen Gelände wimmelte es von Polizisten. Auf der Straße und auf dem Parkplatz standen Fahrzeuge mit zuckenden Blaulichtern. Nick war beeindruckt. Aki hatte alles aufgefahren, was Münchner Polizei und L K A zu bieten hatten. Nun stand er da wie ein Feldherr.

»Sauber.« Er klopfte Nick auf die Schulter. »Wenn wir hier fertig sind, gehen wir ein Bier trinken.«

XI. DER WEG DER GLÜCKSELIGKEIT

Sie gingen über den Krankenhausflur. Die Ärzte hatten darum gebeten, Marijan Martinović einen Tag Ruhe zu gönnen. Seine Verletzungen waren gravierender, als Nick zunächst vermutet hatte. Zwei Rippen und die Nase waren gebrochen, außerdem hatte er eine Gehirnerschütterung. »Die Jugos haben ordentlich zugelangt.« Gruber hatte mit den Ärzten gesprochen.

Sie hatten also zunächst Josip Šušak und Marko Lukacek vernommen – oder es zumindest versucht, denn deren Deutschkenntnisse waren auf einmal wie weggezaubert. Dolmetscher wurden organisiert, um ihr Schweigen ins Deutsche zu übersetzen. Schnell war klar, dass es eine zähe Angelegenheit werden und die Mordkommission 3 noch eine Weile beschäftigen würde, es sei denn, sie bekämen von Marijan Martinović eine brauchbare Aussage.

Vor dem Krankenzimmer im dritten Stock saß ein uniformierter Kollege. »Die Mutter ist gerade drin.«

Als sie eintraten, saß Andelka Martinović am Bett ihres Sohnes und hielt seine Hand.

»Grüß Gott.« Gruber nickte ihnen zu. Beide sahen auf und blickten die Polizisten ängstlich an. Marijan zog seine Hand zurück, und seine Mutter ließ ihre auf der Bettdecke liegen. Sie sah aus wie ein heruntergefallenes Blatt und wirkte klein und nutzlos.

»Wir müssen mit ihrem Sohn reden, Frau Martinović.« Nick

stellte einen Stuhl vor das Bett. »Allein. Und würden Sie bitte heute Nachmittag um 16 Uhr zu uns kommen?«

Andelka Martinović beugte sie sich zu Marijan und flüsterte ihm etwas ins Ohr. Dann stand sie auf, nahm ihre Handtasche und ging um das Bett herum. Vor Nick blieb sie stehen. Mit einem höflichen Lächeln. »Wenn Sie mir meinen Sohn auch noch wegnehmen ... Das überlebe ich nicht.« Mit schnellen Schritten ging sie zur Tür und verließ das Krankenzimmer.

Gruber schnappte sich den zweiten Stuhl, und sie setzten sich an das Bett. »Herr Martinović«, begann Gruber, »Sie werden verdächtigt, die Eheleute Maria und Stjepan Ursa sowie deren Tochter Dinka am 12. Juli im Perlacher Forst erschossen zu haben. Sie müssen sich zu diesen Vorwürfen nicht äußern, Sie haben das Recht, keine Angaben zu machen ...«

Während Gruber die Belehrung herunterleierte, beobachtete Nick den jungen Mann. Er hatte den Kopf abgewendet, schien irgendwo ins Nichts zu schauen.

»Wie geht es Ihnen?« Nick beugte sich vor, um sein Gesicht besser sehen zu können. Aber Marijan Martinović reagierte nicht.

»Was ist nach dem Tod Ihres Vaters passiert? Helfen Sie uns bitte, das zu verstehen.«

Keine Antwort.

»Was hat Sie auf die Idee gebracht, Stjepan Ursa könnte ihn getötet haben?«

»Und vor allem«, schaltete sich Gruber ein, »warum haben Sie Dinka und Maria Ursa umgebracht? Hielten Sie alle drei für schuldig?«

Da wandte Marijan sich ihnen zu. Er musterte Nick. »Waren Sie das gestern ... unten im Keller?« Seine Stimme klang unsicher. Nick sah in die Augen eines Jungen, dessen Welt aus den Fugen geraten war.

»Sag uns, wie es dazu kommen konnte, Marijan, ich möchte das wirklich verstehen.«

»Waren Sie das, der mir …, der mir geholfen hat … im Keller?«

»Ja.«

»Danke. Sie sind der Erste … Sonst hat mir in der ganzen Zeit niemand geholfen.«

»Ich möchte dir gerne weiterhin helfen, aber dafür musst du mir erzählen, was …«

»Danke«, wiederholte Marijan Martinović mit leiser Stimme. »Kann ich jetzt meinen Anwalt sprechen?« Er drehte den Kopf zur Seite. Das Gespräch war beendet.

Im Raumschiff wurden sie bereits von Andreas Schneider erwartet. Er hatte das Muskelshirt gegen ein Hemd eingetauscht, und seine Augen waren von einem helleren Rot.

»Nach dem Tod seines Vaters war er völlig von der Rolle, klar, und dann ist irgendwann dieser Typ aufgetaucht … Das war auch ein Jugo.«

»Wie hieß der denn?« Nick reichte ihm die HB-Packung.

»Pero.«

»Und hinten?« Gruber, Zigarette im Mundwinkel, bearbeitete die Schreibmaschine.

»Keine Ahnung. Einfach Pero.« Andreas ließ sich von Nick Feuer geben. »Der war so Ende zwanzig, Anfang dreißig. Marijan hat ihn auf der Beerdigung kennengelernt. Und der saß dann die ganze Zeit bei uns in der WG rum.«

»Ab wann war das ungefähr?«

»Weiß nicht genau …« Andreas zuckte mit den Schultern. »Im Oktober ist sein Vater umgebracht worden … Ziemlich direkt danach, soweit ich mich erinnere. Dann ging das alles los.«

»Was ging da los?«

»Na, dass er sich für den ganzen Kroatien-Kram interessiert hat, dass er zu den Treffen dieses Heimatvereins gegangen ist und die Sache mit Dinka …«

»Hat er sich dazu mal näher geäußert?«

»Na ja, es gab da so eine komische Situation …« Andreas erzählte, wie sie eines Abends im Wohnzimmer der WG zusam-
mengesessen, getrunken und ein paar Bongs geraucht hatten.
»Da ist Marijan plötzlich zusammengebrochen. Er hat geweint
und behauptet, ›die‹ wäre schuld am Tod seines Vaters.«

»Wen hat er damit gemeint?«

»Seine Freundin, die Dinka.«

»Das hat er gesagt?

»Nein, das hat er so nicht gesagt, aber aus dem Zusammenhang hat sich das für uns so erschlossen.«

»Wie kam er denn darauf?«

»Keine Ahnung. Er hat gesagt, ›die‹ hätte seinen Vater in eine
Falle gelockt. Aber wir haben das nicht weiter ernst genommen.
Es war eher so die Kategorie ›wenn ich drauf bin, macht die
Welt Sinn‹ …«

Am nächsten Morgen um kurz nach acht fasste Aki den bisherigen Stand der Dinge für die Kollegen zusammen. »Es sieht so
aus, als hätte sich dieser Pero, dessen Nachnamen wir bis jetzt
nicht kennen, gezielt an Marijan Martinović herangemacht. Möglicherweise hat er ihm den Floh ins Ohr gesetzt, Stjepan Ursa
hätte seinen Vater umgebracht oder die gesamte Familie Ursa
hätte etwas mit dem Tod seines Vaters zu tun. Das ist aber bis
jetzt nur eine Vermutung. Sicher wissen wir nur, dass Marijan
ab Ende Oktober die Treffen des kroatischen Kulturvereins besucht hat, in dem sein Vater und Stjepan Ursa aktiv waren. Und
wir wissen, dass er ab November gezielt den Kontakt zu Dinka
Ursa gesucht hat. Möglicherweise ist der Streit zwischen Stjepan und seiner Tochter, den zwei Zeugen an Fasching beobachtet haben, darauf zurückzuführen, dass Stjepan Ursa die Beziehung seiner Tochter zu Marijan nicht geheuer war. Vielleicht
hatte er zu dem Zeitpunkt schon den Verdacht, dass hier größere Räder gedreht werden. Was diesen Pero angeht …« Aki nahm

einen Schluck aus seiner Kaffeetasse. »Der scheint, nach allem, was wir bis jetzt gehört haben, seit dem 12. Juli verschwunden zu sein. Auch wenn das jetzt abenteuerlich klingt: Wir müssen die Möglichkeit im Hinterkopf behalten, dass dieser Pero sich im Auftrag eines jugoslawischen Dienstes in den kroatischen Kulturverein beziehungsweise in die gerade neu entstehende Folgeorganisation der *Kroatischen Revolutionären Bruderschaft* eingeschleust und das Vertrauen der Mitglieder erworben hat. Er hat Marijan Martinović gezielt dahin gehend manipuliert, dass dieser schließlich in der Familie Ursa die Verantwortlichen für den Tod seines Vaters zu erkennen meinte und sich an ihnen gerächt hat. Sollte Pero tatsächlich im Auftrag eines Geheimdienstes gehandelt haben, würde das auch das Rätsel um die Tatwaffe klären. Pero könnte Marijan dann problemlos eine Waffe mit Schalldämpfer besorgt haben, die dieser nach der Tat an einem verabredeten Ort deponiert hat. Dort hat Pero sie wieder an sich genommen und entsorgt, bevor er nach Jugoslawien zurückgefahren ist ...«

»Gibt es denn Hinweise darauf, dass Stjepan Ursa oder die ganze Familie irgendetwas mit dem Tod von Marijans Vater zu tun hatten?« Nick sah Aki fragend an.

»Bis jetzt nicht.« Aki zündete sich eine Zigarette an. »Bis jetzt sind das alles Vermutungen und Theorien. Das Problem ist, dass diejenigen, die Auskunft geben könnten, entweder von ihrem Schweigerecht Gebrauch machen, wie der Tatverdächtige Marijan Martinović und seine Mutter Andelka, oder eine Anzeige wegen Körperverletzung in Kauf nehmen, wie Josip Šušak und Marko Lukacek, und uns erzählen, Marijan hätte Geld aus der Vereinskasse entwendet und sie hätten ihm deshalb eine Lektion erteilt.«

»Ich wusste gar nicht, dass die überhaupt irgendwas gesagt haben.« Gruber wirkte erstaunt. Unruhe entstand. Alle redeten durcheinander.

»Doch.« Löscher schaltete sich ein. »Marko Lukacek hat Mercks und mir diese Geschichte erzählt. Sie müssen das abgesprochen haben. Wir haben dann am Abend Josip Šušak noch ein zweites Mal vernommen, und der kam mit derselben Geschichte an.«

»Denen ist alles recht«, sagte Aki, »solange sie nicht in Verdacht geraten, in terroristische Umtriebe verwickelt zu sein. Je größer die ganze Sache, desto unangenehmer die Fragen. Solange es ›nur‹ um die Bestrafung eines Vereinsmitgliedes wegen Veruntreuung geht, sind sie auf der sicheren Seite. Wir müssen also im Moment davon ausgehen, dass keiner irgendwas sagt. Ihr wisst ja, was das für uns bedeutet.«

Das wussten alle. Es bedeutete Wühlarbeit. Es bedeutete, tagelang kleinsten Hinweisen nachzugehen.

»Es wird schon schwer genug«, fuhr Aki fort, »Marijan Martinović die Tat überhaupt nachzuweisen, ohne Augenzeugen und ohne Tatwaffe. Dazu kommt noch, dass der Hagelsturm alle Spuren zunichtegemacht hat. Ein Anhaltspunkt könnte allerdings sein, dass der Täter ja durch irgendetwas oder irgendjemanden gestört worden sein muss. Er hat die Tat jedenfalls nicht zu Ende geführt, denn wir wissen, dass Stjepan Ursa die Flucht gelungen ist, wenn auch schwer verletzt. Irgendetwas hat den Täter davon abgehalten, die Verfolgung aufzunehmen. Vielleicht hat ihn doch jemand gesehen. Wir müssen also noch mal auf die Suche nach Zeugen gehen, diesmal mit dem Foto von Marijan Martinović. Und ich schlage vor, dass wir in der Klinik Menterschwaige beginnen. Wir legen den Patienten und dem Personal Marijans Foto vor. Außerdem müssen wir sämtliche Mitglieder des kroatischen Kulturvereins befragen. Das sind ja nicht alles Terroristen, im Gegenteil, die Mehrheit sind völlig unbescholtene Bürger, die uns vielleicht etwas über diesen Pero erzählen können.«

Als sie die Aufgaben verteilt hatten und die Besprechung schließlich beendeten, war es Mittag geworden. Nick aß einen Dönerteller im Bosporus. Als er um 13.45 Uhr wieder nach oben ging, wartete Torsten Felsch bereits ungeduldig vor seinem Büro. »Sie sind aber früh, Herr Felsch …«

»Ich denke, wir brauchen die Zeit, ich habe Ihnen wahnsinnig viel zu erzählen.«

Es klang wie eine Drohung. Als Gruber eine Viertelstunde später an der Schreibmaschine Platz genommen hatte und Nick Torsten Felsch, den zweiten der insgesamt drei Mitbewohner von Marijan Martinovićs Wohngemeinschaft, ins Büro bat, brach eine Lawine über sie herein. Schon zehn Minuten später flüchteten sie. »Kurze Pause, Herr Felsch, wir sind gleich wieder bei Ihnen.« Bei einer Zigarette vor dem Getränkeautomat versuchten sie, sich wieder zu sammeln.

»Was studiert noch mal seine Schwester?« Gruber starrte benommen an die Decke. »Und warum das mit seiner Kriegsdienstverweigerung nicht geklappt hat, obwohl er tiefreligiös ist, das hab ich auch nicht verstanden.«

»Bitte frag nicht nach.«

»Auf jeden Fall nimmt er andere Drogen als seine Kollegen.«

Sie lauschten den vertrauten Geräuschen aus dem Bosporus. Gruber trat einen Schritt näher ans Loch und schnupperte. »Ich glaub, Hakan macht frische Linsensuppe.«

»Wir müssen das jetzt irgendwie kanalisieren.« Nick drückte die Zigarette aus.

»Also los.«

Sie atmeten tief durch und gingen zurück ins Büro.

»Gut, dass Sie kommen, mir ist nämlich gerade noch was Wichtiges …«

»Herr Felsch«, unterbrach Nick. »Es ist schön, dass Sie in Ihren jungen Jahren schon so viel erlebt haben …«

»Na ja, so viel jetzt auch wieder nicht. Stellen Sie sich mal vor, ich wäre zur See gefahren wie mein Bruder …«

»Auf dem Meer ist sicher weniger los als in München.« Gruber rückte den Stuhl zurecht.

»Ich finde nicht, dass in München viel los ist.«

»Herr Felsch, wir müssen hier einen Mordfall klären ...«

»Deswegen bin ich ja hier.«

»Genau.« Nick rückte einen auf dem Tisch liegenden Bleistift zurecht. »Ich wäre Ihnen dankbar, wenn Sie sich darauf beschränken würden, unsere Fragen zu beantworten ...«

»Mach ich doch die ganze Zeit.«

»Und wenn Sie möglichst kurz und präzise antworten.«

»Manchmal muss ich natürlich ein bisschen ausholen ...«

»Lieber nicht.« Gruber lächelte freundlich.

»Würden Sie uns diesen Pero bitte mal beschreiben?«

»Oberlippenbart.« Es kam wie aus der Pistole geschossen, aber alles andere schien weniger klar zu sein, denn Torsten Felsch versank in Grübelei. »Was die Frisur angeht«, fuhr er schließlich fort, »mein Onkel, also der Bruder meiner Mutter, der hat einen Friseursalon im Ruhrgebiet ... in Herne ... Gelsenkirchen, Bochum, Herne, kennen Sie ja, dieses Dreieck, Recklinghausen liegt nördlich ...«

Draußen wurden die Schatten länger, und Felschs Worte rauschten wie ein Regen. Gruber drückte ab und zu auf eine Taste seiner Schreibmaschine und beobachtete versonnen den Typenhebel, der auf und nieder ging wie der Arm eines Ertrinkenden. Nick hatte sich in die innere Emigration begeben und dachte an Graziella. Irgendwann wurde die Tür aufgerissen. Aki streckte den Kopf herein. »Nick! Kommst du mal bitte.« Ein Blick in sein Gesicht genügte, um zu wissen, dass etwas Schlimmes passiert sein musste.

Mit Blaulicht und Martinshorn frästen sie sich durch den Feierabendverkehr. Alle Fragen blockte Aki ab. »Ich weiß noch gar nichts.« Er wirkte in sich gekehrt und fahrig gleichzeitig. »Verdammt, Nick«, murmelte er mehrfach, doch immer wenn Nick nachhaken wollte, wischte er seine Worte mit einem Kopfschütteln beiseite. »Lass es.«

So hatte Nick ihn noch nie erlebt. Er schaute aus dem Fenster. Soweit er das einschätzen konnte, fuhren sie Richtung Schwabing. Aki drückte aufs Gas. Sie näherten sich ihrem Ziel mit Hochgeschwindigkeit. Nicks Gedanken waren dagegen merkwürdig verlangsamt. Er ahnte früh, wohin die Fahrt gehen würde, aber er wollte es nicht wahrhaben. Vielleicht, dachte er, gibt es ja noch andere Möglichkeiten. Ich kenne die Stadt ja kaum, redete er sich ein, vielleicht täusche ich mich ja. Aber es half alles nichts. Aus der Vermutung wurde Gewissheit und aus der Unruhe Angst. Da draußen gingen die Wohnblöcke symmetrisch von der Straße ab. Sie sahen alle gleich aus. Fünf Stockwerke hoch, die Fassaden entweder grau oder braun mit Balkonen wie Schubfächer zum Herausziehen.

»Was passiert hier, Aki …?«

Sie fuhren am Supermarkt vorbei. Ein Mitarbeiter lehnte rauchend an der Tür des Getränkeschuppens und beobachtete das Geschehen. Der Parkplatz war abgesperrt. Notarzt, Rettung, zwei Streifenwagen. Uniformierte hoben das Flatterband an und ließen sie durch. Als sie ausstiegen, sah Nick, dass auf den Balkonen ringsum die Nachbarn standen, wie Zuschauer, die von Zirkusrängen hinunter in die Manege blickten. Ihre Gesichter waren grau. Einige hielten sich entsetzt die Hand vor den Mund, manche weinten. Eine eigenartige Stille herrschte. Die Rettungskräfte, die vor dem Hauseingang 112c standen, blickten immer wieder hinauf zum Balkon im fünften Stock. Auf dem Boden zwischen ihren Beinen sah Nick etwas Weißes – Löschers Körper war bereits mit einem Tuch abgedeckt worden. Die Rettungskräfte machten Platz, nickten ihnen zu und ließen sie vortreten. Kein unnötiges Wort wurde gesprochen. Die wenigen Meter kamen Nick ewig weit vor. Während er mechanisch Schritt für

Schritt auf den toten Kollegen zuging, schossen ihm alle möglichen Gedanken durch den Kopf. War diese Katastrophe vermeidbar gewesen? Er hatte doch gewusst … Was hätte er tun können? War die Ursache in Löschers psychischer Verfasstheit zu suchen oder … Plötzlich hatte er das Gefühl, an allem Schuld zu sein. Er hätte Aki nichts erzählen dürfen. Aber wo führte diese Überlegung hin? Wenn er sie konsequent zu Ende dachte, dann zu einem furchterregenden Schluss: Er war zu früh bereit gewesen, seinem Freund Aki zu vertrauen. Hätte er skeptischer sein müssen? Hätte das irgendetwas verändert? Plötzlich kamen ihm Akis Schritte überlaut vor. Sie hallten in seinen Ohren. Die Gegenwart seines alten Freundes war ihm plötzlich unangenehm, ja mehr noch, er empfand sie als bedrohlich.

Als sie schließlich vor dem Leichnam standen, sah Nick, dass das Tuch an vielen Stellen von Blut durchtränkt war. Auf Akis Zeichen hob es ein Sanitäter an. Löscher war nicht mehr zu erkennen. Sein Schädel war zerschmettert, der Schulterbereich stand schief.

»Danke.« Aki nickte dem Sanitäter zu, der das Tuch schnell wieder über Löschers Körper breitete.

»Er war schon tot, als wir ankamen«, sagte der Notarzt.

Als er sich wieder etwas gefangen hatte, nahm Nick Aki beiseite. Denn er wusste jetzt, wie er die Katastrophe einzuschätzen hatte. Er war sich ganz sicher. »Das war kein Suizid, Aki. Niemals. Wir haben neulich darüber geredet. Er hat das kategorisch ausgeschlossen.«

»Deswegen bist du hier, Nick. Ich will, dass du die Ermittlungen leitest.« Akis Stimme zitterte. »Klär das auf. Das sind wir ihm schuldig.«

Schweigend standen sie voreinander. Nick versuchte, hinter Akis Stirn zu blicken. War es wirklich denkbar, dass Aki, dem er bis vor Kurzem noch blind überallhin gefolgt wäre, in irgendeiner Form für den Tod Löschers verantwortlich, ja dass er Teil einer Intrige war, deren Ausmaß Nick noch nicht ansatzweise einschätzen konnte? Denn nichts anderes unterstellte er ihm gerade. Und war es darüber hinaus denkbar, dass Aki derart perfide vorging? Denn wenn tatsächlich zutreffen sollte, was Nick vermutete, dann wäre er für Löschers Tod in irgendeiner Weise mitverantwortlich und würde nun ihn, Nick, seinen Freund und Kollegen, mit der Aufklärung dieses Verbrechens beauftragen. Der Gedanke war schwindelerregend. Nick wusste nicht mehr, was er glauben sollte. »Wenn du das willst, Aki, dann mache ich das. Aber dann werde ich jeden Stein einzeln umdrehen, und ich werde keine Ruhe geben.«

»Nichts anderes erwarte ich von dir.«

Sie sahen einander fest in die Augen. Dann legte Aki Nick die Hand auf die Schulter. »Du weißt, dass ich dir zu hundert Prozent vertraue, Nick. Du bist mein bester Freund.«

»Gut«, sagte Nick und wandte sich zu den Kollegen um. »Alle mal herhören …«

Die Rettungskräfte wirkten irritiert, als Nick verkündete, dass sie hier von einem Mord ausgehen müssten. »Wir behandeln das ab jetzt als Tatort. Ich brauche die Spurensicherung hier unten und vor allem oben in seiner Wohnung. Ich möchte, dass alle Nachbarn befragt werden, alle, die da auf ihren Balkonen stehen, vielleicht hat ja irgendjemand was gesehen.«

Die Uniformierten gingen zu ihren Autos, um per Funk Meldung zu machen, Nick und Aki warteten auf die Spurensicherung und gingen mit den Kollegen hinauf in Löschers Wohnung. Auf den ersten Blick hatte sich im Vergleich zu Nicks Besuch neulich kaum etwas verändert. Gab ja auch nicht viel, was noch verändert werden konnte, das meiste war ohnehin schon abtransportiert worden. Die Schatten an den Wänden sprachen Bände.

»Der arme Kerl.« Aki sah sich betroffen um.

Fühlst du das wirklich, oder spielst du mir etwas vor, Aki? Spielst du mir die ganze Zeit etwas vor?

»Warum war er eigentlich schon zu Hause?« Nick versuchte, sich zu erinnern, wann er Löscher heute zum letzten Mal gesehen hatte. Es musste während der Dienstbesprechung gewesen sein.

»Keine Ahnung.« Aki zuckte die Schultern. »Find's raus.«

Das Erste, was Nick ins Auge fiel, als er die Küche betrat, war der Heiligenschein an der Wand, den die Uhr hinterlassen hatte. Dort hatte Löscher gesessen und sich wie ein irres Kind über die Aussagen von Wolfgang Abel gefreut. »Siehst, du! Er sagt es selbst. Sie haben ihn reingelegt!« Und der Heiligenschein hatte über seinem Kopf geschwebt. Nick lauschte den Geräuschen der Kollegen von der Spurensicherung. Die Geräusche waren gedämpft, sie gingen behutsam vor. Ob sie schon auf dem Balkon angekommen waren?

»Was ist das denn?« Aki zeigte auf ein Papier, das auf dem Tisch lag.

Nick erkannte es sofort wieder und hatte erneut das Gefühl, als würde man ihm den Boden unter den Füßen wegziehen. Es war der Zeitungsartikel über das Orwell-Jahr, den Löscher ihm auf den Schreibtisch gelegt hatte, der Artikel, der Nick so beunruhigt hatte, weil Löscher von Hand »Ein toter Mensch sendet Grüße« danebengeschrieben hatte.

Aki beugte sich über den Tisch. »Löschers Abschiedsbrief.«

Willst du mir weismachen, dass das ein Zufall ist, Aki? Du hast gewusst, dass der Artikel hier liegt.

»Dieser Artikel lag auf meinem Schreibtisch, Aki. Wie kommt der hierher?«

»Wie meinst du das?«

»Löscher hat mir diesen Artikel auf den Schreibtisch in meinem Büro gelegt. Und weil er diese blöde Notiz dazugeschrieben hat, hatte ich Angst, dass er sich etwas antun könnte, und deswegen bin ich hergefahren.« Nick zeigte auf den Platz unter dem Heiligenschein. »Hier hat er gesessen und beteuert, dass er das niemals tun würde. Es war dieser Artikel. Jemand muss ihn von meinem Schreibtisch genommen und hier platziert haben, damit wir ihn finden.« Nick und Aki sahen einander an.

»Das klingt ehrlich gesagt ziemlich abenteuerlich«, sagte Aki. Bist du sicher, dass es derselbe Artikel ist?«

»Ja, natürlich bin ich sicher.«

»Wenn es stimmt, was du sagst, dann ...« Er brach ab und setzte neu an. »Wie der Artikel von deinem Schreibtisch hierherkommt, ist natürlich rätselhaft ...«

Nick beobachtete seinen Freund genau. Er sah ihm beim Verfertigen seiner Gedanken zu und beim Wählen der richtigen Worte und spürte, wie sich das Gift des Misstrauens weiter in ihm ausbreitete. Aber er durfte sich davon nicht die Sinne vernebeln lassen, er musste weiter klar denken.

»Möglich wäre doch ...« Aki grübelte. »Ich meine, Löscher hat dir den Artikel auf den Schreibtisch gelegt. Er könnte ihn doch wieder an sich genommen haben. Vielleicht lag er offen herum?«

Du spielst mir etwas vor. Die ganze Zeit schon. Wo hast du gelernt, so gut zu schauspielern?

»Ich weiß nicht«, sagte Nick, »ich habe ihn überflogen und beiseitegelegt, aber ich weiß nicht, wohin. Ich habe nicht darauf geachtet.«

»Das heißt, er hat irgendwo auf deinem Schreibtisch gelegen, Löscher hat ihn gesehen und wieder an sich genommen. Und weil der Artikel zusammen mit seiner Notiz seine Stimmung am besten wiedergab, hat er ihn hier hingelegt, bevor er auf den Balkon gegangen ist und ...«

Was erzählst du mir da, Aki? Auf welcher Seite stehst du?

»Die zweite Möglichkeit ist, dass jemand anderes den Artikel hier platziert hat, um den Anschein zu erwecken, dass Löscher Selbstmord begangen hat.«

»Nein.« Nick schüttelte den Kopf. »Jemand, der die Ermittler auf eine falsche Spur führen will, sorgt dafür, dass sie hier ein überzeugendes Dokument vorfinden.« Nick wählte seine Worte mit Bedacht. »Hier müsste ein handschriftlicher Abschiedsbrief liegen, an seine Frau und die Töchter gerichtet, irgendwas in der Art … Jedenfalls nicht ein Artikel, den einer der Ermittler schon mal auf seinem Schreibtisch liegen hatte. Wer einen Selbstmord vortäuschen will, dringt nicht in mein Büro ein, nimmt diesen Artikel von meinem Schreibtisch und legt ihn in die Küche des toten Kollegen. Damit erreicht er nämlich das Gegenteil. Spätestens wenn ich diesen Artikel hier wiederfinde, weiß ich doch ziemlich sicher, dass Löscher keinen Suizid begangen hat …« Nick sah Aki stumm an. Dann fügte er leise hinzu: »Spätestens dann ahnt man doch, dass hier noch andere Kräfte am Werk sein müssen, Aki. Nichts anderes soll dieser Artikel auf Löschers Küchentisch vermitteln …« Es war ein furchterregender Gedanke, und Nick scheute sich, ihn zu Ende zu denken. Es war die Grundeinsicht jedes Paranoikers: Es geht um dich! Jedes Zeichen, jede Botschaft richtet sich an dich. Damit wollen sie dich verwirren und zerstören. Nick wollte nicht so denken, aber er konnte nicht anders. Wer auch immer diesen Zettel hier hingelegt hatte … »Ich weiß, dass es verrückt klingt, Aki, aber dieser Zettel ist eine Botschaft.«

»Natürlich ist er das.«

»Eine Botschaft an mich.«

Aki sah Nick erschrocken an. Nach einer Weile sagte er mit belegter Stimme: »Du redest genau wie Löscher, Nick. Der hat auch irgendwann jede noch so banale Äußerung auf sich bezogen …«

»Du hältst diesen Artikel auf dem Küchentisch eines toten Kollegen für eine banale Äußerung?«

»Du weißt, was ich meine. Löscher hat geglaubt, dass sich alle gegen ihn verschworen haben, weil er als Einziger die Wahrheit kennt. Weil nur er weiß, wer wirklich hinter dem Anschlag auf das Liverpool steckt. Alle anderen, glaubte er, wollten etwas vertuschen.«

Während Aki redete, entfalte das Gift des Misstrauens seine volle Wucht. Plötzlich war da mehr als ein beunruhigender Verdacht. Nick hatte auf einmal das Gefühl, zu wissen. Alles passte zusammen. Er musste an den Abend denken, als Löscher ihn durchs Bahnhofsviertel zum Liverpool geführt hatte. Einer seiner ersten Sätze war gewesen: »Du musst mir versprechen, dass du Aki nichts von unserem Gespräch erzählst.« Löscher hatte das damit begründet, dass er seinerseits Aki hatte versprechen müssen, Nick nichts von seinen Beobachtungen zu erzählen. Aki hatte das zwar bestätigt, aber Nick war diese Begründung die ganze Zeit schon ziemlich fadenscheinig vorgekommen. Was, wenn hinter Löschers Bitte, Aki herauszuhalten, noch mehr gesteckt hatte? Was, wenn er einen grundsätzlichen Verdacht gegen Aki gehegt hatte, der vielleicht noch zu vage gewesen war, um ihn zu formulieren? Vielleicht hatte er nur gespürt, dass Gefahr von ihm ausging. Genau wie Nick das jetzt auch zu spüren glaubte. Aki hatte Zugang zu seinem Schreibtisch. Er hätte Löschers Artikel problemlos an sich nehmen können. Aki hatte Nick hierhergebracht, hatte persönlich dafür gesorgt, dass er den Artikel in Löschers Wohnung wiederfand. Aki war verantwortlich für all die Gedanken, die ihn gerade fast um den Verstand brachten. Was, wenn Löscher recht hatte mit seinem Misstrauen Aki gegenüber? Was, wenn Löscher tot war, weil er, Nick, sein Versprechen nicht gehalten hatte?

»Nick? Hallo?«

»Ja?«

»Hörst du mir überhaupt zu?«

»Entschuldige … Ich war in Gedanken.«

»Ich bin mir nicht mehr sicher, ob es richtig ist, dich hier die Ermittlungen leiten zu lassen.«

»Warum?«

»Ich mache mir Sorgen um dich, Nick.«

Das tust du nicht. Das gibst du nur vor. Du wolltest mich in genau diesen Zustand bringen. In die völlige Verwirrung. Du hast alles darangesetzt, und es ist dir gelungen.

Durch das gekippte Küchenfenster drangen die Stimmen der Kollegen von der Spurensicherung zu ihnen. Sie waren jetzt auf dem Balkon angelangt.

»Du bist doch mein Freund, Aki.«

»Ja, natürlich.«

»Wenn du mir versprichst, dass du ehrlich zu mir bist, und mir alles sagst, was du über den Fall weißt, und mir keine Informationen vorenthältst …« Nick brach ab und musterte Aki stumm.

»Was ist dann?«

»Dann musst du dir auch keine Sorgen um mich machen. Dann gehe ich an die Arbeit, und ich verspreche dir, ich werde herausfinden, wer für Löschers Tod verantwortlich ist.«

Einen Moment lang standen sie schweigend voreinander. »Gut«, sagte Aki schließlich. »Ich fahr zurück ins Büro. Wenn du irgendwas brauchst, melde dich. Du hast meine volle Unterstützung, okay?«

»Alles klar.«

Aki wandte sich um. Er hatte die Küche schon fast verlassen, als Nick ihm nachrief: »Eine Frage habe ich noch …«

»Ja?«

»Hast du eigentlich mit Rolf Böhme gesprochen?«

»Wer ist Rolf Böhme?«

»Der Kollege von der OK, der zusammen mit Löscher die beiden italienischen Soldaten in Empfang genommen hat.«

»Rolf Böhme, richtig … Ja, ich habe versucht, mit ihm Kontakt aufzunehmen, aber es ist mir nicht gelungen. Seine Frau hat mir gesagt, er sei krank und nicht in der Lage, mit mir zu sprechen. Ich habe es allerdings dann kein zweites Mal versucht.«

»Gut. Danke.«

Sie nickten einander zu, und Aki verließ die Küche. Nick hörte ihn draußen ein paar Worte mit den Kollegen von der Spurensicherung wechseln. Kurz darauf hallten seine Schritte durchs Treppenhaus. Nick trat ans Fenster. Die umliegenden Balkone hatten sich geleert. Der Parkplatz war noch immer abgesperrt, Notarzt und Rettung waren schon weg. Sie hatten Löscher abtransportiert.

Nick entdeckte Aki, der mit schnellem Schritt auf einen der Streifenwagen zuging. Er stieg ein, und kurz darauf fuhr der Wagen davon. Und plötzlich erblickte er Momme. Der dicke Junge hing an der Teppichstange und starrte zu ihm herauf. Er schaute ihm direkt in die Augen. Erschrocken wich Nick vom Fenster zurück. Dabei fiel sein Blick auf eine Zeitschrift, die aufgeschlagen auf der Küchenbank lag. Es war eine ältere Ausgabe des *Spiegel*. Nick nahm sie auf und überflog den Artikel. Es ging um den verheerenden Einfluss von Sekten auf Jugendliche. Erzählt wurde die Geschichte von Erika Ruppert, einer jungen Frau, die sich am 8. Februar 1978 zusammen mit einem anderen »Mönch« ihrer Glaubensgemeinschaft vor der Kaiser-Wilhelm-Gedächtniskirche in Berlin selbst verbrannt hatte … Nicks Knie wurden weich, er musste sich setzen. Erika Ruppert, las er, und Helmut Kleinknecht wollten »ihren Körper auf dem Schlachtfeld gegen die Unmoral niederlegen«. Beide waren Mitglieder der indischen Sekte *Ananda Marga*.

Die Fahrt durch den Nebel der Po-Ebene. Er hatte am Steuer gesessen, Graziella neben ihm. Selbst die Lichter der Straßenlaternen hatte der Nebel verschluckt. Solari saß auf der Rückbank und studierte Francos Marins Artikel über *Ananda Marga*. Gemeinsam rätselten sie darüber, warum sich der Journalist vor seinem Tod ausgerechnet mit dieser Sekte beschäftigt hatte. Sie hatten über ihr Symbol nachgedacht, die zwei ineinandergefügten gleichseitigen Dreiecke mit der aufgehenden Sonne, in deren Mitte sich die Swastika befand … Nick nahm den *Spiegel*-Artikel wieder auf. Dort war das Symbol der Sekte abgebildet. Sie hatten sich gefragt, ob sich über die Swastika irgendeine Verbindung herstellen ließ zu den Hakenkreuzen, die die Gruppe LUDWIG in ihren Bekennerschreiben verwendete. Sie hatten diesen Gedanken aber verworfen. Doch jetzt, hier in Löschers Wohnung, mit dem *Spiegel*-Artikel in der Hand, führte kein Weg an der Erkenntnis vorbei, dass sie sich getäuscht hatten. Es musste eine Verbindung geben zwischen der Gruppe LUDWIG und *Ananda Marga*, was auf Deutsch »Weg der Glückseligkeit« bedeutete, wie der *Spiegel* schrieb. Das alles hatte mit der Gruppe LUDWIG zu tun.

»Ich werde verfolgt«, hatte Löscher gesagt. Sie hatten seine Wohnung präpariert. Sie hatten die Artikel hier platziert, und beide richteten sich an Nick. Er wusste, wie das klang, und er wusste auch, dass er nun genauso dachte wie Löscher. Aber es half nichts, denn es gab keine andere Erklärung. Diese Artikel waren eine Botschaft jener Kräfte, die im Hintergrund am Werk waren, die ganze Zeit schon. Ihre Botschaft lautete: Wir haben dich im Blick. Wir sind dir ganz nah. Und das Schlimmste war, dass Aki zu diesen Kräften zu gehören schien.

»Wir sind hier fertig.«

Nick fuhr herum. Ein Kollege von der Spurensicherung stand vor ihm.

»Wieso seid ihr schon fertig?«

»Was heißt ›schon‹?« Der Kollege sah ihn irritiert an. Nick musste sich eingestehen, dass er jegliches Zeitgefühl verloren hatte. Auch der Blick zur Wand half nicht. Wo einmal die Uhr gehangen hatte, war nur noch ihr Schatten übrig geblieben.

»Habt ihr denn was gefunden?«

»Also ehrlich gesagt …«

»Aber auf dem Balkon, da müsst ihr doch irgendwas …« Nick eilte an dem verdutzten Kollegen vorbei. »Komm mal mit.« Er hastete über den Flur und durchs Wohnzimmer auf den Balkon. Die Blumen in den Kästen waren vertrocknet, in einem steckte ein Vogel aus glasiertem Ton, verwittert und ausgebleicht, vielleicht die Grundschul-Bastelarbeit einer der Töchter. Nick trat ans Geländer und sah nach unten. Auf dem Asphalt konnte er Löschers Blut erkennen. Als der Abgrund seinen Sog entfaltete, blickte er schnell in den Himmel und atmete durch.

»Was gibt's denn?« Der Kollege war ihm gefolgt.

»Der Mörder muss hier gewesen sein«, sagte Nick, »hier auf dem Balkon …«

Der Kollege wirkte sichtlich irritiert. »Ist alles in Ordnung?«

Als Nick nicht antwortete, fuhr er fort: »Wir haben jede Menge Fingerabdrücke und Fasern gefunden, das Übliche. Das geht jetzt ins Labor, und dann werden wir weitersehen …« Er hielt inne und fuhr nach einer kurzen Pause fort: »Aber ehrlich gesagt: Bis jetzt deutet überhaupt nichts darauf hin, dass wir es hier mit einem Mord zu tun haben.«

»Das kann nicht sein.« Nick schüttelte entschieden den Kopf.

»Wie auch immer …« Der Kollege tippte sich an die Stirn. »Wir packen's. Servus.« Er wandte sich um und ging.

Nick blieb allein auf dem Balkon zurück. Ein leichter Wind wehte. In der Ferne rauschte der Verkehr, und vom Getränkelager des Supermarktes drang das Klirren von Glas herauf. Nick lehnte sich mit dem Rücken ans Geländer. Über dem Balkon verlief die Regenrinne. Dort hockte eine Taube und beäugte ihn.

Er wusste nicht mehr, worauf er sich noch verlassen konnte. Auf Aki nicht und nicht auf die anderen Kollegen. Er war auf sich allein gestellt. Das Gurren der Taube kam ihm überlaut vor, und plötzlich fiel ihm doch etwas ein, worauf er sich verlassen konnte: Die Obduktion von Löschers Leiche würde keinerlei Hinweise darauf ergeben, dass man ihn ermordet hatte.

Und doch war es so.

»Ach, hier sind Sie.« Ein Uniformierter stand in der Balkontür. Er berichtete, dass sie alle Nachbarn befragt hatten, die sie erreichen konnten. Keiner hatte den Moment beobachtet, in dem Löscher über das Geländer gestiegen oder, wie Nick vermutete, gestürzt worden war. Einige gaben an, einen Schrei gehört zu haben und daraufhin auf ihren Balkon getreten zu sein, um nachzusehen. Die meisten waren allerdings erst durch die Ankunft der Rettungsfahrzeuge auf die Katastrophe aufmerksam geworden und …«

»Die Nachbarn haben einen Schrei gehört?«, unterbrach Nick.

»Ja, genau.«

War das ein Hinweis darauf, dass Löscher vom Balkon gestoßen worden war? Ja, möglicherweise. Aber ein Beweis oder irgendetwas Handfestes war es nicht. Nick konnte nichts damit anfangen.

»Okay«, sagte er. »Macht hier bitte dicht.«

Während die Kollegen Löschers Wohnung versiegelten, ging Nick die Treppen hinunter. Endlos lang kam ihm der Weg vor, aber schließlich kam er doch unten an. Er zog die Tür auf, trat ins Freie und ging in einem weiten Bogen um Löschers Blut herum zum Parkplatz. Gerade wollte er die Autotür aufschließen, als er Momme erblickte. Der Junge hing an der Teppichstange und beobachtete ihn. Nick zögerte kurz, dann ging er auf den Jungen zu. Momme schien auf ihn gewartet zu haben. Ohne Scheu sah er ihn an.

»Warst du hier, als es passiert ist?«

Momme nickte.

»Hast du auf dem Balkon irgendwas beobachtet?«

Momme schüttelte den Kopf. Dann sagte er mit leiser Stimme: »Ich habe einen Schrei gehört … Ich habe gesehen, wie er in der Luft war …« Er stockte. Seine Augen füllten sich mit Tränen. »Zuerst hab ich gedacht, da kommt ein großer Vogel und holt mich.« Momme schluchzte auf. Er ließ sich von der Teppichstange fallen und rannte weinend davon. Nick sah ihm nach, bis er verschwunden war.

XII. DIESER MORGEN IST SO BESCHAFFEN

Es konnte nicht sein! Nick kniete auf dem Boden und durchsuchte Löschers Schreibtisch. Zum zweiten Mal an diesem Tag. Beim ersten Mal war er durch den Anruf der Rechtsmedizin unterbrochen worden. Er hatte sich sofort ins Auto gesetzt und war ins Institut gefahren. Dr. Schlegel, ein großer Mann mit einem schweren Körper, war angenehm sachlich und erklärte das Ergebnis seiner Untersuchung detailliert: keine Spuren von Betäubungsmitteln, überhaupt keine verdächtigen Substanzen im Blut, nicht mal Alkohol. Die Verletzungen … »Na gut, die Verletzungen. Sie haben die Leiche ja gesehen; was da nun genau woher kommt, ist schwer zu sagen.« Aber das änderte nichts an dem generellen Befund: »Nichts deutet auf Fremdeinwirkung hin.«

Genau, wie Nick erwartet hatte.

Zurück im Raumschiff hatte er Aki informiert. Es half ja nichts, er konnte noch so sehr an seiner Integrität zweifeln, solange er keine Beweise hatte, musste er weiter mit ihm zusammenarbeiten. Nick musste also einen Weg finden, mit ihm umzugehen. Auf der fachlichen Ebene gelang es ihm ganz gut. Nick erklärte Aki genau, welche Untersuchungen Dr. Schlegel gemacht hatte und was dabei herausgekommen war. Nämlich nichts. Bedrückt hatten sie danach in seinem Büro gesessen. Aber weder Aki noch ihm war irgendetwas Substanzielles eingefallen. Nick war schließlich aufgestanden und hatte gesagt: »Ich werde mich damit nicht abfinden.«

»Ich weiß«, hatte Aki geantwortet. »Und das macht mir Sorgen.« Aber er hatte noch einmal bekräftigt, dass Nick sich ganz auf diesen Fall konzentrieren solle. »Die Jugo-Geschichte geht zwar immer noch weiter und ist eine Menge Arbeit, weil keiner mit uns redet, aber das kriegen wir auch ohne dich hin.«

»Gut. Also dann …« Nick hatte die Tür hinter sich geschlossen und war über den Flur direkt in Löschers Büro gegangen, wo er nun auf dem Boden kniete und die Schubladen durchsuchte. Aber er fand nichts, was ihm irgendwie verdächtig erschien, rein gar nichts. Es war zum Verrücktwerden. Es konnte nicht sein, dass der Mord an Löscher unaufgeklärt bleiben sollte. Sein Blick fiel auf den Stuhl, auf dem sein Kollege nie mehr Platz nehmen würde.

Dichter Verkehr herrschte, und so dauerte die Fahrt zu Rolf Böhmes Haus am Stadtrand länger, als Nick vermutet hatte. Auf sein Klingeln reagierte niemand, also ging er um das Gebäude herum. Der Rasen war schon seit einiger Zeit nicht mehr gemäht worden. Ein grüner Maschendrahtzaun begrenzte das Grundstück. Im Garten hinter dem Haus lag ein Mann auf einem Liegestuhl. Sein Arm hing schlaff zu Boden, und einen Moment lang fürchtete Nick, er könne tot sein, aber dann sah er, dass sich sein Brustkorb hob und senkte. Der Mann schlief oder döste. Er hatte Kopfhörer auf und hörte Musik mit einem Walkman. Erst als Nick direkt neben ihm stand, schreckte Rolf Böhme hoch. Nick hatte den Ausweis schon in der Hand. »Keine Sorge, ich bin ein Kollege.«

»Was soll das?« Böhme war sauer. »Sie dringen hier ein … Sie haben mich zu Tode erschreckt, Mann!«

»Das tut mir leid. Aber es geht nicht anders. Wir … Ein anderer Kollege war schon einmal hier, dem hat Ihre Frau gesagt, Sie wären krank.«

»Das bin ich auch.« Böhme musterte Nick misstrauisch. »Bin immer noch krankgeschrieben.«

»Wie lange schon?«

»Lange.« Er richtete sich im Liegestuhl auf. »Was wollen Sie von mir?«

»Ich muss mit Ihnen reden. Es ist dringend.«

Böhme fuhr sich nervös mit der Hand über die Stirn. Sein Gesicht wirkte aufgedunsen und fahl. Seine Augen waren glasig. Möglich, dass er starke Medikamente nahm.

»Was mit Klaus Löscher passiert ist, haben Sie mitbekommen?«

Er nickte, sagte aber nichts.

»Er hat mir erzählt, was Sie nach dem Anschlag auf das Liverpool zusammen erlebt haben …«

»Gehen Sie.« Er hatte so leise gesprochen, dass Nick nicht sicher war, ihn richtig verstanden zu haben.

»Wie bitte?«

»Sie müssen sofort gehen.« Seine Stimme zitterte. »Bitte«, fügte er noch hinzu. Es klang fast flehend. »Wenn man uns hier zusammen sieht.« Er blickte sich nervös um.

»Wir sind hier in Ihrem Garten. Wer soll uns denn da …«

Rolf Böhme lachte auf; es klang, als würde er husten. »Gehen Sie!«, wiederholte er.

»Ein Kollege ist tot, verdammt noch mal.« Nick wurde sauer. »Ich kann nicht gehen, bevor ich nicht von Ihnen gehört habe, was in dieser Nacht passiert ist, verstehen Sie das nicht?«

Rolf Böhme stand auf. »Sie sind derjenige, der hier etwas nicht versteht. Ich zähle jetzt bis zehn. Dann gehe ich ins Haus und rufe die Kollegen an. Also verschwinden Sie.«

Nick sah ihn ungläubig an. »Er hat mir gesagt, dass Sie alte Bekannte sind. Haben Sie kein Interesse daran, herauszufinden, was mit ihm passiert ist?«

Rolf Böhme stand stumm in seinem Garten. Er schwankte ein wenig wie ein Baum im Wind. »Sie leiten die Ermittlungen zu seinem Tod?«

»Ja?«

»Verdächtigen Sie mich?«

»Nein, natürlich nicht.«

»Dann verschwinden Sie!«

»Aber ich glaube, dass Sie mir dabei helfen könnten, seine Mörder zu finden.«

»Nein, das kann ich nicht. Und ich rate Ihnen dringend, da nicht weiter nachzubohren.« Er sah Nick eindringlich an. »Sie bringen sich selbst in Gefahr und mich auch. Also gehen Sie jetzt endlich.«

»Herr Böhme, ich bitte Sie …«

»Eins …« Er wandte sich ab und ging langsam auf sein Haus zu. »Zwei …« Er bewegte sich mit dem schleppenden Schritt eines alten Mannes. Rolf Böhme war ein Wrack.

Nick verließ den Garten und ging am Maschendrahtzaun vorbei zum Wagen. Auf der Fahrt zurück in die Stadt legte er die Joy-Division-Kassette von Jo ein. »*Confusion in her eyes that says it all*«, sang Ian Curtis. »*She's lost control …*«

Nachdem er den BMW abgeschlossen hatte, stand er einen Moment lang unschlüssig auf der Brachfläche an der Senefelderstraße. Er wusste nicht mehr weiter. Sollte er noch mal ins Raumschiff gehen? Aber dort gab es nichts zu tun. Den Mord an Löscher würde er heute jedenfalls nicht mehr aufklären können. Er beschloss, ein paar Einkäufe zu machen, Milch und Brot fehlten, und dann nach Hause zu gehen.

Als er kurze Zeit später, die Einkaufstüte in der Hand, auf sein Haus zusteuerte, entdeckte er Graziella schon von Weitem. Überrascht stellte er fest, dass ihr Anblick keine großen Gefühle in ihm auslöste. Es war gut, sie zu sehen. Mehr aber auch nicht. Die Ereignisse der letzten Tage hatten ihn offenbar abstumpfen lassen. Sie stand vor dem Eingang und zog nervös an einer Zigarette.

»Ciao, Nick.« Sie sah müde aus und blass. »Kann ich kurz hoch-kommen?«

»Klar.« Er schloss die Tür auf. Sie schnippte die Zigarette in den Rinnstein und folgte ihm über die Treppe. Oben bat er sie in die Wohnung. Kaum hatte er die Tür hinter sich zugemacht, begann Graziella: »Ich habe nicht viel Zeit, Nick, ich muss gleich das Abendessen vorbereiten ...«

Jetzt erst merkte er, wie nervös sie wirklich war.

»Möchtest du etwas trinken?« Er stellte die Tüte in der Kü-che ab.

»Ich brauche deine Hilfe, Nick ... Ich ... Es gibt niemanden, den ich sonst fragen könnte.«

»Was ist denn passiert?«

»Ich kann dir das jetzt nicht erklären ... Wie gesagt, ich muss zurück.« Sie blickte nervös auf die Uhr. »Bin schon viel zu spät, und ... sie dürfen keinen Verdacht schöpfen.«

»Um Gottes willen, Graziella, was ...«

»Du musst uns heute Nacht abholen. Punkt ein Uhr treffen wir uns auf der anderen Seite der Villa Reinhard, also hinter dem Park. Hier ...« Sie fummelte einen Zettel aus ihrer Tasche. »Ich hab es dir aufgezeichnet.« Sie faltete den Zettel auseinander. »Da, wo das Kreuz ist, da wartest du auf uns, *hai capito?*«

»Was hast du vor?«

»Nick, bitte.« Sie legte ihre Hand auf seinen Arm. »Ich erzähl dir später alles, okay? Ein Uhr. Bis dann.« Sie drückte ihm einen schnellen Kuss auf die Wange und verließ die Wohnung.

Um viertel vor eins hielt er am Straßenrand und schaltete den Motor aus. Er beugte sich über den Beifahrersitz und spähte aus dem Fenster. Ein schmiedeeiserner Zaun grenzte das Grund-stück zum Gehsteig hin ab. Er war überwuchert und an manchen Stellen kaum mehr zu sehen. Direkt hinter dem Zaun standen hohe Bäume, und das Unterholz war derart dicht, dass von der

Villa Reinhard nichts zu erkennen war. Vielleicht war sie auch zu weit weg, als dass sie in der Dunkelheit auszumachen wäre. Nick hatte direkt vor der Pforte geparkt, an der Stelle, die Graziella ihm eingezeichnet hatte. Auch die Pforte war von Pflanzen berankt und sah aus, als wäre sie lange nicht benutzt worden. Aber immerhin war dahinter ein Weg zu erkennen. Nick lehnte sich im Sitz zurück und zündete sich eine Zigarette an.

Das Warten war eine Qual gewesen. Irgendwann hatte er es in der Wohnung nicht mehr ausgehalten und war ziellos durchs Bahnhofsviertel gewandert, einfach um die Zeit totzuschlagen. Aber es hatte nicht geholfen. Er war immer nervöser geworden. Seine Gedanken rotierten, er sah Löschers zerschmetterten Körper vor sich und fragte sich zum hundertsten Mal, was Graziella vorhaben könnte. Irgendwann hatte er geglaubt, sein Kopf würde gleich platzen. Viel zu früh war er in den BMW gestiegen und von der Brachfläche gerollt. Kaum hatte er das Bahnhofsviertel verlassen, hatte er das Gefühl gehabt, dass ihm ein dunkler Mercedes folgte. Da war er froh, so früh dran zu sein. Er fuhr auf die Autobahn. Um diese Zeit war kaum Verkehr, und so drückte er das Gaspedal voll durch. Wie ein Geschoss jagte der Wagen über die zweispurige Straße. Schon an der nächsten Ausfahrt fuhr er ab und bog gleich darauf in eine Querstraße ein. Schnell schaltete er die Scheinwerfer aus und blickte in den Rückspiegel. Erst als er sicher war, dass er den Verfolger – sollte es ihn überhaupt gegeben haben – abgehängt hatte, versuchte er, sich mit Hilfe des Stadtplans zu orientieren. Dann setzte er seine Fahrt nach Grünwald fort.

Um nun wieder zu warten. Auf seiner Armbanduhr war es vier Minuten nach eins, als er einen Lichtkegel zu erkennen glaubte. Kurz darauf lösten sich Schatten aus der Dunkelheit. Nick stieg aus und öffnete alle Türen des BMWs. Erst als sie die Pforte fast erreicht hatten, erkannte er Graziella und Matteo. Sie hatten eine weitere Person in ihrer Mitte. Es handelte sich um eine junge Frau. Sie hatte ihre Arme um die Schultern von Graziella und Matteo gelegt und ließ sich von den beiden mehr oder weniger tragen. Matteo hielt eine Tasche in der freien Hand und Graziella die Taschenlampe. Sie atmeten schwer unter ihrer Last.

»Mach die Tür auf, Nick«, flüsterte Graziella. »Ich habe sie vorhin aufgeschlossen, du musst nur die Klinke …«

Nick griff durch die Stäbe und drückte die Klinke. Tatsächlich ließ sich die Pforte öffnen. Als Graziella und Matteo die junge Frau über den Bürgersteig schleppten, bemerkte Nick, dass sie mitzuhelfen versuchte. Sie hob und senkte ihre Füße, als würde sie Wasser treten. Eine große Erleichterung war das nicht, aber der gute Wille war zu erkennen. Ihm war sofort klar, dass es sich um Frau Reinhards Tochter Theresa handeln musste. Sie verfrachteten sie auf die Rückbank. Matteo setzte sich neben sie, und Graziella nahm auf dem Beifahrersitz Platz. Nick startete den Motor und gab Gas.

»Ich brauche jetzt Informationen, Graziella. Wir entführen hier gerade die Tochter von Frau Reinhard, richtig?«

»*Esatto.*« Graziella hatte die Sonnenblende heruntergeklappt und richtete mit Hilfe des Spiegels ihre Frisur.

»Und warum tun wir das?«

»Das ist eine lange Geschichte …«

»Ich brauche eine Kurzversion.«

»Gut.« Ein letzter Blick in den Spiegel. Als sie zufrieden war, klappte sie die Sonnenblende wieder hoch und sagte: »Wir retten ihr das Leben.«

Nick warf einen prüfenden Blick in den Rückspiegel. Nach dem Aussehen der jungen Frau zu urteilen, konnte das hinkommen. Theresa musste einmal hübsch gewesen sein. Aber ihr Gesicht war bleich und teigig. Um die Augen hatte sie dunkle Ringe, und ihre Haare waren ungewaschen und strähnig. Jetzt erst bemerkte Nick, dass sie offenbar Kleidung von Graziella trug, anders war ihr Aufzug nicht zu erklären. Weiße Bluse, schwarzer Rock. Sie sah aus wie eine Landpomeranze. Nick konnte sich nicht vorstellen, dass eine junge Frau aus besten Münchner Kreisen sich so kleiden würde. Sie hatte den Kopf zurückgelehnt und die Augen nach wie vor geschlossen. Ihr Mund war leicht geöffnet. Ein Speichelfaden hing ihr aus dem Mundwinkel.

»Die spritzen ihr irgendwelches Zeug, Nick, ich weiß nicht genau …«

»Okay.« Nick schaltete in den nächsten Gang. »Und wo bringen wir sie jetzt hin?«

»Ich dachte in deine Wohnung.«

»Das geht nicht.«

»Wieso nicht?«

»Weil …« Er zögerte einen Moment, bevor er es aussprach: »Weil ich damit rechnen muss, dass meine Wohnung überwacht wird.«

»*Ma dai* …« Graziella blickte ihn ungläubig an. »Was erzählst du denn da?«

»Ich bin mir nicht sicher, halte es aber für möglich. Und weil wir hier gerade jemanden kidnappen, ist das Risiko zu groß, verstehst du?«

Graziella nickte. »Aber was machen wir dann?«

»Worum geht's hier eigentlich? Was ist dein Plan?«

»Dieser Arzt, der sie regelmäßig besucht …« Graziella wandte sich zu Theresa um. »Ich weiß nicht, was der ihr gibt. Aber er stellt sie ruhig. Sie ist kaum in der Lage zu sprechen. Wir brauchen einen Ort, wo sie überhaupt erst mal zu sich kommen kann.«

»Aber wie kommst du darauf, sie einfach zu entführen?«

»Ich erzähl dir alles, Nick. Aber wir brauchen jetzt erst mal eine Lösung. Wo bringen wir sie hin?«

Plötzlich fiel Nick ein Ort ein. Ein Ort, der so abgeschieden lag, dass selbst Gruber ihn nicht gekannt hatte. Je länger er darüber nachdachte, desto mehr kam er ihm vor wie der perfekte Ort, um eine Weile aus der Welt zu verschwinden. Er hatte nur einen Nachteil: Nick hatte keine Ahnung, wie er ihn wiederfinden sollte. Er fuhr rechts ran, schaltete die Innenbeleuchtung an und holte den Stadtplan wieder hervor, den er im Handschuhfach verstaut hatte.

»Was machst du?«

»Ich weiß, wo wir uns verstecken können.« Er faltete den Stadtplan auseinander. Bevor Malte Seibold sie zur Leiche von Stjepan Ursa geführt hatte, hatte er ihnen die Stelle auf dem Stadtplan gezeigt.

»Hier.« Nick tippte mit dem Finger auf den Ort und drückte Graziella den Plan in die Hand. »Hier lotst du mich jetzt hin.«

»Da ist nichts als Wald, Nick.«

»Vertrau mir.« Er legte den Gang ein und gab Gas. Nachdem er sich im Rückspiegel vergewissert hatte, dass ihnen niemand folgte, sagte er: »Und jetzt will ich wissen, was wir hier eigentlich tun.«

Aber statt ihm zu antworten, wandte sich Graziella um und wechselte ein paar Worte auf Italienisch mit Matteo. Im Rückspiegel beobachtete Nick, dass Matteo daraufhin eine Schnabeltasse aus der Tasche holte und Theresa zu trinken gab. Er flößte ihr die Flüssigkeit vorsichtig ein, und dennoch rann ihr die Hälfte über die Mundwinkel und am Hals hinunter. Matteo tupfte ihren Hals mit einem Papiertaschentusch trocken.

»Am Tag nach unserem Streit bin ich nach Grünwald gefahren«, begann Graziella. Genau wie Nick vermutet hatte, war ihr sofort klar gewesen, dass sie ihn nicht mehr sehen wollte; weder konnte sie weiter bei ihm wohnen noch im Raumschiff putzen. Sie wollte das alles sofort aufgeben und hatte nach einer schnellen Lösung gesucht. Da war ihr eingefallen, was Nick über seinen Besuch in der Villa Reinhard berichtet hatte. »Es war genau, wie du gesagt hast. Frau Reinhard war überglücklich, als ich ihr meine Dienste angeboten habe. Sie hat gesagt, ich könnte sofort anfangen, und als ich ihr erzählt habe, dass meine Wohnung durch den Hagelsturm verwüstet worden ist, hat sie sofort gesagt, dass ich die Dienstbotenwohnung haben könnte. Am selben Abend noch hat uns der Vater von Ralf hingefahren.« Sie brach ab und warf Nick einen Blick zu. »Aber das weißt du ja.«

Sie fuhren an Autohäusern und Tankstellen vorbei, an den letzten Fasern der Stadt, hinein in die Dunkelheit. Hochspannungsmasten zeichneten sich vor dem Nachthimmel ab.

»Ich habe mich selten irgendwo so ... Wie sagt man? So ... willkommen gefühlt.« Graziella nahm sich eine HB aus Nicks Packung. »Die Dienstbotenwohnung ist viel größer als unsere Wohnung in Haidhausen ... *giusto*, Matteo?«

»Ja«, bestätigte Matteo, »die war riesig, wir hatten fast einen ganzen Flügel der Villa für uns. Die Flure waren so lang wie die in meiner Schule.«

»Aber es war eben auch unheimlich.« Graziella steckte sich die Zigarette an.

»Wie meinst du das?«

»Einfach unheimlich ... *Mi sono persa* ... Ich hab mich dauernd verlaufen, hab einfach nicht verstanden, wie dieses Haus funktioniert. Normalerweise hat man auch in einem so großen Gebäude nach ein paar Tagen raus, wo welches Zimmer ist und wie man da hinkommt. Aber da ... Ich habe es bis zuletzt nicht richtig verstanden.«

»Und dann die Leute ...« Matteo kurbelte das Fenster herunter, damit der Zigarettenrauch abziehen konnte.

»Was für Leute?«

»Es waren immer Leute da«, sagte Graziella. »Wir haben ihre Schritte gehört und wie sie reden, richtig Matteo?«

»Ja, da waren immer Leute.«

»Aber wir haben sie nie gesehen. Wenn ich in den Salon kam, war Frau Reinhard immer alleine, obwohl ich dort gerade noch Stimmen gehört hatte. Das war ganz ... *Era strano.*« Graziella blickte auf den Stadtplan. »Da vorne müsste jetzt eine Kreuzung kommen, das müssen wir links.«

»Aber diesen Arzt, diesen Dr. Kohlmeyer, den habt ihr schon zu Gesicht bekommen?«

»Ja«. Graziella nickte. »Der kam ja fast jeden Tag.« Wieder wandte sie sich um und betrachtete die junge Frau nachdenklich. »Wir wussten, dass in dem Haus noch jemand lebt, Theresa nämlich, aber die haben wir nicht gehört und nicht gesehen. Von ihr haben wir überhaupt nichts mitbekommen. Frau Reinhard hat gesagt, sie ist schwer krank und braucht Ruhe.«

Sie hatten die Kreuzung erreicht. Nick bog ab. Er meinte, sich an die Kreuzung zu erinnern. Nun war es nicht mehr weit. Vor ihnen tauchte bereits der Wald auf.

»Sonst hat sie kaum etwas über ihre Tochter erzählt und ich hab irgendwann nicht mehr nachgehakt, ich wollte sie nicht belästigen. Aber mir war klar, dass mit Theresa etwas nicht stimmt. Ich war neugierig und bin dann jeden Tag hochgegangen, immer mit meinen Putzsachen, damit niemand Verdacht schöpft.«

»Du hast doch auch für Frau Reinhard gekocht, oder nicht?« Nick warf einen Blick in den Rückspiegel. Theresa schien nun wirklich zu schlafen.

»*Sì, certo.*«

»Hat Theresa mit ihrer Mutter gegessen, oder …?«

»Seit ich dort war, hat sie nicht ein einziges Mal ihr Zimmer verlassen, Nick. Sie hat nur pürierte Sachen bekommen. Ich habe ihr Essen zubereitet und in so eine Schnabeltasse gefüllt, und Frau Reinhard hat es ihr dann auf einem Tablett nach oben gebracht. Nein, sie war zwar im Haus, aber völlig unsichtbar. Und ich habe mich hochgeschlichen und durchs Schlüsselloch geschaut. Das war so eine alte Tür, da konnte ich gut … Ich konnte sie im Bett liegen sehen. Sie lag da immer mit geschlossenen Augen, wie eine Tote, und manchmal … manchmal habe ich auch durchs Schlüsselloch geschaut, wenn Dr. Kohlmeyer bei ihr war.« Sie brach ab und schaute auf den Stadtplan. Die Straße führte nun durch den Wald.

»Wir sind da, Nick.«

»Ich weiß, da vorne müsste jetzt ein Forstweg …« Er fuhr langsamer und warf erneut einen Blick in den Rückspiegel, aber diesmal nicht, um nach Theresa zu schauen, sondern um sicherzugehen, dass ihnen nicht doch jemand folgte. Aber in der Dunkelheit waren keine Lichter zu sehen. Weit und breit nicht. Vor ihm tauchte jetzt die Abzweigung auf. Nick bog ab und fuhr langsam über den holprigen Forstweg tiefer in den Wald hinein.

»Wo fahren wir hin, Nick?«

»Was hat Dr. Kohlmeyer bei Theresa gemacht?«

»Er hat ihr Spritzen gegeben. Und ein paarmal habe ich gesehen, wie er … Er hat bei ihr am Bett gesessen, auf einem Stuhl, direkt neben ihr.« Graziellas Stimme klang belegt. »Sie hatte die Augen geschlossen, wie eigentlich immer, sie war immer in so einem … Wie sagt man, wenn jemand schläft, aber doch nicht richtig?«

»In einem Halbschlaf … oder Dämmerzustand?«, schlug Nick vor.

»*Ecco, bravo*. Sie war in einem Dämmerzustand, und der Arzt hat sich vorgebeugt und ihr seine Hände vors Gesicht gehalten und hat dazu Worte gemurmelt. Die konnte ich aber nicht verstehen.« Sie drückte ihre Zigarette im Aschenbecher aus. »Und weißt du, was mein erster Gedanke war, als ich das gesehen habe?«

Nick sah sie gespannt an.

»Lach mich jetzt nicht aus Nick, aber ich dachte …, ich dachte, da sitzt ein böser Zauberer und versucht, in ihr Gehirn einzudringen …«

Der Wagen schaukelte über Wurzeln und Löcher im Boden. Der Wald wurde immer dichter.

»Vielleicht hat er sie hypnotisiert?«

»Kann sein … Nur hat er in dem Moment nicht wie ein Arzt auf mich gewirkt, sondern *come un mago* … wie ein Zauberer eben.«

Nick meinte, den Kopf eines Tieres zwischen den Bäumen zu erkennen, doch als er genauer hinsah, war es verschwunden.

Graziella erzählte, wie sie von da an immer um die gleiche Zeit im dritten Stock den Staubsauger angeworfen und auf dem Flur gesaugt hatte. »Sobald Dr. Kohlmeyer das Haus verlassen hat, habe ich angefangen. Irgendwann lag ein Zettel auf dem Flur vor Theresas Zimmer. Sie muss ihn unter der Tür durchgeschoben haben.« Graziella kramte in ihrer Handtasche und holte einen Notizzettel hervor, den sie Nick vor die Nase hielt. In krakeliger, ungelenker Schrift stand da: »Hilfe, die bringen mich um.«

Graziella hatte beobachtet, dass die Wirkung der Substanzen, die Dr. Kohlmeyer Theresa verabreichte, irgendwann schwächer wurde und Theresa um die Mittagszeit herum am wachsten war, kurz bevor der Arzt ihr die nächste Spritze gab. Also klopfte sie, nachdem sie Frau Reinhard das Mittagessen serviert hatte, an Theresas Zimmertür.

»Aber sie hat nicht reagiert. Sie hat nichts gesagt. Ich habe also durchs Schlüsselloch geguckt: Sie hatte sich im Bett aufgerichtet und war wie erstarrt. Ich habe die Klinke runtergedrückt, aber die Tür war abgeschlossen. Entweder hatte sie sich da drin verbarrikadiert, oder sie war eingeschlossen. Ich hab dann versucht, das Schloss aufzubekommen, und irgendwann hat es geklappt.« Graziella hatte sich zu Theresa ans Bett gesetzt. »Am Anfang hatte sie Angst vor mir, aber ich hab ihr erzählt, dass ich ihre Nachricht gefunden habe und ihr helfen möchte. Sie hat sich beruhigt und hat gesagt: »Bringen Sie mich hier weg, die wollen mich töten.«

»Wer sind ›die‹?«, fragte Nick.

»Das weiß ich nicht. Wir haben nur das Nötigste besprochen. Sie konnte kaum reden. Außerdem hatte sie Sorge, dass der Arzt gleich hereinkommt und mich bei ihr entdeckt. Wir haben dann nur noch einmal kurz gesprochen, und zwar gestern. Da habe ich ihr erzählt, dass wir sie heute Nacht abholen. Ich hatte fast den Eindruck, dass sich an unser erstes Gespräch gar nicht mehr erinnern konnte und überhaupt nicht wusste, was ich von ihr will …« Wieder wandte sie sich zur Rückbank. »Aber sie ist trotzdem mitgekommen.«

»Und wenn sie tatsächlich einfach psychisch krank ist?«, gab Nick zu bedenken. »Ihre Mutter hat mir erzählt, Theresa leide unter Schizophrenie. Dann haben wir gerade eine krankes Mädchen entführt …«

Im Rückspiegel konnte er sehen, dass Theresa die Augen öffnete. Doch sie schien ihre Umgebung nicht wahrzunehmen und starrte ins Leere.

»Möglich, dass mit ihr auch etwas nicht stimmt.« Graziella flüsterte jetzt. »Aber ich bin mir ziemlich sicher, dass nicht sie das Problem ist, sondern ›die‹, wer immer die sind. Ihr ganzer Körper ist zerstochen, wie bei einem Junkie. Aber jetzt kann Dr. Kohlmeyer ihr keine Spritzen mehr geben. Meine Hoffnung ist, dass Theresa wieder zu sich kommt und uns sagen kann, was in der Villa Reinhard vor sich geht.«

Sie erreichten eine Lichtung, und Nick erkannte den Ort wieder, wo Malte Seibold und sein Freund die Leiche von Stjepan Ursa vergraben hatten.

»Wir sind da.«

»*Ma che cazzo* …« Graziella sah sich um. »Hier ist überhaupt nichts.«

Nick schaltete in den Leerlauf und zog die Handbremse an. Die Scheinwerfer schnitten eine Schneise in den Wald. »Wartet hier. Ich bin gleich wieder da.«

Graziella war anzusehen, dass ihr die Situation nicht geheuer war, aber sie sagte nichts. Nick schnappte sich die Taschenlampe und stieg aus. Das Licht der Scheinwerfer gab die Richtung vor. Als es gegen die Dunkelheit nicht mehr ankam, wandte Nick sich nach rechts und schaltete die Taschenlampe ein. Er konnte nur hoffen, dass sein Orientierungssinn hier draußen besser funktionierte als in der Stadt. Tatsächlich ging der Laubwald bald in einen Nadelwald über, und statt Moos bedeckten Fichtennadeln den Boden. Er schien auf dem richtigen Weg zu sein. Dann allerdings hatte er das Gefühl, schon viel zu lange unterwegs zu sein. Längst hätte er auf die Hütte stoßen müssen. Er überlegte, ob er die Richtung dennoch beibehalten oder sich noch weiter nach rechts orientieren sollte. Er entschied sich für Letzteres. Das Unterholz wurde immer dichter, Zweige knackten unter seinen Füßen, jedes Geräusch kam ihm in der Stille überlaut vor. Immer wieder raschelte es in seiner Nähe. Die Tiere des Waldes flüchteten vor ihm. Er schlug sich durch Gestrüpp, dessen Zweige sich wie Krakenarme um ihn schlangen. Dornen ritzten seine Haut, und im Schein der Taschenlampe tanzten die Insekten. Vor ihm türmte sich das Gestrüpp auf. Nick stand vor einem uneinnehmbaren Wall, und ihm wurde klar, dass hier kein Weiterkommen war. Er hatte sich verlaufen. Mit aller Kraft versuchte er, gegen die heraufziehende Panik anzukämpfen. Denk nicht an die Kinderspiele im Hinterhof, mahnte er sich, denk nicht an die Treppe zum Kohlenkeller, die Simse und die Einschusslöcher und daran, dass nichts zusammenpassen wollte und die Welt aus den Fugen war. Du musst Ruhe bewahren und die Hütte finden. Du hast Verantwortung für die drei Menschen, die im Auto auf dich warten. Reiß dich zusammen! Er richtete den Lichtkegel der Taschenlampe auf den Boden und ging weiter.

Er ging und ging, und als er schon bereit war zu glauben, dass die Hütte nie existiert und er sich alles nur eingebildet hatte, spiegelte sich zwischen dem Geäst plötzlich der Schein seiner Taschenlampe. Nick stoppte und hielt den Atem an. Die Hütte lag direkt vor ihm. Der Lichtkegel hatte ihr Fenster getroffen. Er hastete darauf zu und fand sie vor, wie er sie verlassen hatte. Während er die Kerze auf dem Tisch anzündete, spürte er, wie sich langsam Erleichterung einstellte. Alles, was er an Kerzen und Petroleumlampen finden konnte, zündete er an, damit die Hütte so weit wie möglich durch die Dunkelheit hindurch zu sehen wäre und er nicht erneut vom Weg abkommen würde. Plötzlich meinte er, ein Geräusch zu hören. Er trat ins Freie und lauschte. Und tatsächlich: Es war die Hupe des BMWs. Immer wieder wurde sie gedrückt.

Waren Graziella und Matteo in Gefahr? Er warf einen schnellen Blick über die Schulter. Die Hütte war hell erleuchtet. Gut. Dann machte er sich auf den Rückweg. So schnell er konnte, folgte er dem Klang der Hupe. Er leitete ihn durch die Dunkelheit und führte ihn direkt zum Wagen. Erstaunlich, wie kurz die Strecke war, wenn man sich nicht verlief. Der BMW stand mit eingeschalteten Scheinwerfern auf der Lichtung. Nick konnte Graziella und Matteo erkennen, die ausgestiegen waren. Graziella stand an der geöffneten Fahrertür und bearbeitete die Hupe. Erst als sie Nick erblickte, hörte sie auf. »*Madonna*, Nick! Wo hast du gesteckt?«

»Ist alles okay bei euch?«

»Bei uns schon, aber wir hatten Angst, dass dir irgendwas passiert ist oder dass du dich verirrt hast.« Sie hatten gehupt, um ihm die Richtung anzuzeigen.

»Das hat funktioniert.« Erleichtert erzählte Nick von seiner Odyssee und dass er die Hütte am Ende doch noch gefunden hatte. Mit vereinten Kräften holten sie Theresa von der Rückbank. Matteo und Graziella stützten sie, während Nick den BMW von der Lichtung hinunter an den Waldrand fuhr, wo er ihn mit Zweigen und Blattwerk notdürftig abdeckte, in der Hoffnung, der Wagen würde so von möglichen Verfolgern nicht sofort gesehen werden. Dann löste er Graziella ab und half Matteo, Theresa zu tragen. Graziella schnappte sich dafür Tasche und Taschenlampe und ging unter Nicks Anleitung voran. Theresa befand sich noch immer in einer Art Halbschlaf. Schwer zu sagen, was sie von dem Geschehen um sie herum mitbekam.

Diesmal fand Nick sich besser zurecht, und bald schon sahen sie das Kerzenlicht, das zwischen den Bäumen hindurchschimmerte. Wie Seefahrer vom Leuchtturm geleitet, bewegten sie sich darauf zu.

Als sie die Hütte erreicht hatten, legten sie Theresa auf das Sofa. Mit halb geöffneten Augen schien sie ins Nirgendwo zu blicken. An der Wand über ihr hing die geheimnisvolle Stickerei:

Dieser Morgen ist so beschaffen,
dass ihn das bloße Verrinnen der Zeit
nie veranlassen wird
heraufzudämmern.

Sie fanden Decken und zwei Matratzen, die Graziella und Matteo im hinteren Bereich der Hütte auf den Boden legten. Nick baute sich aus den Decken ein halbwegs bequemes Lager in der Nähe der Tür. Er verspürte nach all der Aufregung eine bleierne Müdigkeit. Den anderen schien es ähnlich zu gehen. Alle Versuche, das weitere Vorgehen zu besprechen, gerieten schnell ins Stocken. Sie waren sich immerhin einig, dass sie in erster Linie beobachten mussten, wie es Theresa ging. »Je nachdem, was Dr. Kohlmeyer ihr gegeben hat, kann es sein, dass sie Entzugserscheinungen bekommt, dann müssen wir sie vielleicht sogar zu einem Arzt bringen.« Bevor Nick sich hinlegte, ging er zum Schreibtisch im hinteren Bereich der Hütte und spähte durchs Fenster. Soweit er das in der Dunkelheit beurteilen konnte, standen die Bäume noch genauso da wie beim letzten Mal.

Als Nick erwachte, war es hell. Theresa lag in unveränderter Position auf dem Sofa und schnarchte leise. Die Tür stand offen. Er erhob sich und trat vor die Hütte. Es roch nach Erde und Moos. Vögel zwitscherten. Ansonsten herrschte Stille. Graziella saß, an einen Baumstamm gelehnt, auf dem Boden, rauchte und blinzelte in die Sonne. Nick fragte sich, wie viel Überwindung es sie gekostet haben mochte, ihn um Hilfe zu bitten. Er nahm sich vor, sie gelegentlich darauf anzusprechen, aber zunächst gab es andere Dinge, die sie klären mussten. Sie hatten die Tochter einer angesehenen Münchner Familie entführt. Falls Frau Reinhard die Polizei noch nicht verständigt hatte, würde sie es in absehbarer Zeit tun. Da nicht nur Theresa, sondern auch die Hausangestellte und deren Sohn verschwunden waren, würden die Kollegen sofort reagieren und mit der Suche beginnen. Und es würde nicht lange dauern, bis auch er selbst ins Visier geriete, denn bald schon würden sie ihn auf der Arbeit vermissen. Aki würde eins und eins zusammenzählen, und dann war es nur eine Frage der Zeit, bis …

»*Vieni qua!*« Graziella hatte ihn entdeckt und winkte ihn heran. »Schläft sie noch?«, fragte sie, als er zu ihr getreten war.

»Ja.«

»Zigarette?« Sie streckte ihm die Packung entgegen.

Nick nahm sich eine. Graziella gab ihm Feuer. Er setzte sich ihr gegenüber auf den Boden und lehnte sich ebenfalls an einen Baumstamm. Er lugte in die Baumkronen, sah den Vögeln nach und verfolgte die Wege geschäftiger Ameisen. Er tat alles, um Graziella nicht ansehen zu müssen. Und sie – so kam es ihm zumindest vor – tat genau dasselbe. Irgendwann fing sie an zu lachen.

»*Cazzo*, Nick.« Sie drückte die Kippe aus. »Was machen wir bloß?«

»Wir beide? Oder wir alle hier im Wald?«

Ihre Miene wurde sofort wieder ernst. Sie schien sich auf kein Gespräch einlassen zu wollen, das irgendetwas mit ihrer Gefühlswelt zu tun hatte.

»Wir haben nicht mal Kaffee.« Sie blickte ihn finster an. »In der Hütte gibt es überhaupt keine Vorräte.«

Sie beschlossen, so schnell wie möglich einen Großeinkauf zu machen.

»Wir müssen davon ausgehen«, sagte Nick, »dass sie nach uns

suchen, und zwar nach uns allen. Sobald wir uns unter Menschen begeben, gehen wir das Risiko ein, entdeckt zu werden, und dieses Risiko wächst von Stunde zu Stunde.«

Gemeinsam schrieben sie einen Einkaufszettel, versuchten, an alles zu denken, um nicht ein weiteres Mal einkaufen gehen zu müssen. Theresas Ernährung stellte sie vor einige Probleme. In der Hütte gab es kaum Geschirr und natürlich keinen Pürierstab. Also schrieben sie Bananen, Joghurt und Tütensuppen auf die Liste und natürlich jede Menge Pasta. Sie beschlossen, dass Nick auf die Suche nach einem Supermarkt gehen und dass Graziella bei Theresa bleiben würde. »Falls sie aufwacht. Dann hat sie wenigstens ein vertrautes Gesicht um sich.«

»Gut möglich«, gab Graziella zu bedenken, »dass sie sich überhaupt nicht an mich erinnern kann. Wir müssen auf alles gefasst sein.«

»Gut. Bis gleich.« Als Nick an ihr vorbeigehen wollte, packte sie seine Hand und hielt sie fest. »Danke, dass du mir hilfst.«

Es war noch früh am Morgen, und auf dem Parkplatz vor dem Supermarkt waren nur ein paar Rentner und gestresste Mütter unterwegs. Nick konnte nichts Verdächtiges bemerken. In der Hütte hatte er einen FC-Bayern-Sonnenhut entdeckt. Den setzte er jetzt auf. Sah völlig bescheuert aus, aber im Spiegel erkannte er sich selbst nicht wieder, also erfüllte der Hut seinen Zweck.

Sein Einkauf ging schleppend voran, denn Nick sah sich immer wieder nach Verfolgern um, blieb so lange vor den Regalen stehen, bis er sicher war, dass niemand sich für ihn interessierte. Als er mit seinem vollgepackten Wagen schließlich die Kasse erreicht hatte, legte er noch einen Merkur und eine Abendzeitung dazu. Vielleicht stand ja schon etwas über Theresas Verschwinden darin. Nachdem er den Einkauf im Kofferraum verstaut hatte, setzte er sich hinters Steuer und blätterte beide Zeitungen durch, aber zu Theresa gab es noch keine Meldung.

Als er zurück in die Hütte kam, schlief Theresa nicht mehr, sondern dämmerte vor sich hin. Graziella zerdrückte eine Banane mit der Gabel, mischte sie unter den Joghurt und verabreichte ihr geduldig einen Löffel nach dem anderen. Das Mädchen schien geistig völlig abwesend zu sein; Nick konnte sich nicht vorstellen, dass man mit ihr jemals normal würde sprechen können.

Den anderen schien es ähnlich zu gehen. Graziella wirkte alles andere als zuversichtlich, und Matteo tigerte nervös in der Hütte umher. Hin und wieder verschwand er nach draußen. Durchs Fenster beobachtete Nick, wie er zwischen den Bäumen auf und ab ging. Beim Durchsuchen der Hütte war Nick nicht nur auf den Sonnenhut, sondern auch auf einen alten Tennisball gestoßen. Den schnappte er sich nun und ging damit nach draußen.

»Matteo!«

Der Junge blickte zu ihm.

»Was hältst du von einer Runde Fußball?«

»Bisschen viele Bäume.«

»Auf dem Fußballfeld steht der Gegner auch immer im Weg, oder nicht? Komm, lass es uns probieren.«

Anfangs war Matteo skeptisch. Er beobachtete Nicks Bemühungen mit Befremden. Auf dem unebenen, von Fichtennadeln bedeckten Waldboden war es schon schwierig, den Tennisball überhaupt vernünftig zu treffen. Irgendwann sah Nick ein, dass er sich vor dem Jungen zum Affen machte. Er nahm den Ball in die Hand und drosch ihn mit aller Kraft gegen den nächsten Baum. Der Tennisball prallte vom Stamm zu einem weiteren und dann zu einem dritten. Ein neues Spiel war geboren, eine Mischung aus Squash und Billard. Man benötigte nichts als einen Tennisball und einen möglichst dichten Wald. Matteo hatte seine anfängliche Skepsis bald überwunden und war mit Feuereifer bei der Sache. Nach einem besonders gelungenen Wurf über fünf Stationen strahlte er über das ganze Gesicht und riss die Arme hoch. »Sieg!«

Nick hatte überlegt, ob er den Jungen auf jenen verunglückten Abend in seiner Wohnung ansprechen solle, ob er nicht eine Aussprache herbeiführen müsse, aber jetzt hatte er das Gefühl, dass ihr gemeinsames Spiel viel besser war. Kein noch so langes Gespräch reichte an diesen Moment stillen Einvernehmens heran.

»Her mit dem Ball, Matteo. Jetzt zeig ich dir mal, wie man das macht.«

»Ja, schon klar.« Matteo grinste und reichte Nick den Ball. »Aber pass auf, dass du dich nicht verletzt.«

Als sie verschwitzt und abgekämpft zur Hütte zurückkehrten, saß Theresa am Tisch. Sie hatte eine Decke um die Schultern und zitterte. Sie schien trotz der sommerlichen Temperaturen zu frieren. Mit beiden Händen umfasste sie eine Tasse heißen Tees. Sie blickte auf. »Hallo.« Ihre Stimme war noch leise und kraftlos, aber ihr Blick wieder klarer.

»Es wird langsam.« Graziella trat mit einem Teller Suppe an den Tisch. »Nicht wahr, Theresa?«

Theresa nickte. »Vielen … Dank.« Ihre Aussprache klang verwaschen. Sie schob die Teetasse zur Seite, um Platz für den Suppenteller zu schaffen. Nick und Matteo setzten sich mit an den Tisch. »Matteo kennst du ja schon.« Graziella drückte ihr einen Löffel in die zitternde Hand. »Und das ist Nick … ein guter Freund. Nick ist Polizist …«

Beim Wort Polizist blickte Theresa erschrocken auf.

»Keine Sorge.« Nick lächelte ihr zu. »Ich bin hier, um euch zu helfen.«

Seine Worte schienen Theresa zu beruhigen. Sie tauchte ihren Löffel in die Suppe und führte ihn zum Mund. Allerdings zitterte sie so stark, dass eine großer Teil der Flüssigkeit zurück in den Teller schwappte. Theresa stützte den Arm auf und beugte sich weit vor; so ging es einigermaßen. Alle sahen ihr dabei zu, wie sie Löffel für Löffel in den Mund steckte, bis sie irgendwann in die Runde blickte und sagte: »Das ist … ja … wie bei … wie bei der Raubtierfütterung … im Zoo.« Zum ersten Mal ging der Anflug eines Lächelns über ihr Gesicht.

Als sie die Suppe aufgegessen hatte, begann Nick: »Ich bin, wie gesagt, Polizist. Deshalb weiß ich ungefähr, was jetzt gerade im Hintergrund abläuft. Sie suchen uns, und früher oder später werden sie uns finden. Deshalb ist es jetzt sehr wichtig, dass wir Ihre Situation genau kennen …«

»Sagen Sie … Sagen Sie ruhig Du.« Sie sprach so leise, dass Nick sie kaum verstehen konnte.

»Wir müssen vor allem wissen, was genau du möchtest, Theresa. Wir sind ja keine Entführer, wir sind hier, um dir zu helfen. Wenn du nach Hause willst, bringen wir dich sofort zurück.«

»Bloß nicht.«

Graziella kramte den Zettel aus ihrer Handtasche und legte ihn vor Theresa auf den Tisch. »Kannst du dich daran erinnern?«

»Habe ich … das geschrieben?« Theresa starrte auf das Papier. »Die Schrift … die sieht ja aus … wie …« Ihre Zunge schien ihr nicht zu gehorchen.

»Erzähl uns bitte, was passiert ist.« Nick steckte sich eine Zigarette an. »Je genauer wir Bescheid wissen, desto leichter finden wir vielleicht eine Lösung.«

»Wenn ich … das bloß … wenn ich bloß …« Theresa blickte unglücklich von einem zum anderen. Die Augen schienen ihr zuzufallen. »Ich … Ich kann nicht …« Sie hielt sich mit beiden Händen an der Tischplatte fest. Offenbar war ihr schwindlig geworden. Nick und Graziella wechselten einen Blick.

»Das hat keinen Sinn«, flüsterte Graziella. »Komm«, sagte sie zu Theresa, »leg dich wieder hin.« Sie halfen ihr auf und brachten sie zurück zum Sofa. Kaum hatte sie sich hingelegt, war sie auch schon eingeschlafen. Nick und Graziella traten vor die Tür und rauchten eine Zigarette.

»Wir müssen aufpassen, dass wir ihr nicht zu viel zumuten.«

Graziella strich sich eine Haarsträhne aus der Stirn. »Sie ist noch sehr geschwächt.«

»Trotzdem muss sie uns ihre Geschichte erzählen, und zwar so schnell wie möglich. Erst wenn wir wissen, woran wir sind, können wir entscheiden, wie wir weiter vorgehen.« Nick sah zwei Spatzen nach, die sich laut zeternd im Flug bekämpften. Es ging um Leben und Tod.

Theresa schlief lange, und als sie aufwachte, begann das Spiel von Neuem. Sie versuchte, sich zu orientieren, war auch in der Lage, einige Sätze zu sprechen, aber nach kürzester Zeit derart angestrengt, dass sie kaum mehr zu verstehen war.

»Es hilft nichts, Nick, wir müssen sie in Ruhe lassen.« Graziella strich Theresa über den Kopf. Das Mädchen war schon wieder eingeschlafen. «Was haben die bloß mit ihr gemacht?«

Auf diese Weise verging der Nachmittag. Graziella kochte Tee und flößte ihn Theresa immer wieder schluckweise ein. Erst gegen Abend war sie in der Lage, sich an den Tisch zu setzen und längere Zeit zu sprechen. Sie machte viele Pausen, schloss die Augen und knetete ihre Hände, aber ihre Aussprache war nicht mehr so verwaschen. Sie versuchte zu schildern, was mit ihr passiert war. »Es ist, als wären sie … in mein Gehirn eingedrungen und hätten dort … als hätten sie … bestimmte Stellen manipuliert …, und manche haben sie anscheinend ausradiert.« Sie schloss die Augen und verbarg stöhnend den Kopf in den Händen. »Eigentlich habe ich nur eine Vermutung, was dahinterstecken könnte …«

»Wer sind ›sie‹? Und wie lange geht das alles schon?«

»Angefangen hat es, als ich Max kennengelernt hab.« Theresa lehnte sich zurück und schlang die Decke noch enger um ihre schmalen Schultern. Sie redete stockend und mit leiser Stimme. Im zweiten Semester Jura waren sie sich bei einer Vorlesung begegnet. Max Steiger war ein paar Jahre älter als sie, hatte bereits eine Journalistenausbildung hinter sich und setzte nun ein Jurastudium obendrauf. Er war radikal links und bewegte sich in der Münchner Subkultur wie ein Fisch im Wasser. »Zu dem Zeitpunkt hatte er gerade ... Er hat ein Magazin gegründet. Das hieß *PflasterStein* und wurde in einem Hinterhof neben dem Lipstick ... Sagt euch das was?«

Weil alle die Köpfe schüttelten, fuhr Theresa fort: »Das Lipstick war eine Punk-Disco in der Humboldtstraße. Inzwischen gibt's die nicht mehr. Dort in einem Hinterhof wurde jedenfalls der *PflasterStein* verlegt.« Das Sprechen strengte sie an, aber sie schien ihre Kräfte nun besser einschätzen zu können, denn sie sagte Bescheid, wenn sie eine Pause brauchte. Langsam schien sie die Kontrolle über ihren Körper zurückzugewinnen. Dennoch blieb es eine zähe Angelegenheit, an Theresas Informationen zu kommen, und für alle Beteiligten eine Geduldsprobe. Nick und Graziella mussten viele Zigarettenpausen einlegen, und Matteo hatte bald schon das Interesse verloren und sich in den Nebenraum zurückgezogen. Aber je weiter der Abend voranschritt, desto mehr erfuhren sie: Max hatte Theresa damals ein völlig neues, unbekanntes München gezeigt, und sie war fasziniert gewesen, sowohl von ihm als Person als auch von den neuen Facetten ihrer Stadt. »Er hat etwas in mir angestoßen, das offenbar schon lange ... Ich hatte schon seit Jahren große Auseinandersetzungen mit meinem Vater ...« Sie hatte gegen seinen strengen Glauben aufbegehrt. Seine Welt war ihr alt und verstaubt vorgekommen, und je wacher sie politisch wurde, umso schlimmer fand sie seinen Konservatismus, seine ganze politische Haltung. Es hatte immer öfter geknallt zwischen ihnen. »Aber im Kern ... Ich habe meinen Vater trotz allem geliebt. Er war auf seine Weise konsequent und integer, denn er hat nie aus Karrieregründen gehandelt. Er war kein Opportunist. Alles, was er getan hat, hat er aus tiefer Überzeugung getan, und das habe ich respektiert, auch wenn ich es nicht gutheißen konnte. Und ich weiß, dass es umgekehrt genauso war. Wir haben uns zwar zum Teil heftig ge-

stritten, aber mein Vater hat mich geliebt, das weiß ich.« Theresa
hielt inne und fügte dann mit leiser Stimme hinzu: »Er hat mich
so sehr geliebt, dass er schließlich für mich gestorben ist.«

Sie hatte den Blick gesenkt und rieb mit dem Finger über die
Tischplatte. Keiner sagte ein Wort. Nick überlegte, wo diese Geschichte hinführen mochte. Als Theresa wieder aufsah, war ihr
Blick verhangen, die Augenlieder drohten ihr zuzufallen. Also
war wieder eine Pause fällig. Sie zündeten alle Kerzen und Lampen an, die sie finden konnten, denn inzwischen war es dunkel
geworden.

Graziella kochte frischen Tee, und sie schlugen Theresa vor,
sich wieder hinzulegen, was sie dankbar annahm. Nick und Graziella bauten ihre Stühle vor dem Sofa auf und nahmen Platz.
Mit leiser Stimme berichtete Theresa, dass eigentlich alles damit
angefangen hatte, dass Max ihr von seinen Recherchen erzählt
hatte. Er arbeitete gerade an einem Artikel für den *PflasterStein*,
und in dem Zusammenhang hatte er den Namen Jean Violet erwähnt. »Da habe ich natürlich aufgehorcht, weil … Maître Violet kannte ich. Ich kannte ihn sogar sehr gut. Von klein auf. Er
war ein guter Freund meines Vaters und immer wieder bei uns
zu Gast, wenn er in München war.«

»Ich habe den Namen noch nie gehört«, sagte Nick. »Wer ist
das?«

»Jean Violet ist Jurist wie mein Vater, ein Rechtsanwalt aus
Paris. Ich weiß nicht genau, wo sie sich kennengelernt haben. Für
mich war er jedenfalls ein Freund der Familie. Und nun erzählte
mir also Max, dass dieser Jean Violet der Kopf einer Organisation namens *Le Cercle*, also ›Der Kreis‹ war … Wobei Organisation eigentlich falsch ist, weil … Das Besondere bestand nämlich
darin, dass *Le Cercle* gerade nicht organisiert war, sondern ein
informeller Kreis von Gleichgesinnten. Nur dass diese Gleichgesinnten eben sehr mächtig waren …« Theresa hatte von *Le
Cercle* bis dahin noch nie etwas gehört, auch nicht aus dem Mund

ihres Vaters. Max erzählte ihr nun, was er über diesen Kreis herausgefunden hatte und dass er ihn für antidemokratisch, reaktionär und gefährlich hielt.

»Wenn du sagst«, unterbrach Nick, »diese Leute waren sehr mächtig. Was heißt das, mit wem haben wir es denn da zu tun?«

»Zu den frühen Mitgliedern gehörten Antoine Pinay, der ehemalige französische Ministerpräsident, Franz Josef Strauß und Otto von Habsburg. Später waren der italienische Ministerpräsident Giulio Andreotti und David Rockefeller dabei. Henry Kissinger war bei mehreren Treffen anwesend.«

Nick und Graziella wechselten einen Blick. »Und was hat Max diesem *Cercle* konkret vorgeworfen?«, fragte Nick.

»Dass sie die demokratischen Institutionen verachteten und an ihnen vorbei Politik betrieben. Und dass sie die Geschicke Europas in ihrem Sinne zu lenken versuchten ...«

»Was heißt in ihrem Sinne?«

»Sie waren alle Freunde des Franco-Regimes, streng konservativ und hatten enge Verbindungen zum Vatikan. Man kann sich also ungefähr vorstellen, welche Werte sie vertraten. Es sind die Werte meines Vaters.«

»Ihr Vater gehörte auch zu diesem Kreis?«

»Das hat Max vermutet, ja ... und mehr noch: Er glaubte, dass mein Vater zusammen mit Jean Violet im Hintergrund die Fäden zog und die Treffen organisierte. *Le Cercle* traf sich zwei- bis dreimal im Jahr bei einem der Mitglieder zu Hause, privat also und sehr diskret, mal in Rom, mal in Paris, oft in Wildbad Kreuth oder auch bei Franz Josef Strauß in dessen Haus in Rott am Inn. Und manchmal eben auch bei uns in Grünwald.

»Und was hast du zu all diesen Behauptungen gesagt?« Graziella reichte ihr die Teetasse.

Theresa nahm einen Schluck und fuhr dann fort: »Ich fand seine Geschichten irgendwie aufregend ... Aber ehrlich gesagt fand ich ihn selbst noch viel aufregender.« Sie kicherte leise. »Deshalb hab ich mir das alles angehört. Auf der anderen Seite … Ich bin so was ja auch gewohnt, wisst ihr.«

»Was bist du gewohnt?«

»Das soll jetzt nicht arrogant klingen oder so, aber mir ist natürlich bewusst, dass ich in einem bestimmten Milieu aufgewachsen bin. In unserem Haus sind immer wichtige Persönlichkeiten aus allen möglichen Bereichen ein- und ausgegangen. Und ich weiß, wie wichtig es gerade in der Politik ist, sich auch einmal informell in einem geschützten Rahmen treffen zu können. Das gehört dazu. Menschen, die diese Rituale nicht kennen, irritiert das allerdings. Sie wittern dann sofort antidemokratische Verschwörungen. Meistens ist das Blödsinn, aber in dem Fall…« Sie brach ab und sah nachdenklich vor sich hin. »Mit Max war es dann so, dass … Gegen Ende unserer Beziehung hatte ich den Verdacht, dass es ihm nie um mich gegangen ist, sondern dass er sich gezielt an mich herangemacht hat. Er hat gehofft, über mich an Informationen für seine Recherche zum *Cercle* zu kommen. Rückblickend würde ich sagen, ich habe das lange schon geahnt, wollte es aber nicht wahrhaben. Ich war verliebt und fasziniert von der Welt, die ich durch ihn kennengelernt habe, und ich wollte das alles nicht verlieren …« Plötzlich sah sie furchtbar traurig aus. »Deswegen habe ich getan, was ich getan habe. Ich bin schuld daran, dass mein Vater jetzt tot ist …«

Sie erzählte, dass sie Max immer wieder Bücher und Papiere aus dem Arbeitszimmer ihres Vaters mitgebracht hatte. Meist hatte er dann Kopien angefertigt und ihr die Originale zurückgegeben. »Und eines Abends, ich hatte schon ziemlich viel getrunken, habe ich ihm vom Safe erzählt und dass ich die Kombination kenne.« Ein paar Jahre zuvor, in Zeiten besonders heftiger Opposition, hatte sie sich für die Umtriebe ihres Vaters interessiert und geglaubt, ihm etwas »nachweisen« zu können. Was genau das sein sollte, wusste sie selbst nicht, aber sie hatte ihren Vater eine Zeit lang regelrecht bespitzelt und dabei auch die Kombination seines Safes herausgefunden. Als ihre Eltern abends bei einer Veranstaltung in der Stadt gewesen waren, war sie zum Safe geschlichen und hatte ihn geöffnet. Neben größeren Mengen Bargeldes in verschiedenen Währungen hatte sie darin eine Pistole gefunden und eine Mappe mit Unterlagen. In der Mappe waren Dokumente, Briefe, Fotos, aber sie konnte beim flüchtigen Durchsehen nichts entdecken, was ihr irgendwie brisant vorgekommen wäre. Dass Geld und eine Waffe in dem Safe waren, hatte sie nicht weiter erstaunt. »Dafür sind Safes ja da, wo soll man so was denn sonst aufbewahren? Ich wollte vor Max also angeben und habe ihm von den Dokumenten erzählt. Das war der Fehler.« Wieder klang ihre Stimme traurig. »Max hat keine Ruhe mehr gegeben und mich so lange bekniet, bis ich ihm die Dokumente gegeben habe. Und eine Woche später war mein Vater tot.«

»Du glaubst, dass da ein Zusammenhang besteht?«, fragte Nick.

»Ja, natürlich. Was soll ich denn sonst glauben?« Sie wirkte zum ersten Mal energisch. »Ich weiß genau, dass sich mein Vater niemals umgebracht hätte. Sollte er es doch getan haben, dann nur aus einem Grund: um mich zu schützen. Sein Selbstmord sollte klarmachen, dass er die Schuld für den Verlust der Dokumente auf sich nahm. Er wollte mit seinem Suizid von mir ablenken. Oder sie haben ihn für seine Nachlässigkeit bestraft. Aber auch dann ist er jetzt tot, weil er mich nicht verraten hat. Denn er wusste ganz bestimmt, dass ich die Dokumente an mich genommen habe … Wie auch immer: Ich bin schuld an seinem Tod … Und ich komme damit nicht zurecht …« Theresa hatte nach dem Tod ihres Vaters große psychische Probleme gehabt. Sie hatte einige Monate in der Psychiatrie verbracht, und nachdem man sie entlassen hatte, war Dr. Kohlmeyer ins Spiel gekommen. »Aber anstatt mir zu helfen, hat er … Ich kann bis heute nicht genau sagen, was er eigentlich mit mir gemacht hat. Er hat mir Spritzen gegeben, aber ich weiß nicht, welche Substanzen da drin waren. Er hat mich in einen andauernden Dämmerzustand geschickt.«

»Er hat dich hypnotisiert oder so was in die Richtung.«

»Die einzige Erklärung, die mir dafür einfällt«, fuhr Theresa fort, »ist, dass er gehofft hat, von mir zu erfahren, wo die Dokumente sind.« Sie zuckte mit den Schultern. »Vielleicht ist das aber auch Quatsch ...«

»Glaubst du«, warf Nick ein, »dass er mit ›denen‹ unter einer Decke steckt?«

»Ja, das glaube ich.«

»Was ich dabei nicht verstehe: Warum hat deine Mutter ihn nicht einfach rausgeschmissen? Sie muss doch gesehen haben, dass es dir immer schlechter ging.«

»Meine Mutter ist zwar eine gebildete, aber auch eine sehr naive Person. Dass ein Arzt mir Böses wollen könnte, ist außerhalb ihrer Vorstellungskraft. Sie hat einfach getan, was der Arzt ihr gesagt hat. Ich denke, sie glaubt immer noch, dass alles zu meinem Besten ist.«

Schweigend saßen sie voreinander. Durch das Fenster sah Nick plötzlich einen Schatten. Er erschrak und griff schon zur Waffe, als ihm klar wurde, dass es sich um Matteo handelte. Niemand hatte mitbekommen, dass er die Hütte verlassen hatte, und es dauerte eine Weile, bis sie verstanden, was der Junge da draußen machte. Er schleuderte Tannzapfen in die Finsternis, als würde er Handgranaten werfen.

»Wie ist es mit Max weitergegangen?«, fragte Graziella, als sie sich von dem Schreck erholt hatten.

»Nachdem ich ihm die Dokumente gegeben hatte, habe ich ihn nur noch ein einziges Mal gesehen. Er wollte, dass ich ihn mit zu mir nach Hause nehme, damit er sich eine Vorstellung machen konnte ...«

»Er war vorher nie bei dir zu Hause?«

»Nein. Um Gottes willen. Wir haben uns immer nur bei ihm

getroffen. Auf jeden Fall hat er mir in den Ohren gelegen, dass er einmal einen der Treffpunkte des *Cercle* sehen möchte. Ich habe ihn dann mit nach Hause genommen. Es war der Tag, an dem mein Vater …« Sie brach ab und blickte an die Decke. Tränen sammelten sich in ihren Augen. »Danach hab ich Max nie wieder gesehen.«

»Theresa?« Nick beugte sich zu ihr vor.

»Ja?«

»Es tut mir leid, aber eine Frage muss ich dir noch stellen. Was ist mit den Dokumenten passiert?«

»Ich weiß es nicht. Aber ich weiß, wo wir danach fragen müssen.«

XIII. L'ACTION PSYCHOLOGIQUE

Normaler Verkehr auf der Humboldtstraße. Bis hierher hatte Nick keine Anzeichen dafür erkennen können, dass sie verfolgt wurden. Natürlich war es ein Risiko, mit Theresa zusammen im Dienst-BMW durch München zu fahren, aber alle anderen Varianten waren mindestens genauso risikoreich. Immerhin hatte er Graziella davon überzeugen können, mit Matteo in der Hütte zu warten.

»Hier war das Lipstick.« Theresa zeigte auf ein Gebäude, dessen Fassade eingerüstet war. »Da vorne kannst du parken.«

Nachdem Nick den Wagen abgestellt hatte, blieben sie noch einen Moment sitzen. Als Nick in der näheren Umgebung nichts Verdächtiges erkennen konnte, sagte er: »Okay, los.«

Sie stiegen aus. Theresa ging es wieder schlechter, sie war wacklig auf den Beinen. Nick musste sie stützen. Während sie sich langsam auf das Haus zubewegten, überlegte er, was sie wohl für ein Bild abgaben. Ein Mann mittleren Alters, der eine junge Frau halb stützte, halb hinter sich her schleifte. Er konnte nur hoffen, dass sich kein Passant veranlasst fühlte, die Polizei zu rufen.

»Hier ist es.« Sie gingen durch eine Toreinfahrt. Im Hinterhof stand ein Baum, dessen Äste mit tibetischen Gebetsfahnen geschmückt waren, daneben ein Berg Sperrmüll. Auf den zweiten Blick sah man, dass es sich um eine aus alten Möbeln zusammengestellte Sitzecke handelte. Ein Sofa, aus dem die Sprungfedern heraushingen, ein zerfranster Sessel, mehrere aufeinandergestapelte Stühle, Nachttische, auf denen leere Bierflaschen standen. »Bei gutem Wetter finden hier die Redaktionssitzungen statt.«

Die Eingangstür des Seitenflügels war voller Aufkleber und Graffiti: *FaschistenIdioten, Kampfsau + Nina was here, Tell us the truth.* Die Redaktionsräume des *PflasterSteins* lagen im Hochparterre. Die Tür stand offen. Es roch nach Gras und Räucherstäbchen. Porträts von Foucault, Pasolini und The Clash an den Wänden. Aus den Lautsprecherboxen dröhnten die Einstürzenden Neubauten. Aber kein Mensch war zu sehen.

»Hallo? Ist … Ist jemand da?« Theresa ließ sich auf einen Stuhl fallen. Sie atmete schwer. Schritte näherten sich. Eine Frau Mitte zwanzig kam auf sie zu. Ihr Haar war auf einer Seite abrasiert, auf der anderen lang und schwarz gefärbt. Sie trug einen Nasenring und viel Kajal um die Augen. »Hi, alles klar?« Ihr Blick wanderte von Nick zu Theresa. Sie stutzte. »Terri? Bist du das?«

»Hallo … Kati.« Ihre Stimme war so schwach, dass sie kaum zu hören war.

Aus der Art und Weise, wie die beiden einander begrüßten, schloss Nick, dass sie sich zwar kannten, aber nicht unbedingt schätzten. »Das ist Nick … ein Freund. Nick, das ist Kati, die stellvertretende Chefradakteurin …«

»Inzwischen bin ich Chefredakteurin, zusammen mit Klaus.«

Sie schienen sich lange nicht gesehen zu haben und wollten beide wissen, wie es der jeweils anderen ergangen war, blieben dabei aber merkwürdig distanziert. Vielleicht lag es auch daran, dass Theresa die Energie für größere Emotionen fehlte. Sie berichtete knapp, was ihr nach dem Tod ihres Vaters widerfahren war, aber ging dabei nicht ins Detail. Ausgeschaltet. Psychiatrie. Immer noch nicht so richtig auf den Beinen.

»Du Arme«, sagte Kati und erzählte ihrerseits, dass kurz nach Dr. Reinhards Tod in der *PflasterStein*-Redaktion Merkwürdiges vorgefallen sei. »Max war plötzlich verschwunden, von einem Tag auf den anderen ...«

»Er hat sich nie mehr bei euch gemeldet?«

»Wir haben nur Gerüchte gehört. Angeblich soll er aus einer reichen Zürcher Unternehmerfamilie stammen, Villa an der Goldküste und so, was keiner von uns wusste. Er soll jetzt das Familienvermögen verwalten.«

»Ehrlich?« Theresa sah sie ungläubig an. Aber mehr sagte sie nicht. Entweder hatte es ihr die Sprache verschlagen, oder ihr fehlte die Kraft.

»Wie gesagt, das ist nur ein Gerücht. Von ihm selbst haben wir nie mehr was gehört. Aber später ist hier eingebrochen worden. Die haben hier alles auf den Kopf gestellt, es hat furchtbar ausgesehen.«

Nick und Theresa warfen sich einen Blick zu, dann wandte sich Theresa wieder an Kati. »Hat er dir gegenüber jemals Unterlagen erwähnt, die er von mir bekommen hat?«

Kati betrachtete Theresa nachdenklich. »Wir haben lange überlegt, was hinter dem Einbruch stecken könnte. Es war klar, dass die Täter was Bestimmtes gesucht haben, denen ist es nicht um Geld oder irgendwas Wertvolles gegangen. So was gibt's hier eh nicht. An deine Dokumente haben wir auch gedacht ...«

»Ihr wusstet davon? Hat Max euch erzählt, was für einen Artikel er schreiben wollte?«

»Wir kannten das Thema, aber wir hatten keine Ahnung, wie Max das angehen wollte, und wir konnten uns auch nicht vorstellen, dass dabei mehr als Verschwörungsgeraune rauskommen sollte. Außerdem ... Soweit ich das beurteilen kann, war es nicht mal so, dass er etwas Neues aufgedeckt hätte. Schon vor vier Jahren hat der *Spiegel* was zum *Cercle* veröffentlicht ...«

»Das wusste ich gar nicht.« Theresa war erstaunt.

»Wie auch immer, ich habe mir die Unterlagen nach dem Einbruch noch mal angeschaut ...«

Nick horchte auf. »Die Dokumente gibt es also noch?«

»Ja, klar.« Kati berichtete, dass die Redaktionsräume immer wieder von der Polizei durchsucht wurden. »Das geht schon seit Jahren so. Eine Art Katz-und-Maus-Spiel. Die Linken einschüchtern, darum geht's. Reine Schikane.« Als Reaktion darauf hatte die Chefredaktion beschlossen, wichtige Dokumente und Rechercheunterlagen an einem gesonderten Ort zu verstecken. An einem Ort, den nur die beiden Chefredakteure kannten. »Wartet kurz, dauert nicht lange.« Sie schnappte sich ein Schlüsselbund von einem Haken neben der Tür und ging die Treppen hinunter. Durchs Fenster beobachtete Nick, wie sie den Hof überquerte und im Hinterhaus verschwand.

»Die betreiben eine ganz schöne Geheimniskrämerei.«

»Ein bisschen Show ist sicher dabei«, sagte Theresa, »aber es stimmt schon, dass die Polizei hier immer wieder einmarschiert ist. Sie hatten also durchaus Gründe, vorsichtig zu sein.«

»Immerhin verdanken wir dieser Vorsicht möglicherweise, dass du deine Dokumente zurückbekommst.«

»Hoffen wir's.« Theresa blickte aus dem Fenster. »Meinen Vater macht das trotzdem nicht wieder lebendig.«

Zehn Minuten später kam Kati mit einem prall gefüllten Umschlag zurück. »Wie gesagt, nach dem Einbruch habe ich mir alles angeschaut. Ich konnte nichts Verdächtiges finden, nichts was irgendwen schwer belasten oder korrumpieren könnte … Allerdings waren viele Dokumente auf Französisch, und von den meisten Personen, um die es da geht, hab ich noch nie etwas gehört.« Sie drückte Theresa den Umschlag in die Hand. »Aber bitte versucht euer Glück.«

Sie bedankten sich bei Kati und verabschiedeten sich. Theresa verbarg den Umschlag unter ihrer Jacke. Auf dem Weg zum BMW sah sich Nick immer wieder um, ohne etwas Verdächtiges zu bemerken.

Sie fuhren in Richtung Innenstadt. »Wo willst du hin?« Theresa schaute verwirrt aus dem Fenster. »Sind wir nicht aus der anderen Richtung gekommen?«

»Muss noch kurz was erledigen.« Nick fuhr über den Bavariaring in Richtung Hauptbahnhof. Bevor sie die Kreuzung Bayerstraße erreicht hatten, hielt Nick am Straßenrand. »Du wartest hier.« Er schaltete den Motor aus. »Es kann ein bisschen dauern, aber mach dir keine Sorgen, ich komme auf jeden Fall zurück. Gib mir bitte den Briefumschlag.«

»Was soll denn das?«

»Kann ich dir jetzt nicht erklären. Gib ihn mir einfach.«

»Das musst du mir aber erklären. Ich kenne dich doch überhaupt nicht.« Sie verschränkte die Arme über der Brust und sah ihn misstrauisch an.

»Ich versuche, uns abzusichern, so gut ich kann. Mehr werde ich dazu nicht sagen. Du kannst jetzt wählen. Entweder du vertraust mir, oder du lässt es bleiben.«

Nach kurzem Zögern reichte sie ihm den Umschlag. Er nickte ihr zu und stieg aus. Durchs Fenster sah er ihren ängstlichen Blick und dass sie die Türen verriegelte. Er ging ein paar Meter zurück und bog in die Schwanthaler ein.

Carlos Kopierladen war klein, verraucht und vollgestellt mit Kopier- und Faxgeräten. Grateful Dead drang aus den Lautsprechern. Die Wände waren tapeziert mit *Freak-Brothers*-Comics. »Die Drei ist frei.« Carlo zeigte auf das Gerät hinten an der Wand. Außer Nick war kein anderer Kunde im Laden, also waren wohl auch die Eins und die Zwei frei, aber Nick wollte keine Diskussion anfangen und ging kommentarlos zur Drei. »Wenn du Fragen hast, ich bin hier.« Carlo lehnte sich zurück und schlug die taz auf.

Im Umschlag befanden sich neben der Mappe mit den Dokumenten auch zwei Taschenbücher. Das eine hatte einen italienischen Titel: *La guerra rivoluzionaria*. Den Namen des Autors konnte Nick auf dem Umschlag nicht entdecken. *Volpe Editore* stand da noch. Musste sich Graziella mal ansehen. Das zweite Buch trug den Titel *Der moderne Kleinkrieg,* und der Name des Autors war Nick bekannt: Friedrich August Freiherr von der Heydte. Nick widerstand dem Drang, durch das Buch zu blättern. Er kopierte Vor- und Rückseite der beiden Bücher und widmete sich dann den Unterlagen. Mehrere Schwarz-Weiß-Fotos waren darunter sowie Briefe und Dokumente, zum größten Teil auf Französisch, wenn er das richtig überblickte. Auch hier versuchte er, seiner Neugier zu widerstehen und sie nicht zu überfliegen, sondern die Papiere einfach nur so schnell wie möglich zu vervielfältigen. Später in der Hütte würden sie sich alles genauer anschauen.

Als er fertig war, schwatzte er Carlo einen großen Umschlag samt Briefmarken ab. »Ist mir jetzt peinlich«, sagte Carlo, »aber ich hab nur Sondermarken zum Katholikentag.«

»Nicht schlimm.« Ungeduldig tütete Nick die Kopien ein, klebte die Marken auf den Umschlag und schrieb Jos Berliner Adresse darauf. »Wo ist denn der nächste Briefkasten?«

Carlo erklärte es ihm, und Nick gab ordentlich Trinkgeld. Nachdem er den Umschlag in den Briefkasten geworfen hatte, fühlte er sich besser. Der BMW stand unverändert an der Straßenseite, nichts Verdächtiges um ihn herum, und Theresa saß auch noch darin. Er schloss die Tür auf und setzte sich hinter das Steuer. »Alles okay?«

»Ja.«

»Hast du irgendwas Ungewöhnliches bemerkt? Wollte irgendjemand was von dir?«

»Nein, alles normal.«

»Gut.« Nick ließ den Motor an. Bis jetzt schien alles glattzugehen. So glatt, dass es ihn misstrauisch machte.

Die Tür der Hütte stand offen. »Graziella? Matteo?« Keine Antwort.

»Meinst du …, es ist was passiert?« Theresa war alarmiert. Nick legte den Briefumschlag auf den Tisch und ging in den hinteren Bereich der Hütte. Die Matratzen waren zur Seite geräumt worden und nichts deutete darauf hin, dass ein Kampf stattgefunden hätte. »Vielleicht sind sie einfach nur spazieren gegangen. Sie konnten ja nicht wissen, wann wir zurück sein würden.« Nick versuchte, sich selbst zu beruhigen. »Es hat keinen Sinn, jetzt im Wald nach ihnen zu suchen. Wir müssen erst mal abwarten.«

»Ich hab ganz weiche Knie … Ich muss mich mal kurz …« Theresa legte sich aufs Sofa. In kürzester Zeit war sie eingeschlafen. Die letzten Stunden mussten furchtbar anstrengend für sie gewesen sein. Trotzdem sah sie ein wenig besser aus, fand er, nicht mehr so aufgedunsen und ihre Haut nicht mehr so fahl.

Nick verspürte Unruhe, wenn er an Graziella und Matteo dachte. Waren sie in Gefahr? Und wenn ja, von wem könnte eine solche Gefahr überhaupt ausgehen?

Er setzte sich an den Tisch. Vor ihm lag der Briefumschlag. Noch immer war ihm völlig unklar, wer eigentlich ihre Gegner waren. Vor wem versteckten sie sich? »Hilfe, die bringen mich um«, hatte Theresa auf den Zettel gekritzelt. Aber wer waren »die«? Dr. Kohlmeyer schien zu »denen« zu gehören. Sie schienen Theresa in ihrem eigenen Haus gefangen gehalten und mit unbekannten Substanzen betäubt zu haben. Das allein klang schon ungeheuerlich genug, doch Graziellas Beobachtungen und Theresas Erzählungen ließen keine andere Deutung zu. Aber was steckte dahinter? Warum hatten »die« das getan? Waren »die« auch für Dr. Reinhards Tod verantwortlich? Und für den Einbruch in die Redaktionsräume des *PflasterSteins*? Dann mochte Theresas Verdacht richtig sein, dass sich alles um die Dokumente drehte, die nun in diesem Briefumschlag vor ihm lagen. Vielleicht würde sich die Frage nach den Gegnern beantworten lassen, wenn sie die Unterlagen durchgesehen hatten. Auch wenn sowohl diese Kati als auch Theresa selbst gesagt hatten, dass sie darin keine besondere Brisanz hatten erkennen können. Dann, überlegte Nick weiter, gab es noch diese Kreise und Zirkel, in denen sich Dr. Reinhard bewegt hatte, ob sie nun CEDI oder *Le Cercle* hießen. Dabei handelte es sich offenbar um mehr oder weniger elitäre, international vernetzte rechtskonservative Gruppen. Es gab einzelne Personen wie Otto von Habsburg oder Franz Josef Strauß, die in mehreren dieser Gruppierungen auftauchten. Mächtige Menschen tauschten sich in privatem Rahmen informell aus. Man konnte das für gefährlich und demokratiefeindlich halten und eine große Verschwörung dahinter wittern oder solche Zirkel als eine simple Notwendigkeit innerhalb des Politikbetriebs erachten. Aber was man von ihnen hielt und wie man sie einschätzte, war letztlich egal. Nur eine Frage war entscheidend: Waren diese Leute ihre Gegner? Konnten sie Graziella und Matteo gefährlich werden? Die Vorstellung, dass Franz Josef Strauß, Erzherzog Otto von Habsburg und Giulio Andreotti irgendwo da draußen hinter einem Baum lauerten, war einfach nur lächerlich. Nein, um sich diese Leute zum Gegner zu machen, müsste man ihnen Verbrechen von einer erheblichen Tragweite nachweisen können, man müsste ihnen als Einzelpersonen gefährlich werden, und an diesem Punkt versagte Nicks Vorstellungskraft. Was hätten sie sich zuschulden kommen lassen, und wie konnten Beweise für ihre Schuld aussehen?

Allerdings … In letzter Zeit hatte Nicks Vorstellungskraft schon mehrfach versagt. Hier kam die Geschichte um die Gruppe LUDWIG ins Spiel. Löschers Geschichte. Nick war sich mit Aki darin einig gewesen, dass diese Geschichte nur unter einer einzigen Bedingung stimmen konnte: dass Dienststellen der Polizei auf Anordnung von ganz oben die wahren Täter bewusst aus dem Spiel genommen hatten. Das wäre nichts anderes als eine Verschwörung. »Dann«, hatte Aki gesagt, »sind da Mächte am Werk, mit denen man sich besser nicht anlegt.« Nach allem, was inzwischen passiert war, bekam dieser Satz für Nick eine ganz neue Bedeutung. Hatte Aki ihn damit gewarnt, weil er viel mehr über diese Leute wusste, als Nick das zunächst vermutet hatte? Kannte er diese Mächte so gut, weil er zu ihnen gehörte? Mächte, die Löscher vom Balkon stürzen konnten, ohne befürchten zu müssen, dafür zur Rechenschaft gezogen zu werden? Mächte, die Dr. Reinhard in den Tod getrieben hatten und den offensichtlichen Mord an Solari, einem ehemaligen Polizisten immerhin, zu einem Suizid umdeuten konnten?

Nick spürte, wie sich sein Magen verkrampfte. Wenn er sich vorzustellen versuchte, welche Mächte zu alldem in der Lage wären, wo landete er dann? Auch hinter abstrakten »Mächten« verbargen sich Menschen aus Fleisch und Blut. Er versuchte, sich diese Menschen vorzustellen. Wo musste er sie ansiedeln? An welchen Schalthebeln, in welchen Gremien mussten sie sitzen, um ihre Macht ausüben zu können? Ungestraft und unbehelligt von der Justiz. Wie sahen die Gesichter dieser Menschen aus? Wie lauteten ihre Namen? Und immer dieselbe brennende Frage: Gehörte Aki zu ihnen?

Er griff nach dem Briefumschlag und leerte ihn auf dem Tisch aus. Die beiden Bücher legte er zur Seite und öffnete dann die Mappe. Er hatte nach dem Kopieren der Unterlagen zwar versucht, deren ursprüngliche Ordnung beizubehalten, aber ob das sinnvoll war, wusste er nicht. Die Unterlagen waren bereits durch verschiedene Hände gegangen, ob sie in dieser Anordnung schon im Safe von Dr. Reinhard gelegen hatten, war unmöglich zu sagen. Wenn jemand das beurteilen konnte, dann allenfalls Theresa. Nick warf einen Blick zum Sofa. Sie hatte sich zur Seite gedreht und schlief tief und fest.

Er ging die Unterlagen durch. Zuoberst lag eine zehnseitige französische Denkschrift mit dem Titel *Note sur un projet d'action psychologique dans le cadre du Nato*. Sie stammte aus dem Jahr 1956, und ihr Verfasser war Maître Jean Violet. Damit konnte

Nick leider nichts anfangen, da er kein Französisch sprach, also legte er die Papiere zur Seite und nahm sich das nächste Schriftstück vor. Es war ein Brief, wieder auf Französisch, gerichtet an einen Monsieur Damman. Der Absender des Briefes war ein Monsieur Guérin-Sérac. Beide Namen sagten Nick nichts. Vielleicht würde Theresa hier weiterhelfen können. Unter dem Brief lag ein Schwarz-Weiß-Foto. Es zeigte drei Männer in dunklen Anzügen. Sie standen vor dem Trevi-Brunnen und blickten ernst in die Kamera. Zwei von ihnen hatte Nick noch nie gesehen, aber der dritte kam ihm bekannt vor ... Nick stockte der Atem. Der Mann hatte zwar volleres Haar und trug eine andere Brille, aber es gab keinen Zweifel, auch wenn der elegante Anzug ihn zusätzlich veränderte: Dieser Mann war der Drucker, dem er in der Zeppelinstraße 67 gegenübergestanden hatte, in der Druckerei des *Anti-Bolshevik Bloc of Nations*, der Mann im blauen Kittel, der ihm so energisch die Tür gewiesen hatte. Nick drehte das Foto um. In Dr. Reinhards akkurater Handschrift stand dort: »Jean Violet, Adriano Magi-Braschi und Jaroslaw Stetzko, Rom, November 1961.« Auf dem nächsten Foto war derselbe Mann wieder abgebildet. Im dunklen Anzug stand er auf einem Podium und hielt offenbar eine Rede. Vor ihm ein voll besetzter Saal. Seine Zuhörerschaft bestand aus honorigen Männern, die ebenfalls dunkle Anzüge trugen. Auf der Rückseite: »Jaroslaw Stetzko auf dem CEDI-Kongress vom 4. bis 7.6.1956.« Unter den Zuschauern meinte Nick auch wieder einen der drei Männer auf dem vorigen Foto zu erkennen: Maître Jean Violet. Der dritte im Bunde, der Mann mit dem italienisch klingenden Namen Magi-Braschi, tauchte dann auf einem weiteren Foto nochmals auf. Zusammen mit Dr. Reinhard und einem dritten Mann stand er vor einem modernen, gesichtslosen Gebäude. »Mit Eberhard Taubert und Adriano Magi-Braschi in Bonn, PSK, März 1961« stand auf der Rückseite. PSK, überlegte Nick, was mochte das bedeuten? Plötzlich hörte er Schritte. Er sprang auf, zog seine Waffe und richtete sie auf den Eingang. Die Schritte kamen näher. Die Tür wurde geöffnet.

»*Madonna!*« Graziella starrte ihn mit großen Augen an. »Was machst du da?« Hinter ihr trat Matteo in die Hütte.

Nick ließ die Waffe sinken. »Wo habt ihr denn gesteckt?«

»Schau mal.« Graziella hielt ihm eine Plastiktüte unter die Nase. Sie war voller Pilze. »*Che profumo.* Schnupper mal.«

Nick fand, es roch nach Erde und Tod, aber er sagte: »Wunderbar!« Denn seine Erleichterung war riesengroß.

Graziella trat zum Sofa und beugte sich über die schlafende Theresa. »Wie geht es ihr?«

»Sie ist erschöpft, war alles sehr anstrengend für sie.«

»Wie ist es denn gelaufen?«

Nick berichtete von der Fahrt nach München und ihrem Besuch bei der *PflasterStein*-Redaktion. »Hat alles geklappt. Hier sind die Unterlagen.« Er wies auf die Papiere, die er auf dem Tisch ausgebreitet hatte. Dass er sie vorsichtshalber kopiert und an seinen Sohn nach Berlin geschickt hatte, sagte er nicht. Es war besser, das für sich zu behalten.

»Was ist denn das?« Matteo hatte *La guerrra rivoluzionaria* entdeckt und hielt das Buch in die Höhe.

»Das war bei den Unterlagen. Würdet ihr euch das mal ansehen?«

»Mach du mal.« Graziella nickte ihrem Sohn zu. »Ich koch uns inzwischen eine schnelle Pasta.«

Als sie mit der Plastiktüte im hinteren Bereich verschwand, wurde Nick bewusst, wie hungrig er war. Sein Magen knurrte. Er hatte den ganzen Tag noch nichts Richtiges gegessen. Matteo hatte sich an den Tisch gesetzt und blätterte in dem Buch. Nick entschied, dass es keinen Sinn hatte, die Unterlagen ohne Theresa durchzusehen. Wenn überhaupt war allein sie in der Lage, die Dokumente zu übersetzen und richtig einzuordnen. Also schnappte er sich das Buch des Freiherrn.

Der vollständige Titel des Buches lautete: *Der moderne Klein-krieg als wehrpolitisches und militärisches Phänomen.* Es war 1972 erschienen und, wie der Autor in seinem Vorwort vermerkte, auf dem Höhepunkt der studentischen Unruhen geschrieben worden. Nick überflog die einzelnen Kapitel, die Überschriften trugen wie: »Die Konspiration«, »Der Verschwörer«, »Die Unterwanderung«, »Der verdeckte Kampf«, »Terror und Sabotage im verdeckten Kampf«. Bald schon war Nick vollständig verwirrt. Wenn er es richtig verstand, entwarf der Freiherr in seinem Buch das Szenario eines weltweiten Guerillakrieges, der seiner Meinung nach entweder kurz bevorstand oder, das wurde nicht ganz deutlich, bereits geführt wurde. Er analysierte dabei vor allem linke revolutionäre Aufstandsbewegungen und deren Art der Kriegsführung, um gleich anzumerken, dass diese ausschließlich mit den eigenen Mitteln bekämpft werden könnten. Der Kleinkrieg, den der Freiherr in seinem Buch beschrieb, konnte also sowohl »von unten« als auch »von oben« geführt werden. »Der Verschwörung ›von unten‹«, schrieb er, »steht die Konspiration ›von oben‹ gegenüber, bei der offizielle Dienststellen – die eigene oder eine fremde Regierung, eigene oder fremde militärische Führungs-stellen – als Mitwisser und Beteiligte erscheinen.« Nick traute seinen Augen kaum. Er las den Satz mehrmals. Wenn er ihn richtig verstand, formulierte der Freiherr hier die Bedingungen, unter denen Löschers Geschichte stimmen konnte. Wobei der Brand-anschlag auf das Liverpool ja wohl kaum Teil eines Kleinkrieges war. Oder vielleicht doch? Nick las weiter: »Es genügt, wenn die Guerrilleros bei Beginn der gewaltsamen Auseinandersetzungen an jeder wichtigen staatlichen ›Schaltstelle‹ mit einem einzigen Sympathisanten rechnen können: Doch diesen einen Mann an entscheidender Stelle brauchen sie.« Nach von der Heydtes Logik traf dies also auch für den Kleinkrieg zu, der von oben geführt wurde. Waren die Männer auf den Fotos, überlegte Nick, jene Männer, die sich in Runden wie dem CEDI, dem *Cercle* oder wie auch immer diese Zirkel hießen, zusammenschlossen – waren sie die Sympathisanten an den wichtigen staatlichen Schaltstellen?

Neben den militärischen Aspekten des modernen Kleinkriegs interessierte sich der Freiherr besonders für die psychologischen. »Mehr als die Hälfte der Kleinkriegführung«, schrieb er, »ist psychologische Kriegsführung, sowohl psychologischer Angriff als auch psychologische Abwehr und psychologische Rüstung.«

»Was sind denn das für Spinner?« Matteo knallte sein Buch auf den Tisch. »Unglaublich, was die da schwafeln.«

»Worum geht's denn?«

Bei dem Buch handelte es sich, erklärte Matteo, um die Zusammenstellung von Vorträgen, die auf einer Tagung in Rom am 3., 4. und 5. Mai 1965 gehalten worden waren. »Der Kongress ist von einem Institut … Das nennt sich …« Er blätterte ein paar Seiten zurück und übersetzte stockend: »Institut Alberto Pollio für historische und militärische Studien … oder so ähnlich. Von denen ist dieser Kongress organisiert worden. Die Teilnehmer gehen davon aus, dass es einen dritten Weltkrieg gibt … Also … wenn ich das richtig verstehe, glauben die, dass der schon im Gange ist und dass dieser Krieg von kommunistischen Ländern gegen die freie Welt geführt wird. Und jetzt überlegen sie, wie man auf diese Bedrohung reagiert …«

»Lass mich raten: Sie kommen zu dem Schluss, dass man den Gegner mit seinen eigenen Waffen schlagen muss.«

»Genau. Sie analysieren den Guerillakrieg und ziehen daraus ihre Schlüsse. Es geht um … militärische und psychologische … Punkte, die bei diesem besonderen Krieg zu beachten sind.« Matteo las Nick ein paar Beispiele vor, und Nick hatte sofort das Gefühl, dass die Sätze genau gleichlautend auch im Buch des Freiherren hätten stehen können. Diese Männer waren sich einig in ihrer Analyse und auch darin, dass keine Zeit zu verlieren war. Man müsse sofort handeln.

»Wer sind die Referenten? Wer hat an dem Kongress teilegenommen?«

Matteo blätterte zum Anfang des Buches. Er zuckte mit den Schultern. »Berufsbezeichnungen stehen da nicht ... oder doch ... einmal Journalist, einmal Rechtsanwalt ... Aber die Namen sagen mir alle nichts.« Er schob Nick das Buch über den Tisch. Im Inhaltsverzeichnis waren die Namen der Referenten und die Titel ihrer Vorträge aufgelistet. Nick ging die Namensliste durch, auch ihm sagte keiner der Namen etwas, bis er dann doch auf einen stieß, den er kannte: *Avvocato* Adriano Magi-Braschi. Dieser Mann war auf mindestens zwei der Fotos abgebildet, die mit den anderen Dokumenten in Dr. Reinhards Safe verwahrt waren. Was immer das zu bedeuten hatte. »*Avvocato* heißt Rechtsanwalt, richtig?«

»Richtig.«

»Lasst uns essen.« Graziella trat mit einer dampfenden Schüssel voller Pasta an den Tisch. Sie weckten Theresa, die sich völlig verschlafen zu ihnen setzte. Mit ihrer Gabel stocherte sie in der Pasta herum, die, wie Nick fand, köstlich schmeckte. Graziella hatte die Pilze zu einer wunderbar aromatischen Soße verarbeitet.

»Großartig«, sagte Nick, »schmeckt richtig gut.«

»*Buono, vero?*« Graziella lächelte ihm über die Pasta hinweg zu. In dem Moment erschien es Nick, als wäre zwischen ihnen nie etwas vorgefallen, als hätte es diesen verdammten Abend bei ihm zu Hause nicht gegeben. Sie saßen am Tisch und aßen, und er war froh, Graziella und Matteo wieder um sich zu haben. Aber natürlich wusste er, dass jener Abend nicht einfach aus der Erinnerung zu tilgen war. Er musste Graziella Zeit lassen. »Ich wusste gar nicht, dass du dich mit Pilzen auskennst«, sagte er. Es war der Versuch, inmitten all des Wahnsinns ein wenig Normalität herzustellen.

»Ich kenne mich nicht aus mit Pilzen. Ich hab einfach die schönsten genommen.«

Augenblicklich stellte Nick das Kauen ein. Entsetzt starrte er Graziella an. Sie hielt seinem Blick lange stand, doch dann konnte sie nicht länger ernst bleiben und prustete los. »Guarda che faccia!« Sie schlug lachend mit der Hand auf den Tisch. »Dein Gesicht eben ... zum Schießen!«

»Ha, ha. Sehr lustig.« Aber Nick war nur kurz sauer, dass er auf sie hereingefallen war, die Erleichterung, nicht vergiftet worden zu sein, überwog schnell.

Als sie gegessen hatten, war auch Theresa wieder aufnahmefähig, und Nick erzählte ihr, was er bis jetzt herausgefunden hatte. »Lagen die beiden Bücher auch im Safe deines Vaters?«

»Nein.« Theresa schüttelte den Kopf. »Die hab ich Max irgendwann mal mitgegeben. Ich wusste, dass sie meinem Vater wichtig waren.«

Nick fragte sie nach Jaroslaw Stetzko und Adriano Magi-Braschi. Er zeigt ihr die Männer auf den Fotos, aber Theresa schüttelte wiederum den Kopf. »Nein, die habe ich noch nie gesehen. Aber den hier ...« Sie zeigte auf den Mann neben Magi-Braschi. »Den kenn ich. Das ist Eberhard Taubert. Der war öfter bei uns. ›Jetzt kommt Ratten-Taubert‹, hat mein Vater immer gesagt ...«

»Ratten-Taubert?«

»Der war ein hoher Nazi-Funktionär in Goebbels Propagandaministerium und verantwortlich für den Film Der ewige Jude, in dem Juden mit Bildern von Ratten unterschnitten werden. Deshalb Ratten-Taubert.«

Graziella und Nick wechselten einen erstaunten Blick. »Und was hat der bei euch gemacht? Was hatte der mit deinem Vater zu tun?«

»Ich weiß es nicht genau. Ich glaube, Taubert war zeitweise auch Berater von Strauß, als der Verteidigungsminister war.«

Nick drehte das Foto um. »Schau mal, diese Abkürzung: PSK. Hast du eine Ahnung, was das ...?«

»Bonn, steht da.« Theresa überlegte kurz. »Dann könnte vielleicht … Damit könnte die Abteilung für psychologische Kampfführung der Bundeswehr gemeint sein. Ich meine, mein Vater hätte mir erzählt, dass Taubert Franz Josef Strauß beim Aufbau dieser Abteilung beraten hat, aber genau weiß ich das nicht mehr.«

»Nicht schlecht.« Graziella zündete sich eine Zigarette an. »Ein hoher Nazi berät den deutschen Verteidigungsminister.«

»Psychologische Kriegsführung«, murmelte Nick, »immer wieder psychologische Kriegsführung.« Er fragte Theresa, ob sie Genaueres über diese Bundewehrabteilung wisse, aber sie sagte Nein, nur die Abkürzung PSK sei ihr vertraut vorgekommen.

»Wenn das stimmt …«, Nick sah nachdenklich auf das Foto mit den drei Männern, »was hat dann der italienische Rechtsanwalt Magi-Braschi mit der Bundeswehr zu tun?«

»Keine Ahnung.«

Daraufhin legte er Theresa Jean Violets Denkschrift vor. »Du kannst doch sicher Französisch?«

»So einigermaßen.«

»Würdest du uns das bitte mal übersetzen? Hier scheint es auch um irgendwelche psychologischen Aktionen zu gehen.«

Nachdem Theresa den Text studiert hatte, erklärte sie, dass Jean Violet darin seine Vorstellungen einer erfolgreichen *action psychologique* im Kampf gegen den Kommunismus darlege. Diese müsse auf eine Beeinflussung des individuellen und kollektiven Unterbewusstseins abzielen, auf psychoanalytisches Wissen zurückgreifen und ganz bewusst allen Amateuren untersagt werden.

»Was meint er damit?«

Theresa beugte sich abermals über den Text. »Ich verstehe das nicht ganz, ehrlich gesagt. Er schreibt weiter, die NATO soll dabei nur indirekt eingreifen und die Initiative der nicht kommunistischen Presse und irgendwelchen ›Mikro-Gruppen‹ überlassen, die mit geheimdienstlichen Methoden agieren.«

Gemeinsam gingen sie die Dokumente durch. Theresa übersetzte. Der Stapel wurde kleiner.

Als sie alle Unterlagen durchgeackert hatten, war es dunkel geworden. Sie hatten Kerzen und Petroleumlampen angezündet, und Nick versuchte, ihre Erkenntnisse zusammenzufassen: »Es gibt ein internationales Netzwerk konservativer bis extrem rechter Kräfte, die sich im Krieg mit dem Kommunismus wähnen und versuchen, ihre Gegenmaßnahmen zu koordinieren. Allen gemeinsam ist, dass sie in irgendeiner Form an den ›Schalthebeln der Macht‹ sitzen und ein besonderes Interesse für psychologische Kriegsführung haben …« Nick brach ab. Nach einer kurzen Pause fügte er hinzu: »Was ich in all dem aber noch immer nicht erkennen kann, ist ein Mordmotiv.« Er wandte sich an Theresa: »Ist es wirklich denkbar, dass dein Vater deswegen sterben musste?«

Theresa zuckte mit den Schultern. »Ich verstehe das auch nicht. Ich weiß nur, dass …«

»Da draußen!« Matteo sprang auf. »Da ist ein Licht.«

Nick stürmte ans Fenster, aber er konnte nichts erkennen. Da war nichts als undurchdringliche Dunkelheit.

»Links.« Matteo trat zu ihm, aber auch er schien das Licht nicht mehr zu sehen, denn er sagte: »Eben war es noch da. Ganz sicher.« Sie standen nebeneinander am Fenster und starrten in die Dunkelheit. Ganz still war es in der Hütte, niemand sagte ein Wort.

»Da!«, flüsterte Matteo, und jetzt konnte auch Nick den Lichtschein zwischen den Bäumen sehen. Er stammte von einer Taschenlampe und bewegte sich langsam auf die Hütte zu.

»Geht alle nach hinten«, kommandierte Nick, »macht die Lichter aus, und setzt euch auf den Boden.«

»Könnt ihr irgendwas erkennen?« Graziellas Stimme war belegt.

»Nein. Geht nach hinten. Schnell.« Nick klopfte Matteo auf die Schulter. »Du auch, bitte.«

Matteo nickte ihm zu. Als alle drei im hinteren Bereich der Hütte verschwunden waren, zog Nick seine Waffe. Dann schnappte er sich die Taschenlampe und löschte alle Lichter. Die Taschenlampe schaltete er noch nicht an. Er warf einen Blick nach hinten. Auch dort war es inzwischen dunkel. Kein Laut war zu hören. Er postierte sich zwischen Tür und Fenster, spähte erneut nach draußen … und zuckte gerade noch rechtzeitig zurück, bevor ihn der Lichtkegel der Taschenlampe erfasste. Er presste sich mit dem Rücken an die Wand und verfolgte durchs Fenster, wie der Lichtschein über die Vorderseite der Hütte wanderte. Dann wurde die Taschenlampe auf die Tür gerichtet, er konnte ihren Schein durch die Ritzen sehen. Schritte waren zu hören. Sie kamen näher – und stoppten abrupt. Die Person da draußen verharrte einen Moment lang. Nick konnte sie atmen hören. Dann wurde die Tür geöffnet. Kaum hatte der Eindringling seinen Fuß in die Hütte gesetzt, war Nick auch schon bei ihm und drehte ihm den Arm auf den Rücken. Die Taschenlampe fiel zu Boden und rollte unter den Tisch.

»Au, Sie tun mir weh!« Eine weibliche Stimme, die Nick bekannt vorkam. »Lassen Sie mich los!«

Nick zog mit dem Fuß einen Stuhl heran und bugsierte die Frau darauf. »Heben Sie langsam die Arme über den Kopf.

»Hören Sie doch mit dem Blödsinn auf.« Sie folgte aber seiner Anweisung und hob die Hände in die Höhe.

Nick schaltete die Taschenlampe ein. Frau Reinhard schloss geblendet die Augen.

»Ich nehme die Hände jetzt runter, ja?«

»Die Hände bleiben oben.« Nick hielt mit der einen Hand die Pistole, mit der anderen die Taschenlampe.

»Mama?« Theresa kam aus dem hinteren Teil der Hütte, trat zögernd an den Tisch und starrte ihre Mutter ungläubig an. Graziella kam ebenfalls hinzu.

»Macht ihr mal ein paar Kerzen an?«, sagte Nick.

Als die Hütte wieder erleuchtet war, suchte er Frau Reinhard nach Waffen ab. Sie schüttelte unwillig den Kopf, ließ die Prozedur aber über sich ergehen. Sie war unbewaffnet.

»Was ist passiert?« Theresa setzt sich neben sie. »Wie kommst du hierher?«

»Sind Sie allein, Frau Reinhard?« Nick nahm ihr gegenüber Platz. »Wohl kaum. Ich kann mir nicht vorstellen, dass Sie uns hier alleine aufgespürt haben.« Er legte die Waffe neben sich auf den Tisch. Graziella setzte sich ebenfalls.

»Geht's dir gut, mein Schatz?« Frau Reinhard legte die Hand auf den Arm ihrer Tochter und sah Theresa besorgt an.

»Was machst du hier, Mama?«

»Ich versuche, dich zu retten.« Frau Reinhard seufzte und schloss für einen Moment die Augen.

»Aber was …«

»Ich erkläre dir alles später, ja?« Sie strich gedankenverloren über Theresas Arm.

Dann blickte sie Graziella an und sagte: »Ich mag Sie, Graziella. Deshalb versuche ich auch, Sie vor dem Schlimmsten zu bewahren. Das funktioniert aber nur, wenn alle Beteiligten von jetzt an genau das tun, was ich ihnen sage.« Sie blickte von einem zum anderen und wirkte dabei alles andere als sicher. Sie versuchte, eine Rolle zu spielen. Auf Biegen und Brechen. Nick vermutete, dass sie unter enormem Druck stand. »Erklären Sie uns doch bitte erst einmal, wer sie hergeschickt hat und vor allem …«

Aber Frau Reinhard unterbrach ihn. »Nein, Herr Marzek, ich werde Ihnen gar nichts erklären. Sie hören mir zu und tun, was ich Ihnen sage …« Sie brach ab und fuhr nach einer kurzen Pause fort: »Denn wenn Sie es nicht tun, sterben wir alle zusammen in dieser Hütte.«

Für einen Moment herrschte atemlose Stille. Alle starrten Frau Reinhard an. »Was soll denn das, Mama?« flüsterte Theresa.

»Das heißt, die sind da draußen …« Nick spähte durchs Fenster. Aber in der Dunkelheit war nichts zu erkennen.

»Sie tun jetzt bitte Folgendes.« Frau Reinhards Stimme zitterte leicht. »Sie geben mir den Umschlag mit den Dokumenten. Sie müssen vollständig sein, das ist wichtig.«

»Sie müssen jetzt mit uns reden, Frau Reinhard.« Nick sah sie eindringlich an. »Wir müssen wissen, woran wir sind, dann können wir die richtigen Schritte …«

»Sie können gar nichts, Herr Marzek. Sie können nur tun, was ich Ihnen sage. Sonst sind wir alle tot. Begreifen Sie das doch endlich …«

Als niemand mehr widersprach, fuhr sie fort: »Also: Ich brauche die Dokumente, und ich brauche von Ihnen die Zusicherung, dass keine Kopien existieren.« Sie sah prüfend von einem zum anderen.

Alle schüttelten die Köpfe, und Nick sagte, ohne zu zögern: »Nein, es gibt keine Kopien.«

»Gut. Ich nehme an, die Dokumente sind da drin?« Sie deutete auf den Briefumschlag.

»Ja.« Nachdem Graziella einen Blick mit Nick getauscht hatte, schob sie Frau Reinhard den Umschlag über den Tisch. Frau Reinhard schaute hinein und sagte: »Dann werde ich jetzt mit meiner Tochter diese Hütte verlassen …«

»Nein, Mama!« Theresa blickte sie trotzig an.

»Was?«

»Ich gehe nicht mit dir zurück. Ich werde dieses Haus nicht wieder …«

»Für dich gilt das Gleiche, Schatz.« Frau Reinhard strich ihrer Tochter liebevoll über den Rücken. »Auch du hast keine Wahl.« Als Theresa sie entsetzt ansah, fügte sie hinzu: »Aber ich verspreche dir, dass dir keiner mehr etwas antun wird …« Ihr Blick fiel auf den Umschlag, und ihre Miene verfinsterte sich. »Wenn sie erst einmal haben, was sie wollen, werden sie dich in Ruhe lassen.« Sie strich Theresa eine Haarsträhne aus der Stirn. »Wenn ich geahnt hätte …« Sie brach ab. Ihre Augen füllten sich mit Tränen. »Ich hätte viel besser auf dich aufpassen müssen.«

Jetzt oder nie, dachte Nick. Er musste den Moment des Zweifels nutzen. »Lassen Sie uns das alles in Ruhe besprechen, Frau Reinhard. Es gibt bestimmt noch andere Lösungen, aber dafür müssen wir wissen, wer genau …«

»Lassen Sie es.« Sie wischte sich mit einer schnellen Bewegung die Tränen aus den Augenwinkeln. Sie hatte die Beherrschung wiedererlangt und schien wild entschlossen, ihren Auftrag zu Ende zu bringen.

»Sie beide«, sie wandte sich Nick und Graziella zu, »Sie bleiben hier. Und Sie versprechen mir, dass Sie die Hütte erst verlassen, wenn es draußen dämmert.« Frau Reinhard erhob sich. Sie sah Graziella mitfühlend an. »Es tut mir leid …, aber mehr konnte ich nicht tun …«

Graziella erschrak. »Wie meines Sie das?«

»Es tut mir wirklich sehr leid, Graziella. Und jetzt bräuchte ich bitte meine Taschenlampe wieder.«

Während Nick unter dem Tisch nach der Lampe tastete, meinte er, plötzlich ein Geräusch aus dem hinteren Bereich der Hütte zu hören, doch als er sich wieder aufrichtete und lauschte, herrschte dort Stille. Er musste sich getäuscht haben. »Bitte.« Er reichte Frau Reinhard die Taschenlampe.

»Komm, Theresa.«

Theresa stand zögernd auf und trat zu ihrer Mutter. Als Nick sich ebenfalls erheben wollte, sagte Frau Reinhard: »Bleiben Sie sitzen. Und kommen Sie nicht auf die Idee, uns zu folgen. Sie bringen uns damit alle in Gefahr. Gute Nacht.« Sie verließ die Hütte.

Theresa blieb einen Moment lang hilflos stehen. »Ich … Meint ihr, die sind da draußen?« flüsterte sie.

»Es ist auf jeden Fall besser, wenn du mit deiner Mutter mitgehst.« Graziella drückte ihre Hand.

Theresa nickte ihnen zum Abschied zu und folgte ihrer Mutter. Nick und Graziella traten ans Fenster und sahen dem Lichtkegel der Taschenlampe nach. Wie ein Irrlicht schwebte er durch den Wald und verschwand schließlich.

»Was hat sie nur damit gemeint?«

»Womit?«

»Dass es ihr leidtut …« Graziella fuhr sich nervös durchs Haar. »Was tut ihr so furchtbar leid?« Sie hielt inne. Plötzlich weiteten sich ihre Augen vor Entsetzen. »Matteo?«

Keine Antwort.

»Matteo!!« Graziella rannte nach hinten. Nick folgte ihr mit der Taschenlampe, denn im hinteren Bereich herrschte noch immer Dunkelheit. Er ließ den Lichtschein durch den Raum wandern. Das Fenster über dem Schreibtisch stand offen. Matteo war verschwunden.

»Matteo!!!«, brüllte Graziella in die Finsternis des Waldes.

Nick überlegte fieberhaft, wie er sich verhalten sollte. Frau Reinhard hatte deutlich gemacht, dass sie die Hütte unter keinen Umständen verlassen durften. Aber er hatte keine Wahl. »Ich geh ihn suchen. Bleib du hier, und mach Licht …, damit er zurückfindet, falls er nur einfach …«

»Nick, bitte …« Graziella hielt sich die Hände vors Gesicht. »Was machen die mit ihm?« Hilflos und schluchzend stand sie in dem dunklen Raum. Nick trat zu ihr und legte ihr die Arme um die Schultern. Sie zitterte am ganzen Körper.

»Mach Licht«, flüsterte er, »ich versuche, ihn zu finden, okay?«

Sie nickte verzweifelt. »Sei vorsichtig.«

Er ließ sie los, ging hinüber zum Tisch und schnappte sich die Taschenlampe und seine Waffe. Als er aus der Tür trat, schlug ihm die frische Waldluft entgegen. Er lauschte. Nichts war zu hören. Jetzt nicht mehr. Aber vorhin hatte er ein Geräusch gehört. Da mussten sie in die Hütte eingedrungen sein. Aber dann … Wer auch immer Matteo entführt hatte, er war nahezu lautlos vorgegangen. Trotzdem machte Nick sich Vorwürfe. Du hättest aufmerksamer sein müssen, verdammt. Du hättest damit rechnen müssen …

Er ging an der Hütte entlang, bis er das offen stehende Fenster auf der anderen Seite erreicht hatte. Er blieb darunter stehen und schaute in den Wald. Auch wenn es jetzt dunkel war, hatte er wieder das Gefühl, diesen Blick zu kennen. Wie bei seinem ersten Besuch in der Hütte schien ihm die Anordnung der Nadelbäume genau dieselbe zu sein wie im Garten der Villa Reinhard. Und wie beim ersten Mal löste dieser Eindruck Entsetzen aus. Er richtete den Lichtkegel seiner Taschenlampe auf den Boden. Am Fuß eines Baumstammes fand er verwittertes Holz. An einem der Bretter hingen ein paar Federn.

»Nick?« Graziella sah aus dem Fenster. »Was machst du?«

»Bin gleich wieder da!« Obwohl er weiche Knie hatte und obwohl er wusste, dass er Matteo nicht finden würde, machte er sich auf den Weg. Der Schein der Taschenlampe wischte über die Baumstämme. Er ging und ging, aber die Anordnung der Bäume blieb immer genau wie im Garten der Villa Reinhardt. Egal, in welche Richtung er sich wandte und wo er hinschaute, es sah immer alles gleich aus. Er hatte das Gefühl, auf der Stelle zu treten.

»Was passiert mit uns, Nick?« Graziella stecke sich die nächste Zigarette an. Sie saßen am Tisch. Draußen war es noch immer dunkel. Nicks Blick fiel auf die Stickerei an der Wand:

Dieser Morgen ist so beschaffen,
dass ihn das bloße Verrinnen der Zeit
nie veranlassen wird
heraufzudämmern.

Er hoffte, dass ihr Warten nicht vergeblich sein würde.

Irgendwann hatte er aufgegeben. Dass er Matteo nicht finden würde, war von Anfang an klar gewesen, aber er hatte es zumindest versuchen wollen. Um ehrlich zu sein, war es nur darum gegangen, Graziella nicht sofort alle Hoffnung zu nehmen. Unverrichteter Dinge war er zurückgekehrt, und seither versuchten sie, sich über ihre Situation klar zu werden.

»Vielleicht wollte er ja nur Hilfe holen?« Graziella kippte von einem Gefühlzustand in den nächsten. War sie eben noch verzweifelt, sprang sie im nächsten Moment auf und rief: »Wir müssen jetzt sofort etwas unternehmen!«

Aber was? Frau Reinhard hatte gesagt, sie sollten bis zum Morgengrauen in der Hütte bleiben. Es war ganz offensichtlich eine Anweisung der Leute, die sie hergeschickt hatten, der Leute, die Frau Reinhard als Sprachrohr benutzten. Streng genommen hatte Nick sich ja schon darüber hinweggesetzt, als er Matteo suchen gegangen war. Natürlich konnten sie das ein zweites Mal tun und sofort von hier verschwinden. Nichts wie weg. Doch dann überlegten sie gemeinsam, was daraus folgen würde. »Wo sollen wir denn hin?«

»Und was«, ergänzte Graziella, »wenn Matteo doch zurückkommt? Und wenn wir dann nicht mehr hier sind?«

Wie zwei angeschossene Tiere gingen sie in der Hütte auf und ab, umkreisten einander und konnten sich doch nicht helfen. Also setzten sie sich wieder an den Tisch, erschöpft und verzweifelt, und versuchten erneut, ihre Gedanken zu ordnen, in der Hoffnung, endlich zu irgendeiner Erkenntnis zu gelangen.

»Was bezwecken die denn mit Matteos Entführung?« Graziella presste ihre Hände an die Schläfen. »Ich verstehe das nicht … Wir haben doch alle ihre Anweisungen befolgt, oder nicht?«

Nein, hatten sie nicht. Nick überlegte kurz, ob er Graziella erzählen sollte, dass er die Unterlagen kopiert hatte, beschloss dann aber, es für sich zu behalten. Das Wissen würde sie nicht weiterbringen, sondern im Gegenteil nur noch mehr beunruhigen. Sie würde ihm Vorwürfe machen, und das womöglich zu Recht. Seit Matteos Verschwinden quälte Nick die Frage, ob man ihn mit seiner Entführung zur Herausgabe der Kopien zwingen wollte. Sollte Matteo als Druckmittel eingesetzt werden? Andererseits waren die Ereignisse der letzten Stunden nur dadurch zu erklären, dass ihre Gegner sie die ganze Zeit beobachtet hatten. Auch wenn Nick keine Verfolger wahrgenommen hatte, weder auf dem Weg zur Hütte noch auf der Fahrt mit Theresa nach München, mussten sie ihn auf Schritt und Tritt überwacht haben. Aber warum waren sie dann nicht eingeschritten, bevor er die Kopien in den Briefkasten geworfen hatte? Vielleicht weil sie wussten, dass sie den Brief abfangen konnten? Dann aber brauchten sie Matteo als Druckmittel nicht … Warum hatten sie ihn trotzdem entführt? Nick gab auf. Es hatte keinen Sinn, er drehte sich im Kreis.

»Das Einzige, was wir inzwischen mit Sicherheit sagen können, ist, dass Theresa recht hat.«

»Womit?«

»Es geht ihnen um diese Dokumente. Die müssen so wichtig sein, dass …«

»Aber warum denn? Wir haben doch nichts gefunden, was irgendwie brisant sein könnte.«

»Wir müssen etwas übersehen haben, Graziella.« Nick hielt inne und überlegte. »Ich glaube«, sagte er schließlich, »dass es bei allem, was sich in der Villa Reinhard abgespielt hat, um diese Dokumente ging. Dr. Reinhards Tod hängt damit zusammen und alles, was sie mit Theresa veranstaltet haben. Was auch immer das genau war, ob sie sie mit Drogen vollgepumpt und unter Hypnose gesetzt haben, ich weiß es nicht. Sicher ist nur: Sie wollten um jeden Preis herausfinden, wo diese Unterlagen sind. Ich glaube sogar, dass Theresa es ihnen verraten hat, auch wenn sie sich daran nicht erinnern kann.« Sie hatte ihnen gesagt, was sie wusste, nämlich dass sie die Dokumente dem Redakteur des

PflasterSteins gegeben hatte. Daraufhin waren sie in die Redaktionsräume eingebrochen und hatten alles durchsucht. Aber sie hatten nichts gefunden, weil sie nicht wissen konnten, dass die Redaktion ihre wichtigen Unterlagen an einem geheimen Ort aufbewahrte. Nach dem erfolglosen Einbruch glaubten sie, dass Theresa ihnen noch immer etwas verschweige, und sie traktierten sie weiter, aber Theresa wusste nichts. Sie konnte ihnen nichts sagen. Also hatten sie so lange weitergemacht, bis Theresa nur noch ein Wrack war. »Und dann kamst du ins Spiel, Graziella. Du bist plötzlich aus dem Nichts aufgetaucht. Und da haben sie ihre Chance gewittert, denn sie mussten ja inzwischen erkannt haben, dass sie mit ihren bisherigen Methoden keinen Erfolg haben würden. Sie brauchten jemanden, dem Theresa Vertrauen schenken würde. Erinnerst du dich noch daran, wie du ihr den Zettel gezeigt hast, auf dem ›Hilfe, die bringen mich um‹ stand?«

»Ja, natürlich.«

»Sie konnte sich nicht daran erinnern, das geschrieben zu haben. Sie hat nicht mal ihre Schrift wiedererkannt. Weißt du noch?«

»Das kann aber auch an den Drogen liegen, die sie ihr gegeben haben. Theresa konnte sich an so gut wie gar nichts mehr erinnern.«

»Ja, kann sein. Aber trotzdem wäre es möglich, dass sie dich an sie herangespielt haben. Sie wussten, Theresa würde dir vertrauen, wenn du ihr die Flucht aus der Villa ermöglichst. Sie mussten nur beobachten, was weiter passiert, und zugreifen, sobald die Dokumente auftauchen … Das haben sie jetzt getan.«

»Das heißt, sie haben uns wirklich die ganze Zeit beobachtet?« Graziella schüttelte ungläubig den Kopf. »Ich weiß überhaupt nicht mehr, was ich denken soll, Nick. Ich komme mir vor, wie … Ich glaub, ich dreh bald durch.«

»Genau das wollen sie.«

»Wie meinst du das?«

Nick antwortete nicht. Er starrte auf die Kerzen, die zu traurigen Stummeln heruntergebrannt waren. »Gleich sitzen wir im Dunkeln.« Die Petroleumlampen waren bereits erloschen, und nach dem Marsch durch den Wald hatten auch die Batterien der Taschenlampe den Geist aufgegeben. »Ich schau mal, ob ich noch Kerzen finde.« Nick erhob sich und ging nach hinten. Er durchsuchte den ganzen Raum, konnte aber weder Kerzen noch Lampen finden. Als er zurückkam, stand Graziella am Fenster und sah nach draußen. »Es wird langsam hell.«

Nick trat zu ihr. Sie täuschte sich oder hatte lediglich einen Wunsch formuliert. Nichts hatte sich verändert. Undurchdringliche Dunkelheit herrschte, und bald würde es in der Hütte genauso dunkel sein, denn Nick glaubte nicht, dass die Dämmerung einsetzen würde, bevor die Kerzen heruntergebrannt wären. Seine Armbanduhr war stehen geblieben. Er hatte jegliches Gefühl für die Zeit verloren.

»Ich habe nachgedacht, Nick.« Graziella lehnte den Kopf an seine Schulter. »Sobald es hell wird, gehen wir zum Auto und fahren zur Mordkommission. Wir müssen Aki alles erzählen. Er muss uns helfen, Matteo zu finden. Alleine schaffen wir das nicht.«

»Ich weiß nicht, ob Aki uns helfen kann, Graziella. Vielleicht will er es gar nicht … Oder er darf es nicht.«

Sie blickte ihn an. Aber noch ehe sie etwas erwidern konnte, sagte Nick: »Löscher ist tot.«

»Was?! Wie ist das passiert?«

»Er ist vom Balkon gestürzt … Es sollte nach Selbstmord aussehen, aber ich bin ganz sicher, dass er umgebracht worden ist … Weißt du noch, was er über den Liverpool-Anschlag erzählt hat, dass es Augenzeuginnen gab und zwei tatverdächtige italienische Soldaten. Das hatte ich dir ja alles schon …« Nick berichtete ihr, was danach passiert war, wie er mit Aki gesprochen hatte, um den Verdacht auszuräumen, dass er irgendwie in die Sache verwickelt war, und wie er schließlich mit Aki zusammen zu Löschers Haus gefahren war und den zerschmetterten Körper des Kollegen davor hatte liegen sehen. »Von diesem Moment an war ich sicher, dass Aki irgendwie in der ganzen Sache mit drinsteckt. Alles, was nach Löschers Tod passiert ist, dass ich die Ermittlungen übernehmen sollte, der Orwell-Artikel, das hatte alles nur den Zweck, mich zu verwirren. Es sollte genau das passieren, was sich gerade in unseren Köpfen abspielt. Wie hast du gesagt: ›Ich glaub, ich dreh bald durch‹ …«

»Du meinst … das ist es, was sie wollen?«

»In Löschers Wohnung habe ich noch etwas gefunden. Auf der Küchenbank lag ein alter Artikel über die Sekte *Ananda Marga* …«

Graziella sah ihn bestürzt an. Sie wusste sofort, worum es ging.

»Es gibt wahrscheinlich nicht viele Menschen, die je von dieser Sekte gehört haben. Aber wir beide, Graziella, du und ich, wir springen sofort darauf an, wenn wir den Namen hören, weil wir wissen, dass sich Franco Marin kurz vor seinem Tod mit dieser Sekte befasst hat. Außer uns beiden weiß das niemand. Nur Solari, aber der ist tot. Ich habe *Ananda Marga* allerdings Frau Reinhardt gegenüber erwähnt … Und jetzt liegt also dieser Artikel in Löschers Wohnung. Ich habe so oft darüber nachgedacht, und ich komme immer wieder zu demselben Ergebnis: Hätte Löscher mich zum Kaffeetrinken eingeladen und dieser Artikel hätte auf der Küchenbank gelegen, dann könnte man vielleicht von einem Zufall sprechen. Aber die Umstände waren ja völlig andere. Löschers Leiche lag vor dem Haus und der Orwell-Artikel lag auf dem Küchentisch; irgendjemand muss ihn also von meinem Schreibtisch genommen und ihn dorthin gebracht haben. Unter diesen Umständen kann ich das alles doch gar nicht anderes deuten, als dass man mir eine Botschaft übermitteln wollte. In Löschers Wohnung habe ich mich genauso gefühlt wie jetzt hier in dieser Hütte. Ich habe versucht zu verstehen und gleichzeitig dachte ich, mir platzt der Kopf, weil sich mit jedem Gedanken neue Fragen auftaten …«

»Ja.« Graziella nickte, »genauso geht es mir auch.«

»Und ich frage mich, ob sie vielleicht genau das beabsichtigen …«

»Was?«

»Diese völlige Verwirrung. Wenn sie das bezwecken, dann ist es ihnen zu hundert Prozent gelungen.«

»Ja. Aber was hätte das für einen Sinn? Und betreiben sie da nicht ein bisschen viel Aufwand …? Ich meine, wer sind wir schon?«

»Du hast recht. Der Aufwand wäre nur dann gerechtfertigt, wenn wir ihnen wirklich gefährlich geworden wären.«

»Aber sind wir das denn?« Graziella sah ihn ängstlich an.

Nick zögerte kurz, dann sagte er: »Ja, das glaube ich inzwischen. Nur dass wir selbst noch nicht verstanden haben, wodurch. Aber wenn wir für sie zur Gefahr geworden sind, dann ergibt es Sinn, Graziella. Sie versuchen, uns zu verwirren, bis wir unserer eigenen Wahrnehmung nicht mehr trauen. Und wenn sie uns so weit haben – wer soll uns dann noch glauben, wenn wir es selbst schon nicht mehr tun? Denk dran, was in den Dokumenten stand. Wie wichtig der psychologische Kampf ist, dass es um die Beeinflussung des Unterbewusstseins geht …« Nick brach ab. Die Kerzen auf dem Tisch waren fast heruntergebrannt. »Als ich mit dem *Ananda-Marga*-Artikel in der Hand in Löschers Wohnung stand, habe ich es nur gespürt, da konnte ich es noch nicht benennen. Aber jetzt glaube ich zu wissen, was gerade mit uns passiert.«

Er griff nach von der Heydtes Buch. Die wichtigsten Stellen hatte er markiert, weshalb er auch sofort fand, wonach er suchte. Er legte das Buch neben die Kerze und las: »Wer einen Kleinkrieg führt, sucht den Gegner zu beunruhigen, zu überraschen, zu ermüden, aus dem Gleichgewicht zu bringen, geistig und seelisch zu zermürben.« Er blickte auf. »Da steht es, Graziella, schwarz auf weiß. Genau das machen sie mit uns! Und ihre Rechnung ist voll aufgegangen. Sie haben uns kleingekriegt. Wir wissen gar nichts mehr.« Er blickte aus dem Fenster. »Nicht einmal, ob es je wieder hell wird.«

Graziella antwortete nicht. Schweigend beobachteten sie die Kerzen, die ein letztes Mal aufflackerten, bevor sie erloschen. Als es um sie herum ganz dunkel geworden war, fragte Graziella: »Was stand in dem Artikel über diese Sekte?«

»Es ging um zwei ihrer Anhänger, eine Frau und einen Mann. Sie haben sich am helllichten Tag vor der Berliner Gedächtniskirche verbrannt. Vor den Augen der Passanten.«

Graziella sagte nichts, aber er konnte sie atmen hören. Er spürte, dass ihre Hand nach ihm tastete. Als sie einander gefunden hatten, hielten sie sich fest.

»Ich habe Angst, Nick.«

Sie standen beieinander, bis nicht mehr zu leugnen war, dass ein neuer Morgen dämmerte.

Sobald es hell genug war, machten sie sich auf den Weg zum Auto. Sie wussten zwar noch immer nicht, wo sie hinfahren sollten, aber dass es keinen Zweck hatte, in der Hütte auf Matteo zu warten, war inzwischen auch klar. Sie fanden den Wagen ohne Probleme. Er stand noch genauso am Waldrand, wie sie ihn zurückgelassen hatten. Erst als Nick die Zweige entfernte, mit denen er den Wagen vor neugierigen Blicken zu schützen versucht hatte, bemerkte er, dass sich jemand daran zu schaffen gemacht hatte. Die Reifen waren zerstochen. »Sie wollten unbedingt verhindern, dass wir ihnen folgen.«

»Nick!« Graziella hatte die Zweige von der Windschutzscheibe geräumt. Hinter dem Scheibenwischer steckte ein Zettel. Sie holte ihn hervor. »17 Uhr, Marienplatz« stand darauf. »Was soll das?«

Nick nahm ihr den Zettel aus der Hand und betrachtete ihn. »Heute Nachmittag sehen wir Matteo wieder.«

»Meinst du wirklich?«

»Ich hoffe es.«

»Aber was soll das? Ich meine … Sie hätten ihn doch auch hier am Auto zurücklassen können, von mir aus gefesselt. Warum haben sie ihn überhaupt mitgenommen?«

»Ich weiß es nicht. Aber das Wichtigste ist doch, dass wir ihn bald wiederhaben.«

Graziella sah ihn stumm an. Sie wirkte bedrückt und voller Angst.

Wieder betrachtete er den Zettel. »17 Uhr, Marienplatz«. Er konnte nur hoffen, dass er mit seiner Deutung richtiglag und dort nicht etwas Schreckliches passierte.

»Sollten wir nicht doch die Polizei verständigen?«

Nick hatte sich das auch schon überlegt. Müsste er nicht sofort die Kollegen anrufen? Aki, trotz aller Zweifel? Gruber? Müsste er nicht das gesamte Polizeipräsidium alarmieren und darauf drängen, dass jeder Münchner Polizeibeamte nach Matteo suchte? Würde dieser Albtraum damit nicht schlagartig beendet, und die Hintergründe würden aufgeklärt werden können? Und sofort musste er wieder an von der Heydtes Satz über »die Konspiration ›von oben‹« denken, bei der »offizielle Dienststellen als Mitwisser und Beteiligte erscheinen«. Wenn er ehrlich war, ließ sich aus den Erlebnissen der letzten Tage und Wochen nur ein einziger Schluss ziehen: Er konnte niemandem vertrauen, den Kollegen nicht und seinem Freund Aki erst recht nicht. Nick erschrak selbst darüber, wie klar sein Urteil ausfiel. »Ich fürchte«, sagte er deshalb, »dass wir Matteo dadurch eher in Gefahr bringen, als dass wir ihm helfen.«

Graziella musterte ihn skeptisch, aber sie sagte nichts.

»Wir müssen schauen, dass wir irgendwie in die Stadt kommen.«

Schweigend gingen sie den Forstweg entlang. Es dauerte eine Ewigkeit, bis sie endlich die Landstraße erreichten. Es war früh am Morgen, und der Verkehr strömte Richtung Stadtzentrum. Die Menschen fuhren zur Arbeit. Nick und Graziella stellten sich neben die Fahrbahn und winkten mit beiden Händen. Nach einiger Zeit hielt ein Lieferwagen. Hinter dem Steuer saß eine Frau mit sonnengegerbtem Gesicht. »Springts rein.« Sie lachte fröhlich und redete die ganze Zeit, aber bis auf »Blumen« und »Großmarkt« verstand Nick kein Wort. Graziella schien es ähnlich zu gehen. Die Frau hatte kräftige Hände und schwarze Ränder unter den Fingernägeln. Der Lieferwagen war leer, aber auf dem Boden lag vereinzelt Blumenerde. Aus all dem schloss Nick, dass die Frau Gärtnerin oder Blumenhändlerin war. Während sie redete, sahen Nick und Graziella aus dem Fenster und ließen die Landschaft an sich vorbeiziehen. Langsam wurde die Umgebung städtischer. Sie fuhren durch Industriegebiete und Wohnsiedlungen. Als sie das Großmarktgelände erreicht hatten, hielt die Frau an und ließ sie aussteigen. Zum Abschied winkte sie ihnen zu und gab ihnen ein paar ebenso freundliche wie unverständliche Worte mit auf den Weg.

»Und jetzt?« Graziella sah dem davonfahrenden Lieferwagen nach.

Ja, was jetzt? Während der Fahrt hatte Nick sich zum ersten Mal seit Langem wieder entspannen können. Im geschützten Raum des Lieferwagens hatte er sich sicher gefühlt. Das war jetzt wieder anders. Die Stadt war voller Menschen, und jeder von ihnen konnte ein Verfolger sein. Er war offiziell im Dienst und hatte zwei Tage lang kein Lebenszeichen von sich gegeben. Auch wenn sie ihm nichts Böses wollten, er musste damit rechnen, dass die Kollegen ihn suchten. Aber bis 17 Uhr mussten er und Graziella unerkannt bleiben. Solange Matteo nicht zurück war, wollte er jedes Aufeinandertreffen mit Kollegen vermeiden. Erst wenn der Junge wieder bei seiner Mutter war, würde er mit ihnen sprechen, beschloss Nick, vorher nicht.

»Ich habe Hunger. Gehen wir frühstücken?«

»Ich kann nichts essen.«

Trotzdem betraten sie wenig später ein Lokal in der Nähe des Südbahnhofs. Es hatte einen Notausgang, durch den sie verschwinden konnten, falls Gefahr drohte. Nick setzte sich mit dem Rücken zur Wand, damit er den Gastraum überblicken konnte. Den ganzen Tag verbrachten sie *mit dem Rücken zur Wand*, in ständiger Alarmbereitschaft. Weil sie sich nicht in Nicks Wohnung trauten, streiften sie ziellos durch die Stadt und versuchten, die Zeit totzuschlagen, aber sie wollte einfach nicht vergehen. Dabei standen sie unter dauernder Anspannung. Wenn ihnen eine Polizeistreife entgegenkam, bogen sie vorher ab. Immer wieder prüften sie, ob ihnen jemand folgte, wohl wissend, dass es nichts zu bedeuten hatte, wenn sie keinen Verfolger erkennen konnten. Das war auch der Fall gewesen, als sie Theresa zur Hütte gebracht hatten – und dennoch hatten *sie* Bescheid gewusst. *Sie* schienen alles zu wissen. Dafür mussten *sie* ihnen offenbar nicht einmal folgen. Nick versuchte, sich von derlei Gedanken frei zu machen. Sie brachten nichts, verängstigten und lähmten nur.

Endlich war es kurz nach halb fünf, und sie erreichten den Marienplatz. Es war ein schöner Sommertag und entsprechend viel los. Touristen drängten sich um die Mariensäule und fotografierten das Rathaus. Auswärtige und Einheimische bummelten über den Platz und strömten Richtung Viktualienmarkt.

»Wir brauchen einen guten Blick.« Nick sah sich um. Schließlich wies er auf die Balustrade, die um die Mariensäule herum verlief. »Da stellen wir uns drauf.«

Doch noch war es nicht so weit. Die Zeit schien nach wie vor nicht vergehen zu wollen. Obwohl Nick den Eindruck hatte, dass die Rathausuhr stehen geblieben war, gruppierten sich die ersten Schaulustigen davor und warteten auf das Glockenspiel. Nick und Graziella waren so nervös, dass sie kaum stillstehen konnten. »Komm, wir drehen noch eine Runde.« Sie gingen am Fischbrunnen vorbei in Richtung Altes Rathaus und hielten dabei nach Matteo Ausschau.

»Sie hätten ihn doch überall hinbringen können. Warum hier, wo es so voll und unübersichtlich ist?« Graziella strich sich eine Haarsträhne aus der Stirn. »Hoffentlich geht es ihm gut.«

Fünf Minuten vor fünf hatten sie die Mariensäule wieder erreicht. Sie mussten sich an den Menschen vorbeidrängen, die erwartungsvoll zum Glockenspiel am Turm des Rathauses hinaufblickten. Als sie sich zur Balustrade durchgekämpft hatten, half Nick Graziella hinauf. Das rief sofort den Protest der Umstehenden hervor. »He, Sie! Das ist kein Klettergerüst!«

»Bleibens unten wie alle anderen auch!«

Nick zückte seinen Dienstausweis und hielt ihn in die Höhe. »Polizeieinsatz. Treten Sie zurück.«

Murrend traten die Leute ein paar Schritte beiseite. Einige musterten sie noch argwöhnisch, aber die meisten schienen entschlossen zu sein, sich nicht vom lang erwarteten Glockenspiel ablenken zu lassen.

»Alles okay bei dir?« Nick schaute zu Graziella hinauf, die in Richtung Fischbrunnen und Altes Rathaus blickte.

»Ich kann ihn nirgendwo sehen, Nick.«

»Es ist noch nicht fünf. Gleich wird er hier sein.« Er nickte ihr zu und ging zur anderen Seite der Mariensäule, wo sich das Ganze wiederholte: Wieder verschaffte er sich mit dem Dienstausweis Ruhe und kletterte auf die Balustrade.

Dann schlug die Rathausuhr fünfmal. Das Glockenspiel begann.

Nick warf einen kurzen Blick über die Schulter. Die bunten Figuren setzen sich ruckartig in Bewegung und glitten, von unsichtbaren Kräften bewegt, zum Klang der Glocken aneinander vorbei. Die Passanten auf dem Marienplatz blieben stehen. Wie im Märchen war jede Bewegung plötzlich eingefroren. Da nahm Nick aus dem Augenwinkel doch eine Bewegung war. Über die

Köpfe der Menschen hinweg erblickte er Matteo. Er bewegte sich von der Kaufingerstraße auf die Mariensäule zu, und zwar derart mechanisch, dass Nick dachte, eine der Figuren wäre dem Glockenspiel entstiegen und hätte Matteos Gestalt angenommen. Und noch etwas stimmte nicht. Der Junge war völlig durchnässt. Seine Haare, seine Kleider trieften vor Nässe. Passanten wurden auf ihn aufmerksam und wichen zurück. Jemand zeigte auf ihn. Unruhe entstand. »Graziella! Da ist er!« Nick sprang von der Balustrade. Als er sich durch die Menschen gepflügt und wieder freien Blick hatte, konnte er sehen, dass Matteo stehen geblieben war und etwas aus seiner Hosentasche fummelte.

Plötzlich hatte Nick Benzingeruch in der Nase.

Mit merkwürdig verlangsamten Bewegungen, als folgte er dem Takt des Glockenspiels, hob Matteo den Gegenstand an. Es war ein Feuerzeug.

»Matteo! Nein!«

Er rannte auf den Jungen zu.

»Nein, Matteo, tu es nicht!«

Aber er schien ihn überhaupt nicht wahrzunehmen. Hinter sich hörte Nick nun Graziellas Stimme. Sie schrie etwas auf Italienisch. Die Leute um Matteo herum waren stehen geblieben. Nick war inzwischen so nahe bei ihm, dass der Benzingeruch beißend war. »Weg mit dem Feuerzeug! Lass es fallen!«

Da blickte Matteo auf, aber sein Gesicht war leer. All ihr Rufen nützte nichts. Sie konnten nicht verhindern, dass Matteo das Feuerzeug entzündete.

XIV. DAS GESICHT IN DER MENGE

Kimmo Pallonen trat an. Mit kräftigen Schritten sprintete er über die Aschenbahn. Als er die maximale Geschwindigkeit erreicht hatte, rammte er den Stab in den Boden und katapultierte sich in die Höhe. Die Latte lag bei 5,45 Metern. Kimmo Pallonen übersprang sie locker. Als der Finne mit dem Rücken auf der Matte gelandet war, schaltete Nick den Fernseher aus. Er war todmüde. Seit die Olympiade in Los Angeles begonnen hatte, saß er fast jede Nacht auf dem Sofa, obwohl ihn Leichtathletik nicht besonders interessierte. Aber das Fernschauen half ihm dabei, zur Normalität zurückzufinden. Und er hoffte, dass es ihm irgendwann auch dabei helfen würde, die schlimmen Bilder zu vergessen.

Aber noch war es nicht so weit. Immerzu sah er Matteo vor sich. Matteo, der, begleitet von den Klängen des Glockenspiels, brennend wie eine Fackel auf ihn zugeschritten war. Nick hatte die Jacke ausgezogen und über den in Flammen stehenden Jungen geworfen. Zwei besonne Passanten hatten es ihm gleichgetan. Mit vereinten Kräften rissen sie ihn zu Boden und erstickten das Feuer. Das Entsetzen auf dem Marienplatz war mit Händen zu greifen. Es roch nach verbrannten Haaren und verbranntem Fleisch. Eine unheimliche Stille herrschte. Nur das Glockenspiel drehte sich weiter. Wie aus weiter Ferne hörte er Graziella schreien. Jemand hielt sie davon ab, sich auf Matteo zu stürzen. Martinshörner näherten sich.

Und plötzlich war Aki neben ihm.

Im Rückblick vermochte Nick nicht zu sagen, welcher Anblick entsetzlicher gewesen war – der des brennenden Jungen oder der von Aki, in diesem Moment, direkt neben ihm.

Aki blickte mit derselben Betroffenheit auf den am Boden liegenden Matteo, mit der er auch vor Löschers zerschmettertem Körper gestanden hatte. In dem Moment packte Nick eine unbändige Wut. »Du bist schuld! Du hast das alles gewusst, du verdammtes Schwein!« Er stürzte sich auf Aki und schlug wie von Sinnen auf ihn ein.

Das Nächste, woran er sich erinnern konnte, waren zwei uniformierte Kollegen, die ihn von Aki wegzerrten. Seine Erinnerung war aber nicht verlässlich, denn in der nächsten Szene war Aki schon wieder neben ihm, als wäre nichts geschehen, und führte ihn wie einen guten Kumpel am Arm zur Seite.

»Komm, wir machen Platz für die Ärzte.«

Der Marienplatz war plötzlich voller Polizisten. Sie sorgten für Ordnung und drängten die Schaulustigen zurück. Ein Notarzt und zwei Sanitäter stürmten auf sie zu. Außer Matteo mussten mehrere Passanten versorgt werden, die einen Schock erlitten hatten.

Wie es dann weitergegangen war, wusste er nicht mehr. Seine Erinnerung setzte erst spätnachts wieder ein, als er neben Graziella auf dem Flur des Krankenhauses Pettenkoferstraße saß. Irgendwann wurde ihm bewusst, dass Matteo auf derselben Station lag wie Vanessa, die Barfrau, die beim Brandanschlag auf das Liverpool so schwere Verletzungen erlitten hatte, dass sie drei Monate später gestorben war. Er lag in einem Zimmer auf demselben Flur.

Graziella hatte die ganze Zeit geweint, nun saß sie stumm neben ihm. Sie schien keine Tränen mehr zu haben. Endlich trat der Arzt zu ihnen. »Er wird es schaffen.« Glücklicherweise, so der Arzt, war schnell reagiert worden. Was an Narben und Hautverletzungen zurückbleiben würde, ließe sich im Moment noch nicht sagen.

»Dürfen wir zu ihm?«

»Lassen Sie ihm bitte einen Moment Ruhe. Morgen können Sie ihn gerne besuchen.«

»Das wird er nie wieder los ... Sein Leben lang wird ihn das verfolgen«, stammelte Graziella, als sie wenig später auf die Pettenkoferstraße traten. »Er ist erst fünfzehn, verdammt.«

»Aber er lebt. Das ist das Wichtigste.«

»Ja, er lebt.« Graziella verließen die Kräfte, ihre Beine knickten weg. Nick musste sie stützen. Er führte sie zu den Treppenstufen eines Hauseingangs. Dort blieben sie sitzen. Die kühle Nachtluft umfing sie.

Die folgenden Tage verbrachten sie hauptsächlich bei Matteo im Krankenhaus. Sie kamen frühmorgens und gingen erst, als die Ärzte sie hinauszuwerfen drohten. Manchmal wechselten sie sich ab, aber die meiste Zeit waren sie zusammen bei ihm. Nach und nach stellte sich heraus, dass Matteo großes Glück gehabt hatte. Narben und Brandmale würden zwar zurückbleiben, aber dennoch war er verhältnismäßig glimpflich davongekommen. Matteo selbst vermochte das zunächst verständlicherweise nicht zu trösten. Immer wieder ließ er sich den Spiegel geben und vergoss bittere Tränen. »Schaut mich an, ich bin ein Monster.«

Es waren dramatische Tage, und während sie an seinem Krankenbett saßen, fragten sich Nick und Graziella immer wieder, ob es Matteo je gelingen würde, die Katastrophe zu verwinden. Zum Glück kamen ihnen die Ärzte zu Hilfe. Mit großer Geduld und Überzeugungskraft gelang es ihnen, ihren jungen Patienten davon zu überzeugen, dass der größte Teil seiner Hautverletzungen verheilen würde. Sie nahmen sich Zeit und erklärten ihm ausführlich, wie der Heilungsprozess aller Voraussicht nach verlaufen würde, und ihre unaufgeregte Sachlichkeit schien Matteo tatsächlich zu beruhigen.

»Die Ärzte haben echt was bei mir gut.« Graziella steckte zwanzig Mark in die Kaffeekasse der Station.

Als es Matteo wieder besser ging, hielt Nick den Zeitpunkt für gekommen, um ihm endlich die Fragen zu stellen, die ihm die ganze Zeit schon unter den Nägeln brannten. »Kannst du deine Entführer beschreiben? Wo haben sie dich hingebracht? Haben sie mit dir geredet?«

Obwohl Matteo sich bemühte, war schnell klar, dass er kaum etwas Entscheidendes würde beitragen können. Die Gesichter seiner Entführer hatte er nicht gesehen. »Die haben Sturmhauben getragen. Sie haben mich zu einem Auto gebracht. Dort hat mir jemand eine Spritze gegeben. Von da an kann ich mich an nichts mehr erinnern.«

»Schau dir das mal bitte an.« Nick zeigte ihm ein Stück Papier, das die Ermittler in Matteos Hosentasche gefunden und an Nick weitergereicht hatten, inoffiziell natürlich, mit der Bitte, Matteo danach zu fragen, sobald er wieder ansprechbar wäre. Ein merkwürdiges Zeichen war darauf abgebildet: Von einem Oval gingen oben links und rechts zwei schief stehende Striche ab, die wie Hörner aussahen. Das Oval war durch einen Strich mit einem Dreieck verbunden, dessen Spitze nach unten zeigte, wo unter einem Querstrich drei Tropfen abgebildet waren. Die Zeichnung war schwarz-weiß, aber dennoch hatte Nick sofort an Blutstropfen gedacht.

»Das Oval und das Dreieck darunter ... Sieht aus wie ein Kopf auf einem Körper.« Matteo betrachtete das Papier nachdenklich. Es war leicht verkohlt, aber die Zeichnung war gut erkennbar. »Mit den komischen Hörnern ... Das sieht irgendwie aus wie ein ... wie ein Teufel ...«

»Das haben sie in deiner Hosentaschen gefunden, Matteo. Hast du irgendeine Ahnung, woher das stammen könnte?«

Matteo sah Nick verzweifelt an. »Ich weiß es einfach nicht, Nick, ich kann mich an nichts erinnern. Es ist zum Verrücktwerden! Was haben die nur mit mir gemacht?«

Das war die entscheidende Frage oder vielmehr: Es war eine von vielen entscheidenden Fragen. Eine andere lautete: *Warum* hatten sie das mit ihm gemacht? Was denkt sich jemand, der einen fünfzehnjährigen Jungen dazu bringt, sich selbst anzuzünden? Und wie war so etwas überhaupt möglich?

Nick selbst hatte nach den Geschehnissen auf dem Marienplatz mehrere Gemütszustände durchlaufen. Zunächst hatte er sich wie gelähmt gefühlt und unendlich müde. Immer wieder hatte er die Bilder vor sich. Er sah Löscher am Boden liegen und Matteo brennen und verspürte nichts als Ohnmacht. Dann, von einem Tag auf den anderen, war das Ohnmachtsgefühl verschwunden. Matteo ging es von Tag zu Tag besser. Die Sorge um den Jungen nahm nicht mehr allen Raum ein. Nick musste nun endlich wieder tätig werden. Es gab so viele offene Fragen. Schnell war ihm allerdings klar geworden, dass er, wenn er wieder aktiv werden wollte, um eine Sache nicht herumkam: Er musste sein Verhältnis zu Aki klären. So nüchtern wie möglich versuchte er, seine Situation zu analysieren. Er misstraute Aki zutiefst und glaubte, dass sein bester Freund in irgendeiner Form mit den dunklen Mächten zusammenarbeitete, die für mehrere Todesfälle und auch für Matteos Schicksal verantwortlich waren. Das war ungeheuerlich. Es war eigentlich kaum auszuhalten. Nick hatte die Möglichkeit, daran zu verzweifeln oder dafür zu sorgen, dass er trotz allem seine Handlungsfähigkeit zurückerlangte. Es half ihm sehr, diese Dinge mit Graziella besprechen zu können. Wenn sie aus dem Krankenhaus zurückkamen, verbrachten sie lange Abende in seiner Küche und berieten darüber, wie es nun weitergehen sollte.

»Wir können ja nicht einfach den Kopf in den Sand stecken, oder?« Graziella nippte an ihrem Wein.

»Wenn ich meinen Gefühlen nachgeben würde«, sagte Nick, »müsste ich eigentlich den Dienst quittieren. Wie soll ich denn jemals wieder mit Aki zusammenarbeiten … nach allem, was passiert ist.«

Graziella sah ihn schweigend an. Dann nahm sie seine Hand und sagte: »Nach allem, was passiert ist, habe ich mir auch nicht vorstellen können, jemals wieder in dieser Küche zu sitzen.«

Am nächsten Tag klopfte Nick an Akis Bürotür.

»Herein.« Aki blickte auf, als Nick eintrat. »Endlich. Du hast mich ganz schön warten lassen.« Das Telefon klingelte. Aki ließ es klingeln.

»Hier haben wir keine Ruhe«, sagte Nick. »Machen wir einen Spaziergang?«

Sie gingen die Goethestraße hinunter, immer geradeaus. Anfangs schwiegen sie, doch dann begann Nick, sich alles von der Seele zu reden, was ihn beschäftigte. Er konfrontierte Aki mit seinem Misstrauen und seinem Verdacht und versuchte dabei, sachlich zu bleiben und seine Überlegungen zu begründen. Aki hörte zu. Nur selten unterbrach er ihn.

»Du glaubst also«, fasste er Nicks Anschuldigungen schließlich zusammen, »dass ich im Auftrag einer dunklen Macht dabei mitgeholfen habe, die wahren Schuldigen für das Liverpool-Attentat aus den Ermittlungen herauszuhalten. Außerdem bin ich mitverantwortlich für Löschers Tod und dafür, dass Matteo sich auf dem Marienplatz selbst angezündet hat. Und ich wollte dich systematisch in den Wahnsinn treiben.«

»Ich weiß, wie das klingt, aber …«

»Glaubst du das wirklich, Nick?«

Nick blickte zu Boden. Schließlich sagte er: »Ich würde so gerne etwas anderes glauben, Aki. Wenn ich nur könnte …«

Eine Weile gingen sie schweigend nebeneinanderher. Dann sagte Aki: »Vielleicht sollten wir das mal ganz nüchtern angehen. Du misstraust mir, aber du kannst mir nichts von alldem beweisen, was du mir vorwirfst.« Er blieb stehen und sah Nick prüfend an. »Oder kannst du das?«

Nick blieb ebenfalls stehen. »Nein, das kann ich nicht.«

»Und ich kann dir umgekehrt nicht beweisen, dass ich unschuldig bin.«

»Worauf willst du hinaus?«

»Wir haben jetzt zwei Möglichkeiten. Entweder lassen wir das so stehen …«

»Das geht nicht, Aki. So etwas kann man nicht stehen lassen. Wie soll ich mit einem derartigen Misstrauen weiter mit dir …«

»Lass mich ausreden. Das ist nämlich die zweite Möglichkeit: dass du sagst, dein Vertrauen ist so nachhaltig erschüttert, dass du nicht mehr mit mir zusammenarbeiten kannst. Dann müssen wir eine Lösung finden. Aber die wird es dann auch geben. Du könntest dich versetzen lassen. Das weißt du ja selber, was da alles in Frage kommt.«

»Wir waren Freunde, Aki, wie kannst du das so nüchtern …«

»Ich bin immer noch dein Freund, Nick, daran hat sich für mich überhaupt nichts geändert. Ich glaube einfach, dass wir der Sache nicht anders beikommen. Zu lösen ist das nicht, wir können nur bestimmen, wie wir damit umgehen wollen. Überleg es dir gut, und lass mich wissen, wie du dich entschieden hast. Servus.«

Er nickte ihm zu und ging weiter in Richtung Goetheplatz. Überrumpelt sah Nick ihm nach.

»Aki hat recht.« Graziella stand am Herd und rührte in der Tomatensoße. »Ob er irgendwas mit alldem zu tun hat, wird sich nicht aufklären lassen. Die einzige Frage ist doch, wie *du* weitermachen willst, *giusto*?«

Das Gespräch mit Aki und die vielen Überlegungen, die Nick daraufhin zusammen mit Graziella anstellte, bewirkten schließlich, dass er irgendwann bereit war, seinen Frieden zu machen.

Alles Wüten hatte keinen Zweck, davon war er inzwischen überzeugt. Wenn er auf die Geschehnisse der letzten Wochen zurückblickte, kam es ihm so vor, als habe ihm jemand Prüfungen von nahezu alttestamentarischem Format auferlegt. Zweifel, Schuld, Sühne, Brandopfer. All das hatte er erlebt und durchlitten. Er kam sich vor wie jemand, der morgens im Bett liegt und versucht, den Albtraum zu rekonstruieren, der ihn nachts zuvor in Angst und Schrecken versetzt hatte. In den vergangenen Wochen hatte er mehrfach an seinem Freund Aki und seinem Verstand gezweifelt. Er hatte einen Kollegen verloren und Matteo in Flammen aufgehen sehen. Er hatte einiges über Männer erfahren, deren Namen er vorher nicht gekannt hatte. Jean Violet, Adriano Magi-Braschi, Jaroslaw Stetzko. Zusammen mit geheimen Zirkeln wie CEDI und *Le Cercle* verfolgten sie ihn und wollten ihn vernichten. In der Hütte im Wald war er tatsächlich so weit gewesen, das zu glauben. Alles, was bis dahin passiert war, so seine Überzeugung damals, zielte darauf, ihn zu vernichten.

Er war wütend gewesen und voller Zorn. Am liebsten hätte er um sich geschlagen. Aber zu lösen war auf diese Weise nichts, und allmählich wurde Nick klar, dass er keine andere Wahl hatte, als sich in sein Schicksal zu fügen.

Die Zeit verging, die Olympischen Spiele waren in vollem Gange, und die Sonne schien. Mochte sein, dass man ihm eine Lektion hatte erteilen wollen, warum auch immer. Er hatte sie gelernt. Er hatte verstanden, dass es besser war, sich mit bestimmten Dingen nicht weiter zu befassen. Es fiel ihm nicht einmal besonders schwer, das anzuerkennen. Nach allem, was geschehen war, hatte er das dringende Bedürfnis, nach vorne zu schauen. Mit jedem Tag, an dem es Matteo besser ging, fiel es ihm leichter. Es gab so viel Wichtigeres. Matteo hatte überlebt, und Graziella war wieder bei ihm. Am Abend bevor Matteo aus dem Krankenhaus entlassen wurde, hatte Graziella Pizza gebacken. Sie hatten sich an Nicks Küchentisch gesetzt, um zu essen.

»Was machen wir denn mit Matteo, wenn er …?«

»Der kommt hierher, was denn sonst?« Graziella hatte ihn angesehen, als verstünde sie seine Bedenken nicht.

»Aber vielleicht ist ihm das unangenehm. Seine Erinnerungen an diese Wohnung sind wahrscheinlich nicht die besten …«

»Der soll sich mal nicht so anstellen. Noch einen Schluck Wein?«

»Ich weiß nicht, ob das so einfach …«

»Von ›einfach‹ hab ich nichts gesagt. Einfach ist gar nichts, jedenfalls normalerweise …« Während Graziella Wein nachschenkte, erzählte sie, wie es ihr ergangen war, nachdem Nick vor der Tür der Villa Reinhard gestanden und ihr seine Liebe erklärt hatte. »Ich bin zurück in die Küche gegangen, habe mich an den Herd gestellt und darauf gewartet, dass ich wütend werde. Ich dachte, die Bilder von dem furchtbaren Abend kommen wieder, und ich … ich könnte dich so richtig schön verfluchen. Aber es kamen ganz andere Bilder …«

»Welche denn?«

»Schöne … Ich hatte nur schöne Bilder im Kopf.« Sie blickte Nick versonnen an. »Erinnerst du dich noch an die Vogelspinne in dieser Wohnung in Verona?«

»Du willst damit sagen …?«

»Ich dachte plötzlich, du hast vielleicht recht«, unterbrach Graziella. »Vielleicht ist es wirklich ganz einfach … Wir haben uns verliebt und *basta*. Ich hab dann noch ein paar Tage versucht, mich gegen die Vorstellung zu wehren, aber das hat nicht funktioniert … *E poi niente* … Ist auch völlig egal. Jetzt bin ich hier, und Matteo soll sich mal nicht so anstellen.« Sie lächelte.

Damit war das Thema erledigt gewesen. Für Graziella zumindest. Nick aber hatte den ganzen Abend versucht, sich seine Freude nicht allzu sehr anmerken zu lassen. Ob das Dach von Graziellas Wohnung in Haidhausen inzwischen wieder hergerichtet war, interessierte danach jedenfalls niemanden mehr.

Als Nick seinen Dienst wieder antrat, begleitete Graziella ihn zum Raumschiff. Sie wollte wieder bei der Mordkommission arbeiten und ihre Rückkehr mit Aki besprechen. »Was heißt ›wollen‹? Ich muss Geld verdienen.«

»Willkommen zu Hause.« Aki reichte Nick die Hand und verzog sich dann mit Graziella in sein Büro, um ihre Wiedereinstellung auf den Weg zu bringen.

Natürlich wussten die Kollegen, was geschehen war, aber sie ließen sich alles noch mal von Nick persönlich erzählen. Gruber und Mercks wollten ganz genau wissen, was in der Hütte passiert war und wie Nick Löschers Tod inzwischen einschätzte.

»Ich bin immer noch davon überzeugt, dass er umgebracht worden ist«, sagte Nick. »Ich bleib da weiter dran, aber ich fürchte, dass wir das nie werden nachweisen können.«

Betroffenheit machte sich breit.

»Und das mit Aki?«, fragte Mercks.

Gruber schien zu spüren, dass Nick nicht darüber reden wollte, und erzählte, dass es ihnen gelungen war, den Mord an der Familie Ursa aufzuklären. Marijan Martinović war dem Druck der Vernehmungen nicht gewachsen gewesen und hatte ein Geständnis abgelegt. »Aber von Pero fehlt nach wie vor jede Spur«, schloss er seinen Bericht. Stolz zeigte er ihm seine ersten *Maulned-schnall-di-o*-Medaillen. Sogar Fisch richtete sich an der Käfigwand auf und sah Nick mit seinen Knopfaugen an.

Nick tat es gut, endlich wieder zu arbeiten. Zuallererst verschaffte er sich einen Überblick über die Maßnahmen der Kollegen nach den Geschehnissen auf dem Marienplatz. Und er war entsetzt darüber, wie wenig unternommen worden war. Aufgebracht stürmte er in Akis Büro.

»Ein fünfzehnjähriger Junge ist auf dem Marienplatz in Flammen aufgegangen. Die Zeitungen waren voll davon. Alle wollten wissen, was dahintersteckt. Wir müssen alles noch mal aufrollen …«

»Setz dich erst mal hin, Nick.«

Nachdem er Platz genommen hatte, sagte Aki geduldig: »Wir haben getan, was wir tun konnten. Aber die Situation war schwierig. Es gab viele Augenzeugen, die gesehen haben und genau beschreiben konnten, was passiert ist: Matteo ist mit Benzin getränkt auf den Marienplatz gegangen und hat sich selbst in Brand gesetzt. Es war eine Selbstverbrennung, Nick. Niemand hat ein Feuerzeug an den Jungen gehalten. Keiner hat ihn angezündet, das war er selbst.«

»Aber wir können das doch nicht so stehen lassen. Wir wissen doch, dass da mehr dahintersteckt ...«

»Gib mir einen Anhaltspunkt, Nick, und ich schicke die gesamte Münchner Polizei ins Rennen.«

Daraufhin schauten sie sich das Papier, das in Matteos Hosentasche gefunden worden war, nochmals genauer an. »Sieht aus wie ein stilisierter Teufel ... und das da unten, das könnten Blutstropfen sein.« Aber weiter kam auch Aki nicht. Lange saßen sie zusammen und prüften, ob sich aus all den Puzzleteilen irgendein neuer Ermittlungsansatz entwickeln ließe.

»Wahrscheinlich«, sagte Aki, »gibt es für einen Polizisten nichts Schlimmeres, als einsehen zu müssen, dass Schluss ist. Man weiß zwar, dass dahinter noch viel mehr steckt, aber man kommt einfach nicht weiter ...«

Der Rasen hatte sich erholt. Der Ball war verschwunden. Nick drückte den Klingelknopf. Frau Reinhard öffnete die Tür. Sie wirkte nicht besonders überrascht. »Ich hatte viel eher mit Ihnen gerechnet.«

Sie führte ihn in den Salon, und Nick nahm auf dem Sofa Platz, unter dem Bildnis Philipps des Zweiten. Frau Reinhard bot ihm Kaffee an. Kurz darauf hörte er Schritte auf der Treppe, und dann betrat Theresa den Raum. Sie war barfuß, trug ein Sommerkleid und sah umwerfend aus.

»Hallo. Schön, dass du mal vorbeischaust.« Sie setzte sich neben Nick aufs Sofa.

Sie tranken Kaffee und aßen Kuchen, den die neue Haushälterin gebacken hatte. Je länger sie plauderten, umso mehr hatte Nick das Gefühl, dass der böse Zauber, der auf diesem Haus gelegen hatte, verflogen war.

»Wie ich sehe, geht es dir besser.«

»Ja.« Theresa lächelte. »Es geht mir wieder richtig gut.«

Sie erzählte, dass endlich Ruhe eingekehrt sei. Dr. Kohlmeyer war nie wieder aufgetaucht. Doch als Nick genauer nachfragte, wichen die Frauen aus. Auch schienen sie nicht mitbekommen zu haben, dass es sich bei dem Jungen, der auf dem Marienplatz in Flammen aufgegangen war, um Matteo handelte. Als Nick ihnen das mitteilte, waren sie entsetzt. Entweder spielten sie gut, oder sie hatten es wirklich nicht gewusst.

»Haben Sie denn irgendwelche neuen Erkenntnisse über die Vorgänge in Ihrem Haus? Können Sie mir zu diesem Dr. Kohlmeyer Näheres sagen?«

Aber beide Frauen schüttelten die Köpfe. »Es tut uns wirklich leid, aber das Einzige, was wir sagen können, ist, dass es uns wieder gut geht.« Frau Reinhard drückte Theresas Arm. »Nicht wahr, mein Schatz?«

Theresa nickte. »Vielen Dank, Nick, für alles, was du für mich getan hast.« Sie lächelte ihm charmant zu. »Und grüß bitte Graziella und Matteo. Hoffentlich erholt er sich wieder ganz.«

Also machte Nick sich auf eigene Faust auf die Suche nach Dr. Kohlmeyer, der, so viel hatte er bei den Reinhards immerhin erfahren, ein angesehener Psychiater sein sollte. Seine Nachforschungen führten ihn schließlich zu einer vornehmen Privatpraxis, wo man ihn, nachdem er seinen Dienstausweis vorgelegt hatte, höflich bat, kurz zu warten. »Dr. Kohlmeyer wird Sie gleich empfangen.«

Nick setzte sich auf einen Stuhl im Warteraum und wunderte

sich darüber, dass alles so einfach ging. Würde er nun gleich mit dem Mann sprechen können, der seiner Meinung nach für die *dunklen Mächte* arbeitete, die um jeden Preis an die Dokumente aus Dr. Reinhards Safe hatten kommen wollen und womöglich auch für Matteos Verbrennungen verantwortlich waren?

»Dr. Kohlmeyer erwartet Sie.« Eine Schwester führte ihn zum Arztzimmer und ließ ihn eintreten. Der Herr, der sich hinter seinem Schreibtisch erhob, war klein, hatte ein zerknittertes Gesicht und sah ihn aus freundlichen Augen an. »Was kann ich für Sie tun?«

Dass es sich nicht um den Mann handelte, der in der Villa Reinhard ein- und ausgegangen war, war Nick sofort klar. Er fragte sich, ob er allen Ernstes etwas anderes erwartet hatte. Hatte er wirklich geglaubt, diesen Mann so einfach aufspüren zu können?

»Würden Sie mir bitte erklären, was Sie zu mir führt?« Der Arzt musterte ihn skeptisch.

Als Nick ihm sein Anliegen schilderte, war der Mediziner erstaunt. »Dass es einen Kollegen mit demselben Namen in München gibt, halte ich, zumindest in meinem Fachgebiet, für ausgeschlossen. Das würde ich wissen.« Dr. Kohlmeyer bedauerte sehr, Nick nicht weiterhelfen zu können.

Als Nick ein paar Tage später ins Raumschiff kam, stand ein Mann vor dem Getränkeautomat. Er hatte ihm den Rücken zugewandt und holte gerade eine Flasche Mineralwasser heraus. Aus einem der Büros war das Geräusch des Staubsaugers zu hören. Graziella war bei der Arbeit. Als der Mann sich umdrehte, erkannte Nick den Kollegen. Es war Jürgen Seidler von der Sitte. Nick freute sich, ihn zu sehen, und begrüßte ihn.

»Guten Morgen.« Seidler lächelte schüchtern. »Sie sind einer der wenigen, die sich bei meinem Anblick freuen. Früher haben mich die Kollegen den grauen Boten genannt, inzwischen bin ich der Bote des Grauens. Damit habe ich wohl den Gipfel meiner Karriere erreicht.«

Eine halbe Stunde später hatten sich alle im Besprechungsraum versammelt. Als Nick erfahren hatte, dass es um das Ereignis auf dem Marienplatz ging, hatte er darauf bestanden, dass Graziella dabei sein sollte. Aki hatte zwar gemurrt, aber dann doch zugstimmt.

»Das Video«, erklärte Seidler, »hat uns über die üblichen Kanäle erreicht. Genau wie im Fall Stjepan Ursa ist einer unserer Informanten auf das Video aufmerksam geworden. Es kursiert aber wohl noch nicht lange in der Szene. Ich denke, wir schauen es uns erst mal an. Alles Weitere dann hinterher.« Er schob die Kassette ein. Nach kurzem Rauschen erschien der Marienplatz auf der Mattscheibe. Das Bild bewegte sich nicht, die Kamera schien auf einem Stativ zu stehen und blickte von oben auf die Menschen hinunter.

»Das ist vom Rathaus aus gefilmt worden.« Aki war sich sofort sicher. Gruber stimmte ihm zu. Die Menschen hatten sich in Gruppen um die Mariensäule herum versammelt, einige schienen geradewegs in die Kamera zu schauen. Plötzlich entdeckte Nick sich selbst und sah, wie er Graziella auf die Balustrade half.

»Sie haben das alles gefilmt …« Graziella saß neben ihm. Entsetzt hielt sie sich die Hände vor den Mund. Im Raum war es ganz still geworden. Alle sahen zu, wie Nick ein paar Schritte weiterging und auf der anderen Seite ebenfalls auf die Balustrade kletterte. Nun zoomte die Kamera näher heran, zunächst auf Graziella und dann auf Nick. Aber beide waren nur von hinten zu sehen. Dann schlug die Rathausuhr fünfmal. Das Geräusch war sehr laut zu hören. Kurz darauf begann das Glockenspiel. In dem Moment zoomte die Kamera auf die Ecke Kaufingerstraße. Matteo war noch nicht zu sehen. Wer auch immer die Kamera geführt hatte, er wusste, dass dort gleich etwas passieren würde. Graziella griff nach Nicks Hand. Obwohl sie sein Ankommen erwarteten, schien Matteo dennoch wie aus dem Nichts aufzutauchen. Plötzlich trat er auf den Platz, in seinen mit Benzin getränkten Kleidern. Die Kamera zeigte ihn in Großaufnahme. Der Anblick war furchtbar. Matteo sah aus wie erloschen, alles Lebendige war verschwunden, seine Bewegungen waren mechanisch. Das Glockenspiel war überlaut zu hören. Die Kamera musste sich ganz in der Nähe befunden haben. Matteo holte das Feuerzeug aus seiner Tasche und hielt es hoch. »Ich kann das nicht sehen.« Graziella schlug die Hände vors Gesicht.

Als Matteo in Flammen aufging, schloss auch Nick die Augen.

Er öffnete sie wieder, als sich die Rettungskräfte bereits um den am Boden liegenden Jungen kümmerten. Die Uniformierten sorgten für einen reibungslosen Einsatz, und allmählich löste sich die Anspannung der Kollegen im Besprechungsraum. »Grässlich. Wer schaut sich so was an?« Gruber schüttelte den Kopf. »Und das wird jetzt unter der Ladentheke verkauft, oder was?«

Die Sanitäter brachten Matteo zum Krankenwagen. Als er darin verschwunden war, schwenkte die Kamera zu einem Mann, der hinter der Polizeiabsperrung an der Ecke Kaufingerstraße stand. Der Mann stand zwischen anderen Schaulustigen. Er steckte sich eine Zigarette in den Mund. Die Kamera zoomte immer näher auf sein Gesicht. Nachdem er sich die Zigarette angezündet hatte, sah er auf. Er hatte ein feines Lächeln auf den Lippen und blickte direkt in die Kamera.

»Das ist er!« Graziella sprang auf. »Das ist der Mann im weißen Mercedes. Das ist der dritte Mann der Gruppe LUDWIG!«

NACHWORT

Die Geschichte der Familie Ursa, die in diesem Buch erzählt wird, ist fiktiv. Morde an Exilkroaten durch die UDBA hat es in der BRD aber tatsächlich gegeben. Viele davon sind in München geschehen. Der sozialistische Vielvölkerstaat machte Jagd auf Regimegegner, und die westdeutschen Behörden standen diesem Treiben hilflos gegenüber. »Ein anderer Staat (...) ordnet Morde an auf unserem Territorium gegen seine Gegner«, sagt der ehemalige Innenminister Gerhart Baum in einem Interview. Und ein ehemaliger Agent des jugoslawischen Geheimdienstes bestätigt: »Auf deutschem Boden ist es Krieg gewesen.« Wie es möglich war, dass jugoslawische Agenten und Spitzel in der BRD derart ungestört schalten und walten konnten, ist bis heute unklar. In einem Beitrag der Deutschen Welle vom 30.9.2014 heißt es: »Auch die Rolle der deutschen Geheimdienste ist undurchsichtig. Sicher ist: Unter den jugoslawischen Geheimdienstinformanten waren auch Doppelagenten, die genauso für deutsche Behörden wie das Bundesamt für Verfassungsschutz arbeiteten.«

Wer sich eingehender mit diesem besonderen Kapitel des Kalten Krieges auf deutschem Boden auseinandersetzen möchte, dem sei Philip Grülls und Frank Hoffmanns Dokumentarfilm *Mord in Titos Namen. Geheime Killerkommandos in Deutschland* empfohlen.

Mit einem anderen »Killerkommando« befasse ich mich nun seit fast zehn Jahren – mit der Gruppe LUDWIG. Auch deren

Geschichte ist authentisch, und der erste Band der Nick-Marzek-Reihe *Die Krieger* erzählt von den zehn Morden und Anschlägen, die diese Gruppe zwischen 1977 und 1984 in verschiedenen Städten Oberitaliens und in München begangen hat.

Als ich begonnen habe, mich damit zu beschäftigen, geschah das im Bewusstsein, es mit bald vierzig Jahre zurückliegenden Verbrechen zu tun zu haben, die im Wesentlichen aufgeklärt sind. Ich habe nicht daran gezweifelt, dass Wolfgang Abel und Marco Furlan die ihnen vorgeworfenen Morde und Brandanschläge tatsächlich begangen haben, allerdings bin ich der Journalistin Monica Zornetta in ihrer Analyse dahin gehend gefolgt, dass die beiden nicht allein waren, sondern mit Hilfe eines rechten Netzwerks agiert haben. Monica Zornettas Buch *Ludwig, Storie di fuoco, sangue, follia*, das bis heute als Standardwerk zur Gruppe LUDWIG gilt, ist 2011 erschienen. (In dem Jahr also, in dem sich in Deutschland der sogenannte NSU »selbst enttarnt« hat. Die Parallelen zwischen diesen beiden Mordserien einmal genauer zu untersuchen, wäre sicher ein lohnenswertes Unterfangen.) Am Ende ihres Buches lässt Monica Zornetta Wolfgang Abel persönlich zu Wort kommen. Auf zehn Seiten beschreibt Abel dort unter der Überschrift »*La mia verità*« (»Meine Wahrheit«) seine Sicht auf die Geschehnisse. Er hat das nach seiner Haftentlassung auch bei anderen Gelegenheiten mehr oder weniger ausführlich getan, unter anderem live zugeschaltet in Bruno Vespas Fernsehshow *Porta a porta* von 2017.

Der Tenor seiner Äußerungen war in allen Fällen gleich: Er habe mit der Gruppe LUDWIG nichts zu tun und für Verbrechen, die er nicht begangen habe, 23 Jahre lang unschuldig im Gefängnis gesessen. Ich habe Wolfgang Abels Aussagen zur Kenntnis genommen, ihnen aber keine größere Bedeutung beigemessen; er wäre schließlich nicht der erste Verbrecher, der von sich behaupten würde, unschuldig in die Mühlen der Justiz geraten zu sein.

Doch im Januar 2021 bekam ich einen Anruf. Der Mann am Telefon sagte mir, er habe *Die Krieger* gelesen. Nach der Lektüre des Buches, so der Anrufer, fühle er sich verpflichtet, mir seine Kenntnisse über den Brandanschlag auf das Liverpool mitzuteilen. Er erzählte mir daraufhin eine Version der Ereignisse in München, die sich stark von der offiziellen Darstellung unterscheidet und Wolfgang Abel und Marco Furlan entlastet, stellte aber sofort klar, dass er anonym bleiben wolle und für eventuelle Interviews und Stellungnahmen nicht zur Verfügung stehe. Auf meine Nachfrage, warum er mit seinen Erkenntnissen nicht an die Öffentlichkeit treten wolle, antwortete er: »Ich habe Angst.«

Natürlich habe ich dem Anrufer Anonymität zugesichert. Somit wird seine Version der Geschehnisse niemals Teil der offiziellen LUDWIG-Geschichtsschreibung werden. Aber sie ist zu einem wichtigen Bestandteil dieses Kriminalromans geworden.

Im November 2021, nachdem ich die Arbeit an diesem Buch beendet hatte, habe ich mich mit Monica Zornetta beraten. Wir kamen zu dem Schluss, dass wir Wolfgang Abel gemeinsam besuchen und ihm ein paar Fragen stellen wollten, vorausgesetzt natürlich, er wäre bereit, mit uns zu sprechen. Allerdings sagte mir Monica damals schon, Abel habe einen Unfall gehabt; er sei zu Hause gestürzt und liege im Krankenhaus. Genaueres wusste sie zu dem Zeitpunkt noch nicht. Kurz vor dem Jahreswechsel schickte Monica mir dann eine Mail, in der sie einen Zeitungsartikel verlinkt hatte. Der Artikel ist am 28. Dezember 2021 in der Zeitung *VeronaSera* erschienen. Darin heißt es, Wolfgang Abel liege seit seinem Unfall im September im Koma. Die Ärzte hielten es für unwahrscheinlich, dass er je wieder daraus erwache. Der letzte Abschnitt des Artikels lautet, von mir auf Deutsch übersetzt: »Zu dem Unfall sind Ermittlungen durchgeführt worden, die jedoch keine Unregelmäßigkeiten ergeben haben. Der Sturz Wolfgang Abels wäre demzufolge ein Verhängnis. Ein Unglück, das möglicherweise für immer einem Mann den Mund verschließt, der, als er aus dem Gefängnis entlassen wurde, seine Absicht äußerte, einige bislang unbekannte Details zum Fall Ludwig offenzulegen.«

Man muss der Einschätzung der Verfasserin, es gehe bei Abels Unfall eventuell nicht mit rechten Dingen zu, nicht folgen, um anzuerkennen, dass die ungeheuerlichsten Geschichten immer noch von der Realität geschrieben werden.

Martin Maurer, im Januar 2022

QUELLENVERZEICHNIS

ABN Correspondence, *Bulletin Of The Antibolshevik Bloc Of Nations*, München 1984.

Stefanie Birkholz, *Die stärksten Verbündeten Des Westens. Der Antibolschewistische Block der Nationen 1946–1996*, Hamburg 2017.

Brian Crozier, *Free Agent. The Unseen War 1941–1991*, London 1993.

Guido Giannettini, Adriano Magi-Braschi und andere, *La guerra rivoluzionaria. Atti del Primo Convegno organizzato dall'Istituto Pollio*, Rom 1965.

Johannes Großmann, *Die Internationale der Konservativen. Transnationale Elitenzirkel und private Außenpolitik in Westeuropa seit 1945*, München 2014.

Friedrich August Freiherr von der Heydte, *Der moderne Kleinkrieg als wehrpolitisches und militärisches Phänomen*, Neuausgabe mit einem Vorwort von Lyndon H. LaRouche, Wiesbaden 1986.

Solange Manfredi, *La guerra occulta. Gli apparati di »guerra non ortodossa« nei documenti degli Archivi di Stato*, Selbstverlag 2016.

Solange Manfredi, *Psyops. 70 anni di operazione di guerra psicologica in Italia*, Selbstverlag 2014.

Mord in Titos Namen. Geheime Killerkommandos in Deutschland, Dokumentarfilm von Philipp Grüll und Frank Hoffmann, 2014, www.br.de/mediathek/video/die-story-mord-in-titos-namen-av:585d9e5d3e2f2900129462c1.

Andrea Sceresini, *Internazionale nera. La vera storia della più misteriosa organizzazione terroristica europea*, Milano 2017.

Wolf Schneider, *Philipp II., trauriger Herr der Welt*, NZZ Folio, Mai 2009, www.nzz.ch/folio/philipp-ii-trauriger-herr-der-welt-ld.1620430.

David Teacher, *Rogue Agents. The Cercle and the 6I in the private Cold War 1951–1991*, https://cryptome.org/2015/12/Rogue-Agents-4th-edition.pdf.

Nadja Thelen-Khoder, *Der Freiherr und der Citoyen. Eine politische Menschwerdung. Für Hans Roth.* (Sieben Teile), http://berufs-verbote.de/tl_files/HR/Freiherr-Citoyen1.pdf.

Urteil des 6. Strafsenats des Oberlandesgerichts München von 2008 im Strafverfahren gegen Krunoslav P. wegen Mordes am Exilkroaten Stjepan Djurekovic, www.kwkd.org/wp-content/uploads/2010/12/Urteil-Oberlandesgericht-Muenchen_0.pdf.

Monica Zornetta, *Ludwig. Storie di fuoco, sangue, follia*, Milano 2011.

MARTIN MAURER

Ein Fall für Nick Marzek

DUMONT

DIE KRIEGER

MARTIN MAURER

DIE KRIEGER

Ein Fall
für Nick Marzek

LESEPROBE

I. DAS LOCH

Der Eingang befand sich zwischen Kofferbasar und Bosporus. Im Treppenhaus die vertraute Melange aus Fäkalien, Bratfett und Bier. Auf dem ersten Absatz konnte Nick, wenn er sich ein bisschen konzentrierte, in der Maserung des Steinfußbodens das Konterfei des bayrischen Ministerpräsidenten erkennen. Gruber hatte ihm die Stelle gezeigt. »Nach zwei Maß entdeckst du ihn sofort, nach vieren steht er auf und beschimpft dich.«

Irgendwer hatte das Bürogebäude Goethe-, Ecke Bayerstraße für geeignet befunden. Im Nachhinein wollte es natürlich keiner gewesen sein. Die sechs Mann von der 3 bildeten die Vorhut, bevor die anderen Mordkommissionen und die Kollegen von der Vermisstenstelle sowie die Brandermittler folgen sollten. Seit sie in dem heruntergekommenen Bau aus der Nachkriegszeit saßen, verfluchten sie den namenlosen Verantwortlichen jeden Tag. Sie fühlten sich in den viel zu großen Büroräumen mit den flackernden Neonröhren wie auf einem riesigen havarierten Raumschiff. Nichts funktionierte. Nie herrschte Ruhe. Um den Einsturz des Hauses zu verhindern, wurden ständig irgendwo Wartungsarbeiten durchgeführt.

Nick nahm zwei Stufen auf einmal. Die Metalltür im ersten Stock war verbogen und schwer zu öffnen, irgendwer hatte »Südkurve« hineingeritzt. Dahinter der lange, kahle Flur, an dessen Ende der Getränkeautomat stand.

Davor hatte sich eine Menschentraube gebildet.

Graziella, Hakan, der Geschäftsführer des Bosporus, und sein Bruder Mehmet, der Hakan zum Verwechseln ähnlich sah und die Bosporus-Spielhalle in der Goethe 7 betrieb. Mittendrin: Gruber. Die Stimmung war aufgeheizt, alle redeten durcheinander, keiner war zu verstehen, Gruber, der aus Niederbayern kam, am allerwenigsten.

Es war Dienstag, der 27. Dezember. Die Tür zum Besprechungszimmer stand offen. Hinter den drei grauen Schreibtischen, die in der Mitte des Raumes eine Insel bildeten, lehnte Aki am Fenster, rauchte und betrachtete die Lichter der Stadt.

Nick klopfte zur Begrüßung gegen den Türrahmen. »Was ist denn los?«

»Servus!« Aki wandte sich zu ihm um und drückte die Zigarette aus. »Es geht ums Loch.«

Das Loch befand sich im Boden neben dem Getränkeautomaten, hatte einen Durchmesser von etwa zwanzig Zentimetern und war von Anfang an da gewesen. Als Aki sich bei der Verwaltung erkundigt hatte, war ihm mitgeteilt worden, dass mit dem Loch alles seine Richtigkeit habe, die Baufirma nur noch ein paar Kabel verlegen müsse und das Loch dann geschlossen werden würde. Das war im November gewesen. Seither hatten sich Handwerker aller Couleur die Klinke in die Hand gegeben, aber für das Loch fühlte sich keiner zuständig. Mittlerweile hatten sich die Polizisten damit arrangiert, denn es hatte durchaus Vorteile. So konnten sie Hakan ihre Bestellungen bequem zurufen, ohne erst nach unten gehen zu müssen. Hakan schickte dann jemanden mit dem Essen hoch. Inzwischen riefen die Kollegen von der Sitte oder von der Drogenfahndung auf der Suche nach ihren Stammkunden routinemäßig bei der Mordkommission 3 an und baten sie, gelegentlich einen Blick durchs Loch zu werfen, denn früher oder später tauchten die gesuchten Zuhälter und Dealer ganz sicher im Bosporus auf. Der Laden war ein beliebter Szenetreff.

»Es hat wohl einen Vorfall gegeben«, sagte Aki.

»Mach's nicht so spannend.«

»Verkürzt gesagt, beschuldigen Hakan und Mehmet unsere Graziella, den Dreck beim Putzen einfach durchs Loch ins Bosporus zu kippen.«

Nick hatte sich inzwischen an die diversen Eigenheiten der Mordkommission 3 gewöhnt, aber die Personalie Graziella war ihm noch immer rätselhaft. Sie hatte einen gewissen Charme, das ja, kam ihm aber ziemlich schlicht vor, und bei Licht betrachtet war sie als Putzfrau völlig ungeeignet. Feste Arbeitszeiten kannte sie nicht; plötzlich tauchte sie auf, stürmte wie ein Berserker durch die Gänge des Raumschiffes und veranstaltete ein ungeheures Chaos. Sie schien den Staub nicht wegzuwischen, sondern totzuschlagen. Er konnte sich gut vorstellen, dass sie eine Ladung Dreck durchs Loch in den Tod gestürzt hatte, auf den Grund des Bosporus. Sie war zu grell geschminkt und trug die dunklen Haare immer auf die gleiche Weise in die Höhe toupiert. Aber die Kollegen liebten sie. Warum auch immer. Und wer sich mit ihr anlegte, legte sich automatisch mit der gesamten Mordkommission 3 an. Allerdings hatte Hakan als heimlicher Kantinenwirt einen ähnlichen Stand, und das machte einen Streit zwischen den beiden brisant.

»Und was sagt Graziella dazu?«

»Graziella sagt: ›Scheißtürken‹, und Gruber hat jetzt alle Hände voll zu tun.«

»Das bringt doch nichts. Die verstehen doch den Gruber nicht.«

»Wer versteht schon den Gruber?«, seufzte Aki.

Aber irgendwie bekam es Gruber doch hin, und wenig später saßen sie alle einträchtig beisammen im Besprechungsraum und tranken Bier und Raki. »Du musst uns verstehen, Graziella, Mann«, sagte Hakan, »keiner will die Sackhaare von den Bullen im Döner haben.«

»Einmal mit alles!«, rief Graziella und prostete Hakan zu. Als der Anruf kam, waren sie bereits wieder Freunde.

Nick fuhr. Gruber lotste ihn stadtauswärts. Seine Weihnachtslieder steckten noch im Kassettendeck.

»Stille Nacht« also.

Das Licht am Himmel über Neuherberg war zwar kein Stern, führte sie aber dennoch ans Ziel. Gegenüber der Gesellschaft für Strahlenforschung standen zwei Fahrzeuge in Flammen. Nick bog von der Ingolstädter Straße ab und fuhr an den Wohnmobilen, Bullis und umgebauten Postautos vorbei.

Vierzehn stünden hier nachts, hatte Gruber berichtet, 18 seien es tagsüber. Ab morgens um zehn ging's los. Alles war genau geregelt und zwischen zwei »Gas- & Schutzgesellschaften« aufgeteilt, zwei Zuhälterbanden, über die wenig bekannt war und an die die Mädels die Hälfte ihres Lohns als Standortmiete abdrückten. Fünfzig Mark pro Nummer, vier bis fünf Kunden die Stunde, Zehn-Stunden-Schichten. Ein Millionengeschäft. Vorausgesetzt natürlich, Nick hatte ihn richtig verstanden.

Haushohe Flammen. Funkengarben schossen in den Himmel. Gruber spähte nach draußen. »Die letzten beiden sind's.«

Die Feuerwehr war schon da.

»Oh je«, stöhnte Gruber. Feuer aus – Spuren vernichtet. So lief's meistens. Nick hielt an und versuchte die rotierenden Blaulichter zuzuordnen. Einmal Notarzt, einmal Krankenwagen, zwei Streifenwagen und natürlich der Löschzug. »*Jingle Bells*« hatte gerade begonnen, aber Gruber drückte auf Stopp und sagte: »Auf geht's.«

Ein Menschenauflauf hatte sich gebildet. Die Damen trugen größtenteils Leggings und hatten sich eilig irgendwas übergeworfen. Auf den ersten Blick wirkten sie wie die Aerobic-Abteilung vom TSV Neuherberg, auf den zweiten erkannte Nick verstörte Gesichter und zerflossenes Make-up. Sie hatten geweint oder taten es noch.

»'tschuldigung. Obacht.« Gruber bahnte sich einen Weg.

Als sie das Flatterband erreicht hatten, kam ihnen ein uniformierter Kollege entgegen. Während er sie auf den Stand der Dinge brachte, wandte sich Nick zu den Nutten um. Ihre Leggings und Paillettenoberteile reflektierten die Flammen und das zuckende Blaulicht. Sie glitzerten und funkelten.

Gruber hatte recht gehabt. Es waren die letzten beiden Fahrzeuge, die brannten. Ein Hymer und ein Ford Transit.

»Hier ist es.« Der Uniformierte richtete den Strahl seiner Taschenlampe auf eine Stelle am Boden, etwa Höhe Vorderachse Transit. Die Hand eines Mannes lag dort, voller Blut, die Fingernägel zum Teil eingerissen. Sie war zehn Zentimeter oberhalb des Handgelenks abgetrennt worden. Sauberer Schnitt. Der Knochen wirkte im Licht der Taschenlampe, als wäre er aus Porzellan.

»Mehr haben wir nicht?«, fragte Gruber.

»Nein«, sagte der Uniformierte. »Bis jetzt nicht.«

»Irgendwo muss ja der Rest sein.«

»Ja. Irgendwo schon.«

»Obacht!«, schrie Gruber die Feuerwehrkollegen an, die mit ihrem Schlauch gefährlich nahe kamen. Nick bemerkte die beiden Sanitäter, die gerade eine Person auf einer Trage zum Krankenwagen brachten.

»Und da drüben?«, fragte er.

»Andere Baustelle.« Der Uniformierte winkte ab. Offenbar hatte sich ein Freier nicht unter Kontrolle gehabt. »Sieht übel aus, die Kleine, hat aber mit der Hand nix zu tun. Stand jetzt jedenfalls.« Es wurde dunkel, als würde jemand langsam das Licht herunterdrehen. »Feuer aus!«, rief der Brandmeister. Von den Wohnmobilen waren zwei rauchende Ruinen übrig geblieben.

»Da war keiner drin?«, fragte Nick.

»Nein«, sagte der Uniformierte. »Soweit wir das bis jetzt in Erfahrung bringen konnten, sind beide Wohnmobile zum Zeitpunkt des Brandanschlags unbesetzt gewesen. Aber es ist alles noch ein bisschen unübersichtlich … und die Damen haben …« Er brach ab, dann schüttelte er den Kopf und sagte: »Irgendwie ist alles noch völlig unklar.«

»Gut«, sagte Nick, »dann wollen wir mal.«

Eine große Brünette und eine kleine Blonde stellten ihre Wohnmobile zur Verfügung. So konnten Nick und Gruber die Aussagen der Mädels und der wenigen Freier, die nicht rechtzeitig geflüchtet waren, gleichzeitig aufnehmen. Die uniformierten Kollegen hatten davor Stellung bezogen und riefen einen Zeugen nach dem anderen auf. Alle waren noch ziemlich durch den Wind. »Aber keiner weiß irgendwas«, sagte Gruber, als sie wieder in den BMW stiegen. Mittlerweile hatte es zu regnen begonnen.

Den Brandanschlag selbst hatte niemand beobachtet, auch eine gewalttätige Auseinandersetzung nicht. Einige hatten von einem Audi 80 berichtet, der mit ausgeschalteten Scheinwerfern in der Zufahrt der Gesellschaft für Strahlenforschung gestanden hatte. Manche hatten einen Mirko, andere einen Marko erwähnt, Jugo oder Grieche, der vor Ort für die Sicherheit der Nutten von Zigeuner-Heinz zuständig und nun spurlos verschwunden sei. Wer die anderen Standplätze kontrollierte, hatten sie nicht herausfinden können. Sobald es um die Zuhälter ging, wurden alle einsilbig. Keine schien zu wissen, an wen sie das Geld abdrückte. Weiß nicht. Kann ich nicht sagen. Nie gesehen.

»Müssen wir mal bei den Kollegen von der Sitte nachfragen«, sagte Gruber, »die wissen das.«

Sie vermuteten, dass Mirko/Marko ein und dieselbe Person war. Möglich, dass die Hand ihm gehörte. Auf jeden Fall hatte der Mann, der da draußen für Sicherheit sorgen sollte, heute Abend auf ganzer Linie versagt. Leopoldstraße. Schwabing. »Es ist ein Ros entsprungen«. Sie hatten das Raumschiff fast erreicht, als ihre Pager piepten. Gruber fluchte und schaltete beide aus. »Wart unten, ich schau, was los ist.«

Nick fand einen Parkplatz direkt vor dem Bosporus. Gruber hastete durch den Regen. Im Bosporus waren wenige Tische besetzt. Müde Gesichter. Neonlicht. Ein Junkie, auf einem Barhocker sitzend, war über einem Spielautomaten eingeschlafen. Sah aus, als klebte sein Gesicht daran fest. Stabil wirkte das nicht. Nick überlegte, ob er reingehen und Hakan Bescheid geben sollte. Dass er ihn runternahm, bevor er sich verletzte. Aber da kam Gruber schon wieder zurück. Er riss die Tür auf und ließ sich auf den Beifahrersitz fallen. »Zwischen den Jahren drehen sie alle durch«, stöhnte er. »Auf geht's.«

Die 56 war eines dieser Häuser, die, gerade gebaut, bereits verwahrlost wirkten. Das Blaulicht des Krankenwagens zuckte über den Beton und spiegelte sich in den Fensterscheiben des ersten Stocks. Auf der anderen Straßenseite ein Park. Aber kein freundlicher, sondern ein unheimlicher. Keine Ahnung, wo in dieser Stadt sie sich befanden. Nicht im besten Viertel jedenfalls.

Der uniformierte Kollege vor der Haustür nickte ihnen zu. »Vierter Stock.«

Nick war schon auf der Treppe, als er Gruber hinter sich rufen hörte: »Gibt an Aufzug.« Aber er kannte die Dinger. Die in den billigen Neubauten waren die schlimmsten.

Gruber folgte ihm über die Treppe. Es roch nach Essen. Im Zweiten links war die Tür einen Spaltbreit geöffnet. Händels *Messias* bis ins Treppenhaus. Ein neugieriges Augenpaar. »Hams sich gegenseitig umbracht?«

»Grüß Gott«, sagte Gruber.

Im Vierten wies der nächste Uniformierte den Weg. Sie traten durch den kalten Rauch ins Wohnzimmer. Es stank bestialisch. Gruber presste sich die Hand vor Mund und Nase. Rechts ragte, wie der Bug eines Schiffes, ein Bett in den Raum. Weil Notarzt und Sanitäter ihm die Sicht versperrten, nahm Nick nur den Fuchsschwanz wahr, der neben dem Haltegriff vom Bettgalgen herunterbaumelte. Und den geplatzten Katheter an der Seite. Die Sanitäter standen im Urin. Am Fenster ein Tisch, drauf ein Plastik-Weihnachtsbaum mit bunten Glühbirnen, ein voller Aschenbecher und leere Flaschen. Auf einem Stuhl daneben der in sich zusammengesackte Körper eines Mannes im Unterhemd. Vom Kopf übrig geblieben war eine Ruine, der Rest hatte sich über Fensterscheibe und Wand verteilt. Ein Helnwein-Plakat hatte es besonders schlimm erwischt. Neben seinem rechten Fuß, der in einer löchrigen Tennissocke steckte, lag eine 9-mm-Beretta. Blitzlicht. Die Spurensicherung fotografierte.

Nick wandte sich um und beobachtete, wie die Sanitäter den anderen Mann vom Bett auf die Trage hievten.

Mit leiser Stimme sagte Gruber zum Arzt: »Was ist mit dem?«

»Völlig dehydriert.«

Die Sanitäter nahmen die Trage auf. Jetzt konnte Nick das Gesicht des Mannes sehen: um die fünfzig, eingefallene Wangen, aufgesprungene Lippen, weit aufgerissene Augen. Infusion am rechten Arm und ein silbernes Armband ums ausgemergelte Handgelenk. Indien oder so.

»Ansprechbar?«, fragte Gruber.

»Schauen Sie ihn doch an«, sagte der Arzt, und die Spurensicherung entdeckte Sägespäne an der Tennissocke.

Die Identität des Toten hatten sie schnell geklärt. Christoph Rechberg, 45 Jahre, gebürtig aus München, Schreinermeister mit eigenem Betrieb, vier Angestellte, keine Vorstrafen. Einfamilienhaus am Stadtrand.

Ein Fenster war noch erleuchtet. Sie mussten also niemanden wecken. Immerhin. Gruber drückte den Klingelknopf. Kurz darauf erschien ein Schatten hinter der Milchglasscheibe. Die Tür wurde so weit geöffnet, wie es die Sicherheitskette zuließ. Ein misstrauischer Blick unter zerzaustem Haar.

»Frau Rechberg?«

Das Überbringen der Todesnachricht war das Schlimmste am Job. Aber auch hier halfen Regeln. Erst einmal nur informieren, die Befragung erfolgt später. Genügend Zeit einkalkulieren. Darauf achten, dass die Leute sitzen und dass ein Glas Wasser bereitsteht. Manchmal gab es Haustiere oder, wie in diesem Fall, Kinder. Aber im Prinzip lief es immer gleich ab. Das Einzige, was in jeder Wohnung anders war, war der Geruch.

Ein paar Straßen weiter kannte Gruber eine Kneipe. Er bestellte zwei Bier und ging direkt durch zu den Toiletten. Nick holte eine HB aus der Packung und steckte sie sich in den Mund. Setzte sich an den Tisch, der am weitesten entfernt war von den anderen. Bullengespräche gehen keinen was an. Der Spielautomat orgelte blechern. Regen schlug gegen die Scheibe. Erst kam das Bier, dann Gruber, der sich gerade hingesetzt hatte, als es aus den Boxen dröhnte: »Polizisten fahren stets zu zweit um dunkle Ecken durch die Nacht …«

»Witzig!« Gruber prostete dem Wirt zu. »Aber bisschen leiser, bitte!« Der Wirt tippte sich grinsend an die Stirn und drehte die Musik leiser. Gruber wollte auch eine Zigarette und sagte, dass er drei Kreuze mache, wenn der Dienst rum sei, und dass er dann mit den Kindern zum Zirkus Krone gehe, wo sie diesmal sogar Artisten aus der DDR hätten und wo der Star des Abends Borra sei, der König der Taschendiebe.

»Weißt du, dass der eigentlich Borisav Milojkoirgendwas heißt und Kollegen in ganz Europa unterrichtet?«, sagte Nick.

»Was unterrichtet der?«

»Diebstahlsbekämpfung.«

Das hatte Gruber nicht gewusst. Fand es aber interessant, wollte es seinen Kindern berichten und erzählte noch ein paar andere Dinge, die jedoch nicht zu verstehen waren. Nick zog an der Zigarette. Seine Gedanken schweiften immer wieder ab zur Hand auf dem Straßenstrich, zu den brennenden Wohnmobilen, zur Urinlache in der Wohnung über dem unheimlichen Park, dem Blut überall und dem besonderen Geruch im Haus der Familie Rechberg am Stadtrand.

Sie bestellten noch ein Bier und losten aus, wer den Bericht schreiben und wer zur Klinik fahren und die zusammengeschlagene Nutte befragen sollte, deren Aussage noch fehlte. Ihm war's egal, aber weil er wusste, wie gerne Gruber zockte, machte er mit – und zog die Nutte.

»Viel Spaß!« Gruber grinste anzüglich und kramte ein paar Münzen aus seiner Tasche. »Zahlen!«

Vor dem Bosporus ließ Nick ihn aussteigen. Der Junkie war verschwunden. Irgendwer hatte ihn wohl vom Automaten geschält.

Die Nutte sei ins Schwabinger Krankenhaus gebracht worden, hatte der uniformierte Kollege gesagt. Nick holte den Stadtplan aus dem Handschuhfach, faltete ihn auseinander und drapierte ihn so auf dem Beifahrersitz, dass er die Innenstadt überblicken konnte. Trotzdem verfuhr er sich dreimal, bevor er endlich in die Leopoldstraße einbog. Von jetzt an ging es immer geradeaus. Die Lichter spiegelten sich im regennassen Asphalt. An einer roten Ampel öffnete er das Handschuhfach ein weiteres Mal und holte die Kassette heraus, die Jo ihm geschickt hatte. »Für Papa. Weihnachten 83« stand darauf. Immer noch dieselbe krakelige Jungenschrift. Er warf Grubers Weihnachtslieder raus und legte Jos Kassette ein. Joy Division. Die unverwechselbare Stimme von Ian Curtis: »*Don't walk away, in silence.*« Er umklammerte das Lenkrad. »*See the danger. Always danger.*« Zwei Punks, an einen Verteilerkasten gelehnt, glotzten ihn an. Die Ampel schaltete auf Grün.

»Warten S' bitte ein Moment«, sagte die Schwester am Empfang, nachdem Nick ihr seinen Dienstausweis gezeigt hatte. Also nahm er auf einem der Stühle Platz. Ein Mann im Bademantel kämpfte mit dem Getränkeautomaten. Sein rechter Arm steckte in einer Schiene. Nick überlegte kurz, ob er ihm helfen sollte, aber dann ließ er es bleiben. Ihm half auch keiner.

»Herr Kommissar?« Die Schwester sagte ihm, dass Frau Schmidl vor etwa einer Stunde auf eigenen Wunsch entlassen worden sei. Er musste dann noch mal warten, weil die Schwester erst klären wollte, ob sie befugt war, ihm die Wohnadresse von Frau Schmidl zu verraten. Sie war nicht nur befugt, sie war sogar verpflichtet, aber ihm glaubte sie nicht. Sie musste es noch mal von anderer Seite hören. Also setzte er sich wieder hin. Dem Mann im Bademantel war es inzwischen gelungen, sein Bier aus dem Automaten zu holen. Er sah es verliebt an, doch beim Versuch, es zu öffnen, rutschte es ihm aus der Hand. Die Flasche knallte zu Boden und zersplitterte in tausend Scherben. Der Mann sah aus, als wäre statt einer Flasche Bier sein ganzes Leben zu Bruch gegangen.

Die Schwester kam lächelnd zurück. »Ich darf!«

Na dann, dachte Nick.

Martina Schmidl wohnte in der Heigelstraße. Untergiesing, wie ihm sein Stadtplan verriet. Er musste also einmal quer durch die ganze Stadt. Ein Hin und Her. Den ganzen Abend schon.

Der Regen. Die Lichter. Joy Division. Das zweite Weihnachten ohne Susanne lag hinter ihm. Er hoffte, dass Jo klarkam, allein in Berlin. Nur noch ein paar Tage, dann würde er ihn wiedersehen. Er freute sich.

Schmidl stand ganz oben auf dem Klingelbrett. Er drückte den Knopf und wartete. Vorgarten. Vogelhäuschen. Gardinen an den erleuchteten Fenstern. Der Türsummer ging. Er drückte die Tür auf und ging hinauf in den dritten Stock. Im Türrahmen stand eine junge Frau im Schlafanzug. Um die zwanzig. Sie war verheult und sah ihn misstrauisch an. Er zeigte ihr seinen Ausweis. »Frau Schmidl?«

»Nein.«

»Dann bin ich hier …«

»Nein, Sie sind richtig. Nur bin ich nicht Frau Schmidl.«

»Wer sind Sie denn?«

»Geht Sie das was an?«

»Gut, also: Ich muss mit Frau Schmidl sprechen. Ich brauche ihre Zeugenaussage …«

»Die ist nicht hier.«

»Wo ist sie denn?«

»Woher soll ich das wissen?«

Eigentlich hätte er ihr jetzt gern die Waffe an die Schläfe gehalten und ihr klargemacht, dass man auch mit einem Bullen ganz normal sprechen konnte. Man musste nicht immer solche Nummern abziehen.

Er nahm aber nur die Hände aus den Taschen, trat einen Schritt vor und lehnte sich in den Türrahmen. »Wo ist Frau Schmidl?« Er konnte böse, das wusste er.

Das Mädchen wich ängstlich zurück. »Wahrscheinlich in ihrem Wohnwagen. Ingolstädter. Sie wissen schon. Da geht sie eigentlich immer hin, wenn sie Ruhe braucht.«

Nick bedankte sich für die Auskunft und wünschte eine gute Nacht. Noch während er zurück zum Wagen ging, beschloss er, morgen mit Martina Schmidl zu sprechen. Gleich morgen früh. Er würde nicht noch mal durch die ganze verdammte Stadt fahren. Es reichte jetzt.

Er war todmüde, als er auf die Brachfläche an der Senefelderstraße fuhr, die, von einer einzigen Laterne notdürftig beleuchtet, offiziell als Parkplatz, unter der Hand aber als Müllablade-stelle für das gesamte Bahnhofsviertel diente. In den Ecken und Winkeln des weitläufigen Geländes stapelten sich kaputte Türen und rostige Abflussrohre, Teppiche moderten in Pfützen vor sich hin, tage- und wochenlang, und waren dann plötzlich verschwunden. Der Müll schien sich von selbst einzufinden und von selbst wieder zu gehen. Es war ein labyrinthartiges Ge-lände mit niedrigen Durchfahrten zu weiteren Hinterhöfen, die ebenfalls als Parkflächen vermietet wurden. Das Königreich des Krummen.

Der residierte in einem bunkerartigen Betonwürfel neben der Zufahrt, mit fünf zum Teil vergitterten Fenstern und meh-reren Eisentüren, allesamt von unterschiedlicher Größe und derart willkürlich angeordnet, dass das Gebäude wie die miss-glückte Bastelarbeit eines Kindes wirkte. Eine Außentreppe mit rostigem Geländer führte zu einer Tür auf halber Höhe, da-rüber stand, mit weißer Farbe hingepinselt: »Parkwächter«. Über das gesamte Gelände verteilt unterhielt er Außenposten – ein Wachhäuschen mit zersprungenen Fensterscheiben, ein von Grünspan überzogener Wohnwagen und eine verwitterte Blockhütte –, in denen er nie zu sehen und deren Nutzung un-klar war.

Nick verließ die Brache, von Brandmauern und Fünfziger-jahre-Wohnblocks umgeben, ohne dem Krummen zu begegnen, und ging vorbei an Sexkinos, Stripbars und türkischen Im- und Exportläden in Richtung Schwanthaler, wo er wohnte. Das Bahnhofsviertel war voller Menschen. Mittelalte Männer aus Stöcking, Rottbach oder Kopenhagen, große Abenteurer al-lesamt, wähnten sich auf der Jagd und waren doch nur Beute. Ein ganzer Stadtbezirk – 15 Etablissements allein in der Schil-lerstraße – lebte von ihnen und ihrer Selbstüberschätzung. Erst gegen fünf Uhr morgens kehrte, zusammen mit der Müll-abfuhr, wieder Ruhe ein.